Der erste Frühling

Eugen Zeiser

Kinder des Wolfskönigs Päj

Band 1

Der erste Frühling

Roman

Überarbeitete Neuausgabe

Bibliografische Information der Deutschen
Nationalbibliothek:
Die Deutsche Nationalbibliothek verzeichnet diese
Publikation in der Deutschen Nationalbibliografie;
detaillierte bibliografische Daten sind im Internet über
http://dnb.dnb.de abrufbar.

Kontakt: EugenZeiser@web.de

Verlag: BoD · Books on Demand GmbH,
In de Tarpen 42, 22848 Norderstedt, bod@bod.de
Druck: Libri Plureos GmbH,
Friedensallee 273, 22763 Hamburg

ISBN: 978-3-7693-5850-6

WOLFSKINDER

Zum ersten Mal vernahm er die Präsenz des Tieres so deutlich, dass es keine Zweifel geben konnte, dass der Wolf noch in diesem Frühling erwachen würde. Das Gefühl war fremd, wirkte jedoch so, als wäre der Wolf schon immer ein Teil von ihm. Die Kälte nahm er kaum wahr, obwohl er erst gestern zwei Mal in der Nacht zitternd aufwachte. Er glaubte zu hören, wie der Schnee schmolz und das Wasser mit tausenden Rinnsalen aus dem Dorf ins Waldinnere floss. Die Tropfen der Eiszapfen, die vor seinem Fenster wuchsen, reflektierten das rote Morgenlicht und ließen ihn die Augen zusammenkneifen.

Valentin streckte sich. Er schlug die Decke zurück und klopfte das Strohbett zurecht. Die Kraft brodelte in ihm, so als wäre nicht er es gestern gewesen, der den ganzen Tag Hasen durch den Schnee jagte. Seine Lungen schienen unendlich viel Luft aufnehmen zu können, als er mit voller Brust einatmete.

Es klopfte am Fenster. Eine Silhouette verdunkelte das Zimmer.

»Schläfst du noch immer?«, erklang Robins gedämpfte Stimme. »Die anderen warten schon.« Er drückte die Fensterläden auf.

»Wohin wollen sie?«, fragte Valentin, während er die Stiefel unter dem Bett hervorzog. Er seufzte, als er mit dem Fuß auf Feuchtigkeit stieß.

Robin grinste. »Wohin denkst du denn? Zur Wolfsmensch-klippe.«

Valentin zuckte zusammen. »Ich mag diese Klippe nicht.«

»Natürlich nicht, du Angsthase. Deswegen gehen wir auch dorthin, um einen richtigen Wolf aus dir zu machen. Stell dich nicht so an. Später wirst du uns dafür danken.«

Valentin sah zur Tür, als er ein Poltern hörte. Einen Moment lang überlegte er, den Eltern einen guten Morgen zu wün-schen, verwarf den Gedanken jedoch und stieg aus dem Fens-ter.

Robins Statur erinnerte an einen Elch, der zwischen den Bäumen huschte. Er war der größte Junge in Windseck, sodass es Valentin meistens schwerfiel, mit ihm Schritt zu halten. Nur nicht heute. Er blieb seinem Freund auf den Fersen.

»Robin.« Valentin fiel einen Schritt zurück. »Ich muss dich etwas fragen.«

Robin drehte sich um, ohne langsamer zu werden. »Kann das nicht warten?« Er blieb stehen und seufzte, als er Valentins Blick begegnete. »Was hast du?«

»Du hast einmal gesagt, du kanntest jemanden vom letzten Frühling, der die Verwandlung hinter sich hatte. Was sagte er denn?«

Robin runzelte die Stirn. Er schwieg eine Weile, während er seinen Freund mit zusammengekniffenen Augen musterte, ihn von links, dann von rechts ansah. Dann beugte er sich vor, um in Valentins Augen zu sehen. Sein Grinsen erstreckte sich von einem Ohr zum anderen.

»Bei dir hat es also auch angefangen, nicht wahr?« Er lachte und klopfte Valentin auf die Schulter. »Das hätte ich von dir so schnell nicht erwartet. Alle Achtung! Ich sagte doch, wir machen einen richtigen Wolf aus dir.«

»Warte. Auch angefangen? Ist es bei dir auch schon so weit?«

»Selbstverständlich!« Robin streckte die Nase hoch. »Vor drei Tagen. Du hast doch nicht ernsthaft damit gerechnet, noch vor mir zum Wolf zu werden?«

»Sieht man es mir etwa an?«

»Ja. Der Rand deiner Augen färbt sich gelb. Sieh her.« Robin kam näher, um die gelbe Umrandung seiner Augen zu präsentieren.

Valentin erschauderte. Die seltsame Verfärbung hatte er anfangs der Morgenmüdigkeit seines Freundes zugeschrieben. Nun wusste er es besser.

»Warum hast du mir nichts gesagt?«

Robin wandte den Blick ab und rieb sich den Kopf. »Nun, ehrlich gesagt, war ich mir selber nicht sicher. Jetzt weiß ich es aber eindeutig. Komm. Wir erzählen es den anderen.«

Samuel mit den Zwillingen Luc und Pior zeigten sich auf der Lichtung. Es hatte den Anschein, sie verbrachten die ganze Nacht hier, nachdem sie sich gestern getrennt hatten.

»Jungs, ihr dürft unseren Angsthasen nicht mehr Angsthase nennen. Der Wolf hat an seine Tür geklopft.«

»Päj sei Dank! Das ist großartig!«, sagte Luc. »Somit sind wir also vollzählig. Ich muss gestehen, das hätte ich nicht so schnell von dir erwartet.« Er stieß Valentin gegen die Schulter.

»Vollzählig? Und keiner von euch Welpen hat mir irgendetwas gesagt?«

»Wir wollten dich nicht drängen. Edgar sagte einmal, der Wolf kommt dann, wenn es für ihn bestimmt ist«, erinnerte Samuel.

Valentin sah den Freunden nacheinander in die Augen. Die gelben Umrandungen hoben sich bei Samuel am meisten hervor.

»Vor der Mutprobe wirst du trotzdem nicht davonkommen, Welpe«, sagte Luc und stimmte die anderen zum Grinsen ein. Valentin seufzte.

Die Steigung die Klippe hinauf wirkte nicht mehr anstrengend. Valentin hielt mit seinen Freunden Schritt und musste kein einziges Mal anhalten, um Atem zu holen. Die Feuchtigkeit im Stiefel verschwand. Das Wetter fühlte sich mild an, obwohl auf dem Berg noch immer Schnee lag.

Ein sachtes Schaudern lief Valentin den Rücken herunter, als er die tote Eiche sah. Der Blitz müsste mehrere Male in sie eingeschlagen haben, sodass der Stamm in der Mitte einen Spalt bildete. Der einzige übriggebliebene Ast ragte über die Klippe, so als würde die Eiche mit dem ausgestreckten Arm in die Tiefe zeigen. Eine Windböe fegte den Schnee von der Spitze.

»Du zuerst, Valentin«, sagte Robin.

Valentin seufzte. Seine Hände suchten Halt in der alten Rinde. Er staunte darüber, wie warm seine Finger blieben und wie mühelos er diesmal den Baum erkletterte. Er streifte die Schafsfelljacke von den Schultern, um sich von ihr nicht hindern zu lassen.

Der Ast, auf dem er sich bis zur Spitze schieben sollte, erschien nicht mehr so lang. Valentin brauchte sich nicht umzudrehen, um die Verwunderung seiner Freunde zu erkennen, als er sich aufrichtete und mit ausgestreckten Armen auf dem Ast balancierte. Als der Rand der Klippe unter ihm verschwand, fühlten sich die Beine dennoch ein wenig weicher an.

»Das muss nicht sein«, sagte Luc leise.

Der Dunst gaukelte dem Kopf eine weiche Landung vor. Nebel legte sich über die Erde und ließ nur die Baumwipfel erkennen. Valentin überwand den letzten, für die Mutprobe notwendigen Schritt und trat einen weiteren vor, sodass er ganz an der Spitze stand. Der Ast schwankte. Wolken verliehen das Gefühl zu fliegen.

»Das muss nicht sein«, zischte Luc ein wenig lauter.

Valentin atmete tief ein. Sein Herz hämmerte und die Beine wurden weicher. Er zwang sich, dennoch stehenzubleiben. Der Wolf verstärkte nicht nur die körperlichen Fähigkeiten, er schien auch die Angst zu hemmen. Genugtuung überkam ihn, als er meinte, die Herzschläge seiner Freunde zu vernehmen.

Plötzlich hatte es den Anschein, als berührte ihn etwas von der Seite. Valentin traute sich nicht, den Kopf zu bewegen und drehte nur die Augen nach rechts. Die Berührung wurde stärker, obwohl niemand da sein konnte, in einer Höhe wie dieser. Und auf einmal glaubte er, den Grund verstanden zu haben.

Seine Arme und Beine umklammerten den Ast, nachdem er in die Hocke ging. Eine Windböe ließ ihn die Augen zusammenkneifen. Als er sie öffnete, drehte sich sein Kopf vom Anblick nach unten. Er hatte das Gefühl, jemand nahm alle Knochen aus seinem Körper.

Er kniff die Augen abermals zusammen, um sie sofort wieder zu öffnen. Seine Freunde sollten nicht noch mehr Grund haben, ihn Angsthase zu nennen. Der Moment der Angst und Schwäche verschwand wieder.

Valentin schob sich auf dem Ast zurück. Seine Finger waren noch immer warm, als er sich an der Rinde festhielt, um herunterzuklettern, wo sie doch sonst vor Kälte taub blieben. Er landete sanft auf den Füßen, nachdem er sich, über sich selbst staunend, die letzten fünf Schritte fallenließ. Ein Grinsen legte sich auf seine Lippen, als er in die reglosen Gesichter seiner Freunde schaute. Nun hatte *er* sie dazu gebracht, blass zu werden.

»Und ich dachte, du hättest Höhenangst«, sagte Pior, der als erster die Starre überwand.

»Ich hatte nie Höhenangst. Nur mag ich diese Klippe nicht.«

»Niemand mag diese Klippe«, sagte Robin. »Das vorhin musste aber wirklich nicht sein. Eins muss ich dir aber lassen: Niemand hat es bisher aufrecht gewagt. War das dein Wolf?«

»Ich denke, ja. Ich fühle mich seit heute Morgen stärker.«

»Das tun wir alle. Aber du hast dich überschätzen können. Dein Glück, dass du dich im richtigen Moment festgehalten hast, bevor die Böe kam.«

»Das war kein Glück. Ich habe gespürt, dass sie kommt.«

»Du hast sie gespürt?« Robin runzelte die Stirn und sah die anderen an. »Habt ihr etwas gespürt?« Die Freunde schüttelten die Köpfe. »Na ja, heute ist dein erster Tag. Anfangs spielt der Kopf bei allen ein wenig verrückt.«

»Ich habe sie aber gespürt.«

Robin kicherte. »Das hoffe ich für dich. Etwas musst du doch gut können.« Er legte Valentin den Arm um die Schultern. »Alle Achtung. Ich weiß inzwischen gar nicht, ob der Name Angsthase der richtige für dich ist.« Er zuckte zusammen, als Valentin ihm den Ellbogen in die Seite rammte. »Au!« Er ließ von ihm ab. »Alle Achtung. Das hat sogar wehgetan. Der Wolf tut dir gut.«

»Ich habe mich umgehört, wir scheinen die einzigen in diesem Frühling zu sein, deren Wolf erwacht«, sagte Samuel. »Mit Laura sind wir sechs.«

»Das war zu erwarten«, meldete sich Luc. »Es ist der siebzehnte Frühling von uns allen. Man erzählt, es gibt selten jemanden, der sich später verwandelt - oder früher. Zwar hatte ich bei Valentin meine Zweifel, aber selbst bei ihm gibt es keine Ausnahme.«

Robin rieb sich die Hände. »Ich kann es kaum erwarten, ein Wolf zu sein. Wenn es so weit ist, mache ich mich als erstes auf die Suche nach dem Einhauer. Dieser Eber wird sein Wunder erleben. Er hat mich damals beinahe totgetrampelt.«

»Ich zweifle daran, dass du es schaffst, selbst als Wolf«, entgegnete Luc. »Das Vieh ist riesig.«

»Unsinn. Erinnere dich an Edgar, wenn er sich verwandelt. Wir werden auch riesig sein!«

»Edgar ist aber auch als Mensch ein Riese«, erinnerte Pior. »Deswegen auch sein Wolf.«

»Ich bin aber auch nicht klein«, sagte Robin. »Den Eber pack ich schon.«

»Dann will ich dabei sein«, sagte Valentin. »Ich hatte auch Bekanntschaft mit ihm. Damals habe ich den ganzen Tag auf dem Baum verbracht.«

»Nur, wenn du mir nicht in die Quere kommst.« Robin grinste. »Und wenn du keine Angst hast.«

Der erneute Ellbogenstoß ließ ihn aufkeuchen.

WOLFSMENSCHKLIPPE

Ohne die Augen zu öffnen, tastete Valentin nach dem Holzbecher, den er abends auf den Boden stellte. Er bekam ihn zu packen, doch während er ihn zum Mund führte, lief das Wasser am Ellbogen herunter, weil das Holz plötzlich knackte. Er seufzte, als er den kaputten Becher ansah, den er erst vor ein paar Tagen geschnitzt hatte. Er sollte lernen, mit der neuen Kraft umzugehen. Wenn das so weiterging, hätte er bald kein Geschirr mehr.

Die Präsenz des Wolfes spürte er heute deutlicher denn je. Valentin galt als der schwächste Junge im Dorf unter seinesgleichen, doch nun, erfüllt von Kraft, glaubte er, sich mit Robin messen zu können. Er fragte sich, wie lange es wohl dauern würde, bis der Wolf in ihm erwachte. Wenn er jetzt schon solche Kräfte besaß, was mochte das Tier in ihm bewirkten, wenn es da war?

Der Boden knarzte, als Valentin aus dem Bett stieg. Das war neu. Er hatte nicht nur mehr Kraft, er schien auch an Gewicht zugenommen zu haben.

Er hörte ein Zischen hinter der Tür. Alberta, seine Mutter, briet Rindfleisch. Es war ungewöhnlich, denn Rind gab es selten im Frühling zu Essen. Die meisten Kühe mussten ihre Kälber stillen. Es sei denn, die Kuh war alt oder brachte kein Kalb zur Welt.

Valentin hielt inne, als er die Hand auf die Türklinke legte. Woher hatte er plötzlich die Gewissheit, dass es Rind war, das seine Mutter briet, und dass es ausgerechnet eine Kuh war, und kein Bulle? Er schüttelte den Kopf und ging aus dem Zimmer.

Sein Vater hob nur kurz die Augen, um Valentin anzusehen, dann widmete er sich weiter dem Schärfen des Messers. Alberta stand mit dem Rücken zu ihm und schnitt das Fleisch in Stücke. Sie reagierte nicht auf sein Eintreten. Nur das kurze Innehalten zeugte davon, dass sie ihn gehört hatte.

Der Geruch des Fleisches ließ Valentin das Wasser im Mund zusammenlaufen. Er hatte plötzlich das Verlangen, die Zähne darin zu versenken, und es war ohne Bedeutung, ob das Fleisch roh oder gebraten war.

»Mein Wolf ist am Erwachen«, sagte Valentin. Er fühlte sich verpflichtet, den Eltern vom Wolf zu erzählen, denn davon wussten bisher nur seine vier Freunde. »Heute ist der fünfte Tag.«

Sein Vater schärfte das Messer weiterhin, so als hätte er nichts gehört. Die Mutter schien ihn wegen des Zischens des Fleisches nicht verstanden zu haben, fragte aber auch nicht nach.

»Seitdem habe ich mehr Kraft, und sie scheint mit jedem Tag zu wachsen. Ich rieche und höre besser als vorher. Und die Jungs haben es auch, und Laura …«

»Das Essen ist gleich fertig«, sagte Alberta, ohne sich umzudrehen. »Das braucht noch ein wenig. Du kannst mit uns essen oder in deinem Zimmer. Und vergiss nicht die heutigen Predigten Rudolfs.«

Valentin hielt inne. Der Wolf schien mehr an ihm zu rütteln als er glaubte. Seit wann ließ er seinen Gefühlen den Eltern gegenüber so viel freien Lauf? Sie hatten sich kaum für etwas interessiert, was er tat, wie er sich fühlte und auf was er sich freute. Es war nicht weiter schlimm, denn er kannte sie nicht anders, auch wenn er sich manchmal mehr von ihnen wünschte. Und wenn seine Freunde die Wahrheit sprachen, erging es ihnen ebenso. Nur eine einzige Familie im Dorf hatte ein unnatürlich enges Verhältnis zueinander. Die jungen Eltern, die kaum zehn Winter älter als Valentin sein dürften, beschäftigten sich jeden Tag mit ihren zwei Söhnen, worauf Valentin manchmal neidisch war.

»Ich esse allein.«

Im Zimmer streifte er das Wams ab und warf es zur Schafsfelljacke, die er inzwischen nicht mehr anzog. Er überlegte, die Stiefel gegen Sandalen einzutauschen, entschied sich jedoch dagegen. Immerhin war es Frühling. Der Schnee blieb noch halbgefroren und die Erde matschig.

Ein Flüstern erklang hinter der Tür, das Valentin nicht verstand. Was mochten die Eltern von seinem Wolf wohl halten? Er wüsste zu gerne, wie sie mit ihren Wölfen lebten. Die Wölfe waren auch in ihnen, auch wenn Valentin sie noch nie zu Gesicht bekommen hatte. Jeder in Windseck hatte einen Wolf in sich, nur bei den Welpen schlief das Tier bis zu dem siebzehnten Frühling.

Er seufzte, als er die leere Schüssel anblickte. Er fragte sich, ob auch Robin dieselben Gedanken durch den Kopf gingen und ob auch er seinen Eltern vom Wolf zu erzählen versuchte. Kaum hatte er den Gedanken beendet, klopfte es am Fenster.

»Hast du noch etwas zu essen übrig?«, fragte Robin. Er schürzte die Lippen, als er die leere Schüssel sah. »Lass uns gehen. Hören wir uns die Predigten des alten Rudolf an. Man sagt, auch Edgar ist heute ins Dorf zurückgekehrt.«

»Edgar? Hoffentlich wird er die Predigt halten. Ich finde ihn besser.«

»Alle finden ihn besser. Du weißt doch, er selbst predigt nur selten. Aber vielleicht sagt er tatsächlich ein paar Worte, wenn er schon da ist.«

Valentin stieg aus dem Fenster. Ein weiteres Mal überlegte er, Stiefel gegen Sandalen zu tauschen, eilte dann Robin hinterher.

Alle Kinder des Dorfes schienen den Dorfplatz für sich beansprucht zu haben, selbst die, die eben noch den vierten Winter erlebt hatten. Es war ungewöhnlich, dass Stille herrschte, doch anders als die Schule war das hier etwas Besonderes.

Rudolf gestikulierte bereits, obwohl noch immer Kinder nachkamen, um sich auf die Baumstämme zu setzen. Der Schnee um seine nackten Füße war geschmolzen. Seine riesige Erscheinung mit den schulterlangen, grauen Haaren, bekleidet bloß mit Wams und einer knielangen Hose, schüchterte die Welpen ein, rief jedoch gleichzeitig Begeisterung hervor.

Trotz Sonne wickelten sich die Kinder in die Schafsfelle ein. Die Eiszapfen von den benachbarten Häusern reflektierten das Licht und umschlossen den Dorfplatz wie eine Girlande. Fichten warfen gelegentlich den tauenden Schnee von den Ästen.

»Scheut euch nicht davor, Güte zu zeigen, angefangen von euren Nächsten bis hin zur kleinsten Ameise im Wald. Der Wolfskönig wacht über uns und belohnt die braven Welpen. Das Böse hat keinen Platz in seinem Reich, dennoch bietet er allen die Möglichkeit, sich zu bessern, selbst wenn jemand Böses begeht, im Nachhinein jedoch Reue zeigt. Seine Welt ist erfüllt von Liebe. Die Suchenden nach Gerechtigkeit erfahren diese durch den Glauben an ihn. Er ist mächtig, dennoch benötigt auch er Unterstützung, die er von seinen Welpen, von euch, bekommen kann. Nehmt Rücksicht auf euren Nächsten, egal ob als Mensch oder als Wolf, und bietet jedem eure Hilfe an. So kann der Wolfskönig mehr Gutes tun. Sein dunkler Diener sucht nur diejenigen auf, die auf den falschen Weg geraten und von den Lehren des Wolfskönigs keinen Gebrauch zu machen beabsichtigen.«

Valentin kannte diese Predigt. Alle kannten sie. Schon als Welpe musste man den Dorfplatz aufsuchen, um sich von klein auf aufs Leben eines Wolfes vorzubereiten. Rudolf sprach von Tugenden, die man sowohl als Mensch als auch als Wolf zu befolgen hatte und welche man den Welpen immer wieder einschärfte.

»Das Leben als Wolf ist erfüllt von Herausforderungen, die jedem von euch bevorstehen. Der Wald ist unser Zuhause, den man nicht verlassen darf. Wir sind mit ihm verbunden und gehen ohne ihn ein, so wie eine Blume es tun würde, wenn man sie von den Wurzeln trennt. Wir halten uns von den einfachen Menschen fern, und wenn sich jemand hierher verirren sollte, locken wir ihn weg. Somit beschützen wir nicht nur uns selbst, sondern auch den Wald und unsere niederen Brüder.« Rudolf schloss die Augen. Seine Lippen bewegten sich im Flüstern.

»Wir halten uns von den Menschen fern und verlassen niemals den Wald, um uns selbst und unsere Nächsten zu schützen!«, sprach Valentin zusammen mit den anderen Welpen. »Wolfskönig Päj, wache über uns.«

»Die einfachen Menschen dulden keine Wölfe in ihrer Nähe«, fuhr Rudolf fort. »Noch nie gab es eine Zeit, in der wir als Nachbarn friedlich leben konnten. Sie sind gefährlich, dennoch fürchten sie uns. Und wenn sie sich gegen uns vereinigen, werden sie zur Bedrohung, sodass selbst unsere Stärksten gefährdet werden könnten. In den früheren Zeiten war unser

Volk auf der Flucht, doch nun erinnern sich die einfachen Menschen kaum noch daran, dass wir existieren. Dies gibt uns die Gelegenheit, ein friedliches Leben zu führen. Dass wir das Erbe des Wolfskönigs in uns tragen, ist ein Geschenk, mit dem sich nur wenige Geschöpfe rühmen können. Schätzt dieses Geschenk und macht dem Wolfskönig damit Freude.«

Zwei Jungen tuschelten hinter Valentin. Er und viele anderen Köpfe folgten ihren Blicken. Unter dem Dach der Kapelle des Wolfskönigs zeichnete sich eine unverkennbare Silhouette ab. Es gab niemanden, der sich mit Edgars Größe messen konnte.

Der Dorfvorsteher hielt selten eine Predigt, und wenn doch, kamen sowohl die Jungen als auch die Alten. Auch er trug bloß ein Wams und Hose, die knapp unterhalb der Knie endete. Das graue Haar fiel auf seinen Rücken. Die Lippen versteckten sich hinter dem mächtigen Schnauzbart.

Valentin war sich sicher, dass Edgar vor kurzem noch nicht dort stand. Wenn er einer Predigt lauschte, bekam niemand mit, wann er auftauchte, trotz seiner Größe. Später würde er ebenso lautlos verschwinden. Er zeigte sich selten als Wolf, und wenn er es doch tat, hatte er es meistens eilig.

Als Mensch galt er nicht nur als der stärkste, er war der älteste Bewohner von Windseck, der das Dorf gründete. Bei der Verwandlung wuchs er einen halben Schritt in die Höhe und wirkte wie eine Naturgewalt, der nichts zu widerstehen vermochte. Die Haut schien unter dem Druck der Muskeln zu platzen und seine Zähne waren so mächtig, dass er einen ausgewachsenen Eber sicherlich zermalmen könnte.

Trotz des gutmütigen Aussehens als Mensch hatte das Tier Edgars kaum Gemeinsamkeiten mit ihm. Seine Augen funkelten, als würde er jederzeit zum Angriff ansetzen. Die Krallen ließen keinen Zweifel offen, dass er mit einem einzigen Hieb einen Elch zu Fall bringen könnte. Sein gefährliches Aussehen rief Begeisterung bei allen Jungen des Dorfes hervor. Alle wollten so sein wie er. Auch Valentin war keine Ausnahme, auch wenn er sich bewusst war, wie klein er neben dem riesigen Mann wirken müsste. Nicht einmal Robin, der als der größte Junge galt, kam an Edgar heran.

Valentin sah zu Rudolf. Der Mann war Edgars rechte Hand. Seine Statur schien dem Dorfvorsteher zu gleichen, dennoch reichte auch er nicht an ihn heran.

Das leise Raunen ließ Valentin den Blick zu der Stelle richten, wo Edgar eben noch stand. Er schaute sich um, um zu sehen, ob Edgar nicht einfach den Platz gewechselt hatte. Auch die anderen suchten ihn vergebens.

»Hast du ihn gesehen?«, flüsterte Robin. »Was für ein Riese, nicht wahr? Einmal werde ich bestimmt wie er.«

»Natürlich, wie Edgar.« Luc kicherte hinter ihm.

»Du wirst dich wundern, warte noch ein paar Winter ab«, sagte Robin mit einem Versprechen.

»Folgt den Gesetzen des Wolfskönigs und glaubt an ihn. Er wird über euch wachen.« Rudolf beendete die Predigt, indem er die Hände überkreuzt auf die Schultern legte.

»Wolfskönig Päj, wache über uns!«, erklang es wie von einer Stimme.

»Habt ihr euch schon entschieden, was ihr tun werdet, wenn es so weit ist?«, fragte Samuel. »Ich selbst gehe von hier fort und suche eine größere Siedlung. Dieses Dorf ist zu klein für meinen Geschmack.«

»Was gefällt dir nicht in Windseck?«, fragte Luc. »Wir sind ganze zweihundert Einwohner. Erwartest du ernsthaft, ein tausendköpfiges Dorf zu finden?«

»Nein, aber es soll etwas größer sein als unseres. Außerdem haben wir kaum Mädchen. Die einzige in unserem Alter, Laura, hat ohnehin schon ein Auge auf Robin. Was soll ich hier also noch?«

»Du kannst ja dein eigenes Rudel gründen«, sagte Valentin. »Dann kannst du selber entscheiden, wie viele Einwohner in deinem Dorf leben dürfen.«

»Geht denn so etwas?« Robin runzelte die Stirn. »Eigenes Rudel gründen?«

»Natürlich. Rudolf hat es ein paar Mal erzählt.«

»Hat er das?« Robin sah die drei Freunde hinter ihm an, die mit den Schultern zuckten.

»Die meisten suchen sich eine neue Heimat, heißt es«, fuhr Valentin fort. »Es gibt viele Dörfer wie unser Windseck. Es kommt selten vor, dass ein junger Wolf sein eigenes Rudel gründet, aber es ist nicht verboten, solange man sich an die Gesetze des Wolfskönigs hält, eine Kapelle für ihn errichtet und regelmäßig Gebete zu ihm spricht. Gelegentlich lässt Edgar jemanden in Windseck bleiben, um für Nahrung zu sorgen, die Welpen auf das Wolfsleben vorzubereiten und die einfachen Menschen von uns fernzuhalten. Man sagt aber auch, dass Edgar in den letzten acht Frühlingen niemandem erlaubt hat hierzubleiben, obwohl allein im vorletzten Winter Päjs Diener sich fünf alte Wölfe und vier Welpen geholt hatte.«

»Du weißt aber echt viel«, bemerkte Pior ernst.

»Ich sagte ja: In etwas muss er doch gut sein.« Robin grinste.

Pior ließ sich als einziger nicht ins Kichern einstimmen. »Und das ist nicht der letzte gewesen, den sich Päjs Diener geholt hatte.«

»Richtig«, sagte Valentin. »Da ist noch der junge Wolf vom letzten Frühling, der von der Klippe …« Er hielt inne und sah sich um. Er hatte gar nicht gemerkt, dass außer ihm und seinen vier Freunden ein halbes Dutzend Welpen, die einen Winter jünger waren, am Dorfplatz blieben und dem Gespräch der älteren Jungen lauschten. Er biss sich auf die Zunge.

»Was ist mit ihm passiert?«, fragte einer der Jungen, dessen Ohren unter dem schulterlangen Haar herausstanden.

Stille kehrte ein. Valentin erkannte den Nachbarsjungen Jeri, der noch nie eine Gelegenheit ausließ, um sich mit ihm zu unterhalten. Valentin sah seine Freunde an, woraufhin Robin die Schultern zuckte.

»Er ist … gestorben.«

Valentin sah keinen Sinn darin zu schweigen und sich von der Antwort zu drücken. Er sah abermals seine Freunde an. Robin zuckte erneut die Schultern.

»Es war im letzten Frühling, als wir durch den Wald liefen und die Wolfsmenschklippe streiften. Es gab noch keine Blätter, so wie jetzt, also konnten wir beobachten, dass jemand fiel, und wir eilten dorthin. Es war der Anblick des Grauens. Wir wissen nicht, wer das war. Er schien sich zu verwandeln, während er fiel, wurde jedoch zu einer Missgestalt. Er war noch ein Mensch, sein Gesicht war unnatürlich langgezogen, hier und da sprossen Fellfetzten aus dem Körper. Die Haut platzte auf und die Rippen ragten aus dem Bauch. Wäre seine Verwandlung vollständig, hätte er vielleicht noch gelebt.«

Die Welpen starrten Valentin an.

»Und das ist wirklich passiert?«, fragte Jeri. »Oder erzählst du uns das nur, weil wir heute die Mutprobe machen?«

Samuel beugte sich zu den Welpen vor und verengte die Augen. »Warum glaubt ihr denn, weshalb diese Klippe *Wolfsmenschklippe* heißt?«

»Ist es die Klippe mit der toten Eiche?« Jeri schluckte, als er ein Nicken als Antwort bekam. »Warum habt ihr es nie erzählt?«

»Etwas preschte auf uns zu«, fuhr Valentin fort. »Ich dachte, es wäre ein Eber oder ein Bär, der Blut gerochen hatte. Augenblicke später rannte Edgar aus dem Gebüsch. Sein Haar war zerzaust, die Augen funkelten böse, als er uns sah. Rudolf schloss sich ihm an. Ich habe Edgar noch nie so außer sich gesehen. Er brüllte uns an und befahl zu verschwinden, was wir auch taten. Daraufhin haben wir angenommen, er würde es nicht gut finden, wenn wir es jemanden erzählen. Gesagt hat er es aber nicht.«

»Davon wussten wir nichts«, sagte Jeri. »Warum ist er gesprungen?«

»Das würde ich auch gern wissen, aber weder Edgar noch Rudolf haben jemals von dem Vorfall gesprochen. Und da wir der Meinung waren, Edgar würde schon wissen warum, haben wir es für uns behalten. Und ihr solltet es besser auch tun. Wenn es wichtig wäre, hätte Edgar längst alle in Kenntnis gesetzt.«

»Was hat es mit eurer Mutprobe eigentlich auf sich?«, fragte Luc, während er die Augen zusammenkniff.

Jeri wandte den Blick ab, als hätte man die Frage jemand anderem gestellt. Als er den Kopf wieder nach vorne drehte, richteten sich fünf Augenpaare auf ihn. Er seufzte.

»Es ist … die alte Eiche.«

»Und was macht ihr bei der alten Eiche?«

»Na, dasselbe wie ihr.« Jeri errötete. »Wir klettern am Ast bis zum Ende, dann … stellen wir uns für wenige Momente aufrecht.«

Luc lachte. »Lasst euch etwas Eigenes einfallen, ihr Welpen!«

»Sei nicht so, wir haben es auch nicht erfunden«, sagte Valentin. Er wandte sich an Jeri. »Das dürft ihr uns aber nicht nachmachen. Wir sind fast schon Wölfe, uns kann kaum etwas passieren.«

»Das haben wir gesehen!« Begeisterung lag in Jeris Augen. »Du bist auf dem Ast gegangen! Du bist der Mutigste von allen!«

»Mannomann, das war's wohl mit dem Angsthasen.« Robin seufzte und legte den Arm um Valentins Schulter. »Aber glaube ja nicht, dass du stärker als ich je sein wirst.«

Er nahm Valentin in den Schwitzkasten und wuschelte über sein Haar.

DIE VERWANDLUNG

Krämpfe durchzogen den Körper, als Valentin die Augen aufschlug. Er wollte schreien, doch selbst die Kehle wirkte dem Zerreißen nah. Die Muskeln gehorchten nicht, und er hatte das Gefühl, tausende Nadeln drangen tief in ihn ein. Die Haut schien wieder und wieder zu platzen.

Valentin riss die Augen auf, als er feststellte, dass der Mund sich von allein weitete, bis der Kiefer mit einem hässlichen Knacken brach. Er spürte, wie die Knochen wuchsen und das Fleisch auseinanderriss.

Ein Röcheln entwich seiner Kehle. Schaum quoll aus dem Mund und Nase. Jeder Körperteil war durchzogen von Schmerzen. Er schaffte es, die Hand zu heben und erstarrte vor Entsetzen, als er die nackten Muskelstränge erblickte.

Der Schmerz verflüchtigte sich abrupt. Valentin traute sich nicht, sich zu bewegen, so als wäre der Schmerz heimtückisch und als würde er nur darauf warten, bis sich sein Opfer in Sicherheit wiegte, um sich erneut von dessen Qual zu nähren.

Valentin zitterte. Seine Zähne klapperten aufeinander. Zu seiner Überraschung stellte er fest, dass der Kiefer verheilt zu sein schien und er ihn bewegen konnte. Er bewegte die Beine, die Finger und reckte den Rücken. Seine Glieder schienen mit Blei gefüllt zu sein. Der weiße Schleier nahm ihm die Sicht.

Panik kam abermals in ihm auf, während ihm der Schleier Schwärze vor Augen zu treiben begann. Er krächzte, als er sich im Sitzen aufrichtete. Wieder fühlten sich seine Muskeln an, als stünden sie kurz vor dem Zerreißen.

Dem Schmerz in der Schläfe nach zu urteilen, verlor er das Gleichgewicht und schlug mit dem Kopf gegen den Lehmboden. Er versuchte, sich wieder und wieder aufzurichten, bis er innehielt.

Die Erinnerungen an die Lehren Rudolfs kamen von allein auf. Man sollte den Wolf in sich hereinlassen und ihn willkommen heißen, auch wenn es schwerfiel, die Angst zu unterdrücken. Jeder fühlte sich wie ein Welpe, der noch nicht zu gehen gelernt hatte. Geduld war eine der Tugenden, die einen starken Wolf ausmachte. Es sei die erste Prüfung des Wolfes, der seinen Besitzer erprobte.

Valentin dachte an Edgar. Er konnte es sich nicht vorstellen, dass der riesige Mann einst genauso auf dem Boden lag, von Krämpfen durchzogen.

Wie es wohl Robin erging, Luc, Pior, Samuel? Hatten sie sich längst verwandelt und ihm nichts gesagt, weil sie Edgars Lehren befolgten und Valentins Tier nicht drängen wollten?

Valentin rollte sich zusammen, während ein Krampf seinen Bauch durchzog. Erneut war er versucht, in Panik auszubrechen, schob das Gefühl jedoch beiseite.

Als sich der Bauch wieder weich anfühlte, wagte Valentin den Versuch aufzustehen. Kalter Schweiß tränkte sein Haar, als er sich aufrichtete. Die Beine knickten ein. Durch schmale Schlitze erblickte er das Stroh. Sein Bett sah aus, als hätte ein Eber dort nach Eicheln gesucht. Den Arm ausgestreckt, wagte Valentin den Versuch zu kriechen. Das Bild vor den Augen tanzte, verschwamm und fügte sich wieder zusammen. Valentin glaubte, keine Finger mehr zu besitzen, sondern vertrocknete Stängel, die jederzeit brechen könnten.

Die Sehkraft kehrte langsam zurück. Valentin wusste nicht, ob der Schmerz wich oder er sich an ihn einfach gewöhnt hatte.

Es gelang ihm, sich aufrecht hinzusetzen und zu verschnaufen. Mit klarem Blick erkannte er, wie sich die missgestalteten Hände zurückbildeten. Haut fügte sich zusammen. Blut schoss durch die Adern.

Müdigkeit ergriff Besitz von ihm, nachdem der Schmerz verschwand. Er reckte sich und ließ die Gelenke knacken. Die Muskeln fühlten sich ausgelaugt an, so als hätte er gestern den ganzen Tag Holz gehackt.

Das Ziehen in den Fingern ließ ihn die Hand vors Gesicht führen. Er erschrak. Der Ringfinger war unnatürlich verdreht und schien ausgekugelt zu sein. Valentin schluckte und schloss die Augen, während er den Finger umklammerte. Er erwartete Schmerzen, stattdessen piekte es bloß, als er zog.

Jeder Atemzug brachte Kraft mit sich. Valentin spürte, dass das Tier in ihm erwachte, auch wenn er sich bereits zurückverwandelte. Der Wolf schien zwar eingekehrt zu sein, dennoch spendete er seinem Menschen Kraft.

Seine Lider fühlten sich plötzlich schwer an. Müdigkeit kam über ihn, sodass der Kopf sich zu drehen begann. Die Kraft wich. Valentin schaffte es gerade noch zum Strohbett, bevor er in die bodenlose Schwärze fiel.

WOLFSKRAFT

Valentin ballte die Hände zu Fäusten. Er schloss die Augen, um sich auf den Wolf zu konzentrieren. Das Tier schlummerte noch immer, dennoch glaubte Valentin, ihn berühren zu können, um ihn zu wecken.

Bisher war er den Launen des Wolfes ausgeliefert und verwandelte sich nur dann, wenn das Tier nicht schlief. Diesmal jedoch glaubte Valentin, die Verwandlung hervorrufen zu können. Er war es leid, nachts aufzuwachen und die Wände zu zerkratzen, weil er sich im Schlaf verwandelt hatte.

Bereits zwei Mal, während er durch den Wald streifte, um nach Robin und den anderen zu suchen, wachte der Wolf in ihm auf und ließ ihn sich vor Krämpfen und Schmerz krümmen. Noch bevor er sich an den neuen Körper gewöhnen konnte, schlief das Tier wieder ein, wobei die Rückverwandlung mindestens genauso viel Schmerz verursachte.

Heute nahm sich Valentin vor, den Wolf zu zähmen. Und diesmal glaubte er, die richtige Taktik gefunden zu haben.

Eine Fensterlade hing schief in der Angel und ließ Kälte herein, um die sich Valentin jedoch nicht mehr sorgte. Er brauchte kein Fenster mehr. Der Abend brachte frische Luft mit sich.

Valentin legte die Hände auf die Brust. Seine Augen schlossen sich. Die Finger gruben sich in die Haut. Er glaubte, das schwarze Licht zu sehen, in dem der Wolf schlummerte. Er hielt die Luft an.

Sein Herz hämmerte. Schweißperlen bildeten sich auf seiner Stirn. Etwas regte sich im Inneren, so als verwehre Valentin nicht nur sich selbst die Luft, sondern auch dem Wolf.

Ein Krampf nach dem anderen fiel über ihn her, angefangen von den Zehen, und rückte bis zum Nacken vor. Nicht imstande sich zu bewegen, blieb Valentin nichts anderes übrig, als sich auf die Verwandlung einzulassen. Es pfiff und röchelte in der Kehle, während die geweiteten Lungen Luft hereinströmen ließen.

Als das Zittern aufhörte, traute sich Valentin nicht die Augen zu öffnen. Dass der Wolf auf seinen Wunsch hin aufwachte, wollte nicht echt wirken. Es schien, der Wolf wusste nicht, dass er ein Teil eines Menschen war, mit dem er sein Leben teilen musste.

Anstatt Fingernägel gruben sich Krallen in die Brust, die vom dichten, schwarzen Fell bedeckt war. Die Innenseite der Hand war mit Leder durchzogen. Das Fell hörte unterhalb der Knie auf, wo es in Haut überging. Die Beine endeten mit bekrallten Pfoten. Valentin nahm sich vor, zum See zu laufen, um sein Gesicht zu betrachten, falls er es ihm gelang, die Wolfsgestalt so lange beizubehalten.

Vorsichtig, um das Tier nicht zu verscheuchen, richtete Valentin sich auf. Er schwankte und wechselte die Pfoten, um sich an die neue Haltung zu gewöhnen. Der Kopf schien nach vorne gewandert zu sein, sodass sich der Nacken wie ein Buckel anfühlte. Als er das Fenster öffnen wollte, hielt er die Fensterlade samt Verankerung in der Hand. Das Holz drückte sich unter seinem Griff ein wenig ein. Der Rahmen war verzogen. Das Glas gab es vom letzten Mal schon nicht mehr. Er sollte sich schnellstens an die neue Kraft gewöhnen, bevor er noch das ganze Haus zerstörte.

Mit einem Satz sprang Valentin hinaus.

Die rotgewordene Sonne tauchte bereits in den Wald ein. Es knirschte nicht mehr unter den Füßen, der Schnee machte dem Matsch und der Erde Platz. Ein Chor aus Vogelgezwitscher und Insektenlauten explodierte in Valentins Kopf und ließ ihn innehalten. Er glaubte, den Wald atmen zu hören. Er war ein Teil von ihm, der über die Erde mit ihm verbunden zu sein schien. Der Geruch nassen Laubes vom Vorjahr stieg ihm in die Nase.

Er schaute sich um, als er sich immer weiter vom Dorf entfernte. Die Umrisse der Hütten erschienen ihm heller als sonst. Er glaubte, diese Helligkeit stammte von Menschen, die darin wohnten.

Er wandte sich wieder dem Wald zu. Dem Verlangen, die Kraft des Wolfes auszutesten, wollte er unbedingt nachgeben.

Bäume rasten an ihm vorbei, der Wind pfiff in den Ohren, als er die unmöglichen Sprünge über den Bach und die Schluchten wagte. Den Hügel, zu dem er als Mensch fast eine Stunde benötigen würde, erreichte er in wenigen Minuten. Die Sonne schickte den letzten Strahl in Valentins Augen, bevor sie verschwand.

Valentin erschrak, als er auf die bekrallten Hände schaute, und taumelte zurück, während er anstatt Füße Pfoten erblickte. Er schüttelte den Kopf und lachte innerlich über sich selbst. Er war ein Wolf. An diesen Anblick sollte er sich gewöhnen. Es war ein Geschenk des Wolfskönigs, dafür sollte Valentin dankbar sein. Entgegen seinem Willen heulte er gegen den Himmel auf.

Er lief durch den Wald, ohne eine Richtung beizubehalten. Die Kraft des Wolfes schien endlos und er war imstande, jedes Tier, das sich versteckt hielt, zu finden.

Eine Hasenfamilie grub sich unter die Erde ein und hielt den Atem an, im Glauben an das sichere Versteck. Valentin zweifelte jedoch nicht daran, dass er die Erde in wenigen Augenblicken aufwühlen könnte, um an die Tiere zu kommen. Auch die Eule, die sich hoch auf den Ästen sicher glaubte, würde ihm nicht entkommen.

Der Nachtwald war ein anderer Ort als der, den Valentin am Tag kannte, dennoch wusste er ganz sicher, dass er schon immer hierher gehörte. Auch nachts lebte der Wald, und dank der Fähigkeiten des Wolfes verwandelte er sich in eine andere Welt.

Valentin strotze vor Kraft, sodass er unter keinen Umständen anhalten wollte. Müdigkeit gab es nicht, und vom Schlafen konnte keine Rede sein. Vielleicht brauchte er gar keinen Schlaf mehr, und sein Geist erholte sich gerade, während der Wolf wachte.

Der Sternenhimmel leuchtete mit doppelter Kraft, und die Anzahl der Sterne nahm zu. Dem Mond fehlte nur noch eine Winzigkeit, um zu einer strahlenden Kugel zu werden.

Valentin schoss aus dem Wald auf eine Wiese, auf der eine Herde Rehe nächtigte. Er hatte sie von weitem gewittert und wollte sehen, wann sie ihn wittern würden. Erst als ein paar Schritte sie voneinander trennten, brach Panik unter den Huftieren aus. Sie brauchten wenige Augenblicke, bis sie sich für eine Richtung zum Verschwinden entschieden. Zufrieden sah Valentin ihnen nach.

Der Wolf zog plötzlich an ihm, sodass Valentin einen Schritt nach vorne trat. Die Krallenhände zuckten. Dieser Teil des Abenteuers schien dem Wolf nicht zu gefallen. Valentin spürte sein Verlangen nach Jagd und Blut.

Er erinnerte sich an die Lehren Rudolfs: Der Wolfskönig duldete keine Morde. Der Blutdurst sollte nur dann gestillt werden, wenn es notwendig war. Man solle dem Drang des Tieres widerstehen, sonst verlor man irgendwann die Vernunft. Den Legenden nach wurden die Wölfe, die schwach waren und sich vom Tier leiten ließen, vom Diener des Wolfskönigs Päj aufgesucht. Was mit ihnen danach passierte, verschwiegen die Legenden.

Valentin keuchte auf, während Krämpfe seinen Körper durchfuhren. Er kniff die Augen zusammen und presste die Zähne aufeinander. Die Knie versanken in der Erde, als er nicht mehr imstande war, sich aufrecht zu halten. Als er die Augen öffnete, schien die Welt verblasst zu sein. Der Wald verlor das blaue Leuchten und schien undurchdringlich. Die

Sterne wirkten matt, der Mond spendete kaum noch Licht. Die Stille, die plötzlich einkehrte und nur durch den Wind gestört wurde, wirkte unheimlich.

Valentins Herz hämmerte. Er befand sich weit weg von Zuhause. In Menschengestalt würde er mehr als einen Tag brauchen, um zurückzukommen. Er fühlte sich der Dunkelheit ausgeliefert, sodass er es nicht wagte, einen Schritt zu tun.

Er zwang sich zur Ruhe, indem er die Augen schloss. Der Wolf war sicherlich eingeschlafen und musste bloß geweckt werden.

Ein anderer Gedanke ließ Valentin innehalten. Vielleicht zahlte der Wolf es ihm heim, weil Valentin ihm die Kontrolle verwehrte und die Genugtuung einer Jagd nicht gönnte. War so etwas möglich? Wenn der Dorfvorsteher die Wahrheit sprach, dann sollte das Tier den Menschen beschützen und ihm helfen, weil es im selben Körper steckte. Und eigentlich war er selbst der Wolf.

Valentin suchte in Gedanken nach Anzeichen seiner Präsenz. Er rief nach ihm und befahl ihm aufzuwachen. Das Tier blieb stumm. Valentin bohrte die Finger in die Haut, doch auch diesmal blieb der Erfolg aus. Ein Schaudern lief ihm den Rücken herunter. Der Wolf schien ihm nicht nur die Stärke zu verwehren, er nahm auch die anderen Fähigkeiten, die er Valentin in Menschengestalt verlieh.

Abermals zwang er sich zur Ruhe. Er rief sich die Verwandlung von heute Abend in Erinnerung und atmete tief ein. Die Luft angehalten, schloss er die Augen. Eine Ewigkeit schien zu vergehen, als Valentin die Lippen schürzte. Er spürte den Wolf nicht, dennoch gab er sich der Atemlosigkeit hin. Das Herz schlug mit jedem Augenblick schneller. Die Lungen brannten und ließen die Brust glühen. Als er die Luft herauspresste und dabei war, einen Atemzug zu machen, verkrampfte sein Körper.

Das Licht der Sterne verstärkte sich. Geräusche des lebendig gewordenen Waldes brachen über ihn herein. Kraft umfloss ihn. Er sprang auf die Pfoten und heulte gegen den Mond auf.

Bevor der Wolf noch auf die Idee kommen konnte, seine Kräfte erneut zu entziehen und ihn so weit von Zuhause allein zu lassen, eilte Valentin zum Dorf zurück.

KRÄFTEMESSEN

Valentin hielt inne, als er ein Stück Brot in den Grießbrei tunkte, den seine Mutter vor der Tür stehenließ. Der Wolf machte auf sich aufmerksam, indem er darauf drängte herauszukommen. Vielleicht litt er mit seinem Menschen Hunger, weil das spärliche Frühstück kaum noch ausreichte. Drängte er ihn vielleicht dazu, auf die Jagd zu gehen, um Tiere zu erlegen?

Es galt, eine gemeinsame Sprache mit dem Wolf zu finden, so wie Edgar und Rudolf es sagten. Dann ließen sich die Verwandlungen einfacher durchführen. Der Wolf würde dem Menschen helfen, weil auch er seine Hilfe benötigte.

Tage vergingen seit der ersten Verwandlung, dennoch sprach Valentin kein Wort mit seinen Eltern darüber. Sie kamen kein einziges Mal auf sein Zimmer, um nach ihm zu sehen, obwohl ihnen die Poltergeräusche wohl kaum entgangen waren, wenn er den Wolf in den Griff zu bekommen versuchte und sich an den neuen Körper gewöhnte.

Es schien, als mieden ihn alle Bewohner Windecks, indem sie die Blicke abwandten. Niemand sprach ihn an. Er fand es nicht schlimm, er sollte es schließlich allein schaffen, sonst wäre er eines Wolfes nicht würdig. Nur die jüngeren Welpen, die ihm ständig nachliefen, ließen keine Gelegenheit offen, ihn auszufragen und sich Geschichten von ihm erzählen zu lassen.

Er erinnerte sich, dass sein Vater ihn bereits als Wolf gesehen hatte, als Valentin aus dem Fenster sprang. Er rief sich den Tag nochmals vor Augen und glaubte, Angst in Vaters Blick zu erkennen. Es war seltsam, denn auch seine Eltern trugen die Wölfe in sich, auch wenn er sie noch nie in ihrer Gestalt gesehen hatte. Er sah den Vater gedanklich noch einmal an und erkannte plötzlich etwas anderes. Das, was er für Angst hielt, war keine. Sein Vater schien besorgt zu sein. Es überraschte Valentin, seine Eltern hatten noch nie Gefühle für ihn übrig, weder schlechte noch gute.

Er wandte den Blick zum Fenster. Erste Knospen sprossen auf dem Geäst. Die Morgensonne färbte die Baumwipfel rot. Frische strömte ins Zimmer.

Wo seine Freunde wohl sein mochten? Ob auch sie sich gerade an ihren Wolf gewöhnen mussten? Valentin war zu sehr mit seinem Wolf beschäftigt, sodass es kaum Gelegenheit gab, Robin aufzusuchen. Auch Robin tauchte schon lange nicht mehr vor seinem Fenster auf, obwohl er als Frühaufsteher galt.

Vielleicht würde Valentin heute im Wald auf seine Freunde treffen. Schließlich erwachte der Wolf in ihnen zuerst.

Valentin kletterte aus dem Fenster. Seine nackten Füße schmatzten auf dem Laub vom Vorjahr, als er in den Wald lief. An die Stiefel verschwendete er keinen Gedanken mehr.

Er brauchte sich nicht zu konzentrieren, um sich zu verwandeln. Der Wolf hatte Hunger und wartete nur darauf herauszukommen. Entweder verschonte der Wolf seinen Menschen heute, oder Valentin gewöhnte sich langsam an den Schmerz der Krämpfe. Er schüttelte den Kopf und grölte gegen den Himmel.

Er machte einige Hasen aus, die sich in der Erde versteckten. Er nahm das Rasen ihrer Herzen wahr und wühlte den Boden auf. Sein Arm tauchte bis zum Ellbogen in die Erde ein, um ein Tier herauszuholen, das sich vor Schmerz wand. Die Kralle des Mittelfingers ging durch den Rücken und ragte aus der Brust des Hasen heraus. Blut tränkte das weiße Fell rot.

Der Hase quiekte kurz auf, als er im Maul des Wolfes verschwand. Fünf weitere Hasen wagten nicht, sich zu bewegen, bis sie das gleiche Schicksal ereilte.

Der menschliche Teil ekelte sich vor dem Mahl. Nicht, dass Valentin noch nie rohes Fleisch gegessen hatte, doch etwas Lebendiges aß er noch nie zuvor. Der Wolf frohlockte jedoch, womit er den Ekel neutralisierte.

Der Wolf war zufrieden. Er zog nicht mehr so stark an Valentin, dennoch keimte die Jagdlust in ihm auf. Es hatte den Anschein, sie würde anwachsen, je mehr Valentin den Wolf zufriedenstellte. Den Rest der Hasen ließ Valentin am Leben. Zwar galt es, eine gemeinsame Sprache mit dem Wolf zu finden, dennoch sollte auch der Wolf seine Grenzen kennen.

Der Geruch des Wassers erreichte Valentin. Der Bach in der Senke, der einen kleinen See bildete, bevor er weiterfloss, brachte noch immer den Geruch des schmelzenden Schnees mit. Valentin schreckte eine Entenfamilie auf, als er sich näherte und die Bewegungslosigkeit des Wassers brach.

Den Kopf gehoben, genoss er die Kälte mit geschlossenen Augen, während das Wasser in seinen Magen lief. Tropfen, die an der Schnauze herunterflossen und ins Wasser fielen, klangen angenehm in den Ohren. Als er keinen Tropfen mehr hörte, blickte er nach unten.

Das Wasser spiegelte das Gesicht eines Tieres wider, das keine Gemeinsamkeiten mit dem Menschen hatte. Valentin wagte es nicht zu atmen.

Ein Ungeheuer mit breitem Schädel und spitzen Ohren

blickte ihn an. Er hielt das Maul geschlossen, dennoch stachen die fingerlangen Fangzähne hervor. Die Augenform veränderte sich eine Winzigkeit im Vergleich zum Menschen. Der breite Schädel machte sie zu Schlitzen und zog die äußeren Enden nach oben, was den Wolf gefährlich aussehen ließ. Die gelben Augen leuchteten glasklar. Die Pupillen in ihrer Mitte pulsierten. Schwarzes Fell bedeckte den Oberkörper, dennoch zeichneten sich die Brust und die Schultern des Menschen darunter ab.

Valentin betrachtete voller Ehrfurcht das Geschenk, das ihm der Wolfskönig machte. Als Mensch konnte er sich mit seiner Statur nicht rühmen, doch nun durchzogen sichtbare Muskelstränge seine Glieder. Die Schultern wuchsen in die Breite, und er glaubte zu sehen, wie das Blut unter dem Fell rauschte. Sein Buckel schob den Kopf nach vorne. Borsten fielen auf die Schultern herab.

Ein entferntes Grölen ließ ihn die Augen abwenden. Er trank ein letztes Mal und rannte auf das Geräusch zu.

Vielleicht würde er Robin antreffen, Luc, Pior oder Samuel. Er war gespannt darauf, wie sie als Wölfe aussahen. Sie mussten sich Tage vor ihm verwandelt haben und den Wolf besser als er beherrschen. Er wollte sie unbedingt sehen, bevor sich ihre Wege womöglich für immer trennten.

Das Grölen verstummte. Valentin brauchte jedoch keine weiteren Hinweise, um zu wissen, woher es kam. Die Ohren hörten den Nachhall jedes Geräusches und prägten sich die Richtung ein. Die Nase witterte jemanden wie ihn selbst. Ein Kratzgeräusch drang zu ihm durch.

Er sah die Umrisse der gleichen Gestalt, die ihn in der Wasserspiegelung anblickte. Die Krallenhand des Wolfes holte immer wieder aus, um Kratzspuren auf der Fichte zu hinterlassen. Späne stoben auseinander. Der andere Arm hing herunter, so als gehörte er nicht zum Körper. Der Wolf hielt inne, um gegen den Himmel zu grölen, dann setzte er das Kratzen fort. Er hielt abermals inne, als Valentin sich näherte. Sein Kopf drehte sich abrupt um.

Winzige Knopfaugen blitzten Valentin entgegen. Sie waren ganz anders als bei ihm, klein und nah beieinander, was bei einem großen Schädel wie diesem grotesk aussah. Die Pupillen ließen sich kaum als Punkte im Gelb der Augen erkennen. Schiefe, graue Zähne traten aus dem Maul hervor, als seien es keine Zähne, sondern Krallen.

Valentin erschrak, als der Wolf sich umdrehte und sich in voller Höhe aufrichtete. Er war größer als Valentin, die Schultern breiter, und das Fell bedeckte den Körper ganz, sodass keine Menschenhaut hervortrat, anders als bei Valentin, dessen Beine von den Knöcheln bis zu den Knien nackt blieben.

Valentin wollte den Namen seines Freundes aussprechen, gab stattdessen ein Gurgeln von sich.

Das schwarze Fell des Wolfes ließ darauf schließen, dass Samuel vor ihm stand. Valentins Fell war ebenso schwarz, also sollte auch Samuels Fell die Farbe seiner Haare angenommen haben. Aus dem ganzen Dorf gab es nur fünf Jungen und ein Mädchen, die zum Wolf werden sollten, Samuel und er waren die einzigen Schwarzhaarigen.

Ein Kreischen ließ alle Geräusche herum verstummen, als Samuel das Maul aufriss. Er warf den Kopf herum und glotzte Valentin an. Hass spiegelte sich in den Knopfaugen wider. Die Krallenhand, mit der er an der Fichte kratzte, schloss und öffnete sich. Ein kaum sichtbares, glänzendes Rinnsal schlängelte sich von der Schulter bis zu den Krallen des schlaffen Armes.

Etwas sagte Valentin, dass Samuel nicht bloß Kräfte mit ihm messen wollte. Vielleicht hatte er ihn nicht erkannt und verteidigte sich bloß? Als Mensch war er einen halben Kopf größer und stärker, und auch als Wolf überragte er Valentin. Nur der Umstand, dass sein Arm herabhing, machte ihn schwächer.

Die beiden schauten einander an. Samuel atmete schwer, wogegen Valentins Atem ruhig ging, ganz anders als das Herzklopfen.

Vielleicht brauchte es nur etwas Zeit, bis sein Freund ihn erkannte. Valentin dachte einen Moment lang daran, die Gestalt des Menschen anzunehmen. Beim erneuten Anblick des Wolfes überlegte er es sich jedoch anders.

Samuel warf den Kopf herum und kreischte. Er präsentierte den zerfurchten Rücken, als er sich auf Pfoten und einem Arm davonmachte, anders als Valentin, der wie ein Mensch aufrecht lief. Der zweite Arm Samuels schleifte am Boden. Blut verwandelte das Fell zu Klumpen. Fleisch schien unter den Wunden zu leuchten, und der Rücken sah aus, als wäre er mit roten Blättern bedeckt.

Valentin wollte hinterherlaufen, überlegte es sich jedoch im letzten Moment anders. Vielleicht brauchte Samuel einfach nur Zeit, um sich an den Wolf zu gewöhnen.

Oder er täuschte sich und es war gar nicht Samuel, sondern jemand anderes. Schließlich bekam man selten jemanden aus Windseck in der Gestalt des Wolfes zu sehen, und Valentin konnte nur wenigen von ihnen ein Gesicht zuordnen. Die Menschen bedienten sich ihrer Kraft bei der Jagd, wenn Gefahr drohte, oder wenn es etwas Schweres zu erledigen gab.

Eine Windböe peitschte Valentins Gesicht. Er drehte sich um und erblickte die Wolfsmenschklippe, die weit über die Bäume herausragte.

Er erinnerte sich an den Vorfall vor einem Jahr, als ein junger Wolf von der Klippe sprang. Was ihn wohl dazu bewegt haben mochte? Konnte er es nicht ertragen, ein Wolf zu sein? Es war absurd. Der Wolf war ein Teil jedes Menschen im Dorf. Mit ihm nicht klarzukommen hieß, mit sich selbst nicht klarzukommen.

Die Klippe zog Valentins Blick in ihren Bann. Er erkannte

die alte Eiche. Sie sah aus wie eine zu Stein gewordene Gestalt, die mit ausgestrecktem Arm in den Abgrund wies. War der Baum in irgendeiner Weise dafür verantwortlich, dass der Junge sprang?

Valentins Ohren richteten sich auf. Er hörte ein Knacken, so als träte jemand auf einen Ast. Sein Blick suchte die Richtung ab, von der das Geräusch stammte. Als er nicht fündig wurde, drehte er den Kopf in die entgegengesetzte Richtung, wo die Wurzel eines Baumes wie eine Spinne aus der Erde ragte.

Jemand war dort, und es war kein Wolf, wie Valentin zuerst vermutete, dennoch groß und breitschultrig. Er beobachtete Valentin, regte sich jedoch nicht von der Stelle, obwohl er entdeckt wurde. Er stand vor der Wurzel, so als wäre auch er ein Baum. Sein Blick nagelte Valentin fest.

Edgar hatte sich nie mit den Welpen des Dorfes angefreundet. Er war unnahbar, fast so wie der Wolfskönig, dessen Gesetze man befolgte, ihn jedoch niemals zu Gesicht bekam. Umso seltsamer erschien es, dass Edgar sich jetzt Zeit nahm, um den Jungen, den seine Freunde als Angsthase bezeichneten, zu beobachten.

Wenn Edgar eine Predigt hielt, tat er es in der Art eines strengen Lehrers, bei dem es niemand wagte, einen Ton von sich zu geben. Und wenn der seltene Augenblick kam, dass er mit Welpen sprach, suchte er die größten und die stärksten aus. Robin rühmte sich noch bis heute damit, von Edgar angesprochen worden zu sein. Es handelte sich zwar um eine beiläufige Frage, ob er sich auf den Wolf freute, Robin bezeichnete es vor seinen Freunden jedoch als eine Bekennung seinesgleichen.

Aber vielleicht stimmte es auch, womöglich suchte Edgar jemanden, der ihm zur Seite stehen könnte, oder einen Nachfolger. Immerhin waren er und Rudolf alt, und er hatte seit langem keinen jungen Wolf mehr im Dorf gelassen.

Ein Geräusch zwang Valentin, hinter sich zu schauen. Abermals sah er in die Richtung, aus der er das Knacken zum ersten Mal hörte. Auch jetzt war niemand zu sehen. Selbst die Wolfssinne offenbarten niemanden, der sich dort aufhielt.

Als Valentin wieder zu Edgar blickte, sah er nur die Baumwurzel, die einer Spinne gleich die Glieder in die Höhe ausstreckte.

VERBINDUNG

Die Verwandlung schmerzte heute kaum noch, sodass Valentin das Gefühl hatte, er hatte alles gelernt, was ein Wolf können sollte. Die Worte Rudolfs brannten sich jedoch ins Gedächtnis ein, dass es Jahre bedurfte, bis man den Wolf vollständig beherrschte.

Valentin war sich sicher, dass er kein Jahr brauchen würde. Wenn es ums Lernen ging, war er der Schnellste. Er hatte es geschafft, die fünfte Verwandlung ohne Schmerzen zu überstehen, obwohl Rudolf sagte, dazu solle man mindestens ein dutzend Mal den Wolf in sich wecken. Er fand heraus, dass er während der Krämpfe den Schmerz in sich lassen sollte, ohne ihm entgegenzuwirken. Wenn er sich anspannte, störte er das rasche Wachstum des Fleisches, was wiederum zum Schmerz führte.

Die Abendsonne färbte den Himmel rot. Valentin spürte den Hauch des Windes, roch das eisige Wasser, das dem Berg entsprang, um sich in einen Bach zu verwandeln, und lauschte den Insekten und Tieren, deren Tag sich erst nach Einbruch der Dunkelheit abspielte. Knospen sprossen auf den jungfräulichen Ästen. Erste Grashalme wagten sich an die Oberfläche.

Die Luft kündigte die Ankunft des Sommers an. Das Vogelzwitschern geleitete den Tag zur Ruhe. Der Vollmond schien sich mit der untergehenden Sonne messen zu wollen.

Als Mensch würde sich Valentin längst auf den Nachhauseweg begeben. Als Wolf jedoch konnte er dieselbe Strecke, von hier bis nach Hause, binnen weniger Minuten überwinden. Es sei denn, der Wolf entzog ihm die Kraft, was Valentin inzwischen jedoch ausschloss. Er beherrschte das Tier gut genug, um sich seiner Kraft zu bedienen, wann immer er wollte.

Valentin blickte um sich, als er meinte, von jemandem beobachtet zu werden, dessen Blick ihn aufzuspießen schien. Ein Schauer lief über seinen Rücken.

Er warf den Kopf herum und setzte seine Wolfssinne ein, um desjenigen Versteck ausfindig zu machen, der ihn beobachtete. Es könnte Samuel sein, der ihm auflauerte. Vielleicht kam er mit seinem Wolf nicht zurecht und beneidete die anderen. Oder es war Robin, der ihm einen Streich spielen wollte.

Nichts rührte sich. Die Präsenz eines Wolfes war jedoch so stark, dass Valentin dessen Atem zu hören glaubte. Er würde nicht weglaufen, er würde sich dem Wolf stellen. Seine Kraft würde ausreichen, um es selbst mit Robin aufzunehmen. Schwäche und Angst gehörten der Vergangenheit an.

Valentin hielt die Krallenhand vor die Schnauze und erstarrte innerlich. Die Bewegung kam nicht von ihm. Seine Hände machten sich selbstständig. Hitze strömte durch seinen Körper, als er den Versuch unternahm, die Hände zu Fäusten zu ballen. Er presste die Kiefer zusammen. Dampfender Speichel troff auf seine Brust.

Die Verbindung zum Körper riss vollständig ab. Valentin glaubte, fallen zu müssen, stattdessen reckte sich der Wolfskörper. Er riss das Maul auf, um es mehrmals mit einem Knacken zuschnappen zu lassen. Wie ein Kleinkind, das sich gerade erst aufzurichten gelernt hatte, torkelte der Wolf herum.

Als er über eine Wurzel stolperte, fing er sich mit den Händen ab und setzte das Laufen auf allen Vieren fort, wobei er schneller zu werden schien, als Valentin es je auf zwei Beinen war. Äste peitschten auf ihn ein, die derjenige, der Valentins Wolfskörper übernommen hatte, ignorierte.

Valentin vermochte seinen Willen nicht durchzusetzen. Selbst das Blinzeln scheiterte. Er sah nur das, worauf derjenige, der seinen Körper übernommen hatte, den Blick richtete. Er spürte die Erde, die Luft und die Anstrengung der Muskeln, war jedoch nicht imstande, selbst zu handeln.

Wind rauschte in den Ohren des Wolfes. Seine Pfoten und Hände schienen die Erde kaum zu berühren. Er ließ die Grenze zum Unbekannten hinter sich, wohin sich kein Junge des Dorfes jemals getraut hatte. Eine böse Vorahnung keimte in Valentin auf. Vergebens suchte er einen Weg, um die Kontrolle zurückzuerlangen.

Das Tier verharrte von einem Moment auf den anderen. Wolfsaugen durchstachen die Dunkelheit. Weiße Wolke bedeckte den Boden, die sich beim Anpirschen als Schafsherde herausstellte. Die meisten Tiere schlummerten, während der Rest von ihnen die Präsenz des Räubers wahrnahm und leise blökte. Den Geruch von Angst witterte Valentin bis hierher.

Es kam ihm vor, als ließe ihn der neue Besitzer mit Absicht Teil des Geschehens werden, um sich an seiner Hilflosigkeit zu ergötzen.

Valentin wagte den Versuch, sich an etwas zu klammern, das ihm ermöglichte, die Kontrolle zurückzuerlangen. Jedes Mal, wenn er etwas zu fassen bekam, riss die Verbindung ab, so als versuchte er, sich an Grashalmen festzuhalten. Er rief nach seinem Wolf, denn vielleicht versetzte jemand das Tier bloß in einen Schlummerzustand. Zusammen würde es sicherlich gelingen, den Eindringling zu bewältigen. Ihn erschauderte, als er sich der Vorstellung hingab, irgendwann nicht mehr Herr seiner Gedanken zu werden. Als er ein höhnisches Schnauben vernahm, das sein Wolfskörper von sich gab, richtete er ein Hilfegebet an den Wolfskönig Päj.

Mordlust blitzte in seinem Kopf auf, die nicht seine sein konnte. Die Tiere stoben auseinander, als der Wolf in ihre Mitte sprang und das tödliche Werk begann. Mit nur einem Hieb vermochte er Schaf für Schaf zu Fall zu bringen. Mondlicht spiegelte sich rot auf den Krallen wider. Erde tränkte sich mit Blut und trieb die Kreatur an. Zähne rissen das Fleisch von den Flanken der Schafe.

Nach wenigen Augenblicken erinnerte nichts mehr an die schneeweiße Wolke. Nur wenigen Tieren gelang die Flucht, während die meisten mit aufgerissenen Augen zum Sternenhimmel starrten. Der Rest, verstümmelt und von Entsetzten gepackt, wartete auf das Ende.

Der Wolf frohlockte und ergötzte sich am Leiden der Tiere, wenn sie sich totstellten und nun wegzulaufen versuchten. Das letzte lebendige Schaf humpelte auf drei Beinen davon.

Kiefer schlossen sich um dessen Rücken, um mit ein wenig Nachdruck ein lautes Knacken erschallen zu lassen und das Tier wieder auf den Boden zu werfen.

Nicht imstande sich zu bewegen, verdrehte das Schaf die Augen in die Richtung, wo der Mond eben noch leuchtete und plötzlich von Wolken verdeckt wurde. Das Tier gab ein ersticktes Blöken von sich, bevor der Wolf sein Mahl begann.

Die Kehle wirkte zum Zerreißen nah. Die Zunge gehorchte kaum. Sonne stach mit roten Schwertern durch die Lider. Der Körper wirkte wie Stein. Das Herz schlug unangenehm schnell und brachte die Haut zum Glühen.

Valentin legte die Hand aufs Gesicht. Er ertastete seine menschliche Nase, Lippen, Ohren und das Kinn. Der Traum von gestern hatte ihm zugesetzt, sodass er froh war, gerade nicht im Körper des Wolfes zu stecken. Durst peinigte ihn, die Müdigkeit zwang ihn jedoch dazu liegenzubleiben. Kopfschmerz ließ die Zähne zusammenpressen.

Er dachte an die Worte Edgars: Der Wolfskörper verlangte dem Menschen viel Kraft ab, solange man unerfahren war. Man würde manchmal dazu neigen, Wirklichkeit mit Traum zu vermischen.

Valentin atmete tief ein und aus. Letzteres würde ihm nicht passieren. Er wusste genau, wie sich ein Traum anfühlte und wie er von der Realität zu unterscheiden war.

Er zwang sich, die Augen zu öffnen. Der Schmutz auf den Händen, den er für Erde hielt, entpuppte sich als Blut, das eine Kruste bis zu den Ellbogen bildete.

Ich kann die Realität vom Traum unterscheiden, ging es Valentin durch den Kopf. Das kann ich. Er rief sich den gestrigen Tag ins Gedächtnis und versuchte, sich an die Stelle zu erinnern, wo er sich mit Blut besudelt haben könnte. Sein Herz schlug schneller, als er bei jedem Gedankengang wieder und wieder zum Traum zurückkehrte, in dem jemand eine Bestie aus ihm machte und die Schafe schlachtete, um sie zu fressen.

War das Realität, oder hatte sich jemand einen Spaß mit ihm erlaubt und die Hände mit etwas eingeschmiert, das nach Blut aussah? Ein Würgegefühl kam in ihm auf, als er an das Mahl dachte, welches er ohne seinen Willen veranstaltete. Er hielt sich die Hand vor den Mund. Als er mit der Zunge Fellfetzen zwischen den Zähnen ertastete, blähten sich seine Backen auf und er schaffte es gerade noch zum Fenster.

Hitze peinigte seinen Körper, während der Brachreiz ihn zum zweiten Mal überkam. Der Kopf drehte sich, die Lippen verlangten nach Wasser. Bevor Valentin das Dorf verließ, sah er, wie die Dorfbewohner ihren Geschäften nachgingen und ihn beäugten. Er hielt sich nicht mit ihnen auf und taumelte in den Wald, bekleidet nur mit einer zerrissenen Hose.

Als er einen Baum umgehen wollte und den Kopf hob, hielt er inne. Ein Wolf stand vor ihm, groß und mit eisernem Blick. Gelbe Augen musterten Valentin. Dem Reh, das über seine Schulter hing, fiel die Zunge heraus. Valentin wusste nicht, wer von den Wölfen das war, der gerade von der nächtlichen Jagd zurückkehrte, aber er war nicht in der Verfassung, sich jetzt mit jemandem zu unterhalten.

Noch lange spürte er den Blick im Rücken, als er den Wolf umging und den Weg fortsetzte.

Kälte stach angenehm in die Schläfen, während Valentin den Kopf in den See tunkte. Das Würgegefühl ließ nach, nachdem er sich ins Wasser fallenließ. Er wusch sich die Hände und kratzte das eingetrocknete Blut unter den Fingernägeln ab. Dunkle Rinnsale liefen die Brust herunter und wurden jedes Mal heller.

»Du hast dich aber ganz schön eingesaut.«

Valentin fuhr herum. Seine Stirn glättete sich.

»Robin!«

Sein Freund grinste. »Hast du mich vermisst? Ich sehe, du warst fleißig am Üben.«

»Hmm, ja.« Valentin rieb sich den Hinterkopf. »Nicht wirklich, weißt du.«

Robin setzte sich auf den Stein am Ufer und hing die Beine ins Wasser. Auch er verzichtete auf die Bekleidung, bis auf den

Lendenschurz. Seine Schultern und Brust wirkten größer, auch wenn er sich bereits vor der Verwandlung mit seiner Statur rühmen konnte. Schweigend beobachtete er seinen Freund, der aus dem Wasser stieg.

»Sieh mal einer an. Als Bohnenstange kann ich dich auch nicht mehr bezeichnen. Du siehst gut aus. Der Wolf scheint dir gutzutun. Was hast du die Nacht getrieben?«

Valentin kaute auf der Unterlippe. Jedes Mal, wenn er zur Antwort ansetzen wollte, wusste er nicht, mit was er anfangen sollte.

»Was ist?« Robin hob die Augenbraue. »Hast du etwas erlegt und bereust es jetzt? Du wirst doch kein schlechtes Gewissen deswegen haben?« Er lachte und sah zum Himmel auf. »Päj, sei ihm nicht böse für diese Schwäche. Es ist eben unser barmherziger Valentin.« Er sah seinen Freund an. »Soll ich dir erzählen, was ich gestern für eine Jagd hatte? Ich habe mich an die Fersen von Wildschweinen geheftet, in der Hoffnung, der Einhauer sei unter ihnen. Die Viecher können laufen, sage ich dir. Ich brauchte die halbe Nacht, bis ich sie eingeholt hatte, die Schweinsmama und ihre sieben Ferkel. Sie war ganz schön sauer und wollte mich überrennen. Ich musste sie mehrmals mit den Krallen bearbeiten, bis sie nachgab. Dann habe ich mich vom warmen Fleisch ablenken lassen, sodass ich gar nicht mitbekam, woher der riesige Eber auftauchte und auf mich zuraste. Ich wusste gar nicht, dass das rohe Fleisch einen so blind machen konnte. Der Wolf hatte mich auf das rasende Tier aufmerksam gemacht und ich sprang im letzten Augenblick hoch, sodass der Eber sich überschlug. Ich sprang auf ihn, aber das Vieh richtete sich auf, als würde ich nichts wiegen. Seine Nackenhaut war dick wie alte Eichenrinde. Er schien nicht einmal bemerkt zu haben, dass ich auf ihm saß. Erst nachdem ich ihm die Haxen gebrochen habe, kam ich an seinen Hals und Bauch. - Was hast du erlegt?«

Valentin war von der Geschichte so hingerissen, dass er nicht mitbekam, dass Robin eine Frage an ihn richtete. Er kaute abermals an der Unterlippe und senkte den Blick.

»Es waren Schafe.«

Robin zog die Augenbrauen hoch. »Bist du verrückt?« Er sah sich um. »Rudolf wird dir den Kopf abreißen«, flüsterte er. »Hat dich jemand gesehen?«

»Es ist nicht so, wie du denkst.« Auch Valentin schaute um sich. »Es waren nicht unsere Schafe.«

»Wessen Schafe sollen das sonst gewesen sein?« Robin schlug die Hände über den Kopf. »Du brauchst doch niemandem mehr etwas zu beweisen.«

»Ich weiß nicht, wessen Schafe es waren. Vielleicht gehörten sie ja niemandem. Ich … ich war hinter der Grenze.«

»Ich erkenne dich kaum wieder.« Robin seufzte und legte Valentin die Hand auf die Schulter. »Erst läuft er über dem Abgrund, als wäre nichts, dann traut er sich hinter die verbotene Grenze und tötet Schafe, von denen er nicht weiß, wem sie gehören.« Er seufzte abermals. »Den Angsthasen Valentin werde ich irgendwann vermissen.«

»So war es nicht ganz.« Valentin wandte den Blick ab. »Ich glaube nicht, dass ich es allein war.«

Robin lachte auf. »Du glaubst nicht, dass du allein warst? Was soll das heißen? Als Wolf kannst du auch nachts sehen, als wäre es Tag, und wittern, ob sich jemand in der Nähe aufhält. Du konntest also niemanden übersehen haben.«

»Nein, das meine ich auch nicht. Wie soll ich das erklären? Du darfst nicht lachen. Ich glaube, jemand hat meinen Körper übernommen.«

Robin kreuzte die Arme. »Ich weiß nicht, wie ich das verstehen soll. Wann hast du das letzte Mal geschlafen?«

»Ich bin gerade aus dem Bett gekommen! Ich fantasiere nicht. Ich habe die gestrige Nacht komplett miterlebt, nur hatte ich irgendwann keine Kontrolle mehr über meinen Wolfskörper. Ich würde ganz sicher nicht freiwillig über die Grenze laufen, und ganz sicher würde ich nicht so viele Schafe töten. Eines würde vollkommen ausreichen.«

»Aus dem Bett …« Robin grunzte. »Hattest du denn überhaupt vorgehabt zu jagen?«

Valentin schüttelte den Kopf.

»Dann darfst du dich nicht wundern. Hast du etwa vergessen, was Edgar uns gelehrt hat? Wir sollen dem Wolf gelegentlich die Freiheit überlassen. Ausgerechnet du hast es vergessen? Der Wolf ist ein Raubtier, seine Natur ist das Jagen. Ich vermute, du hast ihm den Wunsch zu oft ausgeschlagen, sodass er es irgendwie schaffte, deinen Körper zu übernehmen. Trotzdem habe ich noch nie gehört, dass so etwas möglich ist. Vielleicht liegt es aber auch daran, dass du schwach bist.« Er hob die Hände, als Valentin ihn böse anfunkelte. »Ich ziehe dich nicht auf. Du warst eben schon immer schwächer als wir. Vielleicht brauchst du nur noch etwas mehr Zeit.«

»Und wie war es bei dir? Lässt du deinem Wolf oft Freiheiten?«

Robin beugte sich zu Valentin vor. »Jeden Tag.« Er grinste. »Und ich genieße es.« Er runzelte die Stirn. »Hmm, jetzt wo ich das von dir weiß … Manchmal habe ich das Gefühl, der Wolf greift nach mir.« Er winkte ab. »Alles nur Einbildung. Wenn das stimmt, was du sagst, dann bist du ein Glückspilz. Dein Wolf hilft dir. Er kümmert sich drum, dass du endlich erwachsen wirst.«

Schlechtes Gewissen kam in Valentin auf. Robin hatte recht, er war noch immer schwach im Vergleich zu den anderen, auch wenn er dank seines Wolfs stärker wurde. Was kümmerten ihn die Schafe? Der Wolf half ihm, auf den richtigen Weg zu kommen, weil der schwache Mensch es noch immer hinauszögerte.

»So wird es wohl sein.« Valentin seufzte.

»Verlass dich darauf. Glaub mir, der Wolf weiß, was gut für dich ist.«

»Hast du schon die anderen getroffen?«, fragte Valentin.

Robin schüttelte den Kopf. »Nein, du bist der erste überhaupt, den ich seit der Verwandlung gesehen habe. Wenn ich wieder im Dorf bin, suche ich sie.« Er grinste. »Glotz nicht so. Es ist wahr: Ich war seit der Verwandlung nicht im Dorf.«

»Aber … wie?«

»Hast du es noch immer nicht verstanden? Als Wolf brauchst du kein Dorf, kein Zuhause und kein Bett. Das Tier sorgt dafür, dass du es selbst als Mensch warm hast, und er warnt dich vor Gefahren, wenn es sein muss. Der Wald versorgt dich mit Essen und Wasser. Der Wald ist unser richtiges Zuhause. Seit sechs Tagen lebe ich hier und habe kein einziges Mal die vier Wände vermisst. Ich weiß gar nicht, warum wir überhaupt im Dorf leben. Ich habe mich noch nie so gut gefühlt. Und das Schönste ist: Ich habe seitdem nicht gehungert. Ich glaube kaum, dass ich im Dorf bleiben werde, sollte Edgar mich danach fragen.«

Valentin bewunderte seinen Freund und kam sich wie ein Schwächling vor. Selbst wenn er schnell wie ein Eber wurde, die Stärke des Bären besaß und imstande war, eine ganze Herde Schafe auszulöschen, war er noch immer ein Schwächling im Vergleich zu Robin. Natürlich würde Edgar seinem Freund anbieten, im Dorf zu bleiben. Er hatte schon immer ein Auge auf die Starken.

Valentin seufzte. »Ich werde auf dich hören. Du hast recht, was den Wolf betrifft. Ich werde ihm die Freiheit lassen. Willst du währenddessen … dabei sein? Ich habe Bedenken seit dem letzten Mal.«

Robin schüttelte den Kopf. »Hast du die Lehren Rudolfs und Edgars vergessen? Der Wolfskönig belohnt die Starken.

Wenn du es nicht allein schaffen kannst, bist du nicht würdig, ein Wolf zu sein. Aber mach dir keine Sorgen, du bist würdig, zwar noch immer ein Angsthase, aber du bist schon viel besser.« Er legte die Hand auf Valentins Schulter.

»Das habe ich ganz vergessen!« Valentin schlug sich auf die Stirn. »Ich glaube, ich habe Samuel getroffen. Er war ein Wolf.«

»Du glaubst es? Hast du ihn nicht erkannt?«

»Er war ein Wolf und hatte schwarzes Fell. Zwar könnte es jeder Schwarzkopf gewesen sein, aber er und ich sind die einzigen Schwarzköpfe unter uns Neuen.«

»Daran habe ich gar nicht gedacht. Gute Schlussfolgerung. Wie sah er aus?«

»Er war verletzt. Sein Arm hing herunter. Der Rücken sah aus, als hätte man ihn mit Krallen zerschnitten. Er hat mich nicht erkannt und rannte davon. Es hatte den Anschein, er würde niemanden erkennen, egal wer vor ihm stehen würde. Ich wollte mich zurückverwandeln, damit er mich als Mensch sah, aber seine Augen verhießen nichts Gutes. Und du hast ihn nicht getroffen?«

»Seltsam. Vielleicht hat er den Wolf noch nicht unter Kontrolle. Aber gesehen habe ich ihn nicht. Wenn er es tatsächlich gewesen sein sollte, dann fehlen nur noch Luc, Pior und Laura.« Ein Lächeln huschte über Robins Gesicht, als er den Namen des Mädchens aussprach. »Ich frage mich, ob die Zwillinge auch als Wölfe unzertrennlich bleiben.« Er kniff plötzlich die Augen zusammen und schüttelte den Kopf. »Mein Wolf meldet sich zum zweiten Mal, während wir sprechen. Ich will ihn nicht zu lange warten lassen. Schön, dich gesehen zu haben.« Mit diesen Worten versteifte er sich.

Adern traten auf seiner Stirn hervor. Die Haut platzte und schloss sich wieder, während der Umfang von Robins Muskeln wuchs. Sein Gesicht zog sich in die Länge. Das Fell färbte den Körper braun.

Valentin war kaum imstande, sich beim Anblick des Tieres zu bewegen. Es war größer als der schwarze Wolf. Die kleinen, mattgelben Augen ähnelten Samuels Augen, nur lagen sie nicht so nah beieinander. Das Fell bewegte sich im Wind. Sonnenlicht ließ es glänzen und verlieh dem Tier eine göttliche Ausstrahlung. Es wunderte Valentin nicht, dass sein Freund so aussah. Er war schon als Mensch gutaussehend. Nicht umsonst hatte Laura, das einzige Mädchen in ihrem Alter, ein Auge auf ihn.

Der Wolf schaute auf Valentin herunter, als er sich aufrichtete. Es gab keine Zweifel, dass Robin das Tier leitete, nicht umgekehrt. Sein Freund war schon immer stark.

Eine Böe zerrte an Valentin, als Robin von der Stelle sprang. Bäume verschluckten seinen Schatten.

WÖLFE

Zwei aneinander gelehnte Baumstämme bildeten den Eingang zur Höhle. Zerstreute Knochen auf dem Boden wiesen darauf hin, dass Valentin den Weg gefunden hatte. Das letzte Mal war er hier vor einigen Wintern mit Robin, weil sie den echten Schädel sehen wollten. Der Ort veränderte sich kaum. Der Efeu ließ den Felsspalt ungerührt, während er den Felsen selbst beinahe unkenntlich machte.

Der Hase, den Valentin auf dem Weg erlegt hatte, baumelte in der rechten Hand. In der linken hielt er die Fackel. Der Geruch von Kerzenfett stieg ihm in die Nase. Er nahm jemanden wahr, der erst vor kurzem in die Höhle ging. Die Knochen knackten immer öfter, je mehr er sich dem Eingang näherte.

Warme Luft hüllte Valentin ein, als er durch den Spalt ging. Das Flackern am Ende des Tunnels bestätigte, dass jemand hier war. Die Abwesenheit der Spinnweben deutete darauf hin, dass derjenige für Sauberkeit sorgte. Dem Kratzgeräusch nach zu urteilen, hantierte dieser jemand gerade mit dem Besen.

»Wolfskönig ist mit dir«, sagte Valentin, bevor er in die Höhle trat. Das Kratzgeräusch verstummte.

»Was für ein seltener Anblick in diesen Tagen«, erklang eine Frauenstimme. »Sieh mal einer an, eine Opfergabe hat er auch noch dabei. Wolfskönig ist auch mit dir.«

Das schwache Licht, das von drei Kerzen ausging, gab eine Frau zu erkennen. Die schwarzen Haare fielen bis zur Hüfte. Der Mantel reichte bis zum Stiefelkragen aus Schafspelz.

»Was machst du da, Fira?«

»Er kennt meinen Namen. Das ist schön.«

»Windseck ist ein kleines Dorf.« Valentin lächelte. »Außerdem habe ich ein gutes Gedächtnis. Was machst du da?«

»Wonach sieht es denn aus? Ich halte den Schrein sauber. Mit Einbruch des Frühlings kriechen die Spinnen aus allen Löchern. Wenn man hier nicht alle paar Tage nach dem Rechten schaut, verfängt man sich irgendwann selbst in den Weben.«

»Ich wusste nicht, dass ihn jemand saubermacht.«

»Der Wolfskönig hat zu viel zu tun, um sich auch noch damit zu beschäftigen.« Fira lächelte. »Edgar hat mich mit der Aufgabe betraut, und ich mache sie gerne. Hier fühle ich mich dem Wolfskönig näher.« Sie deutete auf den Felshaufen, in dessen Mitte der kleine Schädel eines Wolfes thronte.

Valentin ließ den Blick über die Höhle schweifen. Ein halbes Dutzend Wolfsschädel, die sich vom Schädel auf dem Felshaufen durch die Größe unterschieden, hatte man zusammen mit den Kerzen in den Nischen platziert. Das Licht ließ sie lebendig erscheinen, wenn die Flamme flackerte. Ein Steintrog füllte sich mit Wasser, das von der Decke tropfe. Von dort gelangte das Wasser in den Boden, wo das dünne Rinnsal nach wenigen Handbreit in einer Ritze verschwand. Die Malereien an den Wänden zeigten Geschöpfe auf vier Füßen mit Wolfsköpfen. Ihre Körper auf vier Beinen erinnerten an Rehe.

»Es ist lange her, dass ein Welpe …« Fira räusperte sich. »Dass ein junger Wolf Opfergaben brachte. Woher weißt du davon?«

»Rudolf hat es uns erzählt. Und ich hörte meine Eltern einmal darüber sprechen.«

»Weißt du, wie es geht?« Fira lächelte erneut, als sie ein Kopfschütteln als Antwort bekam. »Leg den Hasen zum Schädel. Setz dich auf den Boden, schließ die Augen und warte ab. Du wirst schon merken, wann du die Gebete an ihn richten sollst. Lass dich nicht von mir stören.«

Valentin bettete den Hasen mit beiden Händen neben den Schädel. Er sah ihn an im Glauben, der Schädel, der die Größe des Hasen hatte, würde zum Leben erwachen und die Opfergabe verschlingen. Als nichts geschah, ließ sich Valentin im Schneidersitz auf den Boden nieder und schloss die Augen. Dunkelheit und Stille, die von dem leisen Geräusch des Wassertropfens unterbrochen wurden, hüllten Valentin ein.

Segne mich mit Kraft, damit ich und der Wolf in Eintracht leben können, hörte sich Valentin irgendwann in Gedanken sagen, ohne es zu beabsichtigen. Verleih mir Weisheit, um den Wolf zu zähmen, wenn er grundlos mordet. Lass mich deinen Willen in der Welt durchsetzen, die du erschaffen hast. Ich fürchte mich vor den Taten, die der Wolf imstande ist zu tun, wenn er über meinen Körper verfügt. Schau in mich hinein und sieh meine Ängste. Sollten sich meine Bedenken in deinen Augen als unbegründet herausstellen, gib mir zu verstehen, weshalb diese Art von Schwäche in mir haust. Wolfskönig Päj, wache über mich.

Valentin atmete aus. Das Gebet tat gut. Es gab ihm das Gefühl, der Wolfskönig schenkte ihm tatsächlich Beachtung. Er öffnete die Augen und erstarrte. Sein Blick suchte vergebens nach dem Hasen.

»Das ist ein guter Hase«, erklang Firas Stimme hinter dem Felshaufen. Sie kam heraus und band einen Knoten um die Hinterpfoten des Tieres. »Hier, häng ihn jetzt über den Schädel und lass ihn ausbluten. Mach einen Stich in die Kehle, genau hier. Das nächste Mal musst du ihn lebendig bringen, sonst kann es passieren, dass das Blut nicht mehr fließt.«

»Danke«, sagte Valentin. Er hing den Hasen mit dem Kopf nach unten auf und suchte sein Hemd und die Hose ab. Lächelnd nahm er das Steinmesser entgegen, das Fira in der Hand hielt.

»Ich danke dir. Es ist lange her, dass jemand ein Opfer brachte. Ich spüre jetzt schon, wie dieser Ort mit Leben erfüllt wird.«

Valentin beobachtete, wie das Blut auf den Schädel tropfte, um unter dem Felshaufen zu verschwinden. Sein Blick fiel auf die großen Wolfsschädel in den Nischen. Er runzelte die Stirn, als er wieder den kleinen Altarschädel betrachtete.

»Sag mal, ist das ein Schädel eines Wolfskindes?« Er hielt inne und rieb sich den Kopf. »Aber es gibt doch gar keine Wolfskinder. Wir werden erst nach sechzehn Wintern zu Wölfen.«

Fira lächelte. »Es ist der Schädel eines Wolfstieres. Schau, sie sind hier auf der Wand zu sehen.« Sie schwieg, während sie Valentin ansah. Ihr Lächeln bildete sich zurück. »Edgar und Rudolf haben es nie erzählt, nicht wahr? Du würdest dich sonst erinnern, wenn es stimmt, was dein Gedächtnis anbetrifft. Oh, Diener Päjs! Was lehren die beiden euch überhaupt?«

»Was haben sie nie erzählt?«

Fira ging zum Bild, auf dem man die Tiere mit Wolfsköpfen darstellte. »Du weißt nicht, was das für Tiere sind?« Sie schloss die Augen, als Valentin den Kopf schüttelte. »Wolfskönig, vergib den beiden Dummköpfen. Sie sind alt und vergessen manchmal die einfachsten Dinge.« Sie wandte sich Valentin zu. »Das, mein Junge, sind Wölfe.«

Valentin sah sie an in Erwartung einer Fortsetzung. Er blinzelte, womit er seine Verwirrung präsentierte.

»Aber … wir sind doch auch Wölfe.«

»Das sind richtige Wölfe. Es sind Wolfstiere. Sie verwandeln sich nicht, sie haben dieses Aussehen, das du als seltsam bezeichnen würdest, seit der Geburt. Den Überlieferungen nach hat der Wolfskönig sie zuerst erschaffen, dann die richtigen Menschen. Danach hat er eine neue Rasse hervorgebracht: uns, die Wolfsmenschen. Der Schädel, der auf diesem Felshaufen thront, ist der Schädel eines Wolfstieres. Es ist das einzige Relikt, das uns aus der alten Zeit geblieben ist. Edgar hatte es dabei, als er das Dorf gründete.«

Erfolglos versuchte Valentin, Anzeichen von Scherzen auf Firas Gesicht zu deuten.

»Wenn das wahr ist, warum habe ich diese Tiere … die Wölfe noch nie zu Gesicht bekommen?«

Ein Schauder lief ihm den Rücken herunter, als er sich vorstellte, wie grotesk die Tiere in Wirklichkeit aussehen müssten, wenn es sie denn tatsächlich gab.

»Niemand hat sie gesehen, nicht einmal Edgar. Den Legenden nach lebten sie einst an unserer Seite. Sie halfen uns zu jagen und unseren Nachwuchs zu schützen. Etwas geschah vor mehreren hunderten von Wintern, sodass uns die Wolfstiere verließen. Keine Überlieferung konnte uns Klarheit verschaffen, weshalb das geschah. Sie waren irgendwann einfach weg. Nur noch Wandgemälde und dieser Schädel erinnern an ihre Existenz. Päj allein weiß, was damals geschah.«

»Wissen die anderen Dörfer auch nicht mehr?«, fragte Valentin.

Fira wandte den Blick zum Boden. »Gut möglich. Ich war noch nie in anderen Dörfern.«

Valentin kreuzte die Arme. »Hast du keine Angst, dass jemand den Schädel mitnehmen könnte? Du lebst hier doch nicht, oder?«

Fira lachte. »Oh, du junger Wolf! Wer würde sich des Schädels bemächtigen wollen? Niemand möchte die Bekanntschaft mit Päjs Diener machen, weil man sich hat etwas zu Schulden kommen lassen. Nein, der Schrein hält selbst Bären fern.«

Valentin betrachtete den Schädel. Das Blut, das nur noch gelegentlich tropfte, färbte ihn rot.

»Diese Wolfstiere, konnten sie sprechen?«

Fira verengte die Augen. »Ich weiß es nicht. Was denkst du?«

Valentin umfasste sein Kinn mit Daumen und Zeigefinger.

»Ich weiß es nicht. Ich weiß nicht einmal, ob wir sprechen können, wenn wir uns in Wölfe verwandeln. Ich werde es das nächste Mal versuchen. Bisher gab ich bloß knurrende Laute von mir. - Fira?« Valentin runzelte die Stirn, als er feststellte, dass die Frau ihn anstarrte.

»Du hast dich … bereits verwandelt?« Fira nahm den Besen an sich, den sie an die Wand gelehnt hatte. »Wie viele Winter hast du denn hinter dir?« Wie zufällig machte sie einen Schritt nach hinten und kehrte über den sauberen Boden, ohne Valentin aus den Augen zu lassen.

»Nach sechzehn Wintern verwandeln sich doch alle«, sagte Valentin.

»Und du fühlst dich gut?« Fira sah auf Valentins nackte Füße. »Du hast dich tatsächlich verwandelt.«

»Ich fühle mich gut. Warum fragst du?«

Fira winkte ab. »Mach dir keine Sorgen. Ich habe nur nicht

gedacht, dass du schon so weit bist. Du siehst jung aus. Hier, bevor ich's vergesse.« Sie griff in eine Holzkiste. »Das gehört dazu. Streue sie vor den Eingang, wenn du gleich gehst.« Sie ließ die Knochen, die allesamt von Hasen und Eichhörnchen stammen könnten, in Valentins Hand fallen. »Der Wolfskönig scheint etwas von dir zu halten«, sagte sie nachdenklich. »Ich weiß zwar nicht, was für Gebete du an ihn gerichtet hast, aber er hat dir bereits ein Geschenk dargebracht. Du hast eben etwas von unserer Geschichte erfahren. Auch wenn die meisten das nicht als Geschenk ansehen, ist das Wissen das höchste Gut, das Päj jemandem schenken kann.«

Valentin wusste nicht recht, was er von den Worten Firas halten sollte. Er wog die Knochen in der Hand und wandte sich zum Ausgang. Bevor er die Höhle verließ, drehte er sich um.

»Wozu die Knochen?«

»Damit Päjs Diener den Weg hierher findet, um die Opfergabe abzuholen. Wolfskönig Päj, wache über den Jungen.«

MENSCHEN

Bäume und Büsche rasten an ihm vorbei, als er schlagartig aufwachte. Die Erde verwandelte sich in einen Strom, der unter seinen Pfoten davonrauschte. Die Fähigkeit, im Dunkeln zu sehen, verwirrte ihn noch immer und jagte ein wenig Angst ein. Schlafwandelte er gerade in Gestalt des Wolfes? Er fühlte sich gut und lebendiger als je zuvor. Die Kraft strotzte aus ihm heraus. Er spürte jeden Körperteil, ertastete mit den Pfoten und Händen die Erde und roch die Luft des Nachtwaldes … war jedoch nicht imstande, dem Körper seinen Willen aufzuzwingen.

War das wirklich der Wolf selbst, wie Robin es sagte? Hatte er die Kontrolle an sich gerissen, weil Valentin ihm nicht die Freiheiten gab, die er wollte? Aber heute wollte er ihm die Freiheit lassen, indem er die Fährte des Tieres aufzunehmen beabsichtigte, das größer als ein Hase war. Der Wolf hätte heute das bekommen, was er sich wünschte, dazu brauchte er Valentin die Kontrolle nicht zu entwenden. Ahnte das Tier denn nicht, was Valentin vorhatte? Andererseits wusste Valentin auch nichts von dem, was im Inneren des Wolfes vorging.

Panik kam in ihm auf, als er Anstalten machte, die Kontrolle an sich zu reißen. Es glich dem Versuch einer Ameise, einen Flussstein zu bewegen. Der Wolf schnaubte, so als würde er über den Menschen spotten, mit dem er den Körper teilte. Aber wieso stellte er sich gegen Valentin? Rudolf sagte, dass der Wolf und der Mensch im Einklang leben würden, wenn das Gleichgewicht stimmte. Scheinbar stimmte bei Valentin etwas ganz und gar nicht. Oder irrte sich Robin, was den Wolf anbetraf? War es letztendlich nicht der Wolf in ihm, sondern jemand anderes, der die Kontrolle an sich riss? Immerhin hatte Valentin erst gestern dem Wolfskönig einen Hasen geopfert. Warum sollte er ihm also böse gestimmt sein? Oder war die

Opfergabe nicht gut genug? Fira sagte, das nächste Mal solle er den Hasen erst im Schrein töten. Also könnte Päj die Opfergabe nicht anerkannt haben.

Valentin wollte die Augen zusammenkneifen, während Äste über sein Gesicht peitschten, doch selbst das brachte er nicht zustande.

Er nahm plötzlich die Gefühle des Tieres wahr. Der Wolf hatte keine Angst vor nichts und niemandem. Er war sich sicher, dass der schwache Mensch in ihm niemals wieder die Kontrolle zurückerlangen würde. Und er hatte nicht die Absicht, ihm die Kontrolle jemals wieder zurück zu geben.

Valentin blieb nichts anderes übrig, als entweder Zuschauer dessen zu sein, was der Wolf beabsichtigte, oder weiterhin zu versuchen, einen Weg zu finden, ihn zu bändigen. Zum wiederholten Mal suchte er nach etwas, woran er sich festhalten könnte, und erstarrte.

Eine Welt der fremden Gedanken öffnete sich ihm. Das Chaos aus Gefühlen und Begierden blendete Valentin, sodass er nicht in der Lage war, etwas zu entziffern. Es waren die Gedanken eines Tieres, das auf seine eigene Weise dachte, nicht wie die Menschen, sondern wie jemand, dessen Umwelt aus Jagen und Töten bestand. Je mehr Valentin durch das Chaos durchzudrängen versuchte, umso verwobener erschienen die Gedanken des Tieres, bis sich ein schwarzes Licht zeigte, das im Gegensatz zu den anderen Lichtern bewegungslos blieb. Es schien, der Wolf wollte, dass Valentin dieses Licht sah. Als er es beinahe greifen konnte, wünschte er, er hätte es nicht gefunden. Der Wolf, oder jemand, der ihn leitete, war nicht bloß ein Tier. Er hatte ein festes Ziel und zeigte Valentin sein Vorhaben. Erneut schnaubte der Wolf und frohlockte über das Entsetzen, das in Valentin wuchs.

Der Wald endete abrupt und machte jungen Gräsern und Büschen Platz. Nach einer Weile verschwanden auch sie. Das

Mondlicht ließ die Wolfsaugen in eine kahle Landschaft blicken, die nicht aufhören wollte. Angst und Begeisterung zugleich fesselten Valentin.

Rudolf und Edgar ließen keine Predigt offen, ohne eine der wichtigsten Regeln hervorzuheben: den Wald niemals zu verlassen. Hier war das Zuhause von einfachen Menschen. Es galt, sich von ihnen fernzuhalten. Hier gab es keine Bäume, die vor Blicken schützten und die Menschen wegzulocken ermöglichten.

Valentin vernahm einen Anflug von Unsicherheit des Wolfes, der ebenso wie sein Mensch mit der Verwirrung zu kämpfen schien und für einen Moment stehenblieb, um sich umzublicken. Krallenhände ballten sich zu Fäusten. Valentin erblickte den Mond, während der Wolf das Geheul gegen den Himmelskörper richtete, der hier in der Steppe mit der Kraft der Sonne zu leuchten schien und auf die Erde zu stürzen drohte.

Valentin glaubte, der Mond spendete nicht nur Licht, er speiste den Wolf mit Kraft. Das Tier ließ sich erneut auf die Pfoten und Hände nieder. Erde und Gras flogen davon, als die zu Schatten gewordene Gestalt des Wolfes ein Ziel mit Hilfe des Geruchssinns anvisierte.

Behausungen mit Dächern, wie man sie auch in Windseck baute, zeigten sich auf dem Horizontstreifen. Der Wolf stellte sich auf die Pfoten. Seine Brust hob und senkte sich schnell. Schaum troff aus dem Maul, den er mit einem Kopfwirbeln um sich schleudern ließ.

Valentin nahm die einfachen Menschen wahr, die in den Häusern schliefen. Er wunderte sich, wie sehr sie den Wolfsmenschen aus seinem Dorf ähnelten. Er glaubte immer, sie gruben ihre Behausungen in die Erde oder bauten Nester auf Bäumen, doch anscheinend existierte ihre Wildheit nur in Valentins Kopf und in Erzählungen seiner Freunde. Auch sie schienen Werkzeuge zu benutzen, die ihnen halfen, Felder zu bestellen und Holz zu bearbeiten.

Valentin erschauderte, als er an eine Begegnung dachte. Würden sie ihn angreifen und in Ketten legen? Hätte der Wolf, zu dem er jetzt wurde, genug Kraft, um ihnen etwas entgegenzusetzen? Rudolf warnte sicherlich nicht umsonst jedes Mal davor, sich ihren Grenzen zu nähern. Wie stark sie wohl sein mochten, wenn man ihnen sogar in Wolfsgestalt aus dem Weg gehen musste?

Der Wolf schlich um die Häuser, als wäre er ein Jäger, der sich eine Beute aussuchte. Im Gegensatz zu Windseck gab es hier keine Möglichkeit, ins Innere der Häuser zu blicken. Türen und Fensterläden verschmolzen mit den Wänden. Valentin hatte das Gefühl, etwas hielt den Wolf von den Behausungen auf Abstand, als hätte jemand eine zweite, unsichtbare Wand um sie errichtet. Er glaubte, seine Gedanken bestätigt zu haben, als der Wolf ein Schnauben von sich gab.

Zum wiederholten Mal versuchte Valentin, sich an etwas festzuklammern, um den Körper in seinen Besitz zu bringen. Der Wolf spielte mit seinem Leben. Es waren keine Schafe, die sich nicht wehren konnten, sondern Menschen, vor denen Rudolf und Edgar sie immer warnten.

Schaum benetzte die Wand eines Hauses, als der Wolf herumwirbelte. Er schoss auf allen Vieren in die Richtung, aus der das Wiehern eines Pferdes erklang.

Hier, bei der Scheune, gab es keine unsichtbaren Wände. Das Licht flackerte durch die offene Tür, hinter der Valentin ein Pferd, drei Schweine und einen Menschen ausmachte. Er wunderte sich über die Stille, die in der Scheune herrschte, obwohl keines der Tiere schlief. Nur das Pferd schnaubte hin und wieder. Dem Klacken der Hufen nach zu urteilen, machte ihm etwas zu schaffen. Valentin vernahm das Flüstern des Menschen, der auf das Pferd einredete.

Abermals rollte Panik über Valentin her. War dieser Mensch womöglich imstande, mit den Tieren zu reden und sie zu verstehen? Pferde waren starke Tiere, die selbst einem Wolf gefährlich werden könnten, wenn sie in Rage gerieten. Dieser Mensch könnte das Pferd gegen Valentin einsetzen.

Das leise Pfeifen aus der Kehle des Wolfes und dessen Entschlossenheit machten den Spott des Wolfes über seinen Menschen deutlich. Seine Nasenlöcher weiteten sich, um Luft einströmen zu lassen und in ihr zu lesen.

Der Wolf hielt inne, als eine Gestalt aus der Scheune heraustrat. Valentin starrte sie an, in Erwartung eines Ungeheuers mit scharfen Zähnen und der Statur des Bären. Stattdessen erblickte er einen hageren Mann, dessen Gesichtszüge auf Müdigkeit deuteten, so als hätte er bis in die späte Stunde hinein gearbeitet. Trotz des Mondlichts streifte sein Blick den Wolf nur. Entweder nahm er den Wolf nicht wahr, oder seine Stärke erlaubte ihm, dermaßen nachlässig zu sein. War das etwa der Grund dafür, weshalb Rudolf und Edgar ständig vor den einfachen Menschen warnten?

Valentin erinnerte sich an die Zeit, bevor der Wolf in ihm erwachte, dass auch er damals nicht im Dunkeln sehen konnte. Das Verhalten des Mannes könnte also der Tatsache geschuldet sein, dass er keine Wolfssinne besaß und niemanden wahrnahm. Plötzlich war sich Valentin nicht mehr sicher, wovor er mehr Angst hatte: vor dem, zu was der Mensch fähig sein könnte, oder vor dem, was der Wolf dem Menschen anzutun beabsichtigte.

Der Mann verengte die Augen. Wolfsohren vernahmen das rasche Klopfen in seiner Brust. Die Angst vor der Absicht des Wolfes wuchs in Valentin, als der Mann einen Fuß vor den anderen setzte und sich näherte.

Valentin setzte zum wiederholten Versuch an, die Kontrolle an sich zu reißen, um von hier zu verschwinden und das Übel abzuwenden. Der Mann war schwach. Vielleicht war nur dieser eine Mensch schwach, so wie Valentin es unter seinesgleichen war. Er würde dem Wolf kaum etwas entgegensetzen können, so viel war nun sicher.

Der Wolf spürte die Anstrengung seines Menschen und tat etwas, das Valentins Bewusstsein für einige Augenblicke blenden ließ. Als Valentin wieder sehen konnte, stand der Mann vor ihm. Sein Gesicht erbleichte, während die Gestalt des Wolfes, die ihn um drei Hauptlängen überragte, aus dem Schatten ins Mondlicht trat.

Es bereitete der Kreatur Freude, den Mann in Starre versetzt zu haben. Das Bild vor Valentins Augen verschwamm für wenige Momente. Er hatte das Gefühl, schlafen zu müssen, während der Geist des Wolfes frohlockte und sich von der Furcht des Menschen nährte.

Die Krallenhand schloss sich um den Hals des Mannes. Ersticktes Röcheln war das einzige Geräusch, das er von sich gab, während er aus der Höhe zum Wolf blickte.

Entsetzen packte Valentin, als er feststellte, dass die Kreatur, zu der er wurde, sich nicht nur von der Furcht seines Opfers nährte, sie bediente sich auch Valentins Angst. Er wünschte, der Mensch wäre tatsächlich so gefährlich, wie Rudolf und Edgar es stets erzählten, damit er der Kreatur Einhalt gebieten könnte.

Lichtkegel erhellten das erblasste Gesicht für einen kurzen Moment, während der Wolf die Zähne bleckte. Die Augen des Mannes erloschen auf der Maske des Entsetzens, als der Wolf ihn in Stücke riss.

Das Ungeheuer zwang Valentin dazu, die Gräueltat mit anzusehen, bis das Bild des Schreckens im Nebel zu verschwinden begann und Valentins Bewusstsein sich plötzlich in der Dunkelheit auflöste.

EINE MINUTE

Unsichtbare Fesseln drückten seinen Körper ins Bett. Die Gelenke schmerzten. Die Muskeln standen kurz davor zu verkrampfen. Zunge und Lippen spürte er kaum noch. Durst schnürte ihm die Kehle.

Der Körper gehorchte kaum, so als beherrschte ihn der Wolf sogar im Schlaf. Valentin schaffte es, die Finger zu schließen und sie wieder zu öffnen. Er bewegte die Füße und winkelte die Beine nacheinander an.

Der Mann aus dem Dorf der einfachen Menschen kam Valentin ins Gedächtnis. Seine Körperteile wirkten zusammengesetzt. Die blutenden Verbindungsstellen und die leblosen Augen erinnerten an das Grauen von der letzten Nacht. Valentin hob die Lider und blinzelte den weißen Schleier nach und nach aus den Augen.

Die groben Balken unter dem Schilfdach verrieten, dass er zuhause war. Nachdem der Wolf den Mann tötete, machte er sich also auf den Weg zurück. Valentins Bewusstsein war ihm entglitten, noch bevor das Ungeheuer sein Werk vollbrachte. Es war ihm ein Rätsel, wie er es ins Bett geschafft hatte.

Valentin biss die Zähne zusammen. Er war es nicht würdig, sich Wolf zu nennen und in Windseck zu bleiben. Der Wolfskönig bestrafte ihn für seine Schwäche. Er war kein Jäger, sondern ein Mörder, der es nicht schaffte, sein Tier zu beherrschen. Seinetwegen musste ein Mensch sterben. Zwar tötete er einen einfachen Menschen, aber es hätte genauso jemand aus Windseck sein können, ein Greis oder noch schlimmer ein Welpe, und dieser Mensch unterschied sich kaum von den Menschen seines Dorfes, was ihm unmöglich machte, sich mit dem Mord abzufinden.

Valentin schrie in Gedanken auf, vermochte jedoch keinen Ton nach außen zu geben.

Er musste jemanden um Rat fragen. Vielleicht konnte jemand helfen, der bereits dasselbe erlebt hatte, auch wenn Valentin daran zweifelte, dass jemand dasselbe wie er erlebt haben könnte. Er kannte niemanden, der schwächer war als er, abgesehen von den Welpen, denen die Verwandlung erst noch bevorstand. Sie jedoch konnten ihm gewiss nicht helfen.

Seine Ohren vernahmen ein Geräusch.

»Du bist wach!«, erklang die Stimme eines Jungen. »Wolfskönig sei Dank! Ich dachte, du wachst nie mehr auf. Warte, ich wische den Schweiß von deiner Stirn. Du glühst.«

Am liebsten würde Valentin Jeri davonjagen. Er traute sich selbst nicht mehr und wusste nicht, zu welchen Taten der Wolf sich noch hinreißen lassen könnte. Gleichzeitig war er froh, dass wenigstens jemand hier war. Der Durst peinigte ihn plötzlich mit aller Kraft.

Als hätte Jeri seine Gedanken gelesen, hob er Valentins Kopf und ließ seine Lippen das Wasser berühren. Die ersten Schlucke schienen die Kehle zu zerreißen, die nachfolgenden ließen Valentin husten, was ihm gleichzeitig ein wenig Stärke zurückbrachte.

»Was machst du da?«, krächzte Valentin. Die eigene Stimme ließ ihn erschaudern. Er glaubte, er spräche mit der knurrenden Stimme des Wolfes.

»Ich habe dich heute Morgen im Wald gefunden. Ich konnte dich nicht wecken, also brachte ich dich hierher. Dein Fenster war offen, es steht immer offen.« Jeri ließ Valentin einen weiteren Becher trinken. »Ich habe aufgepasst, dass dich niemand sah. Wir Wölfe passen doch aufeinander auf. Was ist? Ich werde schon im nächsten Frühling zum Wolf. Außerdem bin ich bloß einen halben Kopf kleiner als du.«

»Du solltest mir nicht helfen, weil ich …«

»Ich weiß, ich weiß, alles muss man allein schaffen. Das sagt Rudolf immer.« Er winkte ab. »Aber er sagt auch, dass wir

Wölfe aufeinander aufpassen, also habe ich nichts falsch gemacht, und du brauchst dich für nichts zu schämen. Du bist der einzige von den neuen Wölfen, der mich nicht angeknurrt hat.«

»Wer … hat dich denn … angeknurrt?«

»Ich bin vor drei Tagen mit der Steinschleuder auf die Spatzenjagd gegangen und habe zwei Wölfe gesehen. Ich bin mir sicher, das waren die Zwillinge, sie sehen auch als Wölfe gleich aus. Anders als du liefen sie auf Händen und Pfoten.«

Valentin hob die Lider. »Du hast … mich gesehen?«

»Ja, das war vor sechs Tagen, aber nur flüchtig. Als ich den beiden also folgte, verlor ich sie schon nach kurzer Zeit«, fuhr Jeri fort. »Als ich durch die Schlucht ging, tauchten sie von beiden Seiten auf und knurrten mich an.« Jeri sah zu Boden. »Ich bin kein Angsthase, aber meine Beine machten sich selbstständig. Die Zwillinge liefen mir nach, und ich rechnete jeden Augenblick damit, dass sie mich schnappten. Das Knurren kam von überall. Ich glaube, sie haben über mich gelacht. Aber auf einmal hörte das Knurren auf. Ich dachte nicht einmal daran, mich umzudrehen. Ich war heilfroh, zuhause angekommen zu sein.«

»Du sollst trotzdem nicht … bei mir sein.« Valentin fielen die Augen zu. »Hast du Rudolf gesehen? Oder Edgar?«

»Nein, schon lange nicht. Auch bei der letzten Predigt war niemand von ihnen anwesend. Keine Sorge, ich muss ohnehin gleich gehen. Ich stelle den Becher hierher. Willst du was essen? Ich habe mein Frühstück für dich aufgehoben.«

Valentins Kehle schien wie zugeschnürt, als er ans Essen dachte. Er hatte als Mensch seit drei Tagen nichts mehr zu sich genommen. Der Wolf hatte sich genügend vom Schafsfleisch bedient.

Übelkeit kam in ihm auf, als er an die letzte Nacht dachte. Ob der Wolf auch Menschenfleisch fraß? Er konnte sich nicht daran erinnern, weil der Wolf seinen Geist irgendwann aussperrte. Valentin war dankbar dafür. Wenn das Mahl stattgefunden hatte, wollte er das nicht miterleben.

»Nein ... iss du selbst ...«

»Wie du willst«, sagte Jeri. »Wenn du etwas brauchst: Ich komme abends nochmal vorbei.«

»Nein!« Valentin glaubte, ein Knurren von sich gegeben zu haben. »Ich werde dich selber suchen, wenn ich was brauche.«

Er beobachtete aus den Augenwinkeln, wie die Glassplitter das Sonnenlicht spiegelten, als Jeri die Fensterläden unnötigerweise hinter sich schloss.

Er musste zu Rudolf oder Edgar, schleunigst! Er glaubte nicht, dass seine Eltern ihm helfen konnten. Außerdem war er allein im Haus, so viel Wahrnehmung besaß er noch. Es war zwar eines Wolfes nicht würdig, wenn man sich von jemanden helfen ließ, aber Valentin wollte keine Menschen mehr ermorden. Er war zu schwach, um dem etwas entgegenzusetzen. Sollen die anderen über ihn lachen, aber er würde niemanden mehr umbringen, selbst wenn es sich dabei um einen einfachen Menschen handelte.

Er setzte dazu an, sich aufzurichten. Der Schmerz, als hätte er gestern den halben Wald abgeholzt, dröhnte in seinen Gliedern. Müdigkeit fesselte ihn und zwang ihn in den Schlaf.

Seine Hände ballten sich zu Fäusten.

»Nein«, flüsterte er. »Steh auf.« Die Augen wirkten wie mit Blei gefüllt.

Er musste raus aus dem Bett und aus dem Zimmer. Er brauchte Hilfe oder Rat von erfahrenen Wölfen. Sie würden wissen, was mit ihm geschah, und sie würden sicherlich sein Tier bändigen.

Er brachte es nicht zustande, die Augen offen zu halten. Ohne Schlaf würde er kaum einen Schritt hinter die Tür setzen, das wusste er.

»Nur eine Minute«, versprach er sich selbst. »Nur noch eine … Minute.«

Er würde sich diese eine Minute gönnen, nur diese eine. Sie sollte ausreichen, damit er zu sich kam.

Sein Körper erschlaffte, kaum dass er den Gedanken beendete.

DAS SPIEL

Valentin vernahm ein Knurren. Es war sein Knurren, wenn er die Gestalt des Wolfes annahm. Und wieder einmal hatte nicht er das Geräusch ausgelöst. Als er das Sehvermögen erlangte, verstand er, dass der Wolf erneut die Kontrolle an sich riss, ohne dass Valentin es mitbekam.

Ein säuerlicher Geruch hing in der Luft. Der Wolf weitete die Brust, während er ein- und ausatmete. Zwei Holzfäller schwangen die Äxte vor ihm. Valentin hatte sie noch nie in Windseck gesehen, also müssten es wieder einmal einfache Menschen sein. Im Gegensatz zum hageren Mann entsprachen sie seiner Vorstellung von den Menschen. Die langen Bärte und die Körpergröße der Männer ließen sie wild erscheinen. Sie waren beinahe so groß wie Valentins Wolf. Den Äxten nach zu urteilen, wohnte ihnen genug Kraft inne, um es mit einem Wolf aufzunehmen. Sie hielten das Tier auf Abstand und zwangen es, rückwärts zu taumeln.

Die Äxte der Männer warfen die untergehende Sonne in die Augen. Valentin fragte sich, ob es die Sonnenstrahlen waren, die das rote Licht reflektierten, oder ob es das Blut des Wolfes war, das auf dem Stahl klebte. Vielleicht schafften es diese Männer, den Wolf zu bezwingen. Vielleicht waren es jene

Menschen, vor denen Rudolf und Edgar sie ständig warnten, und der Alptraum, aus dem Valentin zu entfliehen versuchte, würde hier enden. Zwar endete dann auch sein Leben, aber auf dieses Leben konnte er verzichten.

Der Wolf sprang rückwärts und stolperte, als die Äxte der Männer von zwei Seiten heruntersausten. Valentin sah das Ende, während der größere Mann die Axt wieder in die Höhe schwang. Der Wolf rollte im letzten Moment zur Seite. Sofort hatte er einen festen Stand. Seine Krallenhand verfehlte den Hals des Mannes, der zum wiederholten Angriff ansetzte. Der Tritt des zweiten Holzfällers beförderte den Wolf zu Boden.

Valentin wunderte sich, dass der Wolf kaum etwas auszurichten vermochte, wo er doch die Schnelligkeit des Ebers und die Kräfte des Bären besaß. Außerdem war der Tritt des Holzfällers kaum stark genug, dass er ihn zu Boden werfen konnte. Oder hatten diese Männer Kräfte, mit denen sich nicht einmal ein Wolf messen konnte? Was waren diese Menschen für Geschöpfe?

Valentin vernahm ein höhnisches Schnauben und hielt in Gedanken inne. Das Schnauben war nur in seinem Kopf zu hören. Er erinnerte sich, schon einmal in die Gedanken des Wolfes geblickt zu haben und griff in sie hinein. Alle Hoffnungen verflüchtigten sich in einem Moment.

Die Holzfäller hielten den Wolf nicht deswegen auf Abstand, weil sie stark waren, sondern weil der Wolf es zuließ und mit ihnen spielte. Er bemerkte, dass Valentin seine Gedanken las und präsentierte seine Absichten. Die Männer hatten nicht die geringste Chance.

Mordlust spiegelte sich in den Gedanken des Wolfes wider. Er hatte nur ein Ziel, sein grausames Spiel zu spielen. Valentins Entsetzen gab dem Tier noch mehr Kraft. Der Wolf heulte gegen den Mond auf, dessen Leuchtkraft der untergehenden Sonne bereits überlegen war.

Der Wolf ließ den Menschen Zeit, damit sie die Waffen heben konnten. Einer der Holzfäller schrie auf und fiel auf das Knie, als der Wolf zwischen die beiden schoss. Vier Schnitte klafften im Oberschenkel des Mannes.

Valentin schwebte in den Gedanken des Wolfes. Er versuchte, erneut etwas zu finden, womit er die Kontrolle an sich reißen konnte. Da war nichts Greifbares, nur Bilder, die starr wirkten, Bilder, die er durch die Augen des Wolfes sah, und Bilder, die sich von einem Moment auf den anderen veränderten.

Das schwarze Licht leuchtete schwach. Es hatte die Form von zwei Tropfen, die von oben und unten aufeinander fielen. Es war das Licht, das der Wolf zum ersten Mal benutzte, um Valentin seine erschreckenden Gedanken zu präsentieren. Diesmal leuchtete es jedoch schwach.

Valentin schirmte sich von den Bildern ab, die er durch die Wolfsaugen zu sehen bekam. Er fokussierte die Gedanken auf das Licht. Vielleicht konnte er dort etwas finden, womit er den Wolf dazu bringen würde, ihm den Körper zu überlassen.

Das schwarze Licht leuchtete plötzlich auf und schleuderte Valentin von sich. Die Bilder der Vergangenheit und die Gedanken des Wolfes verschwanden. Valentin sah erneut durch seine Augen.

Wie um die Machtlosigkeit seines Menschen zu betonen, hinterließ der Wolf Krallenspuren auf dem Rücken des zweiten Mannes. Er ergötzte sich an der Pein der Holzfäller und weidete sich am Entsetzen Valentins. Seine Krallenhand schnellte vor, um den Arm des Mannes zu packen und ihn mit einem Ruck von der Schulter zu trennen.

Der Wolf leckte die Blutspritzer von der Schnauze. Ohne den Holzfäller aus den Augen zu lassen, biss er ein Stück Fleisch vom Knochen.

Der Mann gab keinen Ton von sich und starrte zuerst den

Wolf an, der ihn im Blick behielt und das zweite Mal vom Knochen nagte, dann die Fontäne, die aus der Stelle schoss, wo eben noch der Arm war. Sein Gesicht erblasste. Er rollte die Augen nach hinten, als er den abgetrennten Arm zucken sah und wie die Hand sich immer wieder zur Faust schloss.

Der Wolf parierte mit seiner Beute die Axt, die auf ihn heruntersauste. Seine Zähne gruben sich in den Hals des zweiten Holzfällers. Der kopflose Körper blieb noch wenige Momente auf den Beinen und schwang zwei Mal die Axt, bevor er nach vorne kippte.

Die Sicht Valentins verzerrte allmählich. Die Trübung legte sich über die Augen wie ein Nebel. Das Heulen des Wolfes, der nach seinem Menschen zu greifen versuchte, um ihn zurückzuholen, vernahm Valentin weit entfernt. Er dankte seinen Sinnen, dass sie ihn in die Leere zogen, um das Mahl nicht miterleben zu müssen.

EINE LAUNE DER NATUR

Der Schlummer stieß ihn von sich. Der blaue Himmel blendete Valentin, kaum dass er die Augen öffnete. Bäume kleideten sich mit frischen Blättern. Die Erde fühlte sich kalt an, der Körper schien dennoch zu glühen. Wind ließ die Baumkronen schwanken.

Valentin schaffte es, die Hand vors Gesicht zu heben. Er stabilisierte den Blick und starrte auf das eingetrocknete Blut, das jede Stelle auf seiner Haut bedeckte. Seine Augen füllten sich mit Tränen.

So hatte er sich das Leben als Wolf nicht vorgestellt. Er wollte nicht töten. Dass jemand durch seinen Körper mordete, wirkte genauso schlimm, als wenn er es selbst tun würde.

Seine Lippen pressten sich aufeinander, als er die Tatsachen verstanden zu haben glaubte. Er war schwach, und daran war nichts zu machen. Er schaffte es nicht, den Wolf zu bändigen. Edgar sagte zwar, dass es nicht einfach sein würde, aber Valentin konnte rein gar nichts ausrichten. Seine Schwäche wurde ihm zum Verhängnis, so wie seine Freunde es immer prophezeiten.

Seine Hand fiel kraftlos auf die Brust. Müdigkeit zwang ihn, die Lider zu schließen. Alles drehte sich. Er versuchte, in den Himmel zu blicken, doch selbst dazu fehlte die Kraft.

Valentin entspannte sich, um Kräfte zu sammeln. Er musste etwas gegen den Wolf unternehmen. Wie es aussah, erlangte der Wolf nun auch die Kontrolle über seinen Geist.

Als Valentin die Augen erneut öffnete, bot sich ihm ein anderes Bild, auf dem er die Rückwand eines Hauses sah. Die Sonne begann, den Frost zu schmelzen, der sich während der Nacht auf das Gras gelegt hatte. Die Hände fühlten sich feucht an. Der Geruch frischen Blutes hing in der Luft.

Mit Schrecken dachte Valentin daran, dass er die letzte Gräueltat nicht miterlebt hatte. Der Wolf begann, den Menschen aus dem Leben auszusperren und sein Bewusstsein zu unterdrücken, ohne dass Valentin es verhindern konnte. Hatte er vielleicht sogar Glück, gerade noch einmal aufgewacht zu sein? Das letzte Mal?

Oder hatte er die Predigten der alten Wölfe falsch verstanden? Vielleicht brauchte der Wolf die Freiheiten auf eine andere Art. Vielleicht sollte Valentin loslassen, sich nicht wehren und nicht versuchen, die Kontrolle über den Körper zurückzuerlangen. Aber zu welchem Preis? Er wollte nicht töten oder jemandem Schaden zufügen. Selbst die Hasen tötete er mit schwerem Herzen. Und wenn er dem Wolf auch noch die Freiheit seiner Gedanken überließ, wäre auch er ein Mörder.

Valentins Körper glühte und zitterte gleichzeitig. Wut auf den Wolf und die eigene Machtlosigkeit ließen ihn ein wenig Kraft schöpfen. Seine Knie zitterten, als er sich aufrichtete. Er hatte das Gefühl, nicht imstande sein zu können, einen Wasserbecher in der Hand zu halten.

Die dünne Eiskruste brach, nachdem Valentin den Kopf in das Regenfass steckte. Tausende Stiche ordneten seine Gedanken und ließen das Leben in die Glieder zurückkehren. Wasser, das von dem Haar auf den Körper tropfte, rüttelte ihn mehr und mehr wach. Es zwang ihn, einen klaren Kopf zu bekommen und spendete Kraft. Valentin glaubte bereits vergessen zu haben, wie es sich anfühlte, wenn man die Kontrolle über den Körper besaß. Jetzt hatte er eine Chance auf den Sieg über das Ungeheuer, und er würde sie ergreifen. Eine Gelegenheit wie diese würde sich vielleicht nie mehr ergeben.

Die Zeit in Windseck schien wie eingefroren. Selbst das Vogelzwitschern blieb aus. Das Dorf schlief, und es schien niemanden zu interessieren, was Valentin gerade tat und was er zu tun beabsichtigte.

Er strich sich das Haar von der Stirn. Eine Gelegenheit wie diese würde es nicht mehr geben, dachte er bitter. Die Bäume schlossen sich hinter ihm.

Der Wald erwachte zum Leben. Tausende Vögel nahmen die Baumkronen in Besitz, weitere tausend schwirrten durch den Himmel. Dunst stieg auf, wo die Sonne das Gras berührte. Die ersten Käfer trauten sich an die Oberfläche.

Valentins Muskeln pochten. Zwei Mal liefen Krämpfe durch seine Waden. Der Wolf hatte seinen Körper überstrapaziert, ohne sich Gedanken über den Zustand des Menschen zu machen. Valentin freute sich dennoch über den Schmerz, der ihn am Schlafen hinderte.

Er zwang sich weiterzulaufen. Die Zeit war viel zu kostbar, um sie mit einer Rast zu vergeuden. Es fühlte sich seltsam an, so langsam zu sein, wo er doch als Wolf durch den Wald raste, als wäre er ein Eber.

Der Berg gab sich durch den Anstieg zu erkennen. Schweiß drohte Valentin die Sicht zu rauben. Er hob den Blick und hielt für einen Moment inne. Die tote Eiche ragte über die Wolfsmenschklippe und schien Valentin bei seinem Vorhaben zu ermutigen, indem sie den übriggebliebenen Ast wie einen Arm über den Abgrund streckte und in die Tiefe zeigte.

Der letzte Frühling, als der junge Wolf die Klippe herunterstürzte, kam Valentin ins Gedächtnis. Und plötzlich verstand er. Der Junge war wie er. Er war zu schwach, um den Wolf zu kontrollieren. Auch er müsste nur diesen einen Weg gesehen haben, um dem Tier ein Ende zu setzen.

Eine Windböe fegte in Valentins Rücken und ließ ihn den Weg wieder aufnehmen. Angst existierte in diesem Moment nicht, Entschlossenheit trieb ihn an. Er würde sich des Tieres entledigen, auch wenn diese Tat sein Leben forderte. Den Mut dazu verdankte er ein Stück weit dem Wolf selbst, das wusste Valentin, und dieser Mut würde ihm helfen, den Schritt in den Abgrund zu wagen. Was für eine Ironie, dachte er bitter.

Die goldgewordene Sonne gewann an Leuchtkraft. Sie schwebte über den Bergen und piekte angenehm durch die Lider. Der übriggebliebene Ast der Eiche über Valentins Kopf schien sie festzuhalten. Die Wipfel der Tannen ließen sich aus der Höhe als winzige Kreise erkennen. Valentin atmete tief ein.

Er blendete die Angst aus, die sich plötzlich aufdrängte. Genugtuung kam über ihn, als er an das Ende des Alptraums dachte, in dem er gefangen war. Die Bestie würde seinen Körper nie mehr missbrauchen.

Der Wolfskönig würde diese Entscheidung sicherlich für richtig halten. Ob er ihn in seinem Reich aufnehmen würde?

Wie mochte sein Diener wohl aussehen? Wenn Valentins Geist erst einmal den Körper verließ, würde Päjs Diener ihn aufsuchen und ihm den Weg weisen. Er fürchtete sich nicht vor ihm. Als Toter brauchte er sich nicht vor ihm zu fürchten. Die Toten geleitete der Diener zum Wolfskönig.

Valentins Augen wirkten auf einmal schwer. Müdigkeit fesselte ihn, sodass der Kopf sich drehte und ihn mit jedem Augenblick in den Schlaf zog.

»Nein …«, flüsterte Valentin.

Er spürte, wie der Wolf aufwachte und bereits dabei war, durch Valentins Augen zu sehen und seine Gedanken zu entziffern. Er berührte Valentins Geist, um ihm die Kontrolle zu entreißen.

»Nein!«, schrie Valentin. Er wirbelte den Kopf herum und riss die Augen auf. »Ich lasse es nicht zu! Du wirst nicht noch einmal morden! Nie wieder!«

Steinchen kullerten in die Tiefe, als Valentin gegen den Wolf kämpfte, um den letzten Schritt zu überwinden.

Er sah in die Höhe. Weiße Wolken krochen über den Himmel. Nur zwei Wolken schienen die Farbe der Sonne in sich aufgenommen zu haben und bildeten die Form von Augen, die ihn beobachteten. Valentin glaubte, das Gesicht eines Wolfes zu erkennen.

Eine Windböe blies ihm in den Rücken.

»Wolfskönig, wache über mich …«, flüsterte Valentin. Seine Augen schlossen sich. Der Wind rauschte in den Ohren.

Der Körper fühlte sich schwerelos an. So hat es sich angefühlt, wenn Valentin im See schwamm. Nicht aber damals, als er noch klein war und ihn die älteren Jungen ins Wasser geworfen hatten, damit er schwimmen lernte. Damals hatte ihn seine Mutter zum ersten und einzigen Mal in den Arm genommen und ihn beruhigt, bis ihn sein Vater von ihr wegzog. An dem Tag versteckte sich Valentin bis zum Abend im Wald und ließ den Tränen freien Lauf. Er wollte im Boden versinken, als jemand zu ihm kam. Und es war ausgerechnet das Mädchen Laura. Sie blieb bis zum Einbruch der Dunkelheit bei ihm, ohne dass die beiden ein Wort wechselten. Und als sie getrennte Wege gingen, gab sie ihm einen Kuss auf die Wange. Er hatte es selbst seinem besten Freund nie erzählt und schwor sich, es auch in der Zukunft nicht zu tun. Außerdem waren sie damals noch Welpen.

Traurigkeit kam über Valentin. Er konnte sich von Robin nicht verabschieden, nicht von ihm und nicht von den anderen Freunden. Selbst um die Eltern tat es ihm ein wenig leid. Ob sie ihn geliebt hatten? Würden sie um ihn trauern, nachdem man seinen Körper fand? Robin würde es sicherlich. Er tat zwar immer so, als machte er sich über den schwächsten von ihnen lustig, aber auch Valentin war für ihn der beste Freund, auch wenn Robin es nie zugeben würde …

Ein Ruck ließ Valentin die Augen aufreißen. Etwas packte ihn. Er sah Funken fliegen, als er den Kopf drehte und einen Wolf erblickte, der den Sturz mit den Krallen abzubremsen versuchte. Die Bezeichnung *Krallen* passte nicht zu den Dolchen, die aus den Fingern des Ungeheuers wuchsen. Knopfaugen suchten wieder und wieder nach einer Stelle im Felsen, wenn die Krallen den Kontakt zum Stein verloren. Das Fell flatterte. Valentin kam sich wie ein Winzling vor in der Gegenwart des grauen Ungeheuers.

Ein zweiter Ruck lief über seinen Körper, als die beiden auf dem Boden landeten. Das Riesentier stand vor Valentin, ohne einen Schaden davongetragen zu haben. So hatte Valentin also ausgesehen, wenn er seine Gestalt annahm. Der Wolf hatte sich selbstständig gemacht, wie auch immer es passiert sein mochte. Wie sonst war zu erklären, dass Valentin die Kontrolle über seinen Körper plötzlich zurückerlangte?

Ohne auf den Schmerz zu achten, sprang er auf die Füße

und trat dem Ungeheuer gegen die Beine. Der Wolf nahm die Tritte kaum wahr. Sein Körper schien aus Stein zu bestehen.

»Stirb endlich, du Bestie!«, schrie Valentin. »Jetzt hast du einen Körper für dich allein! Bist du jetzt zufrieden?« Er warf sich auf den Wolf.

Steine schürften ihm den Rücken auf, als der Wolf ihn von sich stieß, als wäre Valentin ein Welpe.

Das Ungeheuer nagelte Valentin mit dem Blick des kaltblütigen Mörders fest, der sein Werk nicht zum ersten Mal verrichtete. Sein Schwanz fegte über die Erde. So hatte Valentin also ausgesehen, wenn er tötete.

Es fühlte sich gut an, den Körper für sich allein zu haben. Die Fähigkeiten des Wolfes blieben ihm dennoch erhalten. Er hörte die kräftigen Schläge des Herzens seines Gegenübers und nahm den Geruch des Fells wahr, das nach Erde roch.

War er als Wolf wirklich so riesig wie dieses Ungeheuer? Oder war dessen Größe der Tatsache zu verdanken, dass er jetzt selbstständig handelte? Selbst Robins Wolfsgestalt wirkte dagegen bescheiden.

Valentin umklammerte einen Ast, sodass ein Knacken zu hören war, als das Holz sich zusammendrückte. Die Kraft des Wolfes wohnte ihm also noch immer inne. Vielleicht half sie ihm, die Bestie auf diese Weise zu bezwingen, obwohl es nahezu an das Unmögliche grenzte. Als er sich erneut in den Kampf stürzen wollte, verharrte er.

Speichel troff aus dem Maul des Wolfes. Der Kopf zuckte. Die Augen rollten nach hinten, sodass die roten Linien das Augengelb benetzten. Das Schnauben ging in ein Röcheln über. Valentin traute seinen Augen kaum, als das graue Fell sich in die Haut einzog. Der Buckel verschwand. Die Schnauze schrumpfte zu einer Menschennase und dem unverwechselbaren Riesenschnauzbart. Valentin verstand nun, weshalb der Wolf so riesenhaft wirkte: Sein Mensch war ein Riese.

Bekleidet bloß mit einer kurzen Hose, ließ Edgar die Gelenke knacken. Zwar büßte er als Mensch eine Kopfgröße ein, dennoch würde er auch jetzt Valentins Wolf überragen. Vielleicht brauchte er sich gar nicht zu verwandeln, um mit ihm fertigzuwerden?

Hoffnung leuchtete in Valentin auf. Edgar würde schon wissen, was er tun sollte, um Valentins Wolf zu töten. Er war der älteste des Dorfes und müsste sicherlich die Weisheit von mehr als einem halben Jahrhundert besitzen. Valentin traute sich nicht, die Augen von ihm abzuwenden. Er fürchtete, Edgar wäre eine Erscheinung, die verschwinden könnte, wenn er sie für einen Moment aus den Augen ließ.

Die Gedanken überschlugen sich jäh. Weshalb sollte Edgar ausgerechnet ihm helfen? Valentin war schwach, somit war er nicht würdig, unter Wölfen zu leben. Solche wie er hatten keinen Platz in dieser Welt. Edgar könnte ihn nur deswegen gerettet haben, um ihn Päjs Diener zu überlassen.

»Du bist waghalsig«, sagte Edgar. Seine Stimme klang nicht nach jemanden, der als Ältester im Dorf galt, sondern nach jemanden im Vollbesitz seiner Kräfte. »Das muss man dir lassen. Einen wie dich habe ich noch nie erlebt, zumindest nicht so lange. Du bist ungewöhnlich.«

Valentin starrte ihn an. Das war das Letzte, das er von diesem Mann zu hören erwartete. Natürlich war Valentin nicht wie die anderen, er war schwach und brachte sein Tier nicht unter Kontrolle. Dennoch schien Edgar nicht verärgert darüber zu sein.

»Deine Gedanken und der Wille das Richtige zu tun sind stark. Auch wenn es dir an Körperkraft fehlt, hast du dem Wolf Einhalt geboten.« Er musterte Valentin, als suchte er etwas in ihm, das er übersehen hatte.

»Einhalt geboten? Habe ich das?«

»Es ist noch nie vorgekommen, dass jemand das Tier auf

diese Weise bändigte. Zumindest nicht zu meiner Zeit.« Edgars Muskeln zuckten. »Du hast dich widersetzt, du warst dabei, dein Leben zu opfern, um andere zu retten. Diese Tugend sollte nicht wegen einer mordlustigen Bestie verlorengehen.«

»Ich verstehe nicht. Ich konnte den Wolf nicht zähmen. Ich habe ihm den Einhalt nicht bieten können.« Valentin sah seine Hände an. Er wunderte sich, wie leicht ihm die Kontrolle über den Körper plötzlich fiel. »Wovon sprichst du?«

»Die meisten neigen dazu, dem Wolf zu verfallen. Sie erfreuen sich der Stärke, die ihnen dargeboten wird. Ohne es zu merken, werden sie auch im Geiste zum Tier. Es ist überaus einfach loszulassen. Denjenigen aber, die sich widersetzen und über reichlich körperliche Kraft verfügen, gelingt es, die Kontrolle zu erlangen und über das Tier zu gebieten. Es ist deshalb so ungewöhnlich, dass ausgerechnet du das Tier unter Kontrolle gebracht hast, ausgerechnet du, der schwächste Welpe.« Edgar sah Valentin einen Moment lang an, so als vergewisserte er sich, das Richtige gesagt zu haben. »Viele Wolfsmenschen, denen der Sieg über das Tier gelang, fürchten sich dennoch vor dem Wolf, mit dem sie den Körper teilen müssen. So treffen sie eine unwiderrufliche Entscheidung, indem sie ihn in sich töten. Danach erlangen sie zwar die Kontrolle über ihren Körper wieder und brauchen sich nie mehr vor der Willkür des Wolfes zu fürchten, dafür büßen sie die Kraft des Tieres ein, so wie deine Eltern. Von richtigen Menschen unterscheiden sie sich dann nur deshalb, weil sie das Erbe des Wolfes in sich tragen und imstande sind, ihn an die Nachkommen weiterzureichen. Nur wenige entscheiden sich für das gefährliche Leben, das sie mit dem Wolf teilen müssen, ein Leben des Kampfes, in dem sie sich dem Wolf immer aufs Neue stellen müssen, um ihn im Zaum zu halten. Das ist der Preis dafür, dass wir uns seiner Stärke bedienen, um unsere Art zu erhalten, den Wald zu schützen und die richtigen Menschen.«

Die Welt um Valentin herum schien zum Stehen gekommen zu sein. Das, was Edgar gerade von sich gab, hatten weder er noch Rudolf jemals erwähnt. Das abenteuerliche Leben als Wolf schien nicht das zu sein, wofür die Welpen Windecks es hielten.

»Um richtige Menschen zu beschützen?«

Edgar nickte. »Wenige von uns schaffen es, den Wolf zu bändigen. Wenn das Tier die Macht über einen erlangt, gibt es kein Zurück mehr. Man wird zum Werwolf und ist dann gefährlicher als ein Bär. Der Bär tötet nur, wenn er Hunger hat. Der Werwolf lässt den Hunger gar nicht erst zu. Richtige Menschen sind leichte Beute für ihn, und auf sie hat er es besonders abgesehen. Sie sind zu schwach, um sich zu verteidigen. Aber nicht nur die Menschen müssen beschützt werden, für uns stellt der Werwolf ebenso eine Gefahr dar. Er erkennt seine eigene Art nicht wieder. Und wenn zwei Werwölfe sich begegnen, überlebt meistens nur einer. Ich weiß nicht, was mit dem Geist des Menschen geschieht, vielleicht wird er zerstört, oder er schlummert für alle Ewigkeiten, aber niemand hat es bisher zum Menschen zurück geschafft. Vielleicht bekommt der Menschenverstand alles mit und ist bis zum Tod des Werwolfes dazu verdammt, durch dessen Augen zu sehen.«

Valentin schluckte. »Gibt es viele Werwölfe?«

Er wollte nicht wissen, was ein großer Werwolf anzustellen vermochte, wenn er, Valentin, bereits so viel Unheil anzurichten imstande war. Dabei war er der Kleinste im Dorf.

Edgar atmete tief ein. »Man hatte mir gesagt, du seist der klügste unter Gleichaltrigen. Kannst du mit der Definition *einer von hundert* etwas anfangen?« Er schwieg, bis er ein Nicken als Antwort bekam. »Leider ist das die Zahl der Menschen, denen es gelingt, das Tier zu bändigen.«

Valentin blinzelte Edgar entgegen, bis ihm die Gesichtszüge entglitten. »Einer …? Von hundert …?«

Die Welt, die er zu kennen glaubte, rückte plötzlich weit weg. War das Edgar, der vor ihm stand? Seine Predigten beinhalteten Schrecken wie diese nicht. Es konnte nicht die Wahrheit sein. Jemand spielte ihm einen Streich.

»Oh, Diener Päjs …«, flüsterte Valentin. »Wo sind sie alle?«

Edgar behielt Valentin eine Weile im Blick. »Ich und meinesgleichen sorgen dafür, dass die Werwölfe unsere Grenzen niemals verlassen.«

Valentin schluckte zum wiederholten Mal, während er auf die Fortsetzung wartete. Seine Augen weiteten sich, als er die Bedeutung Edgars Worte verstand.

»Du hast es begriffen. Die Wirklichkeit ist leider unschön. Deine Freunde sind nicht mehr die, die du kanntest.«

»Wo sind sie alle?«, wiederholte Valentin.

Er traute seinen Ohren nicht. Zwang ihn sein Wolf etwa dazu, etwas zu hören, das Valentin von innen heraus auffressen konnte? Er erinnerte sich an die Morde, die er in Wolfsgestalt beging, und plötzlich verstand er die Notwendigkeit von Edgars Taten. Wenn alle Wölfe sich in Bestien wie ihn verwandelten, gäbe es kein Leben mehr im Wald.

»Aber ich habe Robin gesehen. Er hatte sich ganz unter Kontrolle!« Hoffnung keimte in Valentin auf. »Er kann nicht zur Bestie geworden sein. Ich habe ihn gesehen. Er ist stark. Er kann nicht zur Bestie geworden sein.«

Edgar schüttelte den Kopf. »Auch seines Lichtes hat sich der Wolf bemächtigt. Ich habe die Anzeichen gesehen, auch wenn dein Freund sehr stark ist. Ich war mir sicher, er sei derjenige, der in Firas Weissagung erwähnt wird. Aber wir haben uns getäuscht. Wir haben uns sehr getäuscht. Du konntest deinen Körper und Geist mehrmals zurückgewinnen, und das zeugt von enormer Stärke, auch wenn du auf den ersten Blick schwach erscheinst.« Er schüttelte den Kopf, als Valentin zum Sprechen ansetzte. »Und dabei meine ich nicht die körperliche

Stärke, welche die Kontrolle über den Wolf eigentlich voraussetzt. Ich hätte es nie für möglich gehalten, aber scheinbar bezwingt man den Wolf auch mit starkem Geist. Dennoch standest auch du kurz davor zu verlieren.«

»Es gibt eine Weissagung über uns?«

»Die gibt es einmal in etwa zehn Frühlingen. Der Wolfskönig spricht zu Fira. Er teilt ihr mit, wenn jemand stark genug ist, um dem Wolf die Stirn zu bieten. Das war der Grund, weshalb wir die Morde zuließen, die dein Wolf begangen hat. Wir mussten sichergehen, um nicht versehentlich den falschen Jungen zu töten. Jemand, der einmal in zehn Frühlingen auftaucht, ist viel zu wichtig für uns. Und das ist auch der Grund, weshalb deine Freunde noch leben.«

Valentins Herz hämmerte. »Spricht denn die Weissagung von nur einem Wolf?«

Edgar sah durch Valentin hindurch. »Dein Geist ist in der Tat sehr stark.« Er nickte. »Es ist noch nie vorgekommen, dass mehr als nur einer unsere Reihen füllt, deswegen zogen wir diese Wahrscheinlichkeit auch nie in Betracht. In der Tat wird die Anzahl der Wölfe nicht erwähnt. Wir erwarten dennoch immer nur einen.« Edgar atmete tief ein und aus. »Der Werwolf wird stärker und gefährdet unsere Art. Viele glauben, wir sind eine Laune der Natur und nicht dazu gedacht, lange zu existieren. Die Werwölfe zerfleischen alles Lebende und auch einander. Päj allein weiß, was mit uns geschieht. Vielleicht hat er den Gefallen an uns verloren.« Edgar schüttelte den Kopf. »Nun aber schickt er uns dich. Durch dich wissen wir nun, dass man den Wolf auch mit Geistesstärke unterwerfen kann.«

»Aber mein Wolf ist nicht gebändigt. Ich verliere die Verbindung zum Körper, wenn er aufwacht. Bevor ich gesprungen bin, war es beinahe so weit. Du täuschst dich. Es kann nur Robin sein!« Valentin wünschte, Edgar täuschte sich tatsächlich. Robin war stark, er hatte es verdient zu leben.

»Als du gesprungen bist, um euch beide zu töten, hast du dem Wolf deine Stärke präsentiert. Es hört sich seltsam an, aber damit hast du ihm Angst eingejagt und ihn geschwächt, das spüre ich. Er ist hellwach, traut sich jedoch nicht herauszukommen. So etwas erlebe ich zum ersten Mal. Wir halten unsere Wölfe mit der Körperkraft im Zaum, wie auf einer Kette. Deine Kette scheint nicht zu existieren. Dennoch ist dein Wolf gezähmt.«

»Aber der Junge vom letzten Frühling, er war auch gesprungen.« Valentin erschauderte als er die Klippe hoch sah.« Ich bin nicht der Einzige und ganz sicher nicht der Erste.«

Edgar schwieg eine Weile, bevor er fortfuhr. »Diesen Sprung, mein Junge, hat er mir zu verdanken. Ich habe ihn in der Nähe gefunden, er war bereits verloren. Nachdem er mich angegriffen hatte, blieb mir nichts anderes übrig, als ihn herunterzuwerfen. Kurz davor hat er sich zurückverwandelt. Es war der Werwolf, der mich täuschen wollte. Der Junge lebte nicht mehr.« Edgar schwieg einen Moment. »Unsere Art durchlebt ein schlimmes Schicksal, egal auf welcher Seite man steht. Die Gräueltaten sind unvermeidlich, wie du siehst. Es ist nicht einfach, mit dem Wolf zu leben. Der Kampf währt für die Ewigkeit. Die Gefahr besteht immer, dass das Tier die Kontrolle übernimmt, wenn man es nicht im Auge behält. Es sei denn, man tötet das Tier, wie die meisten in Windseck, wie deine Eltern. Aber dir darf ich keine Wahl lassen. Du bist außergewöhnlich, dein Wolf muss leben. Das ist der Wille des Wolfskönigs.«

»Wenn das stimmt, was du erzählst, dann begreife ich jetzt, weshalb meine Eltern so abweisend waren. Sie glaubten nicht an mich, richtig?« Valentin setzte sich auf die Erde. Er betrachtete die Wunden von den Krallen Edgars auf der Brust, die inzwischen nicht mehr bluteten, obwohl sie tief waren. Sein Blick wanderte hoch zu Edgar. »Hatten sie bereits vor mir Kinder?«

Ihn erschauderte, als der Dorfvorsteher nickte. »Wie alt sind meine Eltern?«

»Frag sie selbst danach. Du wirst dich wundern, wie viel sie dir zu erzählen haben.«

Valentin sah seine blutbesudelten Hände an. »Ich habe einfache Menschen getötet. Sie unterschieden sich nicht von uns. Beim letzten Mal konnte ich mich nicht einmal daran erinnern, wen ich getötet habe.«

»Das ist richtig.« Edgar nickte. »Die Morde an richtigen Menschen sind genauso schlimm, wie wenn du unsere eigene Art tötest.«

Valentin schwieg eine Weile, bevor er den Blick hob. »Bist du der Diener des Wolfskönigs?«

Edgar dachte wenige Augenblicke lang nach. »In gewisser Weise schon. Wir alle sind Diener Päjs.« Er ging vor Valentin in Hocke. »Glaube mir, es ist einfacher, jemanden zu töten, als sich mit ihm herumzuschlagen, dennoch gab ich jedem eine Chance.«

»Nach alldem, was ich angerichtet habe, gibst du mir noch immer eine Chance? Ich habe Menschen getötet.« Valentins Augen füllten sich mit Tränen. »Ich bin nicht besser als ein Werwolf.«

»Ich muss gestehen, es hat nicht viel gefehlt. Der Sprung rettete dir das Leben. Für mich war das der eindeutige Beweis dafür, wie stark du bist. Wärst du nicht gesprungen, wärst du jetzt nicht mehr am Leben. Die Taten deines Wolfes sind grausam, das bestreite ich nicht, aber du wirst seine Schuld wiedergutmachen, indem du uns hilfst, die Werwölfe zu verstehen und dadurch womöglich mehr Leben zu retten, als du zählen kannst. Bereite dich vor, jetzt hast du die Gelegenheit, es mit dem Tier auf Gleichstand aufzunehmen.«

Mit diesen Worten richtete sich Edgar auf und taumelte zurück.

Etwas geschah. Valentin spürte die Berührung des Wolfes, der nach ihm griff. Nur wirkte die Berührung misstrauisch, so als prüfe der Wolf die Hitze der Flamme, an der er sich zu verbrennen fürchtete. Der Versuch, den Körper Valentins zu übernehmen, scheiterte. Die Kraft des Wolfes und seine Unerschrockenheit waren gewichen. Edgar hatte recht: Das Tier hatte Angst und war geschwächt.

Valentin vernahm kaum noch Schmerzen, als seine Haut riss. Er ließ den Wolf in sich hinein und beobachtete ihn mit geschlossenen Augen. Die Kraft, mit der das Tier seinen Menschen peinigte, hatte nur noch einen Bruchteil dessen, was sie in den letzten Tagen war. Valentin glaubte zu spüren, wie sich sein Geist mit Stärke füllte. Nun nährte *er* sich von der Angst des Wolfes.

Das schwarze Licht in Valentins Innerem flackerte. Es zog sich zurück, um sofort wieder zu entfachen. Es schien sich den Blicken des Menschen entziehen zu wollen, indem es sich kleiner machte. Valentin bekam es zu fassen. Die Erwartung des Schmerzens und Entzug des Geistes bestätigten sich nicht. Etwas kribbelte nur, wie eine Fliege, die in der Faust gefangen war. Valentin glaubte, ein Winseln zu vernehmen, das vom Wolf ausging, der sich einst an Valentins Machtlosigkeit weidete. Das schwarze Licht stabilisierte sich plötzlich und leuchtete mit doppelter Helligkeit.

Stille kehrte ein. Das Tier verharrte. Etwas gab Valentin die Gewissheit, an dem Punkt zu sein, an dem er den Wolf töten könnte. Mit ein wenig Nachdruck würde er die Schwärze des Lichtes für immer ersticken.

Er rief sich die Morde in Erinnerung, die der Wolf begangen hatte. In nur einem Augenblick könnte Valentin dem Schuldigen, der ihn im Alptraum leben ließ, für immer ein Ende bereiten. Er erhöhte den Druck auf das Licht. Die Worte Edgars ließen ihn im letzten Moment innehalten.

Wenn er den Wolf jetzt tötete, würde er nur seine Rache bekommen und die Rache für die getöteten Menschen. Die Möglichkeit, etwas zu verändern wäre verwirkt. Er hätte nur noch die Kraft eines einfachen Menschen. Seine Freunde waren noch am Leben, und sie brauchten Hilfe. Auch wenn Edgar sie nicht mehr als Menschen ansah, gab es womöglich noch Hoffnung. Als Mensch könnte Valentin ihnen kaum entgegentreten, doch mit der Kraft des Wolfes gab es vielleicht eine Möglichkeit, sie zurückzuholen. Edgar sagte schließlich selbst, er wisse nicht, was mit dem Geist des Menschen geschah. Schließlich täuschte er sich auch bei Valentin.

»Wie ist dein Name?«

Edgars Stimme ließ ihn die Augen öffnen. Valentin sah auf seine Krallenhände herab. Es wirkte ungewohnt, sie unter Kontrolle zu haben. Er blickte nach vorne, wo eben noch die menschliche Gestalt Edgars stand, nun aber der riesige Wolf die Mähne schüttelte.

»Wie … ist dein … Name?« Die tiefe Stimme des Wolfes mit den abgehackten Sätzen ließ ein Schaudern über Valentins Rücken laufen. »Name …« Edgar ließ die Arme nach unten hängen. Sonnenlicht spiegelte sich auf seinen Krallen wider, als er die Hände öffnete.

Selbst in Wolfsgestalt kam sich Valentin wie ein Welpe vor, in der Gegenwart des Ungeheuers, das vor ihm stand.

»Valentin«, gab er von sich. Die eigene Stimme hatte zwar nicht die Tiefe von Edgars Stimme, jagte dennoch ein neues Schaudern über seinen Rücken.

»Bleib Wolf«, knurrte Edgar. »Du wirst mich … begleiten. Der schwarze Werwolf … der einmal Samuel … hieß … hatte als erster … gegen das Tier verloren. Wir müssen … ihm hinterher.«

»Warte!«, grölte Valentin. »Wenn ich den Wolf bändigen konnte, könnte Samuel es auch schaffen. Töte ihn nicht.«

»Das werde … ich nicht. Das wirst du … tun. Das ist nicht mehr … dein Freund. Komm. Du musst es selbst sehen … um verstehen … zu können. Das wird … die erste Lektion sein … die ich dir … beibringe.«

SAMUEL

Bäume rasten an Valentin vorbei. Erde flog von den Pfoten des Riesenwolfes vor ihm, zu dem Edgar wurde. Baumstämme erzitterten, wenn Edgar sie mit den Schultern streifte. Die Sonne durchstach das Blattwerk.

Es gab keine Spur von der Müdigkeit mehr, die heute Morgen an Valentin gezerrt hatte. Diesmal spendete der Wolf Kraft, anstatt sich des Körpers zu bemächtigen. Zwar unternahm er immer wieder Versuche, nach dem Körper zu greifen, doch es handelte sich lediglich um vorsichtige Berührungen, woraufhin sich der Wolf zurückzog, so als stieße er auf Feuer.

Edgars graue Silhouette huschte zwischen den Bäumen, bis er plötzlich innehielt und die Nase in die Höhe streckte.

Valentin wunderte sich, dass Edgar im nächsten Moment eine andere Richtung einschlug als die, wohin Samuel gelaufen sein müsste. Er witterte ihn, und auch augenscheinlich nahm er die Fährte auf, die man kaum übersehen konnte. Gebrochene Äste, auf denen neue Blätter wuchsen, tauchten hin und wieder auf, und manchmal lagen junge Bäume samt Wurzel auf der Erde.

Das Rauschen des Wassers hallte in Valentins Ohren, als er hinter Edgar stehenblieb. Der graue Wolf zuckte. Seine Gestalt wurde kleiner. Sein Fell zog sich in die Haut ein.

Valentin tat es Edgar gleich. Die Verwandlung zum Menschen schmerzte zwar noch immer ein wenig, doch selbst den Schmerz schien er nun zu kontrollieren.

»Wir rasten ein wenig«, sagte Edgar.

»Ich bin nicht müde, meinetwegen brauchen wir nicht anzuhalten.«

»Anfangs neigt jeder dazu, seine Kraft zu überschätzen. Als Wolf ist man ebenso ein lebendiges Wesen, das auf Nahrung und Wasser angewiesen ist, auch wenn man es in Wolfsgestalt nicht wahrnimmt. Außerdem bin ich nicht mehr der Jüngste.«

Das Wasser, das sich in drei Kaskaden vom Hügel ergoss, ließ Dunst aufsteigen. Valentin schöpfte das Wasser mit beiden Händen, dann griff er gierig danach.

»Du verstehst, was ich meine«, sagte Edgar. »Der Wolf ist ein Tier, das auf seinen Menschen angewiesen ist. Es ist daher notwendig, dass man immer wieder die Menschengestalt annimmt. Der Wolf kann sehr lange ohne Nahrung und Wasser überleben, doch wenn er sich zurückverwandelt, bekommt der Mensch die Folgen zu spüren. Taste dich langsam an die Grenzen heran.«

Valentin nickte. »Und du? Hast du keinen Durst?«

Edgar schöpfte mit einer Hand das Wasser und spritzte es sich ins Gesicht.

»Ich kenne meine Grenzen. Und ich habe schon lange gelernt, wie ich meine Kraft einsetzen muss.«

»Bringst du es mir bei?«

»Das werde ich. Irgendwann. Zuerst aber musst du dich alleine an den Wolfskörper gewöhnen. Wenn du diese Erfahrung nicht machst, wirst du es als Wolf schwer haben.«

»Hast du lange gebraucht, um dich daran zu gewöhnen?«

»Ich weiß es nicht mehr. Seitdem ist viel Zeit vergangen.«

Valentin wischte sich den Mund mit dem Handrücken ab und sah sich um.

»Wo sind wir hier?«

»Es ist der Fuß des Windfang Berges. Ich wollte dir die Gelegenheit geben, den Durst zu stillen, bevor wir auf den Werwolf stoßen. Er ist nicht mehr weit, ich kann ihn wittern. Er ist geschwächt.«

»Hast du keine Bedenken, dass er sich auf den Weg zum Dorf der einfachen Menschen aufmachen könnte?«

Edgar schüttelte den Kopf. »Es ist jemand bei ihm, der auf ihn Acht gibt. Ich sagte ja, dass wir uns unsicher waren, wer von euch der Wolf aus Firas Weissagung werden würde.«

»Könnte sich Firas Weissagung auf andere Dörfer der Wölfe beziehen?«, fragte Valentin. »Oder haben die anderen Dörfer auch Wölfinnen mit Firas Fähigkeiten …? Edgar?« Valentin runzelte die Stirn, als der Dorfvorsteher keine Anstalten machte zu antworten und in die Ferne sah. »Und wo liegt eigentlich das nächste Dorf der Wölfe? Edgar?«

»Es gibt keine anderen Dörfer außer Windseck.«

Valentin sah Edgar eine Weile an. »Du meinst, keine in der Nähe? Richtig? Vielleicht in einem anderen Wald?«

»Tut mir leid, Junge.«

»Aber die Wölfe, die sich verwandeln … sie gehen doch fort.«

Valentin hielt inne, als er sich an das Gespräch von heute Morgen erinnerte. Niemand verlässt das Dorf, wenn er seinen Wolf nicht bändigen kann. Ein Schaudern lief über seinen Rücken.

»Aber du kommst doch irgendwoher. Windseck gab es nicht vor dir. Du hast dieses Dorf gegründet.«

»Das ist richtig. Ich habe das Dorf zusammen mit einigen anderen gegründet. Aufgewachsen bin ich aber mit meinem Großvater in einer Höhle, weit weg von hier, im Grauen Wald. Ich hatte kein Glück wie ihr, mit anderen Welpen befreundet zu sein. Meine Kindheit bestand aus dem Verstecken und

Überleben. Es waren die Menschen, richtige Menschen, vor denen wir Acht geben mussten. Sie haben uns gejagt, und sie machten keinen Unterschied zwischen Wölfen und Werwölfen. Uns konnten sie zwar nicht finden, aber mein Großvater hat es als Welpe erlebt und mir oft davon erzählt. Du hast richtig gehört, die richtigen Menschen haben uns gejagt. Aber nicht ohne Grund, wie du heute Morgen erfahren musstest. Es gab viele Werwölfe, die herumstreunten, und niemand von uns hat sie aufgehalten. Als Eltern ist es nämlich nicht einfach, eigene Kinder zu töten, selbst wenn sie sich zu Ungeheuern verwandelt haben. Ich gehe davon aus, dass die Menschen gar nicht wussten, dass wir, die Wölfe, die das Tier zu bändigen imstande sind, überhaupt existieren.«

»Wie kam es dazu, dass du ein Dorf gründen wolltest?«, fragte Valentin, als Edgar erneut schwieg.

»Nachdem mein Großvater starb, fand ich keine Ruhe. Ich konnte keinen einzigen Tag mehr in der Höhle verbringen und hauste nur noch draußen. Die anderen warnten mich vor Menschen, doch mir war es egal. Schon ein einziger Gedanke an die Höhle löste in mir die Abneigung zum Leben selbst aus. Ich wollte so nicht mehr weiterleben, mich nicht immer verstecken und jeden Tag befürchten müssen, auf Menschen zu stoßen. Wenn sie in kleinen Gruppen jagen, werden wir zwar leicht mit ihnen fertig, doch das ständige Weglaufen lässt einen niemals zur Ruhe kommen.«

»Wen meinst du mit anderen? Ich dachte, du lebtest alleine mit deinem Großvater.«

»Es gab einige von uns. Und wir alle lebten im Verborgenen, jeder für sich. Es war der Graue Wald, der uns Wölfe in sein Inneres zog, wo sich kaum ein Mensch hineintraute. Wir liefen uns zwar gelegentlich über den Weg, aber wir pflegten keinen Kontakt. Niemand wollte den anderen kennen, weil derjenige eines Tages zum Mörder deines Welpen werden könnte oder zum Opfer des Werwolfes, der einst dein Welpe war. Es gab nur wenige, mit denen sich mein Großvater und ich uns gelegentlich unterhielten.«

»Aber du und Rudolf, ihr erzähltet von anderen Dörfern. Ist denn nichts davon wahr?«

»Es ist unsere Vorstellung vom Leben in der Freiheit, wo niemand damit rechnen muss zu kämpfen oder von richtigen Menschen entdeckt zu werden. Wir wollten dem Nachwuchs von Windseck dieses Leben zumindest im den Gedanken ermöglichen, bevor sich die meisten von ihnen in Bestien verwandeln.«

»Jagen uns die Menschen jetzt nicht mehr?«

»Ich hatte damals viele Wölfe überredet, den Grauen Wald zu verlassen, um ein neues Leben anzufangen. Einige haben sich mir angeschlossen, doch es waren auch einige, die bleiben wollten, aus verschiedenen Gründen, um ihren Welpen nachzutrauern, auf den Tod zu warten, oder weil ihnen das Leben in Einsamkeit gefiel. Die Wanderschaft verschlug uns an die entlegensten Orte der Welt, bis wir in diesem Wald fündig wurden. Diesen Wald sehen die richtigen Menschen als schlecht bewohnbar an. Hier gibt es kaum Flachland, nur Hügel und Senken, und der Boden lässt sich schlecht bewirtschaften. Für uns jedoch war das der beste Ort für eine neue Heimat. Um einen Ort des Friedens aufzubauen, führten wir harte Regeln ein, die wir bis heute praktizieren. Die wichtigste Regel hieß, dass die Werwölfe niemals die Grenzen unseres Reviers verlassen dürfen. Damit verpflichteten wir uns dazu, die eigenen Welpen zu töten, damit sie kein Unheil anrichteten. Für die richtigen Menschen existieren wir seitdem bloß in Legenden und Alpträumen. Du hast selbst gesehen, dass sie sogar an unserer Grenze ein Dorf errichtet haben.«

Valentin senkte den Blick. »Und wie werden sie sich die Morde erklären, die ich begangen habe?«

»Es gibt immer wieder Bären, die sich in Menschendörfer verirren. Auch die Morde deines Wolfes wird man ihnen zuschreiben, denn zum Glück hatte das Unheil in der Nacht stattgefunden. Unsere Wölfe werden darauf Acht geben, dass bis zum nächsten Frühling keine Bären die Menschendörfer erreichen. Zu viele Tote könnten die Menschen zu großen Jagden hinreißen lassen. Und das wäre für uns gefährlich.«

»Was passierte mit den Wölfen, die zurückgeblieben sind? In deiner alten Heimat.«

Edgar schüttelte den Kopf. »Ich weiß es nicht. Vielleicht leben sie dort nach wie vor, oder sie sind tot. Es ist lange her. Ich wollte auch niemals zurückkehren. Seitdem ist mir kein Wolf über den Weg gelaufen, der nicht aus Windseck stammte. Viele glauben, dass es gar keine Wölfe außer uns mehr gibt.«

»Und was glaubst du? Sind wir allein?«

»Die Wurzeln des Wolfskönigs reichen weit zurück. Es gibt viele Zeugnisse von ihm. Ich glaube fest daran, dass es noch mehr Wölfe wie uns gibt. Erinnerst du dich an die Malereien im Schrein? Diese Malereien gab es hier bereits vor uns. Ich habe sie als Zeichen des Wolfskönigs gedeutet hierzubleiben, und ich habe gut daran getan. Den Schädel des Wolfstieres, den mein Großvater als Schutzartefakt verwendete, habe ich daraufhin dort gelassen.«

Eine Windböe ließ das Wasser Wellen schlagen. Edgar hob den Kopf, um die Luft einzusaugen.

»Wir müssen weiter. Der Werwolf scheint sich nicht mehr wegzubewegen. Er schöpft Kräfte. Trink noch ein wenig, dann laufen wir weiter.«

»Habt ihr nie versucht, nach anderen Wölfen zu suchen?«

»Das haben wir, bisher ohne Erfolg. Solche Angelegenheiten gestalten sich als äußerst schwierig. Es ist nicht einfach, sich außerhalb des Waldes zu bewegen, wo das Zuhause von richtigen Menschen ist. Wir sehen ihnen zwar ähnlich, doch mit unserer Größe und unserem Verhalten fallen wir auf. Außerdem brauchen wir die Kraft der Wölfe bei uns im Dorf. Die meisten bewachen die Grenzen des Reviers und sorgen dafür, dass die richtigen Menschen sich nicht hierher verirren. Wir haben nur wenige Wölfe, die sich der Kraft des Tieres bemächtigen können. Ich schicke dennoch jeden Sommer einen Späher los, um nach anderen Wölfen zu suchen. Bisher blieb der Erfolg jedoch aus. Zwei Wölfe, die ich vor elf und vor neun Wintern losgeschickt habe, sind verschollen. Jeder Wolf, der nicht zurückkommt, ist ein großer Verlust. Für mich selbst ist es schwierig, unter Menschen zu treten. Meine Größe zieht Blicke sofort an.« Edgar richtete sich auf, womit er seinen Worten noch mehr Gewicht verlieh. »Es ist Zeit.«

Valentin hätte sich beinahe verschluckt, als er das letzte Mal Wasser schöpfte und mit dem Seitenblick die riesige Gestalt des grauen Wolfes erblickte, der die Mähne schüttelte. Er konzentrierte sich und ließ seinen Wolf heraus. Sein Körper zuckte. Der Schmerz hielt sich in Grenzen. Nun witterte auch Valentin Samuels Wolf. Er fragte sich, wie Edgar es wohl schaffte, aus dem Geruch heraus zu definieren, dass Samuel gerade nicht in Bewegung war.

»Lauf du … vor«, knurrte Edgar. »Finde … den Werwolf.«

Valentin lief voraus. Seine Nase verriet, dass Samuel in der Nähe war. Pfotenabdrücke tauchten hier und da im Matsch und in der Erde auf. Die Baumkronen schwankten, so als verkündeten sie Unheil.

Valentin hielt inne, als plötzlich Windstille einkehrte und er Edgars Schritte nicht mehr hörte. Die Anwesenheit Samuels war verschwunden. Er fuhr herum. Seine Krallenhände zuckten. Edgar kam in einiger Entfernung hinter ihm zum Stehen. Das Gefühl, beobachtet zu werden, nistete sich in Valentin ein, und es waren nicht nur Edgars Augen, die ihn beobachteten.

Seine Ohren vernahmen ein Knurren von rechts. Valentin

drehte den Kopf um. Seine Augen suchten vergebens nach Samuels Umrissen. Links von ihm knackte etwas, doch auch dessen Ursprung blieb verborgen. Valentin sprang im letzten Moment zur Seite, als er ein Rascheln über sich hörte.

Samuel brüllte aus vollem Hals, nachdem er auf der Erde aufschlug. Er war nach wie vor größer als Valentin, schien jedoch geschrumpft zu sein. Er schloss seine Krallenhand und öffnete sie wieder. Den zweiten Arm gab es nicht mehr, nur ein Stummel, mit Fell überwachsen, ragte aus der Schulter. Gelbe Augen auf breitem Schädel blitzten auf.

Die Krallen verfehlten Valentins Brust um eine Haaresbreite. Er wehrte einen weiteren Hieb ab und beeilte sich zur Seite zu springen. Samuel brüllte, als seine Zähne nur Leere zu fassen bekamen.

»Er hat sich … den Arm … selbst abgebissen«, knurrte Edgar, der plötzlich hinter Valentin auftauchte. »Wahrscheinlich war er … stark verletzt … sodass er nur langsam … geheilt hatte. Daraufhin müsste der Werwolf … ihn als totes Fleisch … angesehen haben … das ihn beim Laufen hinderte.«

Samuel schien unschlüssig zu sein, ob er einen weiteren Angriff auf Valentin wagen sollte. Das plötzliche Auftauchen Edgars verwirrte ihn.

»Er ist … stark. Doch ohne den zweiten Arm … wird er dich … nicht bezwingen können. Setze deinen Verstand ein … und sieh seine Handlungen … voraus. Bereite ihm … ein Ende.«

»Ich kann ihn nicht töten. Er ist mein Freund! Lass uns ihn fesseln und herausfinden, ob sich seine Verwandlung rückgängig machen lässt.«

»Sieh in ihn … hinein. Es gibt keinen Menschen mehr … im Körper … dieses Werwolfes.«

Wie sollte Valentin in jemanden hineinsehen? Er konnte zwar in sein eigenes Inneres hineinschauen, aber in jemand anderen?

Er konzentrierte sich, um etwas wahrzunehmen, womit er in Samuel hineingelangen könnte. Er schloss für einen Moment die Augen und sah nur seine eigenen Gedanken und stellte sich das schwarze Licht vor, in dem sein Wolf zu sein schien und ihn beobachtete.

Samuel näherte sich vorsichtig auf Pfoten und dem verbliebenen Arm, während er Edgar im Blick behielt. Selbst als Werwolf schien er Ehrfurcht vor der riesigen Gestalt Edgars zu haben. Er knurrte und setzte zum Sprung auf Valentin an.

Valentin drehte sich um die eigene Achse und parierte die Krallenhand mit der Rechten. Mit der Linken schnitt er tiefe Furchen in Samuels Rücken. Die alten Wunden waren nicht mehr da. Samuel brüllte, seine Augen funkelten hasserfüllt. Er warf sich erneut auf Valentin.

Im Bruchteil eines Lidschlags begriff Valentin, dass er sich diesmal nicht mit einer Drehung retten konnte. Samuel würde ihn erwischen. Hunderte Bewegungsabläufe schossen durch seinen Kopf, bis er sich für einen entschied und sich auf den Rücken fallenließ.

Samuel wirkte überrascht, dass sein Gegner plötzlich auf dem Boden lag und seine Pfoten einsetzte, um nach ihm zu treten. Er fiel auf die Erde, und bevor er sich aufrichten konnte, sprang Valentin auf seinen Rücken, um ihn in das Laub zu pressen.

»Samuel! Komm zu dir! Du bist stärker als der Wolf! Ich bin es, Valentin!«

Seine Krallenhand hielt Samuels Kopf gegen die Erde gepresst, wobei seine Krallen in Samuels Kopfhaut eindrangen. Mit der anderen Hand umfasste er seinen Arm.

Samuel brüllte. Er wand sich unter Valentin und beinahe wäre es ihm gelungen, sich zu befreien.

»Samuel, bitte! Ich bin es, Valentin ...«

Plötzlich fühlte sich Valentin von etwas eingesogen. Sein

Geist wanderte an einen düsteren Ort mit niedriger Decke. Wände schien es nicht zu geben. Ein Chaos aus Bildern umschloss ihn. Vergebens suchte er nach einem Licht, in dem der Geist Samuels eingeschlossen sein könnte. Es war die Welt eines blutrünstigen Tieres, dessen Existenz auf Jagen und Fressen basierte. Einen Platz für den Menschen gab es hier nicht. Valentin rief nach Samuel, doch nur ein entferntes, höhnisches Schnauben erreichte ihn.

Der Raum um ihn herum verengte sich. Die Decke rutschte herunter. Er glaubte, keine Luft zu bekommen. Blitze schossen an ihm vorbei und gingen durch ihn hindurch, bis der Raum sich Stück für Stück aufzulösen begann.

Etwas griff nach ihm. Die Finsternis, aus der er plötzlich herausgerissen wurde, entfernte sich immer weiter aus dem Blickfeld. Valentin schüttelte den Kopf, als er wieder sehen konnte. Der Werwolf, der einst Samuel war, hatte sich beinahe befreit.

Edgar ging vor Valentin in Hocke. Mit einer Hand presste er Samuels Kopf zurück gegen die Erde.

»Warst du … in seinem Kopf?«

»Ich weiß es nicht. Ich kann das nicht erklären, aber ich glaube, ich bin viel tiefer vorgedrungen als nur in seinen Kopf. Ist das ungewöhnlich?«

Edgars Wolfsaugen verharrten eine Weile auf Valentin. »Das ist … in der Tat … ungewöhnlich. Es ist jedoch die Tatsache … dass manche … die Fähigkeit besitzen … in das Licht von jemandem … zu blicken. Fira ist eine … von ihnen. Anscheinend gehörst du … auch dazu. Du bist ein … außergewöhnlicher Junge.«

»Ich habe Samuel dort nicht gefunden.« Valentin sah den Werwolf an, der sich nach wie vor herauszuwinden versuchte. Die Wunden auf seinem Rücken schlossen sich allmählich. »Ich glaube, er ist weg …«

Edgar legte seine Pranke auf Valentins Schulter.

»Mach dir keine … Vorwürfe … Junge. Niemand trägt … Schuld daran. Das ist … sein Schicksal.«

»Was soll ich tun?«

»Es gibt … viele Möglichkeiten einen Werwolf … zu töten. Lasse ihn verhungern … oder stoße ihn … von der Klippe. Du kannst ihm … den Kopf abbeißen. Aber die einfachste … Variante ist … ihm die Krallen ins Herz … zu jagen.«

Valentin sah den Werwolf an, der einst zu seinen Freunden zählte. Es war falsch, ihn zu töten, mitten im Wald, ohne dass ihm jemand beistand.

»Der Wolfskönig … wird sicherlich … seine Gründe haben. Tu es … Junge. Erweise deinem Freund die Ehre … durch die Hand desjenigen … den er einst einen Freund nannte … ins Reich Päjs … befördert zu werden. Tu es. Es wäre jetzt falsch … wenn ich an ihn … Hand legen müsste.«

Blut trat unter Valentins Krallen, die Samuels Arm festhielten.

Wolfskönig, hilf mir die Gräueltat zu verrichten, die ich als abscheulich empfinde, die jedoch notwendig zu sein scheint. Schicke mir ein Zeichen, wenn diese Handlung falsch ist. Ich habe in dem Werwolf keine Anzeichen des Menschen gefunden, die auf die Existenz Samuels hindeuten.

Valentin hob die Hand. Seine Krallen blitzten auf, als er das Gebet in Gedanken beendete.

»Wolfskönig Päj, wache über meinen Freund.«

Die Abendsonne ließ das Dorf Windseck hellrot aufleuchten. Hier und da stiegen Rauchfahnen von den Dächern auf. Valentin kam es vor, als wäre er gar nicht in sein Dorf zurückgekehrt, sondern in ein anderes, wo er noch nie vorher war. Die Blicke der Dorfbewohner, die ihm auf dem Weg begegneten, folgten ihm bis zum Schluss. Eine Frau, die gerade Wasser geholt hatte, ließ den Eimer aus den Fingern gleiten. Eine stürmische Kindermeute umzingelte Valentin. Die Welpen forderten ihn auf, ihnen Geschichten zu erzählen. Erst nach dem dritten Versprechen, es an einem anderen Tag nach Rudolfs Predigten zu tun, zogen sie weiter.

Auch von seinem Zuhause stieg Rauch auf. Schneeglöckchen umringten das Haus und ließen es heller erscheinen.

Valentin nahm seine Eltern wahr. Die Mutter kochte etwas, der Vater beschäftigte sich mit dem Schärfen des Messers oder des Hackbeils. Valentin lauschte eine Weile, bevor er auf die Tür zuging. Er konnte sich nicht genau erinnern, wann er sie zum letzten Mal benutzte und ob sie nach innen oder außen aufging. Das Fenster seines Zimmers lag auf der gegenüberliegenden Seite.

Die Eltern sprachen kein Wort. Das Köcheln des Suds und das Schaben des Schleifsteins drangen an Valentins Ohren.

Er legte die Hand an den Griff. Ein leises Quietschen erklang, als Valentin die Tür von sich drückte.

Sein Vater saß mit dem Rücken zu ihm. Die Mutter rührte im Topf. Es war ungewohnt, sie im Kleid zu sehen, wo sie doch beim Kochen war. Und wo sie den gelben Stoff wohl aufgetrieben hatte? Die Beiden bemerkten sein Eintreten zwar, dennoch drehte sich niemand um. Wenigstens etwas, das normal geblieben war, dachte Valentin.

»Ist er beim Wolfskönig?«, fragte der Vater. Sein Kopf war

in die Schultern eingesunken. Er hielt in der Bewegung inne und schien die Tischplatte anzustarren, auf der ein Salzstreuer und zwei Teller standen. Alberta hielt einen dritten Teller in der Hand.

Valentin schloss die Tür hinter sich. Er verharrte, während er versuchte, Worte zu finden.

Sein Vater ballte die Hände zu Fäusten. »Ist er beim Wolfskönig?«

Alberta rührte den Sud noch einmal um und schaute über die Schulter. Für einen Moment glaubte Valentin, sie hörte auf zu atmen. Ein Glitzern erschien in ihren Augen.

»Dam… Damian …«

»Sag schon, hat ihn der Diener des Wolfskönigs zu sich geholt?«, wiederholte Valentins Vater mit Nachdruck.

»Damian …«

Tonscherben stoben auseinander, als der Teller aus Albertas Hand glitt. Damian sah zu ihr auf, dann drehte auch er sich langsam um.

Albertas Finger zitterten. Ihr Kinn begann zu beben. Es sah aus, als würden ihr die Beine jeden Augenblick den Dienst verweigern. Valentin huschte an ihre Seite. Sein Vater sah ihn wie einen Geist an.

»Bist du Valentin?«, flüsterte Alberta. »Bist du mein Sohn?« Sie legte ihm die Hand auf die Wange.

Valentin wandte den Blick ab. So kannte er sie nicht. Die stets abweisende Frau hatte plötzlich Schimmer in den Augen. Sie presste die Lippen zusammen, während sie Valentin ansah, so als wäre er eine Erscheinung.

»Bist du am Leben? Oder hat der Wolfskönig Mitleid mit mir, indem er mir das Abbild meines Sohnes schickt?«

»Mein Wolf ist gezähmt«, sagte Valentin. »Ich bin es wirklich.«

Alberta legte sich die Hände aufs Gesicht. Das Schluchzen

konnte sie nicht unterdrücken. Valentin sah seinen Vater an, in Erwartung, er würde die Mutter packen und sie zum Aufhören zwingen. Doch stattdessen glitzerten auch seine Augen. Alberta klammerte sich an Valentin und ließ den Tränen freien Lauf.

Damian erhob sich. Er packte die beiden und drückte sie an sich.

Eine Ewigkeit schien zu vergehen, während Albertas Schluchzen nicht aufhören wollte. Tränen durchnässten Valentins Brust. Valentin wagte es nicht, sich aus der Umarmung des Vaters und der Umklammerung der Mutter zu lösen.

»Wir hatten keinerlei Hoffnung, dass du es schaffen würdest, verstehst du?«, sagte Alberta, während sie hin und wieder ein Schluchzen von sich gab. »Ich habe trotzdem jede Nacht zu Päj gebetet, und er hat mich erhört.« Sie legte die Hände ineinander. »Wolfskönig, möge dein Reich für Ewigkeiten bestehen.«

»Sei uns nicht böse, Sohn, dass wir so waren, wie du uns kanntest. Es ist nicht einfach, sein Kind aufwachsen zu sehen, im Wissen, dass es nicht überleben wird.« Damian löste die Umarmung hastig, so als hätte er Angst, von jemanden gesehen zu werden. »Edgar hat dich sicherlich aufgeklärt, richtig? Komm zu Tisch, deine Mutter hat eine Suppe aus Gänsekeule gekocht.«

»Reicht es noch für mich? Ihr erwartet doch jemanden«, sagte Valentin, während er auf die Scherben sah, dann auf den Tisch mit den zwei Tellern.

»Wir erwarten immer, dass unsere Kinder nach Hause kommen.« Ein Lächeln legte sich auf Albertas Lippen. Sie fuhr sich mit dem Ärmel über die Wangen. »Das tun wir immer.« Sie holte einen neuen Teller aus dem Regal. »Mach dir keine Sorgen um die Scherben. Bei den richtigen Menschen gibt es den Glauben, dass zerbrochenes Geschirr Glück bringe.«

Valentin fiel es noch immer schwer zu glauben, dass es seine Eltern waren. Noch nie hatte seine Mutter einen Ton wie diesen eingeschlagen und so viel mit ihm geredet. Ganz zu schweigen vom Vater, dessen Augen nach wie vor zu leuchten schienen.

Alberta setzte sich als letzte an den Tisch. Sie schloss die Augen und legte die Hände ineinander.

»Wolfskönig, ich danke dir für das Geschenk, das du uns heute dargebracht hast. Verzeih mir die Momente, in denen ich an dir gezweifelt habe. Wir stehen in deiner Schuld. Möge deine Macht auf Erden wachsen. Ich werde von nun an mehr als nur einmal am Tag meine Gebete an dich richten.«

»Wolfskönig Päj, wache über uns«, sagten drei Stimmen gleichzeitig.

Die Suppe tat gut. Valentin hatte schon lange kein Gemüse mehr gegessen, nun spürte er, wie das kleinste Stück ihn mit Kraft speiste. Am liebsten würde er das Fleisch weglassen, doch er wollte seine Mutter nicht um die Genugtuung bringen, ihren Sohn essen zu sehen. Und dass sie eine Genugtuung dabei empfand, brauchte er seine Wolfssinne nicht einzusetzen.

»Erzählt mir von euren anderen Kindern«, sagte Valentin. »Ich will alles erfahren. Ihr braucht mir nichts zu verschweigen. Edgar hat mir bereits viel erzählt, was die Welpen nicht wissen sollten.«

Das Gesicht der Mutter wirkte wie eingefroren. Damian seufzte.

»Du hattest sechs Geschwister. Eine Schwester und fünf Brüder. Du bist unser siebtes Kind.«

Valentin vergaß zu blinzeln, während er seinen Vater anstarrte. Die Welt um ihn herum wurde noch fremder.

»Ich verstehe nicht«, sagte er.

»Und das ist in Ordnung«, sagte Alberta. Es ist nicht einfach, alles an einem Tag zu verarbeiten.

»Bitte, ich will es jetzt wissen. Wie kann das möglich gewesen sein?«

Alberta und Damian sahen einander an.

»Ich weiß nicht, wieviel Edgar dir bereits verraten hat, aber du weißt ja, dass wir keine einfachen Menschen sind«, sage Damian. »Einfache Menschen unterscheiden sich von uns nicht nur durch den Wolf. Die Anzahl der Winter, die der Wolfskönig für sie vorgesehen hat, ist sehr gering im Vergleich zu dem, was er uns schenkt. Mein Leben erstreckt sich bereits auf einhundertsechsundvierzig Winter. Das Leben deiner Mutter auf einhundertfünfunddreißig.«

Valentin schwieg, während er abwechselnd die Mutter, dann den Vater ansah. Die Mutter hatte das Aussehen einer Frau, die kaum den fünfunddreißigsten Winter hinter sich gebracht hatte. Der Vater, mit dem Vollbart und Falten auf der Stirn, könnte vierzig Winter alt sein, aber niemals über hundert!

»Das Erbe des Wolfskönigs hält unsere Körper jung, während die einfachen Menschen bereits nach wenigen Wintern zu Greisen werden«, sagte Alberta. »Hat Edgar dir verraten, wie alt er ist?« Sie seufzte, als sie ein Kopfschütteln als Antwort bekam. »Das ist schade. Niemand weiß es. Es gibt jedoch ein Gerücht, dass er bereits vierhundert Winter lebt, denn seit der Gründung existiert das Dorf Windseck dreihundertfünfundzwanzig Winter.«

Valentin fand keine Worte, während er die beiden weiterhin schweigend ansah. Vergebens suchte er nach Anzeichen von Scherzen in ihren Gesichtern. Dass sie so offen und so viel mit ihm sprachen, machte die Situation noch unglaubwürdiger.

»Falls du dich fragst, ob jemand von unseren Welpen noch lebt ...« Alberta senkte den Blick. »Du bist der erste, der zurückgekehrt ist.« Sie schaute wieder auf. »Nach dem dritten

Mal wollte ich den Schmerz der Trennung nicht mehr ertragen müssen. Für eine Weile haben dein Vater ich und aufgehört, Nachwuchs zu zeugen, bis Edgar bei uns auftauchte. Er hat uns über die Notwendigkeit von Welpengeburten aufgeklärt. Sie sind für das Fortbestehen unserer Art sehr wichtig, jeder einzelne, auch wenn die meisten als Werwölfe enden. Deswegen legt er großen Wert darauf, dass Frauen schwanger werden. In jedem Welpen könnte ein Wolf stecken, der sein Tier zu bändigen vermag. Und er hatte Recht.« Albertas Augen begannen erneut zu glitzern. »Er hatte wie immer Recht.« Sie strich sich mit dem Ärmel über die Wangen. »Iss deine Suppe, bevor sie kalt wird.«

Stille kehrte für eine Weile ein, die nur durch das Klimpern und Schlürfen unterbrochen wurde.

»Edgar hat mir erzählt, ihr seid keine Wölfe mehr. Ist das die Wahrheit?«

Damian sah zu ihm auf. »Das ist die Wahrheit. Ich habe meinen Wolf nach dem siebten Winter getötet. Er war stark und begann, an mir zu zerren. Ich wand mich an Edgar. Daraufhin hat er mir geraten, den Wolf zu töten. Ich wollte kein Risiko eingehen, denn als Werwolf hätte ich viel Schaden angerichtet.«

Valentins Blick streifte über Damians Statur. Sein Vater hatte noch nie um Hilfe gebeten, wenn es etwas Schweres zu erledigen gab. Er war einen Kopf größer als Valentin und muskulös. Mit Edgar würde er sich dennoch nicht messen können.

»Und ich tötete meine Wölfin bereits nach fünf Wintern. Ich bin keine Kämpferin. Das Tier begann eines Tages, auch an mir zu zerren. Wir hatten Glück, Wölfe gewesen zu sein, dennoch sind wir froh, ohne sie auszukommen.«

»Und wie hast du es geschafft?«, fragte Damian. »Ich zweifle nicht daran, dass du stark bist, sonst wärst du nicht hier, dennoch weiß ich aus eigener Erfahrung, wie schwer es ist, den Wolf zu bändigen, wenn man nicht die Kraft Edgars hat.«

Valentin schwieg einige Momente, bevor er antwortete. »Ich bin von der Klippe gesprungen«, sagte er. »Damit habe ich den Wolf gezwungen, mir zu gehorchen.« Valentin schüttelte den Kopf. »Auch Edgar konnte sich das nicht wirklich erklären.«

Die Eltern sahen einander an.

»Das ist ungewöhnlich«, sagte Damian. »Aber was verstehen wir schon von der Macht des Wolfskönigs? Wir sind nicht imstande, eine Botschaft zu erkennen, die er uns durch dich schickt. Ich kann mich nicht daran erinnern, dass ein Junge wie du es geschafft hätte, den Wolf im Zaum zu halten. Und ich bin stolz darauf, dein Vater zu sein. Wolfskönig Päj hat dir eine große Kraft in die Wiege gelegt. Und uns hat er dazu auserkoren, deine Eltern zu sein.«

»Um deine Freunde tut es mir sehr leid.« Alberta ergriff Valentins Hand. »Es ist unser Schicksal, diejenigen zu verlieren, mit denen wir unsere Welpentage verbracht hatten.«

»Es war Samuel«, sagte Valentin, während er auf seinen Teller starrte. »Ich musste ihn töten. Ich habe in ihm nichts mehr gesehen, das von einem Menschen zeugen könnte. Er war ein wildes Tier.«

»Du hast ihn von der Qual erlöst«, sagte Damian. »Er wäre dir dankbar für diese Tat.«

»Du trinkst sicherlich einen Tee, nicht wahr? Den Tee mit den Wolfsbeerenblättern hast du am meisten gemocht, wenn ich mich nicht täusche«, sagte Alberta. »Ich habe für den Anlass einen Kuchen mit eingelegten Apfelstücken gebacken. Er wird dir gefallen!«

Die strahlende Frau, die ihm einmal eine gleichgültige Mutter gewesen war, hatte sich verändert, sodass es Valentin schwerfiel zu glauben, dass sie es war. Auch der Vater wirkte nicht mehr wie jemand, den nichts interessierte. Waren das die Qualen des Verlustes ihrer Kinder, die sie so hart werden ließen? Sie wollten sich nicht an Valentin binden, weil sie glaubten, er würde gegen den Wolf nicht bestehen, so schwach wie er war. Dennoch hatten sie auf ihn gewartet.

»Wir haben dein Bett wieder hergerichtet«, sagte Damian. »Schlaf dich also aus, so viel du willst. Ich mache dir ein paar Tropfen des Hummelhonigs in den Tee. Damit schläfst du noch besser.«

Als Valentin die Tür seines Zimmers schloss, glaubte er, sich all das Erlebte bloß ausgedacht zu haben. Das Bett war gerichtet, der Boden gekehrt. Zwar waren Kratzspuren an den Wänden zu sehen, aber selbst diese hatten die Eltern mit Wachs ausgebessert. Das Scharnier des Fensters hatte sein Vater repariert und das Glas ersetzt. Zwar machte Valentin die Kälte nichts mehr aus, dennoch war es ein gutes Gefühl, das Zimmer wie früher vorzufinden.

Valentin lächelte, als er ein frisches Hemd und eine Hose auf dem Stuhlrücken sah.

Die Kapelle des Wolfskönigs wirkte nicht mehr so ausgeblichen, wie sie sonst den Anschein erweckte. Etwas war anders. Sie schien von innen heraus zu leuchten. Vielleicht lag es daran, dass ein Dutzend Wölfe sich dort versammelte. Valentin spürte ihre Anwesenheit.

Die Blicke der Dorfbewohner, die in der Frühe nicht mehr schliefen, begleiteten ihn, während Valentin sich der Kapelle näherte. Er verharrte auf der Schwelle und versuchte, etwas zu hören. Es wirkte seltsam, dass keiner sprach. Die Türangel gab ein leises Quietschen von sich.

Der Duft von Kerzenfett schlug Valentin entgegen. Die Morgensonne fiel durch schmale Schlitze, die als Fenster dienten, und erfüllte die Kapelle mit rotem Licht. Die Holzfigur des Wolfskönigs in der Mitte, die selbst Edgar um einige Hauptlängen überragte, reichte bis zur Decke. Im Holz war ein Riss zu sehen, welcher sich von der Pfote bis hinauf zur Brust erstreckte. Die Augen gab es nicht, und es schien kein Versehen zu sein, denn das Fell, die Schnauze und alle Körperteile waren meisterlich geschnitzt. Der Schädel in der Krallenhand war eine Nachbildung des Schädels aus dem Schrein des Wolfskönigs.

Die Gesichter von zwölf Dorfbewohner richteten sich zu der Holzfigur. Sie hielten die Augen geschlossen, ihre Lippen bewegten sich lautlos. Valentin erkannte Edgar auf Anhieb. So wie Edgar mit seiner Größe herausstach, machte Valentin auch die kleinste Person im Raum aus: Fira.

»Ich heiße dich in unseren Reihen willkommen«, sagte Edgar, ohne die Augen zu öffnen. »Wolfskönig Päj, segne Valentin.«

»Wolfskönig Päj, segne Valentin«, sprachen die anderen Edgar nach.

Alle Blicke richteten sich zum Eingang.

»Valentin. Er ist der Wolf aus Firas Weissagung.« Edgar trat einen Schritt vor. »Der Wolfskönig hat mir die Ehre erwiesen, den Jungen zu beobachten, während er sich einen Kampf mit seinem Wolf lieferte. Valentin, das sind von nun an deine Mitstreiter. Weitere sieben halten Wache an den Grenzen unseres Reviers.«

Valentin sah die bekannten Gesichter. Da waren Edgar, Rudolf, Fira und … Er fing Darons Blick. Robins Vater kam Edgars Größe am nächsten. Von ihm müsste Robin seine Statur geerbt haben.

Valentin seufzte in Gedanken, als er an seinen Freund dachte. Daron sah ihn als einziger mit steinernem Blick an.

»Wolfskönig hat ihm Stärke verliehen, die wir bisher kaum kannten. Der Junge ist außergewöhnlich, schaut in ihn hinein. Er hat es geschafft, den Wolf mit der Geistesstärke zu bändigen. Und ich kann es bezeugen.«

Daron gab ein Schnauben von sich.

»Wir hatten es noch nie mit einem Wolf wie dir zu tun«, fuhr Edgar fort. »Deswegen musst du dich vorerst damit abfinden, dass wir ein Auge auf dich haben werden. Die erste Prüfung hast du zwar bestanden, dennoch gibt es viel zu lernen. Ich selbst werde mich mit dir befassen. Scheue dich nicht davor, auch die anderen um Rat zu bitten. Wir sind sehr wenige auf dieser Welt, und wir sind aufeinander angewiesen.«

»Willkommen, Valentin.« Fira zwinkerte ihm zu. »Ich wusste, du bist etwas Besonderes, auch wenn du mir im Schrein jede Menge Angst eingejagt hast. Wolfskönig ist mit dir.«

»Wolfskönig ist mit dir«, erklang es ringsherum.

»Wir sind nicht viele Wölfe, wie du siehst. Jeder von uns ist von großem Wert. Es ist umso wichtiger, dass jeder einen Beitrag für die Gemeinschaft leistet.« Edgar wandte sich an die

Wölfe. »Die Suche nach dem neuen Wolf war erfolgreich. Ich bin froh, dass unsere Gemeinschaft um ein Mitglied reicher geworden ist. Dennoch gibt es noch drei Werwölfe, die frei herumlaufen. Zwar passen unsere Wölfe auf sie auf, aber auch um sie müssen wir uns schleunigst kümmern.«

»Lass mich das erledigen«, meldete sich Daron.

»Ich möchte diesmal nicht zu schnell handeln«, sagte Edgar. »Ich habe über Valentins Worte nachdenken müssen, die er mir gestern gesagt hat.« Er sah zu Fira. »Wir gingen immer davon aus, dass es sich bloß um einen Wolf aus Firas Weissagung handelt. Valentin ist der Ansicht, wir könnten uns geirrt haben. So etwas ist zwar noch nie vorgekommen, aber wir hatten einen Wolf wie Valentin schließlich auch noch nie unter uns. Ich möchte euch deswegen auffordern, Fira in den Werwolf hineinschauen zu lassen, bevor ihr ihm ein Ende bereitet. Von nun an möchte ich gründlicher bei der Suche vorgehen.«

»Kluger Junge.« Fira nickte Valentin zu. »Du hast einen scharfen Verstand und bringst frischen Wind in unser Dorf. Das ist genau, was dieses Dorf braucht. Du hast Edgar dazu gebracht, die Dinge anders zu betrachten. Alle Achtung.«

»Ich will es selbst tun«, sagte Valentin, womit er alle Blicke auf sich richten ließ. »Ich will dabei sein, wenn wir die Werwölfe finden.« Und ich will selbst versuchen in sie hineinsehen, wie bei Samuel, fügte er in Gedanken hinzu.

»Du bist zwar zum Wolf geworden, aber du bist zu schwach, um es mit einem Werwolf aufzunehmen, der nicht verletzt ist«, erwiderte Edgar. »Es ist gefährlich.«

»Ich werde es nicht allein tun. Du wolltest dich mit mir befassen, also kannst du mir ein Lehrer sein. Mit deiner Hilfe schaffe ich das.«

Valentin sah sich um, nachdem Stille einkehrte. Niemand sagte etwas, nur Daron schnaubte.

»Es ist eines Wolfes nicht würdig, wenn er es nicht allein

schaffen kann«, sagte Daron. »Unsere Traditionen sind heilig. Keiner soll es wagen, sie zu verletzen.« Er sah zu Edgar. »Wie kommt es überhaupt dazu, dass dieser Halbling zum Wolf wurde?«

»Der Wolfskönig lehrt uns, anderen zu helfen«, sagte Valentin nach einer Weile. »Und ich lasse mir helfen. Ich werde mit dieser Schande leben, es nicht allein geschafft zu haben. Ich bin kein starker Wolf, das ist mir bewusst, aber ich bin bereit, alles zu versuchen, um meine Freunde zu retten. Die Schande nehme ich auf mich.«

»Daron, es geht auch um das Leben deines Jungen«, sagte Fira.

»Ich brauche keinen Sohn, der es nicht allein schaffen kann! Wenn es passieren soll, dann soll es passieren. Ich würde nicht wollen, dass man mir hilft.«

»Die Zeiten ändern sich«, sagte Edgar. »Wir haben es niemals sehen wollen, doch nun sind die Zeichen des Wolfskönigs viel zu deutlich. Es ist nicht nur Valentin, der trotz allen Widersprüchen zum Wolf werden konnte. Die Zwillinge, sie agieren zusammen. Kein Werwolf ist jemals einem anderen Werwolf friedlich aus dem Weg gegangen, geschweige denn sich miteinander zu verbünden. Und es gab bereits andere Zwillinge in Windseck. Wenn wir uns an die Veränderungen anpassen wollen, müssen wir ihnen mit neuen Methoden begegnen. Valentin und ich werden uns um die Werwölfe kümmern.«

Daron ballte die Hände zu Fäusten. »So sei es«, presste er zwischen den Zähnen heraus. »Der Wolfskönig ist mit euch.«

»Der Wolfskönig ist mit dir«, sagte Edgar, während er zusah, wie Daron aus der Kapelle ging, sich beherrschend, um nicht loszustürmen. »Der Wolfskönig ist mit euch.« Edgar wandte sich an die übrigen Wölfe, woraufhin sie sich in Bewegung setzten, um die Kapelle zu verlassen.

»Sei Daron nicht böse.« Fira hakte sich bei Valentin ein. »Er ist an erster Stelle ein Vater, der sein Kind verloren hat. Zwar gibt er einen harten Mann nach außen, aber im Inneren trauert er. Das ist sein achter Welpe. Und ihn mochte er am meisten. Er hat fest daran geglaubt, dass Robin stark genug sein würde, um den Wolf zu bändigen. Wir alle haben es geglaubt. Sei ihm bitte nicht böse. Wenn er eine Schwäche hat, dann ist es die Schwäche, seinen Welpen nicht loslassen zu können. Nicht umsonst machten wir es uns zur Regel, uns nicht an die Welpen zu binden.«

»Und trotzdem wollte er keine Hilfe, obwohl es für Robin noch Hoffnung gibt«, sagte Valentin.

»Dafür ist er viel zu stolz.« Edgar kreuzte die Arme und schaute die Holzfigur an. »Er kämpft mit sich selbst. Einerseits möchte er seinen Welpen nicht verlieren, andererseits bleibt er den Traditionen treu, die für uns alle heilig sind.«

»Sind sie auch für dich so heilig?«

»Das sind sie durchaus. Nur lebe ich lange genug, um zu wissen, dass diese Traditionen nicht alle vom Wolfskönig stammten. Im Laufe der Jahre stellten wir immer mehr Regeln auf, um ein geordnetes Leben zu führen und uns vor uns selbst zu schützen. Einige dieser Regeln fanden den Weg zu den Lehren des Wolfskönigs.«

Valentin beobachtete Edgar eine Weile. Der Dorfvorsteher war kein Greis, obwohl er der älteste Wolf des Dorfes war. Sein Riesenschnauzbart machte ihn zwar älter, doch es hatte den Anschein, als wäre Edgar zeitlos.

»Wie viele Winter lebst du eigentlich Edgar?«

Edgars Blick verweilte noch wenige Momente auf der Holzfigur des Wolfskönigs, bevor er den Kopf zum Valentin drehte. »Viel zu lange.«

Valentin sah aus den Augenwinkeln, wie Hoffnung aus Firas Gesicht verschwand. Sie schürzte die Lippen.

ZWILLINGE

Das Blut der beiden Hasen begann, auf den Schädel des Wolfstieres zu tropfen, nachdem Edgar und Valentin die Gebete zu Ende sprachen. Die Kerzenflammen in den Wandnischen wirkten wie eingefroren.

»Dieser Schädel hat bereits mehr Winter gesehen als jeder von uns«, sagte Edgar. »Es ist der Schädel, den mein Großvater in unserer Höhle aufbewahrt hatte. Er hat sich seitdem nicht einmal verfärbt, so als hätte die Zeit keine Macht über ihn.«

Valentin sah zum Schädel. Die Fangzähne stachen hervor, wie bei ihm, wenn er sich verwandelte. Zwar sah der Schädel klein aus, aber die Form war verblüffend ähnlich. Valentin fiel es noch immer schwer zu glauben, dass es sich um Tiere auf vier Pfoten handelte.

»Fira sagte, niemand hat die Wolfstiere jemals gesehen. Ist das wahr?«

»Fira würde dich nicht anlügen. Niemand von uns hat sie gesehen. Ich kenne sie nur aus den Erzählungen meines Großvaters und von den Malereien wie diesen. Der Großvater war selbst noch ein Welpe, als die Wolfstiere durch den Wald streiften. Früher haben sie sogar an unserer Seite gelebt.«

»Hat dein Großvater gesagt, weshalb sie verschwanden?«

»Das hat er nicht, er wusste es selbst nicht. Scheinbar wusste es niemand. Ich vermute jedoch, es hat etwas mit den Werwölfen zu tun, denn sie tauchten etwa zur gleichen Zeit verstärkt in uns auf.«

»Wie meist du das? Aufgetaucht?« Valentin runzelte die Stirn. »Bedeutet das etwa, es gab früher keine Werwölfe?«

»Die gab es. Aber wenn wir die Überlieferungen richtig verstanden haben und mein Großvater die Wahrheit sagte, dann konnten früher die meisten Wolfsmenschen ihren Wolf bändigen, egal wie stark er war.«

»Oder die Wölfe von früher waren stärker als wir«, sagte Valentin.

Edgar nickte ihm zu. »Ich bin mir sicher, dass du nicht zufällig deinen Wolf bändigen konntest. Du bist sehr klug, das wiederhole ich gerne wieder.« Er sah zum Schädel. »Vielleicht waren sie tatsächlich allesamt stark. Aber dass die meisten von ihnen ihre Stärke plötzlich eingebüßt haben, erscheint mir unwirklich. Etwas musste passiert sein.«

»Hattest du einmal darüber nachgedacht deine alte Heimat aufsuchen? Vielleicht gibt es dort jemanden, der es inzwischen herausgefunden haben könnte.«

»Es ist nicht einfach, dorthin zu gelangen. Nicht umsonst haben unsere Vorfahren sich den Grauen Wald ausgesucht. Wir mussten mehrmals umkehren, bevor wir einen Ausgang fanden. Dabei habe ich von den Sümpfen und dem undurchdringlichen Gestrüpp noch gar nicht gesprochen. Aber es ist ein Ort, den ich gar nicht in Betracht gezogen habe. Es ist gut, dass du bei uns bist und uns die Augen für Dinge öffnest, die vor unserer Nase liegen und über die wir womöglich niemals nachdenken würden. Ich habe immer angenommen, dass, wenn ich diesen Ort verlassen habe, ihn früher oder später auch die anderen verlassen haben müssten.« Edgar atmete tief ein und aus. »Uns steht noch ein harter Tag bevor. Die Werwölfe, die wir suchen, besitzen im Gegensatz zu Samuel all ihre Glieder. Hinzu kommt, dass sie sich zusammengetan haben. Das kannten wir bisher nicht. Wir müssen auf alles gefasst sein. Wolfskönig Päj, sei mit uns.«

Edgar griff in die Kiste mit den Knochen, bevor er sich zum Ausgang wandte. Valentin tat es ihm gleich. Als er ins Sonnenlicht trat, stand der Wolf Edgars mit dem Rücken zu ihm. Seine Mähne flatterte im Wind. Der Schwanz fegte über die verstreuten Knochen.

Valentin ballte die Hände zu Fäusten. Es schien, sein Wolf

110

wartete nur auf einen Befehl. Der Schmerz blieb aus. Der Körper zuckte bloß. Der Wolf zog sich sofort wieder in den Hintergrund des Bewusstseins zurück.

War das eine Heimtücke des Wolfes, um Valentin unachtsam werden zu lassen? Der Wolf sollte stark genug sein, um einen neuen Versuch zu wagen, sich Valentins Körper zu bemächtigen, dennoch zog er sich zurück. Valentin nahm sich vor, sich mit ihm näher zu befassen, wenn alles vorbei war. Er wollte nicht, dass jemand einen Körper mit ihm teilte, von dem man jederzeit eine Heimtücke erwarten musste. Zwar schien es das Schicksal aller Wölfe zu sein, die das Tier gezähmt hatten, aber es gab sicherlich einen Weg, um ein freundschaftlicheres Verhältnis aufzubauen.

Valentin atmete tief ein und aus. Er hatte das Gefühl, den Wald im weiten Umkreis mit Ohren, Nase und Haut sehen zu können. Er glaubte, dass selbst Edgar, der längst hinter den Bäumen verschwand, würde sich kaum vor ihm verbergen können.

Er holte Edgar in der Nähe des Bachs ein. Das Rauschen wurde stärker, je weiter sie liefen. Hunderte neue Rinnsale speisten den Wasserstrom.

Valentin kannte keine Müdigkeit. Er befolgte dennoch den Rat Edgars und hielt zwei Mal an, um zu trinken. Das Eiswasser, das in seinen Bauch stürzte, speiste ihn mit Kraft. Der Wind blies ihm ins Gesicht, trotzdem glaubte Valentin, ihm entgegenstürmen zu können, selbst wenn er mit doppelter Kraft an ihm zerrte.

»Sie sind … in der Nähe«, knurrte Edgar.

Valentin witterte die Zwillinge nur ganz schwach, so als hätten sie hier bereits vor Tagen gerastet. Er spannte sich an, während der Wald zwei Gestalten herausspuckte. Sein Herz hämmerte in Erwartung eines Angriffs. Edgar dagegen zeigte keine Gefühlsregung.

Valentin sah zu Edgar, der noch immer keine Anstalten machte, eine Abwehrhaltung anzunehmen. Sein Herz schlug noch schneller, als der Dorfvorsteher plötzlich seine menschliche Gestalt annahm. Die beiden Wölfe taten es ihm gleich.

Er erkannte Garud und Swen auf Anhieb. Nun wusste er, warum sie sich so selten in Windseck aufhielten.

Die beiden sahen Valentin an. Sie schienen zu rätseln, wer vor ihnen stand, und weshalb dieser Wolf, der nur ein Werwolf sein konnte, so klein wie er war, Edgar begleitete. Sie brachten kein Wort heraus, als Valentin sich zum Menschen zurückverwandelte.

»Das ist Valentin«, sagte Edgar. »Er ist der neue Wolf.«

»Bist du nicht der Nachbarsjunge?«, fragte Swen. »Der Sohn Damians?« Er schaute zu Garud, als er ein Nicken als Antwort bekam, dann richtete er den Blick zu Edgar.

»Wolfskönig ist mit dir, Junge«, sagte Garud. »Er hat wohl etwas Besonderes mit dir vor.«

»Er hat nicht nur mit ihm etwas vor«, sagte Swen. »Mir scheint, die Welt stellt sich auf den Kopf.« Er musterte Valentin. »Wolfskönig ist mit dir, Junge.« Er wandte sich an Edgar. »Die Zwillinge sind bei den Hörnern des Bocks. Sie haben vorhin einen Elch gerissen. Jetzt scheinen sie zu schlafen und schöpfen Kräfte. Ich weiß nicht, was vor sich geht, aber sie sind keine Wölfe mehr, da bin ich mir sicher. Trotzdem jagen sie zusammen.« Er sah zu Valentin. »Werwölfe jagen niemals zusammen.«

»Das könnte daran liegen, dass sie keine Werwölfe sind«, sagte Valentin.

»Noch vor ein paar Tagen hätte ich das als Unsinn bezeichnet, doch inzwischen bin ich mir gar nicht sicher, ob an diesen Worten nicht etwas dran ist«, sagte Garud. »Sie töten jeden, dem sie begegnen, und das ist der Beweis dafür, dass sie Werwölfe sind. Trotzdem streifen sie zusammen durch den Wald.«

»Valentin hat darauf bestanden, diese Angelegenheit zu überprüfen«, sagte Edgar. »Er ist der Ansicht, dass mehr als nur ein Wolf es in einem Frühling schaffen könnte, sein Tier zu bändigen. Ich vertraue seinem Urteilsvermögen. Er hat mich bereits mehrmals überzeugt.«

»Mich hat er überzeugt, als er sich gerade verwandelt hat«, sagte Garud und klopfte Valentin auf die Schulter.

»Was unternehmen wir also gegen sie?«, mischte sich Swen ein. »Wir sind bereits zu weit weg von unserem Dorf. Die Zwillinge werden schon bald weiterziehen. Wir dürfen ihnen nicht noch mehr Zeit geben. Die Dörfer der Menschen sind in der Nähe.«

»Wir werden sie außer Gefecht setzen, ohne sie zu töten.« Edgar schaute zu Valentin. »Wir wollen in sie hineinsehen. Ich habe das Gefühl, Valentin ist imstande, Dinge zu ergründen, die selbst mir verborgen bleiben.«

»Lass uns das erledigen«, sagte Swen. »Wir werden aufpassen, sie nicht umzubringen.«

Edgar schüttelte den Kopf. »Haltet euch im Hintergrund. Valentin und ich werden uns der Sache annehmen.«

Swen und Garud sahen einander an.

»Valentin ist mein Schüler. Er lernt am besten im Ernst der Lage. Einem Werwolf, der früher einmal sein Freund Samuel war, hat er bereits ein Ende gesetzt.«

»Der Wolfskönig hat in der Tat etwas mit dir vor.« Garud schnalzte mit der Zunge. »Wir werden in der Nähe bleiben. Päj allein weiß, zu was zwei Werwölfe fähig sein können.«

»Was sind die Hörner des Bocks?«, fragte Valentin.

»Das ist die Stelle, an der zwei Bäche zum Fluss münden«, sagte Garud. »Du warst wohl noch niemals dort.«

Valentin sah aus den Augenwinkeln, wie Edgars Gestalt wuchs. Eine Genugtuung kam in ihm auf, als Garud und Swen ihn anstarrten, während auch er sich verwandelte.

»Etwas hat der Wolfskönig in der Tat mit dir vor.« Garud grinste.

Valentin eilte Edgar nach. Er spürte mit dem Rücken, dass auch Garud und Swen die Wolfsgestalten annahmen.

Das Wasserrauschen wurde lauter. Valentin spürte die Präsenz von zwei weiteren Wölfen. Er hoffte inständig, dass er Recht behielt und er nicht auf Werwölfe stoßen würde. Er würde tief in sie greifen, wie bei Samuel, um den menschlichen Teil der Zwillinge ausfindig zu machen. Gleichzeitig fürchtete er sich, sie dort nicht zu finden.

Edgar hielt auf einem Felsvorsprung an. Er sog die Luft ein und spähte durch das Plateau, auf dem sich zwei Bäche schlängelten und aufeinander trafen, um als ein reißender Wasserfall herunterzustürzen. Valentin verstand nun, weshalb man die Bachmündung als Hörner des Bocks bezeichnete.

Er drehte sich um, als er aus den Augenwinkeln eine Bewegung wahrnahm. Einer der Zwillinge bemerkte seinen Blick und gab ein Brüllen von sich. Dann folgte er seinem Bruder gegen den Bachstrom den Berg hinauf.

Valentin wunderte sich, gleichzeitig war er froh, dass die beiden wegliefen. Soweit er es beurteilen konnte, liefen die Werwölfe niemals vor einem Feind davon. Hoffnung leuchtete in ihm auf. Das konnte nur bedeuten, dass er sich nicht umsonst die Mühe machte.

Die Zwillinge liefen auf Pfoten und Händen. Der Anblick wirkte seltsam und unheimlich zugleich. Der vordere Zwilling hielt seinen Blick geradeaus gerichtet, der hintere drehte sich immer wieder um und kläffte die Verfolger an. Es sah aus, als wollte er den Kampf aufnehmen, wenn man ihm die Freiheit ließ.

Edgars Größe hinderte den Dorfvorsteher nicht daran, den beiden hinterher durch Büsche und Geröll den Berg hinaufzulaufen. Der Abstand verringerte sich. Valentin schonte seine

Kräfte nicht und hielt mit Edgar Schritt. Garud und Swen liefen an den Flanken.

Die Zwillinge verschwanden hinter einem Hügel. Etwas sagte Valentin, dass es nicht zufällig geschah. Sie hatten etwas vor. Und auf einmal bestätigte sich seine Annahme, als er sie ganz in der Nähe witterte.

»Pass auf!«, knurrte er.

Die Zwillinge tauchten rechts und links vor Edgar auf. Einer warf sich ihm vor die Pfoten, während der andere auf seinen Kopf und Hals zielte. Es schien, als bemerkte Edgar den Hinterhalt nicht. Er lief weiter und steigerte sogar seine Geschwindigkeit. Im letzten Moment sprang er in die Höhe und riss den oberen Wolf mit sich, dessen Krallen vor Edgars Gesicht aufblitzten, ihn jedoch verfehlten. Der andere Zwilling überschlug sich, nachdem seine Kiefer nur Leere zu fassen bekamen.

Valentin kam sich lächerlich vor. Natürlich witterte auch Edgar die Zwillinge. Er würde gegen sie keine Hilfe benötigen, nicht gegen sie, und auch nicht gegen doppelt so viele Gegner.

Edgar schleuderte den Wolf gegen den Boden und landete neben ihm. Er kniff die Augen zusammen, als Sand und Steine ihm ins Gesicht schossen. Sein Gegner schleuderte die zweite Ladung, bevor seine Krallen sich zu Edgar zogen.

Valentins Körper schoss wie von allein von der Stelle. Die Kiefer des anderen Zwillings verfehlten seinen Hals nur um eine Winzigkeit. Valentin sah ihn wie in Zeitlupe und erschrak.

Das, was er in den kleinen, gelben Augen erblickte, war kein Tier, das aus Mordlust handelte. Es verfolgte ein Ziel, welches es sich mit Bedacht ausgesucht hatte. Dass die beiden auf Edgar sprangen, war ein Ablenkungsmanöver. Sie hatten verstanden, dass Edgar ein viel zu starker Gegner für sie war, also wollten sie zumindest den schwächeren töten.

Die Krallen des Zwillings zogen sich zu Valentin. Im Bruchteil eines Augenblicks ließ sich Valentin hunderte Möglichkeiten zur Verteidigung durch den Kopf gehen, bis er sich auf den Rücken warf und die Beine spannte, um den Zwilling über sich zu schleudern. Ein Trick, den er bereits bei Samuel erfolgreich angewendet hatte. Er tat es dem ersten Zwilling nach, indem er Sand und Steine vom Boden aufklaubte und sie seinem Gegner ins Gesicht warf, der sich bereits aufgerichtet hatte.

Er nutzte den Moment der Verwirrung, um den Wolf auf die Knie zu zwingen, indem er ihm die Sehnen durchtrennte. Er hoffte, sie würden ihm wieder nachwachsen, er sah keine andere Möglichkeit, den Wolf außer Gefecht zu setzen. Er musste an ihn heran, um in sein Inneres zu gelangen.

Edgar machte keine Anstalten zu helfen. Er schleuderte den anderen Zwilling abermals gegen den Boden, um sich der Beobachtung des Kampfes zu widmen, so wie ein Lehrer, der seinen Schüler im Blick behielt.

Valentin ließ seinen Gegner aufheulen, als er ihm das Fleisch von der rechten Schulter riss und den Arm unbrauchbar machte. Der Zwilling warf den Kopf herum und verbiss sich in Valentins Handgelenk. Valentin wollte aufheulen, doch die Krallen des gesunden Arms des Zwillings gruben sich ihm in die Seite und schnürten die Luft ab. Valentin fiel mit ihm auf das Knie.

Der Zwilling bäumte sich auf, als eine Krallenhand über seinen Rücken fuhr. Den Kiefer hielt er dennoch geschlossen. Valentin sah, wie Edgar zum entscheidenden Schlag auf den Hals des Zwillings zielte.

»Nein!«, presste Valentin aus sich heraus.

Edgars Krallenhand verharrte zum Schlag erhoben. Der Zwilling hinter ihm nutzte die Ablenkung, um ihn anzuspringen und den Kiefer in seinem Unterarm zuschnappen zu lassen, was Edgar kaum zur Kenntnis zu nehmen schien.

»Es ist nichts Menschliches … mehr in ihnen«, knurrte Edgar. »Sieh … sie dir an!«

»Lass mich in ihn hineinschauen! Du wolltest es doch selber so!«

Edgar sah Valentin eine Weile an, bis der Zwilling, der an seinem Arm hing, die Bisskraft verstärkte und ihn aus den Gedanken herausholte. Edgar schlug ihm auf die Nase, woraufhin der Zwilling seinen Arm losließ und zu Boden ging.

»Es tut mir … leid«, knurrte Edgar. »Deswegen sind wir … hier.« Er nickte. »Lass dich nicht … umbringen.«

Valentin atmete lange aus, womit er den Schmerz in der Hand und in den Rippen verdrängte. Er würde Edgar nicht enttäuschen. Er stieß die Krallen der freien Hand in die Schulter des Zwillings.

Bilder umschwirrten ihn. Bilder der Vergangenheit, die starr wirkten, Bilder von sich, die er durch die Augen des Zwillings sah, und Bilder, die sich von einem Moment auf den anderen veränderten.

Valentin konzentrierte sich, um tiefer hineinzugreifen. Blendende Helligkeit umfing ihn, sodass er eine Weile nichts als Weiß sah. Als er sich daran gewöhnte, erkannte er das braune Licht in Form von zwei Tropfen, die von oben und unten aufeinander fielen. Der blasse Schein des zweiten Lichtes zeichnete sich daneben ab.

Es war das Licht, das auch in Valentin leuchtete. Nur war es braun anstatt schwarz, und der Zwilling hatte gleich zwei davon. Waren die Brüder etwa deswegen immer zusammen? Die Lichter schienen einander anzuziehen, wobei das blasse Licht ein wenig zuckte, wie eine Flamme im Wind. Bei Samuel hatte Valentin kein Licht finden können, was bedeutete, dass sein Fehlen das Zeichen für einen Werwolf sein könnte. Hier gab es gleich zwei Lichter. Die Zwillinge waren noch immer da!

Valentin stieß sich von Luc ab. Er sah den Wolf an, der auch ihn anstarrte und die Bisskraft verringerte. Valentin nutzte die Gelegenheit, um die Hand zu befreien und Lucs Krallen langsam aus der Seite herauszuziehen. Lucs Blick ging durch Valentin hindurch.

»Er hat sich an mich erinnert«, flüsterte Valentin. »Es ist Luc.« Er sah zu Edgar, der die Arme kreuzte und die beiden beobachtete. Pior lag bewusstlos daneben. »Ich kann nicht erklären, was ich gesehen habe, aber etwas verbindet die beiden. Sie sind keine Werwölfe! Was sollen wir tun?«

»Du hast also … in der Tat die Fähigkeit … tiefer als nur in ihren Kopf … hineinzusehen. Also solltest du … die Frage … an dich selbst richten. Was hast du … gesehen?«

»Es war ihr Licht. Es war da. Ich glaube, wenn es leuchtet, dann ist der Mensch weiterhin am Leben. Bei Samuel habe ich das Licht nicht finden können. Das Licht der Zwillinge scheint sich dagegen auf beide Körper aufgeteilt zu haben.«

Valentin richtete sich langsam auf. Den Blick ließ er nicht von Luc ab. Er kniete neben dem bewusstlosen Pior und stieß die Krallenspitzen in seine Schulter.

Bilder umschwirrten ihn. Bilder, die starr wirkten, Bilder, die nichts als Schwärze zeigten, und Bilder, die sich von einem Moment auf den anderen veränderten. Nach einer Weile entdeckte er das blasse Licht. Vergebens suchte Valentin nach dem zweiten. Der Versuch, in das blasse Licht hineinzuschauen, scheiterte.

»Wir müssen zu Fira«, knurrte Valentin, als er die Krallen aus Pior herauszog und aufstand. »Vielleicht kann sie sagen, was vor sich geht. Die Zwillinge leben, sie sind keine Werwölfe, noch nicht, und wir müssen ihnen helfen … Auch, wenn es eines Wolfes nicht würdig ist.«

»Die Wege des Wolfskönigs … sind unergründet«, knurrte Edgar. »Vielleicht will er … es so.« Er beobachtete, wie sich die

Wunde an seinem Arm, die ihm Pior durch den Biss beigebracht hatte, nach und nach schloss. Dann sah er zu Luc, der
noch immer in die Leere starrte. »Ihn … müssen wir fesseln.
Wer weiß … was mit ihm … geschieht. Benutz die Äste … von
Trauerweiden. Wenn du viele nimmst … wird sich kein Wolf
… befreien können.« Mit einer Hand hob er Pior vom Boden
und warf ihn sich über die Schulter.

DAS LICHT DER WÖLFE

»Ich weiß nicht, ob ich das gut finden kann«, sagte Rudolf.
»Gleich zwei Werwölfe so nah an uns und unseren Welpen.«

»Wenn wir uns auf Veränderungen einlassen wollen, müssen wir neue Methoden anwenden«, sagte Edgar. »Der junge
Valentin hat die Fähigkeit, tief in den Wolf hineinzusehen. Er
ist der Annahme, dass die Zwillinge sich noch nicht zu Werwölfen verwandelt haben. Vielleicht gibt es Hoffnung für sie.
Garud und Swen sind bei Fira. Sie werden aufpassen, dass mit
ihr nichts geschieht und die Zwillinge nicht weglaufen.« Edgar
sah zu der Holzfigur des Wolfskönigs auf. »Warten wir ab,
was Fira herausfinden kann.«

»Wir haben noch einen Werwolf, um den wir uns kümmern
müssen«, sagte Rudolf nach einer Weile. »Daron, es ist dein
Junge.«

»Er ist nicht mein Junge, wenn er zum Werwolf wurde.«
Daron schnaubte.

»Auch mit ihm werden wir verfahren wie mit den Zwillingen«, sagte Edgar und sah in die Runde aus elf Wölfen. »Der
junge Valentin wird auch in ihn hineinsehen. Wir werden alles

tun, um ihn nicht zum Werwolf werden zu lassen. Am Ende kümmern wir uns um das Mädchen, Laura. Daron, ich werde deiner Bitte nicht nachkommen, mit uns zu gehen. Du bist der Vater des Jungen. Wir wollen der Angelegenheit mit klarem Verstand begegnen.«

Daron schnaubte. »Es ist die Göre, die meinen Sohn in diese Lage brachte. Sie hat ihn verweichlicht!« Er ballte die Hände zu Fäusten. »Sie hat ihn schwach gemacht. Wegen ihr brachte er nicht genug Kraft auf, um es mit dem Wolf aufzunehmen.«

»Weder kann ich dem widersprechen, noch kann ich das bestätigen«, sagte Edgar. »Wir werden uns mit dem Jungen auseinandersetzen. Wir werden herausfinden, ob der Mensch in ihm noch zu retten ist.«

»Verschwendet besser keine Zeit. Wenn der Wolfskönig ihm die Stärke verwehrt hat, wird er ihn nicht für würdig gehalten haben.«

Valentin sah Daron zu, wie er aus der Kapelle stürmte.

Ob Daron recht hatte? Vielleicht wollte der Wolfskönig, dass es nur die starken Wölfe schafften. Schwache Wölfe waren eine Belastung für die Gemeinschaft. Andererseits war auch Valentin schwach, dennoch schien der Wolfskönig etwas für ihn übrig zu haben.

Ein Quietschen holte Valentin aus den Gedanken, als jemand die Tür aufriss. Alle Köpfe drehten sich zum Eingang.

Swen stürmte in die Kapelle herein.

»Edgar! Du musst sofort zu Fira kommen!«

»Wolfskönig ist mit dir«, sagte Edgar. »Was ist passiert?«

»Es ist der Zwilling Pior. Er ist …« Swen sah sich um. »Fira hat darauf bestanden, es noch niemanden außer dir und dem Jungen zu sagen. Es ist besser, wenn du es mit eigenen Augen siehst.«

Der Boden erzitterte unter Edgars Schritten. Valentin fing Swens Blick, der ihn aufforderte, hinterherzulaufen.

Die Sonne befand sich auf dem Weg nach unten. Der Tag dauerte bereits eine Ewigkeit an. Valentin merkte erst jetzt, wie durstig er war. Die Verfolgung und der Kampf mit den Zwillingen hatten ihn ausgelaugt. Und nachdem er in sie hineingesehen hatte, wollte er nur noch schlafen. Er dankte dem Wolfskönig, dass Swen und Garud sich um Luc gekümmert hatten und ihn zum Schrein brachten. Er hätte es schwer allein geschafft. Selbst ohne Last kam er den anderen kaum hinterher. Edgar dagegen würde wohl beide Zwillinge mühelos allein tragen, so schnell wie er lief.

Das Wasser schirmte das Vogelzwitschern und das Rauschen der Bäume von Valentin ab, als er den Kopf in das Regenfass steckte. Kälte ließ ihn wachwerden und die Müdigkeit abschütteln. Er glaubte, das halbe Fass leergetrunken zu haben, bevor er sich zum Schrein des Wolfskönigs aufmachte.

Edgar ging beim Altar auf ein Knie und beobachtete etwas. Swen und Garud standen in Wolfsgestalten hinter ihm. Lucs Wolfskörper lag neben der Wand, an Armen und Pfoten gefesselt. Ein Korb, geflochten aus Ästen der Trauerweide, war über sein Maul gestülpt. Die Augen waren geschlossen.

Valentin konnte nicht sehen, was vor Edgar geschah, doch alle Blicke waren zu einer Stelle vor ihm gerichtet. Fira tauchte flüchtig hinter dem Altar auf und verschwand wieder.

Valentins Atem setzte aus, als er um Edgar herumging. Er presste die Lippen zusammen und blinzelte, um die Tränen zurückzuhalten. Pior lehnte in Menschengestalt gegen den Altar. Die Fesseln hingen locker von seinen Händen und Beinen. Der Maulkorb hing an seinem Hals. Sein Körper wirkte kräftiger als früher. Muskeln zeichneten sich zwar nicht so stark wie bei Robin ab, aber er hatte eindeutig an Stärke zugenommen. Die Blässe auf der Haut und die halbgeschlossenen Augen verrieten seine Müdigkeit. Edgar redete auf ihn ein, doch Piors Blick ging durch ihn hindurch.

»Er hat bisher nichts von sich gegeben«, sagte Fira. »Er scheint nichts wahrzunehmen, aber er schläft nicht. Als Wolf hatte er angefangen zu zucken, und auf einmal verwandelte er sich zurück. Es sieht ganz danach aus, als hätte er seinen Wolf gezähmt. Ich habe in sein Inneres hineingesehen, doch ich fand nur ein blasses Licht. Das ist sehr ungewöhnlich … Ah, Valentin!« Sie drehte sich um. »Du überrascht mich immer mehr. Edgar hat mir gerade erzählt, dass du dieselben Fähigkeiten wie ich besitzt. Warum hast du mir nichts davon erzählt?«

»Ich hatte noch keine Gelegenheit dazu.« Valentin wandte den Blick nicht vom Pior ab. »Wird er wieder er selbst?«

»Valentin«, sagte Edgar. »Ich sehe in Pior ähnliche Muster wie bei dir. Er hat es wohl auf dieselbe Weise geschafft, seinen Wolf zu bändigen. Ich kann zwar nicht so tief in ihn hineinsehen wie ihr, aber ich spüre es.«

»Was ist mit ihm? Sollte er dann nicht bei uns sein? Pior?« Valentin kniete sich neben den Zwilling.

»Etwas stimmt nicht mit ihm«, sagte Fira. »Ich konnte nur den blassen Schein seines Lichtes finden. Das ist seltsam. Er hat seinen Wolf gezähmt, dennoch ist er nicht er selbst.«

»Ich weiß, wo er ist.« Valentin sah Pior in die Augen. »Pior, wenn du mich hören kannst, gib mir ein Zeichen, wie wir dir helfen können.«

Fira und Edgar sahen einander an.

»Er ist bei seinem Bruder. Ich habe sein Licht in ihm gesehen, als wir gekämpft haben.«

Erneut wechselte Fira den Blick mit Edgar. Sie stand auf und kniete sich neben Luc. Sie schloss die Augen, als sie die Hand über seiner Brust hielt, ohne ihn zu berühren.

»Päj hält in diesem Frühling jede Menge Überraschungen für uns bereit«, sagte sie. »Ich kann es kaum glauben, aber er ist tatsächlich bei seinem Bruder.« Sie stand auf und sah Valentin an. »Ist es dir gelungen, ins Licht selbst hineinzusehen?«

»Ich habe nur das Licht gesehen.« Valentin runzelte die Stirn. »Es geht noch tiefer?«

»Das tut es. Und es ist kompliziert. Mach dir nichts draus. Ich habe über hundert Winter gebraucht, bis ich herausgefunden habe, dass diese Ebene überhaupt existiert. Und auch bis heute schaffe ich es selten, dorthin zu gelangen. Wir werden sobald wie möglich üben. Bei Pior komme ich im Moment auch nicht weiter.«

»Wir sollten abwarten. Geben wir ihm noch ein wenig Zeit«, sagte Edgar. »Der Wolfskönig hält in der Tat einige Überraschungen in diesem Frühling für uns bereit. Fira, behalte ihn im Auge. Garud, Swen, bleibt hier, bis ich jemanden herschicke, um euch abzulösen. Es war eine lange Zeit für euch. Behaltet die Wolfsgestalt bis dahin bei. Wir wissen nicht, mit was wir es hier zu tun haben.«

Garud schüttelte den Kopf. »Du wirst uns keinen Fußbreit von hier wegbewegen. Wir sind von Anfang an bei den Zwillingen gewesen, also werden wir auch bis zum Schluss bleiben. Mach dir keine Sorgen, sie sind bei uns sicher.«

Edgar nickte.

Valentin sah die beiden Wölfe mit Ehrfurcht an. Sie mussten tagelang die Zwillinge beobachtet haben, dennoch zeigten sie nicht die Spur von Müdigkeit, weder als Wölfe noch als Menschen. Er hoffte, er würde eines Tages so sein wie sie.

»Valentin, aber du solltest dich ausruhen. Du hast einen schweren Tag hinter dir, und ein noch schwierigerer steht dir bevor. Das Hineinsehen in einen Wolf kann anstrengend sein, anstrengender als der physische Kampf. Der morgige Tag wird vielleicht der schwierigste von allen sein. Dein Freund Robin hat die Kraft Darons geerbt.«

»Ruh dich aus, du Geschenk des Wolfskönigs«, sagte Fira.

»Wolfskönig ist mir dir«, sagte Garud und klopfte Valentin auf die Schulter.

Swen nickte ihm zu.

Die Knochen unter Valentins Füßen knackten, als er den Schrein verließ. Die Abendsonne begann, sich rot zu färben. Die Stimmen der Vögel, die allmählich aus den Orten des Überwinterns zurückkehrten, wurden heute deutlicher. Dem Wind wohnte die Präsenz der Wärme inne.

Valentin verzichtete darauf, sich zu verwandeln. So bräuchte er zwar länger, um ins Dorf zu kommen, aber er wollte die Gedanken nach dem anstrengenden Tag ein wenig ordnen.

Er spürte bereits von Weitem, wie jemand seinen Weg kreuzte. Ein erwachsener konnte es nicht sein. Die Umrisse Jeris erkannte er auf Anhieb.

»Valentin!« Jeris Augen leuchteten auf, als er Valentin erkannte. Er rannte auf ihn zu. »Ich habe mir Sorgen gemacht, wo du bleibst. Ist alles in Ordnung?«

»Es ist alles in Ordnung«, sagte Valentin müde. »Es gab viel zu erledigen.« Er seufzte innerlich, als er an seine Freunde dachte.

»Es ist verrückt. Plötzlich hat jeder etwas zu erledigen. Ihr Wölfe seid nicht mehr auffindbar. Wenn ich die Erwachsenen nach euch frage, schweigen sie. Und als ich Rudolf darauf ansprach, jagte er mich zu Päjs Diener. Kannst du mir erklären, was vor sich geht?«

Valentin seufzte abermals innerlich. Er konnte ihm nichts erklären. Wie sollte er dem Jungen sagen, dass die meisten Wölfe es gar nicht schafften, zum Wolf zu werden und dass sie durch die Krallen Edgars, Rudolfs oder anderer Wölfe starben? Dass es keine anderen Dörfer außer Windseck gab, in denen Wölfe lebten, und dass die meisten Lehren des Wolfskönigs eine Erfindung Edgars und seinesgleichen waren, wie sie sich das idyllische Leben der Wölfe vorstellten. Und wie sollte er dem Jungen sagen, dass aller Wahrscheinlichkeit nach er im nächsten Frühling ebenso durch die Krallen Edgars sterben würde, weil Firas Weissagung immer nur einen Wolf jeden zehnten Frühling ankündigte.

Valentin erschauderte. Er wollte nicht, dass der Junge starb! Auf einmal spürte er keine Müdigkeit mehr. Er sollte jede freie Minute damit verbringen, nach dem Geheimnis zu forschen, wie man die Werwölfe bezwingen konnte. Der Wolfskönig hatte ihn mit einer Gabe ausgestattet, die selten zum Vorschein kam, wenn Edgar die Wahrheit sprach. Vielleicht hatte der Wolfskönig ihn genau dafür ausgesucht, damit Valentin das Schicksal der Wölfe verändern konnte.

Valentin sah Jeri fest in die Augen. Er würde den Jungen niemals sterben lassen, selbst wenn er ihn in Ketten legen musste, sollte er zum Werwolf werden.

»Es ist Frühling. Im Frühling spielen die meisten verrückt«, sagte Valentin. »Deswegen verwandeln wir uns auch nur im Frühling in Wölfe. Bist du auf dem Weg nach Hause? Lass uns zusammen gehen.« Jeri war die Freude anzusehen, dass ein Wolf mit ihm zu tun haben wollte. »Woher kommst du gerade?«

Valentin fiel auf, dass Jeri aus der Richtung des Berges kam, wo es für Welpen noch immer zu kalt war. Die meisten streiften zu dieser Jahreszeit weiter unten, wo das Graß bereits wuchs.

Jeri starrte sich vor die Füße. »Ich war nur spazieren.«

»Ganz allein?«

»Die anderen wollten nicht, aber ich wollte einmal woanders hingehen.«

»Jeri.« Valentin hielt an. »Was hast du wirklich getrieben?«

Jeri wusste plötzlich nicht, wohin mit den Augen. Er vermied es, Valentins Blick zu begegnen, indem er den Stiefel richtete, der gar nicht verrutscht war.

»Ich war … bei dem See.«

»Und was hast du gemacht bei dem See?«

Jeri sah sich um. »Versprich mir aber, dass du niemandem was davon erzählen wirst.«

»Ich verspreche.«

»Besonders nicht Robin, auch wenn er dein bester Freund ist.«

»Wie kommst du darauf, dass …« Valentin winkte ab. »Erzähl schon.«

Jeri seufzte.

»Vor ein paar Tagen habe ich gesehen, wie Laura zum See lief. Ich war nur neugierig.« Das Gesicht des Jungen errötete. Seine Augen versuchten vergebens, einen Anhaltspunkt auf dem Boden zu finden. Er fuhr fort, nachdem er Valentins Schweigen als Aufforderung auffasste. »Sie ist bis zum See gelaufen, dann hat sie sich in diese kleine Felsspalte gezwängt.« Er atmete tief ein und aus, als Valentin die Arme kreuzte. »Ich bin ihr gefolgt, … weil sie nackt war …« Jeris Ohren glühten. »Ich konnte den Blick nicht von ihr ablassen, verstehst du? Wir haben ohnehin nicht viele Mädchen, dann bietet sich mir diese Gelegenheit an.« Er seufzte und sah zu Boden. »… es tut mir leid. Erzähl bitte Robin nichts. Er wird mich in Stücke reißen.«

Valentins Herz schlug schneller. Laura müsste auch zur Wölfin geworden sein … oder zur Werwölfin. Womöglich brauchte auch sie Hilfe! Ihm fiel ein, dass keiner von den Wölfen davon sprach, dass Laura ebenso zur Gefahr werden könnte. Wenn Jeri die Wahrheit sagte, war sie nackt, was darauf hindeutete, dass sie sich verwandelt hatte. Valentin verspürte ein wenig Neid auf Jeri, weil er Laura nackt gesehen hatte. Auch seine Wangen begannen zu glühen.

»Und gerade warst du wieder dort?«

Jeri weitete den Kragen seiner Schafsfelljacke. »Ich bin seitdem jeden Tag dort …«

Trotz des anstrengenden Tages lachte Valentin plötzlich

laut, sodass die Vögel in der Nähe beim Zwitschern innehielten. Die Verwunderung in Jeris Augen spornte ihn dazu an, noch lauter zu lachen. Als er aufhörte, sah er, wie auch Jeri mit schuldbewusstem Gesichtsausdruck grinste.

»Dann will ich es genau wissen«, sagte Valentin.

Jeri sah abermals zu Boden. »Na ja, sie ist … sie hat sehr schöne …«

Valentin wedelte hastig mit dem Finger. »Das will ich von dir nicht hören!«

Er wollte es von niemanden hören. Wenn er ein Mädchen begehrte, so wollte er es für sich allein. Außerdem hatte Laura ein Auge auf Robin geworfen. Und wenn Jeri jetzt von ihr sprach, dann war es, als würde Valentin Robin hintergehen.

»Ist sie noch immer da?«

»Sie ist jeden Tag da. Ich habe die Vermutung, sie bewegt sich nicht von der Stelle. Immer wenn ich mich an sie anschleiche, sitzt sie in derselben Haltung auf dem Boden. Die Beine angewinkelt, die Arme um die Knie gelegt und den Kopf gesenkt. Ich habe mir schon überlegt eine Decke für sie zu holen, aber scheinbar friert sie nicht. Wölfe frieren ja nicht, richtig? Heute ist der fünfte Tag, und sie sitzt immer noch da. Heute wollte ich zu ihr, um zu sehen, ob sie noch lebt. Als ich mich aber näherte, sah ich, wie sich ihre Schultern beim Atmen ganz leicht bewegten.«

Jeris Erzählung ließ darauf schließen, dass Laura gegen das Tier in sich kämpfte. Valentin musste schnellstens zu ihr.

»Zeig mir die Stelle.«

Jeri runzelte die Stirn. »Ich habe viel Zeit gebraucht, um dorthin zu kommen. Es ist ein weiter Weg.« Er sah zum Himmel. »Es ist bald dunkel.«

Als er den Blick zum Valentin richtete und gezwungen war, hochzusehen, erstarrte er. Furcht und Begeisterung spiegelten sich in seinen Augen wider.

»Zeig mir die Stelle«, knurrte Valentin.

Ausruhen konnte er sich später, wenn seine Freunde in Sicherheit waren. Er würde Laura beim See zwar auch allein finden, aber jede Sekunde war kostbar. Jeri kannte den Weg.

»Auf meinen Rücken.«

Die Begeisterung in Jeris Augen gewann Oberhand. Er sprang auf Valentins Rücken und umklammerte seinen Hals. Die Beine schwang er um seinen Bauch. Valentin spürte Jeris Gewicht kaum, umso deutlicher vernahm er sein Herzklopfen und den angespannten Atem. Der Junge würde morgen vor seinen Freunden jede Menge zum Prahlen haben.

Valentin raste zum See. Dass er dabei die Kraft aufbrauchte, die er für die morgige Begegnung mit Robin benötigen würde, war ihm egal. Edgar war stark genug, um es mit ihm auch allein aufzunehmen.

Jeri verstärkte die Umarmung und krallte sich fester in Valentins Fell, während Valentin über Schluchten und Abgründe sprang oder Felswände erklomm. Er ächzte, als Valentin stehenblieb und ihn mit einem Schulterzucken zum Abspringen aufforderte.

Der See spiegelte den roten Abendhimmel wider. Wind ließ die Wasseroberfläche verzerren. Sterne leuchteten hier und da auf. Erste Mücken trauten sich an die warme Haut heran.

Jeri zeigte auf einen Felsspalt. Valentin nickte. Er hatte Laura bereits von Weitem gewittert. Er hätte Jeris Hilfe gar nicht gebraucht.

»Bleib hier.«

Wenn es die Umstände nicht erfordert hätten, würde Valentin nicht zu Laura gehen. Er wollte nicht, dass sie ohne Kleidung vor ihm stand, ein Mädchen, das für jemand anderen bestimmt war.

Die Felsspalte war zu schmal, um als Wolf durchzupassen. Valentin schnaubte. Er wusste nicht recht, ob es klug war, als

Mensch an Laura heranzutreten. Jeri sagte zwar, sie hatte kein einziges Mal Wolfsgestalt angenommen, aber sie könnte sich jederzeit verwandeln. Vielleicht war sie als Wölfin schmaler als er und die Felsspalte würde kein Hindernis für sie sein. Dann hätte Valentin ein Problem.

Ein Hauch von Minze hing in der Luft. Valentin vernahm einen gleichmäßigen Herzschlag und ruhigen Atem. Es gab kein Schnauben, das von einer Wölfin zeugen könnte, es hatte den Anschein, Laura würde schlafen. Und das bestätigte Jeris Erzählung.

Valentin schüttelte sich, als er Menschengestalt annahm. Sofort fiel Müdigkeit über ihn her, die ihm nach dem langen Tag in die Knochen kroch. Er trank aus dem See, bevor er sich in den Spalt zwängte.

Der Felsspalt hörte nach nur wenigen Schritten auf und ging in einen breiten Durchgang über, der auch bald endete. Eine Decke gab es nicht. Wenige Büsche wuchsen an den Wänden des Felsens. Das Abendlicht reichte gerade noch aus, damit Valentin eine Gestalt ausmachen konnte, die mit angewinkelten Beinen und gesenktem Kopf gegen die Felswand lehnte und die Knie umschlang. Ihr Haar fiel bis auf den Boden.

Valentins Herz hämmerte. Laura war ein Mensch, und sie war eindeutig nackt. Er spürte, wie seine Wangen erröteten, auch wenn er im Dämmerlicht nicht viel von dem Mädchen zu sehen bekam.

Er war froh, dass Laura gegen das Tier in sich noch immer kämpfte. Er wollte, dass sie lebte. Er hatte es sich selbst zwar immer wieder geleugnet, jetzt gestand er sich dennoch ein, dass er Gefühle für sie hatte. Nur die Tatsache, dass sie und Robin ein Paar werden sollten, hielt ihn davon ab, seiner Fantasie freien Lauf zu lassen.

Valentin schüttelte den Kopf. Laura brauchte Hilfe. Er war nicht da, um ihr seine Gefühle zu offenbaren.

Da Laura noch immer ein Mensch war, dann kämpfte sie gerade gegen ihre Wölfin, oder sie hatte sie besiegt. Aber weshalb blieb sie dann fünf Tage lang an diesem Ort? Etwas ging vor sich, was Edgar vergessen hatte, ihm zu erzählen, oder wozu er einfach noch nicht kam.

»Laura«, flüsterte Valentin. Das Plätschern des Wassers, das aus der Wand kam, war das einzige Geräusch, das er neben Lauras Herzschlag und Atmung hörte. »Laura?« Er kam einen Schritt näher. Ihr Körper bewegte sich kaum merklich, wenn sie atmete. Sie schien ihn nicht wahrzunehmen.

Die Welt füllte sich mit Farben. Die Dämmerung verschwand in den Wänden des Felsens, als Valentin sich der Kraft seines Wolfes bediente. Das rote Haar Lauras schien nun zu leuchten. Ihre Haut nahm die Farbe des Schnees an. Wärme ging von ihr aus, die Valentin mit den Augen zu sehen glaubte. Es hatte den Anschein, sie saß in einem Kokon. Valentin spürte sowohl den Menschen als auch die Wölfin, die im selben Körper steckten. Etwas passierte mit Laura.

Er spannte sich an, als ein Zucken Lauras Körper durchfuhr. Sie hob den Kopf und blickte mit halb geschlossenen Augen in seine Richtung. Ihr Gesicht war auch jetzt schön, trotz zerzaustem Haar, eingefallenen Wangen und blasser Haut.

Valentin bekam ein schlechtes Gewissen, den Jungen mitgenommen zu haben. Wenn Laura so stark war wie Samuel oder die Zwillinge, würde Valentin Jeri nur schwer beschützen können.

Laura senkte den Kopf wieder und ließ Valentins Sorgen langsam verflüchtigen. Es müsste außerdem jemand aus Windseck in der Nähe sein, um auf sie aufzupassen, so wie bei den Zwillingen. Valentin tastete die Umgebung mit seinen Sinnen ab, fand jedoch niemanden außer Jeri.

»Laura, ich bin es, Valentin«, knurrte er.

Laura blieb reglos. Valentin wollte nicht zu nah herantreten.

Er wusste nicht, ob er durch sein Einmischen Lauras Kampf mit der Wölfin stören würde.

Fira, dachte Valentin. Er sollte zu ihr. Sie würde wissen, was mit Laura geschah. Aber wenn er jetzt zu ihr ging, wäre sie viel zu beschäftigt mit den Zwillingen, Edgar ebenso. Er sollte die anderen Wölfe aufsuchen, um sie um Hilfe zu bitten, oder …

Ein neuer Gedanke kam in ihm auf. Er würde nach Hause laufen. Seine Eltern würden ihm helfen können. Sie waren auch einmal Wölfe.

Jeri starrte verwundert drein, nachdem Valentin ihn aufforderte, die Schafsfelljacke auszuziehen. Er ließ sich dennoch darauf ein und rieb sich die Schultern.

»Laura«, knurrte Valentin. »Ich werde wiederkommen.« Vorsichtig legte er die Schafsfelljacke um Lauras Schultern. Dabei vermied er es, sie anzusehen. »Halte durch. Ich werde mir etwas einfallen lassen.«

Dunkelheit legte sich über Windseck, als Jeri von Valentins Rücken sprang. Der Junge versprach, in der nächsten Zeit nicht zum See zu laufen. Die Aussicht auf die Begegnung mit Robin war Ansporn genug. Seine Augen leuchteten noch immer, als er Valentin hinterherblickte.

Valentin duckte sich, um ins Haus zu kommen. Er hatte den Eingang selten genutzt und wunderte sich, dass er plötzlich so klein wirkte. Die Eltern blieben reglos am Tisch und starrten ihn an. Sein Vater umklammerte die Gabel wie eine Waffe.

»Valentin?«, fragte er.

Valentin nickte. Erst jetzt fiel ihm ein, dass er sich in der Eile gar nicht zurückverwandelt hatte. Er trat nach draußen.

Müdigkeit fiel mit doppelter Kraft über ihn her. Das Licht der Sterne und des Mondes verblasste. Zwei Kerzen auf dem Tisch erhellten das Zimmer kaum noch. Valentins Vater lockerte die Umklammerung der Gabel. Die Mutter huschte zum Regal und griff nach einem neuen Teller.

»Du wirst hungrig sein, setz dich«, sagte sie. »Wir haben früher mit dir gerechnet, aber du kamst nicht, also haben wir ohne dich angefangen.« Sie lächelte schuldbewusst.

Valentins Magen knurrte im selben Moment. Er lächelte zurück. Eine Portion Bohneneintopf mit etwas Fleisch fegte er im nächsten Augenblick vom Teller. Die Mutter hielt die Schöpfkelle mit Nachschlag bereit.

»Ich habe Laura gefunden«, sagte er, als er die Gabel zur Seite legte. Er hatte zwar noch immer ein wenig Hunger, ließ es sich jedoch nicht anmerken. »Sie kämpft mit ihrer Wölfin, das habe ich gespürt, aber etwas schien nicht so zu sein, wie ich es kenne. Sie sitzt seit Tagen in einem Versteck und bewegt sich nicht von der Stelle.«

Die Eltern sahen einander an.

»Bei den Mädchen verhält es sich anders«, sagte Alberta. »Wir werden nicht zu Werwölfinnen, wenn wir das Tier nicht bändigen können.«

Valentin runzelte die Stirn. »Was passiert stattdessen?«

»Entweder überleben wir, indem wir unsere Wölfinnen zähmen, oder wir gehen langsam zugrunde«, fuhr Alberta fort. »Wenn der Wolfskönig ein Mädchen als würdig ansieht, schenkt er ihm Kraft, um gegen das Tier zu bestehen. Wenn nicht, beschert er ihm einen ruhigen Tod. Laura kämpft noch, doch es ist ungewiss, ob sie es schaffen wird.«

»Die Wahrscheinlichkeit jedoch, dass sie es schaffen wird, ist groß, im Vergleich zu den Jungen«, sagte Damian. »Jedes fünfte Mädchen überlebt den Kampf und wird zu Wölfin. Laura könnte es also durchaus schaffen.«

Valentin trommelte mit den Fingern auf dem Tisch. »Aber dann müsste es um einiges mehr von ihnen geben, wenn sie denn mehr Glück haben, gegen das Tier zu bestehen.«

»Der Wolfskönig schenkt selten jemandem eine Tochter«, sagte Alberta. »Die Geburten von Mädchen kommen nicht oft vor, sodass es schon immer wenige von uns gab. In den meisten Frühlingen werden gar keine Töchter geboren.«

Valentin rief sich die Kindermeute in Erinnerung und stellte fest, dass seine Mutter die Wahrheit sprach. Es gab kaum Mädchen in Windseck. Dass Laura das einzige Mädchen in seinem Alter war, war also kein Zufall.

Alberta schien seine Gedanken gelesen zu haben. »Es ist selten, dass Frauen sich der physischen Kraft ihrer Wölfin bedienen. Wir ziehen mehr Nutzen von den geistigen Fähigkeiten. So bedient sich Fira der Fähigkeit der Weissagung.«

»Und sie kann das Licht sehen«, sagte Valentin nachdenklich.

Abermals schauten die Eltern einander an.

»Der Wolfskönig hat Fira eine besondere Gunst erwiesen, indem er ihr gleich zwei Fähigkeiten verlieh. Niemand sonst kann sich damit rühmen.«

»Und welche Fähigkeit hattest du?«, fragte Valentin.

»Es ist lange her.« Alberta seufzte. »Auch ich besaß die Fähigkeit, das Licht der Wölfe zu sehen. Es ist mir sogar gelungen, mein eigenes Licht zu durchdringen und einen Blick hinein zu erhaschen. Dabei musste ich etwas gemacht haben, das meine Wölfin rebellisch werden ließ. Sie wurde von Tag zu Tag unruhiger und zog an mir. Ich musste mich daraufhin entscheiden, die Kraft des Tieres aufzugeben oder mich der Gefahr auszusetzen, sterben zu können. Lina, unsere Nachbarin, hat die Fähigkeit, das Wetter zu beeinflussen. Nicht stark, aber in eine bestimmte Richtung. Sie ist noch immer eine Wölfin.«

»Auch ich kann das Licht sehen …«, sagte Valentin gedankenverloren. »Anfangs dachte ich, das können alle.«

»Das ist ungewöhnlich«, sagte Damian. »Geistige Fähigkeiten sind bei den Männern selten. Aber das würde zumindest erklären, weshalb du deinen Wolf zähmen konntest. Der Wolfskönig musste deine Kräfte geteilt haben.«

Albertas Augen leuchteten auf. »Du hast diese Fähigkeit von mir!« Sie wurde wieder ernst. »Aber sei vorsichtig, wenn es auch dir eines Tages gelingen sollte, in dein Licht hineinzusehen. Etwas scheint das Tier dabei aufzubringen. Vielleicht mag es das nicht, wenn man in sein Zuhause eindringt.«

»Hat denn noch niemand versucht, den Mädchen zu helfen, wenn sie sich verwandeln? Wenn ohnehin keine Gefahr von ihnen ausgeht, wäre es doch eine gute Gelegenheit.«

Damian und Alberta senkten die Blicke.

»Ich weiß es nicht.« Damian seufzte. »Ich denke nicht. Wir sind zu sehr an die Traditionen gebunden. Auch die Mädchen wären einer Wölfin nicht würdig, wenn sie sich helfen ließen. Sie sollten es aus eigener Kraft schaffen.«

»Wir wissen es wirklich nicht«, sagte Alberta. »Edgar weiht uns, die sich nicht mehr verwandeln, selten in seine Pläne ein. Gut möglich, dass er es schon einmal versucht hat.«

»Ich gehe zu ihr.« Valentin stand auf. »Wenn sie Hilfe braucht, so ist es der Wille des Wolfskönigs, dass ich ihr helfe.«

»Du bist erschöpft.« Damian legte Valentin die Hand auf die Schulter. »Jede Verwandlung raubt dir Kraft. Ruh dich ein wenig aus.«

Valentin schüttelte den Kopf. »Dann könnte es vielleicht schon zu spät sein.« Er stürmte aus dem Haus.

Seine Beine fühlten sich schwer an. Er fuhr sich mit der Hand übers Gesicht, um der Müdigkeit entgegenzuwirken. Die Verwandlung gelang ihm erst beim zweiten Versuch. Die Schmerzen in den Gliedern hallten bis zum Schluss nach, solange er lief.

Die Schafsfelljacke lag nach wie vor auf Lauras Schultern. Wärme pulsierte um sie herum, die Valentin durch die Wolfsaugen sah. Er kniete sich vor sie. Seine Krallenhand berührte ihre Schulter. Wenn seine Eltern die Wahrheit sprachen, würde Laura ihn nicht angreifen. Er schloss die Augen.

Bilder, die sich nicht bewegten, Bilder, die Laura gerade träumte, und Bilder, die sich veränderten, umkreisten Valentin. Er erkannte Robin, Edgar und die Kindermeute. Er stockte, als er sich selbst in Lauras Kopf zu sehen glaubte.

Valentin schüttelte die Bilder ab und begab sich in die tiefere Ebene. Er spürte den Eingang mehr, als dass er ihn sah. Wärme hüllte ihn ein. Das rote Licht, das von zwei Tropfen ausging, die von oben und unten aufeinander fielen, zog seinen Blick an. Anders als bei ihm und den Zwillingen verzerrte es immer wieder, um sich erneut zusammenzufügen. Valentin spürte Lauras Präsenz eindeutig. Sie war noch da, und sie stellte sich gerade ihrer Wölfin. Wie lange der Kampf wohl inzwischen andauern mochte? Ob Laura es schaffen würde? Es schien so, als fehle dem roten Licht etwas, um sich dauerhaft stabilisieren zu können. Valentin umrundete es, um sich ein besseres Bild zu verschaffen. Anders als bei seinen Freunden, schien ihn das Licht zurückzudrängen, so als hätte jemand mehr als nur eine unsichtbare Barriere herum errichtet.

Er versuchte, Lauras Namen auszusprechen, doch ihr Licht stieß nicht nur seinen Geist ab, es verwehrte ihm die Sprache.

Mit jedem Augenblick glaubte Valentin, schwächer zu werden. Ob ihn die Beobachtung fremden Lichtes so müde machte? Oder lag es an den vielen Verwandlungen an einem Tag? Er müsste längst schlafen. Er dachte an den morgigen Tag, dass ihm die Begegnung mit Robin bevorstand. Er hoffte, sein Freund war stark genug, um gegen den Wolf zu bestehen.

Als hätte Laura seine Gedanken gelesen, stabilisierte sich das rote Licht. Es leuchtete hell und schien auf etwas zu warten. Auch Valentin wagte es nicht, sich zu bewegen und starrte auf das Licht, bis es erneut verzerrte.

Müdigkeit fiel über Valentin her und zwang ihn, Laura loszulassen. Er hatte seinen Körper und seine Fähigkeiten an einem Tag überstrapaziert.

Die Umrisse seiner Menschenhand zeichneten sich im Sternenhimmel ab, als er die Augen öffnete. Ein Anflug von Panik kam über ihn, als er sich bewusst wurde, dass eine weitere Verwandlung wohl kaum gelingen würde, und der Weg nach Hause würde viel zu lange dauern.

Er sah Laura bloß als einen Schatten. Das Mondlicht drang kaum bis nach unten durch, so als würden die Sterne jedes Licht für sich beanspruchen.

Valentin legte sich auf den Boden neben Laura. Die Kühle des Steinbodens tat gut. Sie half, die Hitze zu vertreiben und ein Gleichgewicht herzustellen. Er schloss die Augen, um die Gedanken zu ordnen.

Er hatte in Laura nichts gefunden, wobei er ihr helfen könnte, aber sie war eindeutig noch ein Mensch und kämpfte gegen die Wölfin. Bei Samuel war es ihm nicht gelungen, überhaupt ein Licht zu finden. Und den Zwillingen hatte er nur dadurch geholfen, weil er Edgar aufgehalten hatte, sie zu töten. Zwar besaß er die Fähigkeit, bis zum Licht vorzudringen, aber damit war es ihm bisher nicht gelungen, etwas zu erreichen. Konnte er überhaupt jemandem helfen, indem er auf dessen Licht einwirkte?

Er sollte sich mit Fira beraten. Sie besaß dieselbe Fähigkeit wie er und hatte Erfahrung. Er würde sie danach fragen, bevor er und Edgar sich auf die Suche nach Robin machten.

Valentin öffnete die Augen und erschrak. Rotes Sonnenlicht legte sich über den Himmel. Vögel sangen im Durcheinander und nahmen die Felswände in Besitz, um Nester zu bauen. Der Geruch vom Morgentau hing in der Luft.

Laura schien sich seit dem Abend nicht bewegt zu haben. Nur die sachte Bewegung Jeris Schafsfelljacke zeugte davon, dass sie atmete. Sie trug nach wie vor den Kampf gegen ihre Wölfin aus, und seit gestern hatte sich nichts geändert. Vielleicht war das ein gutes Zeichen.

Valentin erhob sich. Er atmete tief ein und ließ die Gelenke knacken. Kraft strömte durch seinen Körper. Der Nachhall von der Müdigkeit, die ihn gestern heimsuchte, blieb nur noch in Erinnerung. Er glaubte, mit den Augen des Wolfes sehen zu können, obwohl er sich noch nicht verwandelt hatte.

»Ich werde wiederkommen, sobald ich Robin gefunden habe«, flüsterte er Laura zu. Das Mädchen zuckte ein wenig. »Wir werden schon einen Weg finden, dir zu helfen. Uns allen zu helfen.«

ROBIN

Valentin verzichtete darauf, sich zu verwandeln. Nachdem er ausgeschlafen hatte, fühlte sich sein Körper an, als wäre er bereits in Wolfsgestalt. Seine Füße schienen die Erde kaum zu berühren, als er ins Dorf lief.

Jemand war bereits in der Kapelle des Wolfskönigs. Valentin hörte ein Gespräch und spürte die Anwesenheit Edgars.

»Ausgeschlafen? Oh, Geschenk des Wolfskönigs.« Fira lächelte ihn an. »Ich sehe, der Schlaf hat dir gutgetan. Im Gegensatz zu gestern siehst du erholt aus.«

Edgar nickte Valentin zu.

»Ich dagegen fand keinen Schlaf«, fuhr Fira fort. »Ich habe versucht zu verstehen, was mit den Zwillingen passiert ist, aber ich komme leider nicht weiter. Ihre Lichter scheinen verschmolzen zu sein. So etwas habe ich noch nie gesehen und weiß nicht, ob das gut oder schlecht ist. Die beiden sind nicht ansprechbar. Ihre Augen sind offen, dennoch scheinen sie zu schlafen. Luc ist nach wie vor in Wolfsgestalt. Swen und Garud bewachen sie. Ich hoffe, etwas wird bald geschehen. Wir können sie nicht ewig beobachten.«

Die Holzfigur des Wolfskönigs ragte bis zur Decke und schien dem Gespräch stumm zu lauschen. Edgar schaute zu der Stelle auf, wo die Augen sein sollten.

»Die Wege des Wolfskönigs sind unergründet. Ich hoffe, er schickt uns bald ein Zeichen.«

»Passt bei der Verfolgung des Jungen auf. Er ist sehr stark, wie sein Vater.« Fira gähnte. »Valentin, sei wachsam, wenn du nach dem Licht eines Wolfes suchst. Die Werwölfe sind heimtückisch. Wer weiß, was sie imstande sind, mit dem Licht eines Wolfes anzustellen.«

»Fira, wie lange dauert es bei den Mädchen, bis sie ihre Wölfin zähmen oder … gegen sie verlieren?«, fragte Valentin.

Fira sah ihn durchdringend an. »Es dauert für gewöhnlich länger als bei den Jungen. Machst du dir Sorgen um Laura?«

Valentin nickte.

»Mir scheint, Alberta hat dich bereits über die Mädchen aufgeklärt«, sagte Fira. »Mädchen stellen keine Gefahr für uns dar. Deswegen passt auch niemand auf sie auf. Entweder überlebt Laura die Verwandlung und bleibt Mensch, oder die Wölfin bedient sich ihrer Lebenskraft, bis Laura vom Diener Päjs geholt wird.«

»Wir kümmern uns um das Mädchen, gleich nachdem wir Darons Jungen gefunden haben«, sagte Edgar. »Er hat Vorrang. Er ist der gefährlichste von euch, wenn er es nicht schaffen sollte, den Wolf zu bändigen.«

»Wolfskönig Päj ist mit euch«, sagte Fira und drehte sich zur Holzfigur um. Ihre Augen schlossen sich. Die Lippen flüsterten ein Gebet.

Der Tag versprach, sonnig zu werden. Wolken zogen vereinzelt über den Himmel. Vogelschwärme nahmen die Baumkronen in Besitz.

»Ist bei Laura alles in Ordnung gewesen?«, fragte Edgar, kaum dass sie das Dorf hinter sich brachten.

Valentin hielt für einen Moment inne und sah den Dorfvorsteher an. Edgars Blick richtete sich unbeirrt vorwärts, so als hätte nicht er die Frage gestellt und als würde sie nicht Valentin gelten.

»Sie ist noch am Kämpfen«, sagte Valentin. Er kam sich ertappt vor. Woher wusste Edgar davon?

»Das wird noch eine Weile dauern. Ich hoffe für sie und für uns, dass sie es schaffen wird. Wir brauchen Frauen. Und ich habe das Gefühl, sie wird es schaffen. Dieser Frühling hält jede Menge Überraschungen für uns bereit. Wer weiß, vielleicht erweist sich die Legende vom Alphawolf als wahr und auch er kehrt zurück.«

Valentin runzelte die Stirn. »Wer ist der Alphawolf?«

»Es ist eine Überlieferung, von der kaum noch einer spricht. Sie handelt vom Anführer aller Wölfe auf der ganzen Welt. Mein Großvater hat immer wieder von ihm geredet, aber leider weiß ich nicht, ob diese Geschichte nicht einfach nur seinem verwirrten, alten Kopf entsprungen war, denn er erzählte sie jedes Mal ein wenig anders. Er erzählte von einem Anführer, der die Wölfe zusammenhielt. Unter ihm musste sich niemand vor Menschen verstecken. Es soll große Siedlungen gegeben haben, in denen Wölfe lebten. Man nannte sie Städte. Es gab eine strenge Rangordnung, in der die kleinen Dörfer wie Windseck den größeren untergeordnet waren, die wiederum zu den Städten gehörten. Und über all dem wachte der Alphawolf. Die anderen Wölfe richteten sich nach ihm. Ich wünschte, ich hätte diese Zeit erlebt, wenn es sie denn tatsächlich gegeben hat. Mein Großvater sagte, dass man damals kaum etwas von den Werwölfen wusste, denn der Alphawolf kümmerte sich um seine Untergebenen. Er ließ nicht zu, dass jemand zum Werwolf wurde.«

Valentin sah Edgar eine Weile an. »Es soll früher gar keine Werwölfe gegeben haben?«, gab er von sich, als Edgar schwieg und über etwas nachzudenken schien.

»Vielleicht ist es die Vorstellung von uns Wölfen von einem Leben, das wir zu gerne geführt hätten«, sagte Edgar. »Im Laufe der Zeit hätte man sich diese Geschichte zurechtlegen können, um an etwas zu glauben, was es einmal gab, um ein Ziel zu haben, diese Zeit eines Tages zu erleben. Es lebt sich nämlich leichter, wenn man an etwas glaubt.«

»Und was ist mit dir? Glaubst du an den Alphawolf?«

»Ich kann mir durchaus vorstellen, dass es ihn einmal gegeben hat. Er könnte die Hand des Wolfskönigs Päj auf der Erde gewesen sein, denn auch Päj ist auf Unterstützung angewiesen. Vielleicht hat er den Alphawolf als seinen Stellvertreter zurückgelassen. Etwas müsste danach passiert sein, und der Alphawolf verschwand. Vielleicht hat sich der Wolfskönig von uns abgewandt, weil er uns für die Sünden bestrafen will, die unsere Ahnen begangen haben.«

»Oder er stellt uns auf die Probe.« Valentin rieb sich das Kinn. »Oder er weiß nichts von alldem, was hier geschieht, und verlässt sich auf den Alphawolf.«

»Du bist gut darin, mit den Gedanken zu spielen. Das gefällt mir«, sagte Edgar. »Ich wünschte, jemand wie du wäre schon früher aufgetaucht. Nicht einmal Firas Kopf entspringen solche Ideen.«

Valentin errötete. »Die Jungs haben mir dafür oft aufgezogen.«

»Ich weiß«, sagte Edgar.

»Woher?«

»Früher habe ich selber solche wie dich aufgezogen, selbst als ich längst erwachsen war und die Wölfe mir hierher folgten.«

Valentin blieb für einen Moment stehen und blinzelte Edgar

hinterher. Er konnte nicht glauben, dass der Mann, der der Inbegriff einer Vaterfigur war, jemanden geärgert haben könnte.

»Heute bereue ich das. Inzwischen weiß ich, dass jemand
wie du unser Überleben besser sichern kann als ein Dutzend
Wölfe meiner Sorte.«

Edgar hielt plötzlich inne und sog die Luft ein. Schnellen
Schrittes ging er zum Gebüsch, dessen Äste zu Boden gedrückt
waren, so als trampelte jemand mitten durch sie hindurch.

Valentin folgte ihm. Er lugte hinter seinem Rücken hervor,
als Edgar stehenblieb und etwas vor seinen Füßen betrachtete.
Ein Schaudern lief Valentin den Rücken herunter, während
das halbe Gesicht eines Ebers ihn aus dem heilgebliebenen
Auge ansah. Der Körper war nirgends zu sehen. Die Zunge
war zur Hälfte abgerissen und hing heraus. Das Fell, das ihm
noch geblieben war, tränkte sich mit Blut, das bereits eine
dunkle Farbe annahm.

»Das war Robin«, sagte Valentin. »Nicht wahr?«

»Das war er. Wölfe hinterlassen keine Spuren wie diese.«

»Tun wir nicht?«

»Solche Spuren sind gefährlich. Richtige Menschen könnten
auf sie stoßen. Solche Spuren machen sie misstrauisch. Wir
verstecken alles, was darauf schließen könnte, dass wir existieren.«

Edgars Körper wuchs in die Höhe. Der knurrenden Stimme
mischte sich ein Schnauben bei.

»Genug geredet. Es wird Zeit … dass wir … vorwärtskom-
men.«

Erst jetzt fiel Valentin auf, wie lange sie seit dem Verlassen
Windecks als Menschen durch den Wald streiften. Es wurde in
der Tat Zeit, Robin zu finden. Je schneller sie ihn erreichten,
umso schneller konnten sie ihm helfen. Valentins Körper
zuckte. Robins Geruch schlug ihm in die Nase.

Er wirbelte mit dem Kopf herum, um die Eindrücke, die

plötzlich auf seine Wolfssinne einwirkten, abzuschütteln, und eilte dem Schatten Edgars nach.

Obwohl er ausgeschlafen hatte und morgens vor Kraft strotzte, schien ihm nun ein Teil der Stärke zu fehlen. Ob es die Sonne war, die ihre beißende Kraft entfaltete und ihn müde werden ließ? Er dachte daran aufzupassen, dass er etwas trank, bevor er sich zum Menschen zurückverwandelte, denn die Sonne schien ihm tatsächlich Kraft zu rauben, je öfter Valentin aus dem Schatten der Bäume trat.

Der Wind legte sich allmählich. Es gab kaum noch Schnee, je weiter sie bergab liefen. Der Wald erschien nicht mehr so dichtbewachsen wie in Windseck, dafür jedoch ließ die grüne Pracht der Bäume keinen Blick mehr hindurch.

Edgar wurde langsamer. Er sog die Luft durch die Nase und schaute sich um, bis er vor einem entwurzelten Baum stehenblieb. Valentin dachte an einen Sturm, der ihn umgeworfen haben könnte, doch die Bäume ringsherum stachen kerzengerade in den Himmel. Ein Schaudern lief über Valentins Fell, als sein Blick zu der Stelle wanderte, wo tiefe Kratzspuren den Stamm zerfurchten.

»War er das?«, knurrte Valentin.

Ehrfurcht kam in ihm auf, als Edgar nickte und vor dem Baum in die Hocke ging, um die Kratzspuren zu untersuchen. Was für eine Kraft Robin doch innewohnte, wenn er imstande war, einen Baum wie diesen zu entwurzeln, dachte Valentin. Plötzlich war er sich nicht sicher, ob er sich auf die Begegnung mit Robin freuen sollte. Sollte er tatsächlich zum Werwolf geworden sein, wäre es für Valentin allein unmöglich, ihn zu bezwingen.

Er schüttelte den Kopf. Er sollte so nicht denken! Sein Freund war kein Werwolf. Solche Gedanken könnten schnell zu Realität werden, wenn man daran glaubte. Und etwas sagte Valentin, dass es nicht nur ein Aberglaube war.

Nein. Robin war kein Werwolf. Mit Edgar würde es Valentin gelingen, seinen Freund zu bändigen. Niemand würde Edgar etwas entgegenstellen können. Edgar war nicht nur der Inbegriff einer Vaterfigur, er war der Inbegriff der Kraft selbst. Und wenn jemand den Titel des Alphawolfes bekommen sollte, wäre es ganz sicher Edgar.

»Das ist … nicht gut«, knurrte Edgar. »Die Spuren … sind nicht mehr frisch. Es muss bereits … eine Weile her sein … seitdem Darons Junge … hier war.«

»Wer passt auf ihn auf?«, knurrte Valentin.

»Alfin und Nils. Und gerade deswegen … bereitet es mir … Sorgen. Die beiden … sind meine besten Wölfe. Und wenn sie Robin … so weit entkommen ließen … dann muss etwas … passiert sein.«

Zwei Wölfe für einen, dachte Valentin. Ehrfurcht kam abermals in ihm auf bei dem Gedanken, wie stark Robin doch geworden war. Er brachte Edgar dazu, seine besten Wölfe zu entsenden.

Valentin ballte die Hände zu Fäusten, sodass die Krallen seine Lederhaut zu durchstechen drohten. Robin war kein Werwolf, wiederholte er in Gedanken. Er war stark, er würde es schaffen, den Wolf zu bändigen.

Sie nahmen den Weg wieder auf. Edgar schien Valentin hinter sich lassen zu wollen, so schnell wie er lief. Die Sonne stand am höchsten Punkt zu dieser Jahreszeit und schien Valentins Rücken zu versengen.

Der Geruch des Blutes stieg Valentin in die Nase. Er wurde langsamer, nachdem auch Edgar die Geschwindigkeit verringerte und die Nase hochstreckte.

Warum auch immer Robin diese Richtung eingeschlagen hatte: Er lief nicht einfach nur davon, er schien ein Ziel zu verfolgen. Valentin befürchtete Schlimmes, als der Geruch des Blutes an Stärke gewann. Die Grenze ihres Reviers hatten sie schon lange hinter sich gebracht, also wäre es durchaus möglich, auf einfache Menschen zu treffen.

Die Quelle des Geruchs kam näher, sodass Valentin eine Röte über dem Boden zu sehen glaubte, welche mit dem Geruch einherging. Etwas musste passiert sein, und das hatte eindeutig mit Robin zu tun. Plötzlich mischten sich die Gerüche des Rauchs, der Tiere und der Behausungen hinzu, die eindeutig bewohnt waren. Dennoch stach das Menschenblut aus alldem hervor.

Eine entstellte Leiche ließ die beiden anhalten. Ein Arm fehlte, mit ihm war ein Teil der Schulter und der Brust herausgerissen. Das Schafsfell, in das der Mann gekleidet war, tränkte sich mit Blut. Das Gesicht spiegelte ein Entsetzen wider, das der Mann in den letzten Momenten seines Lebens empfunden hatte. Valentin brachte keinen Ton heraus, während Edgar die Leiche genauer in Augenschein nahm. Vorsichtig, so als sorge er sich um die Unversehrtheit des Mannes, schloss er die toten Lider mit dem Handrücken.

»Wolfskönig, steh uns bei«, flüsterte Valentin. Er eilte Edgar hinterher.

Der Wald lichtete sich. Valentin sah einige Behausungen, die sich in der Ferne abzeichneten. Rauch stieg von den Schornsteinen auf. Das Dorf hatte Ähnlichkeiten mit Windseck, nur dass das Wetter hier wärmer war und man die Häuser von Weitem sehen konnte.

Valentin hielt inne. Vergebens versuchte er, die Anzeichen von lebenden Menschen zu finden. Seine Wolfssinne offenbarten ihm nichts als Tod. Die Leiche, die sie auf dem Weg hierher entdeckt hatten, schien der Vorbote des Todes zu sein, der dieses Dorf heimsuchte.

Tief im Inneren regte sich Valentins Wolf, vorsichtig, um nicht aufzufallen. Dennoch nahm Valentin sein Frohlocken wahr und wie er sich über das Blut freute.

Bevor sie das Dorf betraten, zeigten sich zwei weitere Leichen. Eine lag mit dem Gesicht zum Boden, der anderen fehlte der Kopf. Das Gras tränkte sich ringsherum mit Blut. Edgar ging langsamen Schrittes an ihnen vorbei.

Valentin entdeckte immer mehr Leichen, die auf der Erde lagen oder an den Bäumen festgenagelt zu sein schienen. Einige Türen waren aus den Angeln gerissen, die Fenster zerbrochen. Einige Häuser blieben dennoch unversehrt. Etwas regte sich darin, nur konnte Valentin nicht mit Sicherheit sagen, ob es Menschen waren. Diese Häuser schienen Valentin von sich abzustoßen, so wie die Häuser aus dem anderen Menschendorf, in dem er war, als der Wolf die Kontrolle über ihn hatte.

Leichen säumten die Straßen. Hier und da lagen Frauen und Männer. Valentins Hals wurde trocken, als er auch die kleinen Leichen erblickte. War das das Werk Robins?

»Wolfskönig Päj, schicke deinen Diener hierher, damit er die Lichter dieser Menschen in die andere Welt geleiten kann, falls es für die einfachen Menschen diesen Ort gibt«, flüsterte Valentin und schloss die Augen.

Wenn es einen Grund dafür gibt, dass sie sterben mussten, so erkenne ich ihn nicht, sprach Valentin in Gedanken weiter. Lass mich verstehen, warum Robin diese Taten beging, oder wer ihn dazu verleitet hatte, denn ich erkenne meinen Freund in diesen Taten nicht wieder. Lass ihn nicht zum Werwolf werden. Ich würde mich verpflichten, seine Schuld zu tilgen, wenn es sein muss. Er ist ein guter Wolf, der immer zu mir gehalten hat. Ich werde für ihn bürgen, wenn es dein Wunsch ist. Ich glaube daran, dass er stärker ist als das Untier, das in ihm wütet. Gib ihm Kraft und den Willen, gegen den Wolf zu bestehen, so wie du mir diese Stärken gegeben hast. Als Mensch wird er dir mehr von Nutzen sein.

Als Valentin die Augen öffnete, stand Edgar mit überkreuzten Armen neben den Leichen und ließ seinen Blick über das

Dorf schweifen. Er schwieg, so als wartete er darauf, bis Valentin sein Gebet beendete.

Plötzlich drehte er den Kopf nach links. Auch Valentin hörte etwas, das weit entfernt erklang. Der Schrei eines Menschen ließ Valentins Herz rasen. Es musste Robin sein! Als hätte Edgar seine Gedanken gelesen, sprang er über die Leichen und schoss in den Wald. Valentin folgte ihm, dabei entdeckte er weitere Menschenkörper, deren Blut noch frisch war.

Noch immer tauchten Leichen auf, je weiter sie sich vom Dorf entfernten. Ein Mann lebte sogar noch, doch seine Wunde am Hals, die nur eine Wolfskralle hinterlassen konnte, würde ihm nicht mehr viel Zeit geben. Er machte Anstalten davonzukriechen, als er die Wölfe sah. Das Blut gurgelte aus seiner Kehle. Edgar schenkte ihm keine Beachtung. Mit einem Fausthieb gegen die Schläfe ließ Valentin den Mann ohnmächtig werden. Die Wunden würden den Rest erledigen.

Die Schreie einer Frau wurden laut. Valentin nahm eindeutig einen Menschen und einen Wolfsmenschen wahr. Er schloss sich Edgar an, der einen Hügel erklomm und von dort etwas beobachtete.

Der Stock, den die schwarzhaarige Frau mit beiden Armen umklammerte, gab ein Surren von sich, während sie ihn vor sich schwang. Sie sah aus wie ein Kind in Gegenwart des Wolfes, der sich nicht beeindrucken ließ und langsam auf sie zuging. Seine Krallenhand öffnete sich.

Valentin weitete die Augen. Er glaubte, Alfin an seinem schwarzen Fell erkannt zu haben. Entsetzen packte ihn, gleichzeitig war er froh, dass es nicht Robin war, der all die Menschen tötete.

»Er wird sie töten!«, knurrte Valentin und sah Edgar an, der die Arme kreuzte und nicht danach aussah, als wollte er sich einmischen. »Er wird sie töten!«

Als Valentin wieder nach vorne schaute, hatte die Frau den

Stock fallengelassen und hielt beide Hände an die Kehle gepresst.

Valentin kam sich wie jemand anderes vor, während er ein Grölen von sich gab, das ihn selbst erschreckte. Alfin drehte den Kopf in seine Richtung. Dass er Valentin um zwei Hauptlängen überragte, war Valentin egal. Er schoss auf ihn zu. Er würde sich für all die Toten rächen! Dieser Mörder sollte aufgehalten werden.

Alfin wirbelte herum. Seine Körperspannung verriet seine Unerschrockenheit, aber das war Valentin gleichgültig. Er würde alles daransetzen, den Mörder zur Strecke zu bringen. Alfin sah hinter Valentin, bevor er ihn im letzten Moment packte und von sich schleuderte. Krallenspuren auf seiner Brust ließen ihn gegen den Himmel aufheulen.

Valentin sprang aus dem Fall heraus auf die Pfoten. Er sah die Frau an, die nach wie vor die Hände an den Hals presste. Blut quoll zwischen ihren Fingern. Ihr Blick spornte Valentin dazu an, sie zu rächen. Es konnte nicht der Alfin sein, den er kannte. Die Kreatur war eindeutig ein Werwolf. Dass er auf zwei Pfoten stand, war sicherlich nur eine Heimtücke, damit er im Dorf nicht auffiel.

Valentin setzte erneut zum Angriff an. Bevor Alfin ihn schnappen konnte, duckte sich Valentin und sprang zur Seite. Vier Fleischwunden auf der Schulter ließen Alfin abermals aufheulen. Er bekam Valentin zu packen, um ihn wie einen Welpen gegen den Baum zu schleudern.

Valentin spürte keinen Schmerz. Etwas in seinem Rücken knackte, er rappelte sich dennoch auf, um sich auf den Werwolf zu stürzen. Bevor er vorstürmen konnte, verlor er den Boden unter den Pfoten. Fesseln aus Stein schienen seinen Körper zu umklammern, sodass er kaum imstande war, Luft zu holen.

»Ich weiß ... dass es nicht einfach ... für dich ist«, knurrte Edgar. »Aber du musst ... dich jetzt beruhigen.«

Valentins Krallen gruben sich in die Erde, als ihn niemand mehr festhielt. Er erkannte mit dem Seitenblick, wie etwas zu Boden fiel. Die Frau schlug mit dem Kopf gegen die Erde. Ihre Hände umklammerten den Hals nicht mehr und offenbarten eine klaffende Wunde, aus der kein Blut mehr floss. Die Sonne kam hinter den Wolken hervor, so als wollte sie der Frau den Weg ins Jenseits weisen.

»Was geht hier vor?«, knurrte Valentin. »Warum hilfst du diesem Mörder? Warum unternimmst du nichts gegen ihn?«

»Es ist … notwendig«, knurrte Edgar.

Valentin traute seinen Ohren nicht. Wie konnte ein Mord notwendig sein? Er wollte es nicht wahrhaben, aber etwas sagte ihm, dass Edgar auch dafür eine Antwort hatte.

Alfin trat vor Valentin und musterte ihn aus den Augen, deren Farbe beinahe orange war.

»Was zum Päjs Diener …« Alfins Wunden auf der Brust und Schulter begannen, sich zu schließen. Er ging vor Valentin in Hocke, dann sah er Edgar an, der ihm zunickte. »Du bist der Wolf aus Firas Weissagung. Ich kenne dich.«

Valentin grub die Krallen tiefer in die Erde. »Ich kenne dich auch«, knurrte er.

»Wie hast du es geschafft, den Wolf zu bändigen? Du bist nicht der stärkste Welpe gewesen, das weiß ich ganz genau. Ich bin mir sicher gewesen, dass Darons Junge, den wir verfolgt hatten, zum Wolf werden würde.« Er sah zu Edgar. »Anscheinend haben wir uns getäuscht.«

»Wir haben uns alle … getäuscht«, knurrte Edgar. »Was ist mit … Darons Jungen geschehen?«

Alfin reichte Valentin die Krallenhand. Widerwillig ließ sich Valentin helfen.

»Darons Junge ist sehr stark«, knurrte Alfin. »Ich wundere mich, weshalb er seinen Wolf nicht bändigen konnte. Nils und ich, wir mussten zusammen gegen ihn kämpfen. Er kommt wahrhaftig nach seinem Vater. So wie alle Werwölfe kämpfte er mit aller Kraft. Ein Werwolf versteht eben nicht, dass er gegen zwei nicht bestehen kann. Uns blieb nichts übrig, als ihn außer Gefecht zu setzen, denn du hast uns aufgetragen, ihn nicht zu töten. Es ist sehr schwer, einen Werwolf außer Gefecht zu setzen, besonders jemanden, der nach Daron kommt. Wir haben nur einen Augenblick weggeschaut, schon war er verschwunden. Sofort nahmen wir seine Fährte auf und verfolgten ihn. Leider waren wir nicht schnell genug. Obwohl er nur einen kleinen Vorsprung hatte, erreichte er dieses Menschendorf und veranstaltete ein Massaker, indem er die Hälfte der Bewohner tötete.«

Valentin schloss die Augen, als er verstand, was sich hier in Wirklichkeit abgespielt hatte. Seine Krallen bohren sich tief in die Handflächen. Er wollte weinen, doch scheinbar war der Körper eines Wolfes nicht für Tränen geschaffen.

»Als wir ankamen, sahen wir nur noch Leichen. Der Rest der Bewohner verschanzte sich in den Häusern oder zerstreute sich im Wald.«

Edgar legte die Krallenhand auf Valentins Schulter. »Was du gerade … gesehen hast … war notwendig. Wir können es uns … nicht leisten … Zeugen zu hinterlassen. Die Menschen würden … Jagd auf uns machen.«

»Nils verfolgt den Jungen allein«, fuhr Alfin fort. »Ich bin zurückgeblieben, um Spuren zu beseitigen. Unsere Existenz muss gewahrt bleiben.«

»Selbst, wenn wir Kinder töten müssen?«, fragte Valentin.

Alfin sah Valentin eine Zeit lang schweigend an, bevor er antwortete. »Leider ist das so. Ich werde mehrere Tage hierbleiben, um sicherzugehen, dass ich niemanden übersehen habe. Ich hoffe, bald regnet es, damit die Blutspuren verwischt werden. Um die Menschen, die sich in den Häusern eingeschlossen haben, muss ich mich auch noch kümmern.«

»Ich lag also richtig, dass noch jemand in den Häusern ist«, sagte Valentin.

»Es sind nur wenige Häuser. Es sind diejenigen Menschen, die einen Schutz gegen die Wölfe um ihre Häuser errichteten.«

»Dann wissen sie also doch von uns?« Valentin schöpfte Hoffnung.

»Tun sie nicht. Sie legen den Schutz an, ohne es sich bewusst zu werden. Wahrscheinlich haben ihre Vorfahren früher den Schutz gegen die Werwölfe angewendet, dann gaben sie dieses Wissen an die Nachkommen weiter. Ich vermute, heute benutzen sie den Schutz gegen böse Geister, ohne zu wissen, wofür er in Wirklichkeit gedacht war.«

»Und wenn sie die Häuser nicht verlassen werden?«

»Früher oder später werden sie herauskommen.«

»Vielleicht reden wir einfach mit ihnen«, knurrte Valentin. »Wir werden sie sicherlich davon überzeugen können, dass ein Bär hier sein Unwesen getrieben hat.«

Alfin schüttelte den Kopf. »Wir wissen nicht, wie das Massaker stattfand und wer Darons Jungen gesehen hatte. Ich kann dich verstehen, dass du die Menschen retten willst, aber sei nicht so einfühlsam, dies ist eine Schwäche, die uns allen das Leben kosten könnte. Nicht umsonst duldet der Wolfskönig keine schwachen Wölfe.«

»Ich bin auch schwach«, knurrte Valentin. »Dennoch hat Päj mich nicht zum Werwolf werden lassen.«

Alfin sah Edgar an. »So langsam verstehe ich, warum du angeordnet hast, dass kein Werwolf getötet werden darf. Es ist wegen dieses Jungen, nicht wahr? Ihr glaubt, dass wenn er es geschafft hat, können es alle schaffen.«

»Im Grunde … hat es Valentin selbst … angeordnet«, knurrte Edgar.

Alfin kam an Valentin heran und legte ihm die Hand auf die Schulter. »Junge, der Wolfskönig hat durch dich mit uns etwas vor. Ich hoffe, dass es dir gelingt, einen Weg zu finden, unsere Welpen nicht zu Werwölfen werden zu lassen. Mir war es bisher nicht gegönnt, meine Söhne länger als sechzehn Winter leben zu sehen.«

Valentin senkte den Kopf. Das Verlangen nach Weinen kam abermals in ihm auf. »So kann es doch nicht weitergehen …«

»Ihr müsst jetzt weiter. Nils wird es allein schwer haben, Darons Jungen aufzuhalten, ohne ihn zu töten. Ich werde hierbleiben, ob es dir gefällt oder nicht.«

Valentin sah die Leiche der Frau an. All die toten Menschen im Dorf waren im Grunde ihm zu verdanken. Hätte er nicht darauf bestanden, die Werwölfe am Leben zu lassen, wäre diesen Menschen der Tod erspart geblieben. Ganz gleich, was er tat, es hätte Tote geben.

Valentin lockerte die Hände. Nein, das, was gerade passierte, war notwendig. Wenn er nichts änderte, würde es auch weiterhin Werwölfe geben, und immer wieder würden sie durch Edgars Hand sterben. Jetzt gab es eine Möglichkeit, dem ein Ende zu setzen.

Valentin nickte Alfin zu und lief Edgar hinterher. Er witterte den Geruch Robins, der erst vor kurzem diese Richtung eingeschlagen hatte. Sein Verfolger war nah. Valentin hoffte, es würde keine weiteren Menschendörfer auf dem Weg geben.

Die Sonne wanderte hinter den Horizont. Zwar hielt Valentin mit Edgar Schritt, dennoch zeigten sich Spuren von Erschöpfung in ihm, nachdem sie den halben Tag vom Dorf der Menschen aus ohne Unterbrechung liefen.

Edgar wirkte angespannt. Robin war noch immer nicht gefangen. Auch Valentin rechnete fest damit, ihn tagsüber einzuholen. Auch wenn Wölfe im Dunkeln sehen konnten, konnte sich Valentin an die lichtlose Welt noch nicht gewöhnen.

Er spürte die Präsenz Nils ganz in der Nähe. Der Wolf schien nicht mehr weiterzulaufen, was daran liegen könnte, dass eine riesige Schlucht sich vor ihnen erstreckte. Am Rand gab es kaum noch Bäume, wogegen sich in der Schlucht ein ganzes Wäldchen bildete. Zwei Bäche liefen an der Wand in Kaskaden herunter. Der Mond tauchte die Schlucht in ein blaues Licht ein. Beim Felshaufen, wo sich einer der Bäche schlängelte, entdecke Valentin die Kontur des Wolfes.

»Er ist dort unten«, knurrte Nils, kaum dass sich die beiden ihm genähert hatten. Den Blick wandte er nicht vom Wald ab. »Er erholt sich. Es ist mir ein Rätsel, woher er so viel Kraft nimmt, auch wenn er der Welpe Darons ist. Und es ist mir ein Rätsel, wie er bei dieser Kraft zum Werwolf werden konnte.«

»Er ist kein Werwolf«, knurrte Valentin.

Nils drehte sich zum ersten Mal um. Er sah Valentin an, wie auch Alfin es getan hatte. Seine dunkelrote Mähne glänzte im Mondlicht.

»Wenn ich dich ansehe, glaube ich sogar, dass du recht haben könntest. Die Wege des Wolfskönigs waren schon immer verwirrend.«

»Valentin ist … ein Geschenk Päjs … an uns«, knurrte Edgar. »Der Wolfskönig … hat ihm einen Teil … seiner Weisheit … in die Wiege gelegt. Wir können seinem Wort … glauben.«

Das Rauschen des Bachs rief plötzlich den Durst in Valentin wach. Er erinnerte sich an Edgars Worte und schöpfte mit beiden Händen das Wasser, dann tauchte er den Kopf hinein.

»Edgar, wir sollten keine Zeit verlieren. Was soll mit Darons Jungen geschehen? Wir können es uns nicht leisten, ein weiteres Dorf auszulöschen. Er ist dort unten. Eine bessere Gelegenheit wird es nicht geben. Wer weiß, was er als nächstes macht.«

»Wir werden ihn … nicht töten. Valentin wird … in ihn hineinsehen.«

»Ich habe bereits in ihn hineingesehen«, knurrte Nils. »Es ist nichts Menschliches in seinem Kopf.«

»Valentin hat die Fähigkeit … tiefer als nur in den Kopf …

hineinzusehen. Erst wenn er bestätigt … dass der Werwolf …
den Jungen beherrscht … werden wir ihm ein Ende setzen.«

»Er hat Firas Fähigkeiten?«

»Vielleicht noch … darüber hinaus. Wir werden Darons
Jungen … außer Gefecht setzen.«

»Behaltet ihn jede Sekunde im Auge, denn wir haben ihn
schon einmal außer Gefecht gesetzt. Der Junge kam jedoch
schneller zu sich, als wir erwartet hatten. Das war der Grund,
warum er uns entwischte. Wir tragen die Verantwortung für
all die Menschenlichter, die gehen mussten.«

Edgar schwieg eine Weile und starrte in die Schlucht.
»Diese Verantwortung … tragen wir alle. Valentin und ich …
werden uns … um ihn kümmern.«

»Ich verstehe. Ich werde in der Nähe sein.«

Valentin sah zum Wald herab. Irgendwo dort war Robin. Es
würde schwer sein, ihn zu bezwingen, aber er musste da
durch. Mit Edgar an seiner Seite würden sie ihn zähmen können. Er würde seinem Freund helfen, koste es, was es wolle. Er
würde einen Weg finden, das Leben aller Wölfe zu verändern.

»Valentin … bist du bereit?«

Valentin schüttelte die Gedanken ab und atmete tief ein und
aus, bevor er nickte. Das Geröll kullerte herunter, als Valentin
den abschüssigen Weg nahm. Dampf bildete sich immer dichter aus seinem Atem, je weiter es in die Schlucht ging.

Er tastete die Umgebung nach Robin ab. Sein Freund war
ganz in der Nähe. Dunkelheit schloss sich um ihn, als Valentin
den Wald betrat. Das Mondlicht drang kaum noch durch, sodass Valentins Wolfsaugen einige Augenblicke brauchten, um
sich an die Finsternis zu gewöhnen. Bäume, Blätter und Gras
stachen nun als bläuliche Konturen heraus. Angespannte Lautlosigkeit beherrschte den Wald. Die Tiere hielten den Atem an
oder verließen die Schlucht in Angst vor dem Raubtier, das in
ihr Gebiet eingedrungen war.

Valentin erschauderte, als er Robins Geruch und seinen Blick wahrnahm. Sein Freund schlief nicht, er ruhte sich auch nicht aus, er lag auf der Lauer und beobachtete ihn. Für einen Augenblick hielt Valentin inne. Erst die Schritte Edgars, die er hinter sich hörte, zwangen ihn weiterzugehen. Er spürte die Entschlossenheit Robins, sich einen Kampf zu liefern. Sein Freund hatte keine Angst. Wahrscheinlich hielt er Edgar und ihn für arglose Beute.

»Er weiß nicht … wer wir sind«, knurrte Edgar leise. »Stell dich darauf ein … dass er uns … angreifen wird.«

Valentin drehte den Kopf abrupt um, als er das Aufblitzen zweier Augen mit dem Seitenblick gesehen zu haben glaubte. Weiße, fingerlange Krallen hoben sich von der dunklen Umgebung des Waldes ab und verrieten Robins Versteck. Valentin erkannte die Umrisse seiner Mähne, Schnauze und des Körpers. Er hielt den Atem an beim Anblick des Untiers, zu dem sein Freund inzwischen wurde. Robin schien noch größer geworden zu sein, seitdem er ihn das letzte Mal gesehen hatte. Er wirkte nicht wie jemand, der gehetzt wurde, sondern wie ein Räuber, der ganz genau wusste, wie die Jagd ausgehen würde.

»Weißt du noch, wer ich bin?«, knurrte Valentin. »Ich bin es, ich bin Valentin.« Er ging langsamen Schrittes auf die Augen zu. »Ich bin es, Valentin. Erinnerst du dich an deinen Namen?« Er spannte sich an, als sein Freund sich regte.

Robin schien verstanden zu haben, entdeckt worden zu sein. Er richtete sich in voller Größe auf und ließ Valentin zum zweiten Mal den Atem anhalten. Valentin hoffte, Robin spielte ihm bloß einen Streich.

»Dein Name ist Robin.«

Der Wolf schüttelte die Mähne, so als erinnerte er sich tatsächlich daran, diesen Namen einst getragen zu haben. Valentin ging einen weiteren Schritt auf ihn zu.

»Robin, ich weiß, dass du noch immer du selbst bist. Stelle dich deinem Wolf entgegen.«

Valentin kam sich albern vor. Er gab Ratschläge, von denen er selbst keinen Gebrauch zu machen imstande war. Er hatte es nicht geschafft, sich seinem Wolf entgegenzustellen.

»Robin«, gab der Wolf plötzlich von sich.

Valentin erschauderte. Die Stimme könnte vom Päjs Diener persönlich stammen.

»Erinnerst du dich?« Valentins Herz begann zu pochen. »Erinnerst du dich an mich? Ich bin Valentin.«

»Robin«, knurrte der Wolf. Er schwankte ein wenig, als er auf zwei Pfoten den Baum umging, hinter dem er stand.

»Wir sind da, um dich nach Hause zu bringen.«

Mondlicht erhellte flüchtig die Stelle, auf der Robin stand. Valentin konnte die Umrisse seiner Muskeln unter dem Fell deutlich erkennen. Seine Schultern wirkten beinahe so breit wie die seines Vaters. Die Augen leuchteten gelb.

Valentin konzentrierte sich, als er aus der Distanz in Robins Kopf etwas zu erkennen versuchte. Da gab es keine Anzeichen des Kampfes zwischen dem Tier und dem Menschen. Valentin wollte den Gedanken nicht zu Ende denken, dass Robin den Kampf längst verloren haben könnte. Er musste an ihn glauben! Robin würde den Kampf noch ausfechten, und zwar zu seinen Gunsten.

»Robin …«, knurrte der Wolf.

Valentin glaubte, Robin gab ein Schnauben von sich, das einen Hauch von Spott beherbergte. Er schwankte leicht, als er einen weiteren Schritt aufrecht auf Valentin zuging.

»Ich bin Valentin …«, gab Robin von sich und machte noch einen Schritt vorwärts. Dann bückte er sich, um auf die Hände überzugehen. Seine Körperspannung verriet seine Absichten.

»Nein«, flüsterte Valentin. »Stell dich deinem Wolf. Ich flehe dich an.«

Die Zeit schien für Valentins Körper stehengeblieben zu sein, während seine Augen beobachteten, wie Robin gegen den Himmel aufheulte, mit aufgerissenem Maul sprang und die Krallenhände nach ihm ausstreckte. Valentin sah keine Möglichkeit, den Krallen zu entkommen. Egal, wohin er springen würde: Robin würde ihn erwischen.

Ein Schatten fegte Robin aus seinem Sichtfeld. Valentins Blick folgte dem Wirbelsturm, zu dem die beiden Wolfskörper wurden. Edgar drückte Robin mit dem Knie auf die Brust, während er seine Hände festhielt. Robins Kiefer schlossen sich um Edgars Handgelenk. Den Schmerz ließ sich der Dorfvorsteher nur durch ein Schnauben anmerken. Er verlagerte sein Gewicht auf das Knie, sodass Robin die Bisskraft verringerte.

Mit einem Ruck befreite Robin seine Hand und ließ rote Krallenspuren auf Edgars Brust aufleuchten. Edgar wehrte den zweiten Hieb ab, büßte jedoch seinen Gewichtsschwerpunkt ein. Robin nutzte den Augenblick und jagte seine Krallen in Edgars Schulter hinein. Im nächsten Moment schwang er sich auf seinen Rücken.

Zum ersten Mal wurde Valentin Zeuge davon, dass Edgar aufheulte, als Robin die Zähne in seinen Nacken versenkte. Valentin wusste nicht, was er mehr bewundern sollte: Robins Stärke, weil er es gerade mit dem Dorfvorsteher persönlich aufnahm, oder Edgars Unverwundbarkeit, weil er gerade gebissen wurde und wohl nur deswegen aufheulte, weil es noch niemand geschafft hatte, ihn derartig zu überraschen. Bevor Edgar seine Krallen in Robins Kopf rammen konnte, stieß Robin sich von ihm in Valentins Richtung ab.

Valentin verfluchte sich, dass er noch immer wie erstarrt blieb und nichts unternahm, um Edgar zu helfen. Robin war sogar stärker als die beiden Zwillinge zusammen! Bevor Valentin eine Entscheidung treffen konnte, ob er sich ducken oder sich Robin entgegenstellen sollte, passierte etwas in seinem

Inneren. Innerhalb eines Augenblicks parierte er zuerst die Krallenhand, die nach seinen Augen zielte, dann rammte er die Krallen in Robins Brust hinein und drehte sich um die Achse, um Robin gegen den nächsten Baum zu schleudern.

Nun wusste er nicht, ob er sich darüber freuen sollte, dass er in diesem Augenblick plötzlich nicht Herr seines Körpers war.

Sofort hatte er die Kontrolle wieder, gleichzeitig kam Schwäche über ihn, so als raubte ihm dieser Wurf einen Teil seiner Kräfte.

Etwas knackte. Valentin hörte heraus, dass es nicht Robin war, sondern der Baum, der unter der Wucht ächzte. Robin landete auf allen Vieren und ließ ein ohrenbetäubendes Grölen erschallen, so als spürte er keinen Schmerz, nur Wut.

Valentin täuschte einen Ausfallschritt nach links vor, als Robin sich auf ihn stürzte. Die Sekunde, die er dadurch gewonnen hatte, reichte aus, damit Edgar Robin von hinten packen konnte. Der nächste Baum, der dicker war als der erste, brach unter Robins Gewicht und fiel raschelnd zu Boden. Jetzt war es an Edgar, sich auf Robin zu stürzen. Robins Brustfell bedeckte sich mit roten Linien, als Edgar auf ihn einschlug.

Valentin wollte schreien, denn er glaubte, sein Freund würde gleich in Stücke gerissen werden, doch dann verschwand er plötzlich, sodass Valentin erst davon ausging, Edgar hätte ihn in den Boden gestampft.

Bäume raschelten um sie herum. Es hatte den Anschein, eine Horde Wildschweine umkreise sie. Edgar drehte den Kopf links und rechts. Valentin witterte Robin zwar, dennoch schien er überall zu sein. Was für eine Kraft ihm doch innewohnte, wenn er sich nach dem Aufprall und der Auseinandersetzung mit Edgar, noch derart schnell zu bewegen vermochte, dachte Valentin. Edgar hatte nicht umsonst zwei Wölfe geschickt, um ihn zu bewachen.

Robins Körper teilte sich plötzlich auf zwei Gestalten auf. Eine schoss auf Valentin zu, während die andere von der gegenüberliegenden Seite auf ihn sprang. Erde flog unter Edgars Pfoten in die Höhe, als auch er sich in Valentins Richtung abstieß, jedoch langsamer war als Robins zwei Gestalten.

Die riesigen Kiefer drohten Valentin im nächsten Moment zu zermalmen. Schneeweiße, fingerlange Fangzähne blitzten auf. Valentin hob die Hände, um nicht im Maul seines Freundes zu verschwinden. Die zweite Gestalt Robins, die Valentin mit dem Seitenblick wahrnahm, fegte seinen Freund weg wie eine Windböe.

Robin schüttelte benommen den Kopf, während sein Vater ihn von hinten umklammerte und das Geheul gegen den Mond richtete. Die beiden sahen aus, als wären sie Brüder. Daron überragte Robin nur um eine Hauptlänge. Valentin sah, wie die rechte Hand Darons die Umklammerung löste und seine Krallen aufblitzten. Die eindeutige Absicht Darons schnürte Valentin die Kehle. Er schaffte es dennoch, ein Brüllen aus sich herauszupressen.

»Tu es nicht! Wir können ihn zurückbringen!«

Robin versuchte, sich zu befreien, während sein Vater ihn mit einem Arm festhielt und die Krallen erhob.

»Du kannst ihm nicht helfen!«, brüllte Daron. Robin schnaubte und löste sich ein wenig von der Umklammerung. »Es ist nicht mehr mein Sohn!«

»Wir werden ihm helfen, das verspreche ich!«, knurrte Valentin. »Lass ihn am Leben!«

Mit dem Stoß des Hinterkopfes ließ Robin etwas im Maul seines Vaters brechen. Er drehte sich in der Umklammerung um und verbiss sich in seinem Hals.

Valentin sah wie gebannt das Aufblitzen Edgars Krallen, während er auf Robins Rücken einschlug. Fellfetzen, die sich lösten, tränkten sich mit Blut, bis Robin den Hals seines Vaters losließ und sich zum Quell des Schmerzens umdrehte. Seine Augen leuchteten orange.

Edgar zog seine Krallen ein und ballte die Hand zur Faust, während Robin aufsprang, um sich auf ihn zu stürzen. Die Faust traf Robins Brust und ließ seinen Körper noch in der Luft erschlaffen. Valentin traute seinen Augen nicht, als Robin im nächsten Augenblick zu sich kam und die Zähne bleckte.

Was für eine Kraft, dachte Valentin zum wiederholten Mal. Gegen den Dorfvorsteher würde er dennoch wohl kaum ankommen können.

Edgar packte ihn am Hals. Robin zog die Pfoten ein, mit der Absicht sich abzustoßen. Der Schlag ins Sonnengeflecht ließ Robin abermals erschlaffen. Auch jetzt erholte er sich in wenigen Augenblicken und setzte dazu an, sich zu befreien. Ein neuer Schlag ins Sonnengeflecht ließ ihn etwas länger schwach werden. Nach dem vierten Schlag presste Edgar ihn gegen den Baum. Krallen wuchsen aus seiner Hand, die Valentin abermals an Dolche erinnern ließen. Ausgeholt, durchbohrte Edgar die Schulter Robins und nagelte ihn am Baum fest. Robin schüttelte nur benommen den Kopf. Die neuen Wunden schien er gar nicht bemerkt zu haben.

»Jetzt bist du … an der Reihe!« brüllte Edgar.

Valentin brauchte einen halben Lidschlag, um zu verstehen, was Edgar meinte. Er umklammerte mit beiden Händen Robins Arm und trieb die Krallen in ihn hinein.

Bilder, die starr wirkten, Bilder, die er durch die halbgeschlossenen Augen Robins sah, und Bilder, die sich dauerhaft veränderten, erschienen vor ihm. Sofort durchquerte er die Kopfebene, um sich tiefer zu begeben. Feuer schien Valentin zu umhüllen, als er das braune Licht in Form von zwei Tropfen erblickte, die von oben und unten aufeinander fielen. Die Feuershitze ging von ihnen aus. Das Licht pulsierte und schlug wie ein Herz.

Hoffnung leuchtete in Valentin auf. Wenn es das Licht gab, dann war auch der Mensch am Leben. Wahrscheinlich focht Robin seinen Kampf gegen den Wolf gerade aus. Robin war stark, also war der Wolf in ihm auch stark, und der Kampf zwischen den beiden musste heftig sein.

Valentin bewegte sich auf das Licht zu. Das durchscheinende Abbild des Feuers loderte um das Licht herum. Es hielt Valentin auf Abstand und verbrannte ihn, wenn er sich näherte. Valentin suchte nach einer Möglichkeit, das Licht zu berühren, doch der Schmerz hinderte ihn daran. Er war sich bewusst, dass der Schmerz nicht körperlich war, dennoch tat es weh, als wäre er es. Er umrundete das Licht in Hoffnung, es greifen zu können oder darauf einzuwirken. Es war jedoch wie bei Laura, auch sie stieß ihn von sich ab.

Von einem Moment auf den anderen legte sich das Lodern der Flamme ein wenig. Die Hitze wirkte nicht mehr stechend. Sie war nach wie vor heiß, dennoch glaubte Valentin, sie hätte sich wegen ihm beruhigt. Dann verstand er es.

Er konzentrierte sich, um seine Gedanken im Inneren Robins zu Worten werden zu lassen. Er wusste nicht, wie das funktionieren sollte, denn im Inneren eines Wolfes besaß er keinen Körper und keinen Mund, mit dem er sich verständigen konnte.

»Laura …« Valentin hielt für einen Moment inne, als er das Wort vernahm, das er zwar auszusprechen versuchte, sich jedoch nicht nach seiner Stimme anhörte.

Das blasse Abbild der Flamme schien nun zu glimmen. Nach wie vor fand Valentin zwar keinen Eingang in das Innere des Lichtes, dennoch glaubte er nun, eine Möglichkeit gefunden zu haben, wie er seinem Freund helfen konnte.

Er zog sich zurück.

»Du hast es … geschafft«, knurrte Edgar.

Robin war nach wie vor an den Baum genagelt. Es sah aus,

als schliefe er im Stehen. Er machte keine Anstalten mehr, sich zur Wehr zu setzen. Nur seine Lider zuckten.

Als Valentin sich umdrehte, sah er in Darons Wolfsgesicht. Hoffnung spiegelte sich in seinen Augen. Die Wunde am Hals verschloss sich beinahe vollständig. Valentin nickte ihm zu.

»Ich weiß, wie wir ihn zurückbringen können.«

KINDER DES WOLFSKÖNIGS

Daron verzichtete darauf, Robin zu fesseln. Er trug seinen Sohn den ganzen Weg über die Schulter, ohne einmal zu verschnaufen. Valentin wusste nun, warum Robin so stark war. Er kam eindeutig nach seinem Vater.

Valentin war froh darüber, dass Daron hier war. Er half nicht nur, Robin zurückzubringen, auch hatte er Valentin davor bewahrt, in Robins Maul zu landen, was vielleicht bedeuten könnte, er rettete ihm das Leben.

Die Morgensonne piekte mit ihrer Röte angenehm in die Augen. Der Geruch des Frühlings war wieder da, je näher sie zum Dorf Windseck kamen. Valentin dachte daran, wie froh er war, zurück zu sein, und wie gern er seine Heimat doch hatte. Er würde sie niemals verlassen wollen, gäbe es da nicht die Schattenseite, die seine Art umgab. Was für ein Schicksal hatte sich der Wolfskönig Päj wohl für sie ausgedacht?

Nils stand vor dem Felsspalt und lauschte hinein.

»Sie ist da drin. Und sie lebt«, knurrte er. »Darons Junge wird hier jedoch als Wolf nicht durchpassen.«

»Die Felsspalte hat im Inneren keine Decke. Ich werde mit meinem Sohn herabsteigen«, knurrte Daron.

»Ich helfe dir.« Valentin bereute seine Worte, als Daron ihm fest in die Augen sah. »Ich möchte dich begleiten.«

Daron begann schweigend den Aufstieg. Es sah aus, als hätte er keine Last auf den Schultern.

»Robin ist ein guter Wolf«, sagte Valentin. Daron reagierte nicht. Er schien allein darauf fixiert zu sein, den Aufstieg so schnell wie möglich zu überwinden. »Er ist mein bester Freund. Er hat mich immer in Schutz genommen.«

Daron blieb stehen und drehte sich langsam um. »Wenn ich es gewusst hätte, hätte ich ihm das längst ausgetrieben«, knurrte er. »Jemanden in Schutz zu nehmen heißt, jemanden zu bemitleiden. Das ist auch eine Art von Schwäche, die in einem Wolf nichts zu suchen hat. Vielleicht ist nicht nur die Göre Schuld, dass mein Sohn Schwierigkeiten hat, zum Wolf zu werden.« Er sah Valentin einige Momente lang an, bevor er den Kopf schüttelte. »Es tut mir leid.« Er nahm den Weg wieder auf.

Valentin war ihm nicht böse. Wenn jemand so lange lebte wie ein Wolf aus Windseck, würde man ihm wohl kaum mit ein paar Sätzen etwas ausreden können, woran er jahrhundertelang festhielt. Aber Valentin war nicht deswegen mitgekommen, um ihn zu belehren. Er wollte sichergehen, dass nichts geschah und Darons Glaubenssätze ihn nicht zu unumkehrbaren Taten verleiteten. Außerdem war er neugierig, wie Daron es schaffen würde, mit einer Last wie Robin herunterzuklettern. Valentin wusste nicht einmal, wie er selbst heruntersteigen sollte.

Daron sah von oben in die Felsspalte hinein. Seine Augen suchten die Wand nach etwas ab, woran er sich festhalten konnte. Valentin war froh darüber, dass er nicht einfach heruntersprang. Er würde sich sonst verpflichtet fühlen, es ihm gleichzutun.

Robins Vater stieß sich von der Kante ab. Er hielt sich einen

Augenblick lang an einem Vorsprung fest und stieß sich wieder ab, um auf der gegenüberliegenden Wand eine Baumwurzel zu ergreifen und sich erneut abzustoßen. Die letzten zehn Schritte bremste er den Fall mit den Krallen ab.

Valentin sah herunter. Bevor er zum Wolf wurde, hätte ihm diese Höhe weiche Knie beschert. Doch nun blieb die Angst bloß als Erinnerung aus den vergangenen Tagen. Bevor er den Gedanken beenden konnte, sprang er zur selben Stelle an der Felswand, die auch Daron benutzt hatte. Mit beiden Händen krallte er sich an den Vorsprung fest. Er glaubte, seine Krallen bohrten sich in den Stein hinein. Er stieß sich ab und bekam die Baumwurzel zu packen. Er wollte den Rest der Strecke nicht wie Daron überwinden und suchte nach einem weiteren Vorsprung. Er zweifelte nicht daran, dass er es schaffen würde, weich zu landen, aber er wollte den Körper nicht überstrapazieren. Der gestrige Tag und die Nacht waren lang und anstrengend, und bisher gab es keine Gelegenheit zu schlafen. Er nutzte zwei weitere Vorsprünge, bevor er sich fallenließ.

Seine Arme und Pfoten waren angespannt. Er bewunderte Robins Vater, dass er mit dem doppelten Gewicht und mit nur einer Hand es so schnell nach unten schaffen konnte. Er schien nicht einmal außer Atem gekommen zu sein.

Edgar ging in Menschengestalt vor Laura in Hocke. Mit geschlossenen Augen schien er in sie hineinzusehen. Nils stand mit überkreuzten Armen vor dem Eingang. Valentin fragte sich, wie die beiden es wohl geschafft hatten, sich durch den Felsspalt durchzuzwängen. Selbst in Menschengestalt waren sie kaum kleiner wie sein Wolf.

Daron lehnte Robin mit dem Rücken an die Felswand. Er ließ ihn nicht aus den Augen, während er einen Schritt zurücktrat. Der Abstand zwischen Laura und Robin war groß genug, dass er zwischen sie springen konnte, sollte das Tier erneut die Kontrolle über Robin erlangen. Laura wirkte wie ein Kind in

Robins Gegenwart. Sie hatte noch immer die Schafsfelljacke auf den Schultern, so wie Valentin sie zurückgelassen hatte. Die Augen blieben nach wie vor geschlossen.

»Was hast du jetzt vor?«, fragte Edgar.

Valentin hockte sich gegenüber von Robin. Er wusste selbst nicht wirklich, was als nächstes zu tun war. Er hatte gehofft, es würde sich von allein klären, wenn er Robin und Laura zusammenbrachte. Sie reagierten auf die Namen voneinander, also musste sie etwas verbinden. Und es half ihnen, dem Tier standzuhalten.

»Robin, Laura ist hier«, knurrte er. »Erinnerst du dich an sie?«

Robins Lider zuckten sacht, hörten jedoch im nächsten Moment wieder auf. Alle Augen richteten sich auf ihn.

»Laura ist hier«, wiederholte Valentin, wandte sich dann dem Mädchen zu. »Laura, wir haben Robin gefunden. Er ist hier, mit uns.«

Laura blieb reglos. Valentin nahm dennoch wahr, wie ihr Herz eine Winzigkeit schneller schlug, sich jedoch sofort stabilisierte. Vielleicht sollte er in sie hineingehen, dachte Valentin. Vielleicht würde es jetzt gelingen, mit Laura durch das Licht zu sprechen, mit Robin in seiner Nähe.

Kaum den Gedanken beendet, legte sich Darons Hand auf Valentins Schulter und zwang ihn aufzustehen und einen Schritt nach hinten zu tun. Valentin nahm die Verwandlung Edgars und Nils hinter sich wahr. Als er zu Wolfsgestalt Robins schaute, zuckte dessen Körper in Krämpfen. Valentins Herz begann schneller zu schlagen.

Robin öffnete die Augen. Sein kastanienbraunes Haar war zerzaust. Der Körper zuckte. Krämpfe liefen durch seine menschlichen Muskeln. Sein verwirrter Blick suchte nach etwas. Die Wölfe vor ihm nahm er nicht wahr und sah durch sie hindurch, so als existierten sie nicht, oder er wäre erblindet.

Sein Blick streifte Laura, blieb jedoch nicht bei ihr. Erst nach dem zweiten Mal ließ er den Kopf in ihre Richtung gedreht. Es schien, er würde sie nicht sehen, sondern witterte sie.

Lauras Schultern zuckten. Ihre Lider öffneten sich halb. Im Gegensatz zu Robin schien sie alles um sich herum wahrzunehmen. Sie sah die Anwesenden nacheinander an, bis sie Robins blindem Blick begegnete. Der Anflug eines Lächelns erschien auf ihrem Gesicht, bevor sie die Augen wieder schloss und in der ursprünglichen Position verharrte. Auch Robin schloss die Augen und nahm dieselbe Position wie Laura ein, so als ahmte er sie nach.

Die Zeit der Bewegungslosigkeit kehrte ein. Vier Wölfe wagten es nicht, einen Ton von sich zu geben. Nur das dumpfe Heulen des Windes, das durch den Felsspalt wie durch einen Schornstein nach oben zog, zeugte davon, dass die Zeit weiterlief.

Valentin war froh, seinen Freund wieder als Mensch zu sehen. Es konnte nur bedeuten, dass er seinen Kampf noch immer ausfocht oder seinen Wolf gebändigt hatte. Wie auch immer es sein mochte: Valentin hatte ihn vor dem Tod bewahrt.

»Ich werde in ihn hineingehen«, knurrte Valentin. »Ich will sicher sein, dass Robin wieder ein Mensch ist.«

»Lass ihn«, knurrte Edgar. »Ich kann selbst ohne … die Fähigkeiten … wie die deine sehen … dass der Wolf in ihm schwach … geworden ist. Er ist zwar … noch immer da … aber ich spüre wie der Mensch … die Oberhand gewinnt.«

Valentins Blick streifte Daron. Robins Vater blieb nach wie vor bewegungslos und starrte auf seinen Sohn. Valentin glaubte, seine Wolfsaugen wurden glasig.

»Ich tue es dennoch«, knurrte Valentin. »Ich muss lernen, mit meinen Fähigkeiten umzugehen. Ich muss wissen, wie Robins Licht jetzt aussieht, um einen Vergleich zu haben. So kann ich den Wölfen besser helfen, ihre Wölfe zu bezwingen.«

Edgar, Daron und Nils sahen sich gleichzeitig an.

»Du glaubst also fest daran, nicht wahr?«, sagte Edgar, diesmal mit der Menschenstimme. »Es tut mir leid. Es fällt mir noch immer schwer, an etwas zu glauben, was ich jahrhundertelang nicht einmal zu träumen wagte. Wenn du fest davon überzeugt bist, dass man auf diese Weise die Werwölfe bezwingen kann, dann setz dein Vorhaben fort. Aber sei dir bewusst, dass wir keine Erfahrung auf diesem Gebiet haben und dir womöglich nicht helfen können, solltest du in Schwierigkeiten geraten. Das Licht könnte der Werwolf für seine Heimtücken missbrauchen.«

Valentin ging vor seinem Freund in die Hocke und legte ihm die Hand auf die Schulter. Die Augen schlossen sich von allein. Als er sie wieder öffnete, sah er in Laura hinein. Die erwartungsvollen Blicke richteten sich auf ihn, als er sich umdrehte.

»Sie sind es. Sie sind es beide. Robins Licht leuchtet hell. Ich weiß nicht wie, aber die beiden nehmen Einfluss aufeinander. Sie helfen sich gegenseitig, gegen den Wolf zu bestehen.«

»Auch ich muss mich bei dir entschuldigen«, knurrte Daron nach einer Weile. »Du hast das Unmögliche zustande gebracht. Ohne dich gäbe es meinen Sohn nicht mehr. Ich bin froh, dass Edgar an dich geglaubt hat. Du hast einen anstrengenden Tag und eine anstrengende Nacht hinter dir. Geh nach Hause und ruh dich aus. Ich werde hier Wache halten.«

Valentin sah zu Edgar. Der Dorfvorsteher nickte ihm zu.

»Mach dir keine Sorgen, ich werde niemandem etwas antun. Du hast mein Wort. Das Mädchen hätte ich nicht beschuldigen sollen. Selbst wenn es meinen Sohn verweichlicht hatte, hat es ihm schließlich geholfen zurückzukehren.«

Valentin nickte und wandte sich an Edgar. »Zuerst aber müssen wir zum Schrein. Ich will sehen, wie es um Pior und Luc steht.«

Edgar nahm die Gestalt des Wolfes an. »Nils ... bleib auch hier. Nur für ... alle Fälle. Darons Junge ... ist stark.« Mit diesen Worten sprang er hoch und kletterte die Felswand nach oben. Valentin prägte sich die Stellen ein, an denen sich Edgar festhielt, bevor er ihm folgte.

Frischer Wind trieb die Hitze unter dem Fell heraus. Valentin atmete mit voller Brust ein. Sonne kitzelte seine Wolfsnase. Der Morgentau ließ die Erde unter den Pfoten schmatzen.

Die Müdigkeit war nach wie vor da, dennoch fühlte sich Valentin stark genug, um einen weiteren Tag ohne Schlaf auszukommen. Wie sich wohl Edgar gerade fühlte? Schließlich hatte er den Hauptkampf mit Robin ausgefochten. Seiner Geschwindigkeit jedoch nach zu urteilen, wohnte ihm dieselbe Kraft inne, mit der er den gestrigen Tag begann.

Dorfbewohner, die auf einer Wiese den Weizen säten, begleiteten mit den Blicken die beiden ungleichen Wölfe. Valentin entging nicht, wie sie die Köpfe zusammenstecken, während sie ihn ansahen. Eine rothaarige Frau presste die Hände gegen die Brust und schien etwas zu flüstern. Lauras Mutter hatte ihre Tochter nicht aufgegeben.

Der Wind brachte Gerüche von Wölfen mit sich, während Valentin und Edgar sich dem Schrein näherten. Knochen begannen unter den Pfoten zu knacken. Etwas ging im Schrein vor sich. Valentin spürte eine Anspannung, die im Inneren herrschte. Auch Edgar spürte es. Sie tauschten die Blicke.

Der Geruch von Kerzenfett, vermischt mit einem Hauch von Schweiß, begegnete ihnen im Durchgang. Das gelbe Licht der Kerzen gab Garud und Swen in Wolfsgestalten zu erkennen, und Fira. Die Wölfe standen hinter ihr, während sie auf jemanden einredete. Lucs Wolfsgestalt lag noch immer gefesselt auf dem Boden. Sein Fell glänzte gelb im Kerzenlicht.

»Ihr kommt gerade richtig«, sagte Fira, ohne sich umzudrehen.

Garud und Swen machten den beiden Platz.

Valentins Herz schlug schneller beim Anblick Piors. Sein Freund schien nach wie vor abwesend zu sein und starrte auf einen unsichtbaren Punkt. Nasse Rinnsale zeugten davon, dass er erst vor kurzem geweint hatte. Das war ungewöhnlich. Valentin hatte noch nie jemanden von seinen Freunden weinen gesehen.

»Er ist bei Sonnenaufgang zu sich gekommen«, sagte Fira. »Er weinte eine Zeit lang und sagte kein Wort. Erst vor kurzem gingen ihm die Tränen aus. Seitdem versuche ich, etwas aus ihm herauszubekommen. Bisher erfolglos.«

Valentins Verwandlung zum Menschen schmerzte. Er ohrfeigte sich in Gedanken, dass er zu wenig trank, obwohl Edgar es ihm oft genug gesagt hatte. Seine Glieder wirkten dem Zerreißen nah. Die Haut brannte, die Kehle schmerzte beim Schlucken. Der Kopf pochte mit jedem Herzschlag.

»Hast du schon in ihn hineingesehen?«, fragte Valentin.

Pior blinzelte. Sein Blick, der plötzlich alles um sich herum wahrzunehmen schien, wanderte zu Valentin.

»Dafür war noch keine Gelegenheit«, antwortete Fira mit einem Stirnrunzeln. Den Zwilling ließ sie nicht aus den Augen.

»Valentin, ich habe den Kampf verloren …«, krächzte Pior. Er blinzelte und presste die Lippen zusammen.

Valentin ging vor ihm in Hocke. Die Schmerzen, die dabei seine Muskeln durchfuhren, ließ er unbeachtet.

»Pior, du bist wieder du selbst. Du hast deinen Wolf bezwungen. Du brauchst nur etwas Ruhe, um klar denken zu können.«

Pior schüttelte den Kopf. »Ich habe gegen das Tier meines Bruders gekämpft und habe dabei verloren.« Neue Tropfen schlängelten sich durch die Rinnsale auf seinen Wangen. »Luc hatte bereits aufgegeben, bevor ich mit meinem Wolf fertig wurde. Hätte ich bloß schneller erkannt, was zu tun war, hätte ich ihn vielleicht retten können.« Er fuhr sich mit dem Arm übers Gesicht.

Fira kniete sich neben Valentin.

»Mein Junge, was meinst du damit, du hast gegen das Tier deines Bruders gekämpft? Du und dein Bruder haben zusammen gegen Edgar und Valentin gekämpft.«

Pior schüttelte den Kopf. Der erste Tropfen löste sich von seinem Kinn. »Ich kann das nicht beschreiben, aber der Kampf fand in meinem Kopf statt. Zuerst wusste ich überhaupt nicht, dass der Wolf mich angreifen würde. So etwas hat uns niemand vorher verraten. Es hat lange gedauert, bis ich angefangen habe, mich zur Wehr zu setzen und ihn bezwingen konnte. Danach begab ich mich zu meinem Bruder, um ihm zu helfen. Er war bereits so gut wie verloren. Sein Wolf hatte mich angegriffen und hätte mich beinahe verschlungen, hätte Valentin mich nicht wachgerüttelt.«

»Ich soll dich wachgerüttelt haben?«

»Ich habe dich gesehen, du warst in meinem Kopf, ich meine, in Lucs Kopf, oder irgendwo anders, ich kann das nicht beschreiben. Du warst zwar in Gestalt des Lichtes, aber ich habe dich trotzdem erkannt. Du hast mich daran erinnert, wer ich war, während Lucs Wolf anfing, meinen Verstand zu verschlingen. Du gabst mir den Ansporn weiterzumachen. Irgendwann schaffte ich es, das Tier Lucs zu zähmen, aber er selbst war nicht mehr da.« Pior legte sein Gesicht in die Hände und begann zu schluchzen. Dass der Wolfskönig ihn so sehen konnte, schien ihn nicht zu interessieren.

Fira und Valentin sahen einander an. Sie warteten, bis Piors Körper nicht mehr bebte.

»Mein Junge, du hast dein Tier und das Tier deines Bruders bezwungen?«, fragte Fira. »Ich verstehe nicht ganz.«

»Ich fantasiere nicht, ich habe gegen die Wölfe gekämpft, in einer anderen Welt.«

»Wir glauben dir ja«, beruhigte Fira ihn. »Aber wer ist dann der Wolf, der dort drüben liegt? Ein Wolfskörper stirbt, wenn niemand ihn leiten kann …« Sie verharrte. »Willst du etwa damit sagen, dass … Oh, Diener Päjs …«

Pior zog die Nase noch. »Ich leite den Wolf meines Bruders.« Erneut legte er die Hände aufs Gesicht. »Und ich spüre Luc nicht mehr. Er ist fort …«

»Pior!«, Valentin ergriff die Hände seines Freundes und brachte ihn dazu, sie vom Gesicht zu nehmen. »Pior, bist du dir sicher?«

Pior nickte. »Sein Licht ist erstarrt, dann war es fort.«

»Wie sah das Licht denn aus, von dem du sprichst?«

Pior zog die Nase hoch. »Ich glaube, es hatte die Form von zwei Tropfen, die aufeinander fallen, von oben und von unten.«

Fira und Valentin tauschten Blicke.

»Was für ein … bemerkenswerter Frühling«, knurre Edgar hinter ihnen. Er kreuzte die Arme. »Auch er … hat also die Fähigkeit … das Licht der Wölfe zu sehen.«

»Das Licht der Wölfe?« Pior sah Edgar, Fira und Valentin nacheinander an.

»Wir werden dir alles erzählen«, sagte Fira. »Komm erstmal zu dir und ruh dich aus.«

Pior nickte kaum merklich. »Valentin, was ist mit Robin, Samuel und Laura?«

»Robin und Laura sind wohlauf«, sagte Valentin. »Beide erholen sich nach dem Kampf mit dem Wolf.«

Fira schaute zu Edgar. »Ist es wirklich wahr?« Der Dorfvorsteher nickte. »Die Welt Päjs scheint sich zu verändern, oh, ihr Kinder des Wolfskönigs.«

»Pior … wir werden dich … und deinen Bruder eine Weile … beobachten müssen«, knurrte Edgar. »Das bedeutet … wir sperren euch beide ein. Es tut mir leid … aber das muss sein.«

»Ja«, Pior nickte. »Ich möchte es auch so. Ich glaube zwar, den Wolf meines Bruders fest unter Kontrolle zu haben, aber ich würde an deiner Stelle genauso handeln. Seit ich ihn während unseres Kampfes zum Schlafen gebracht habe, befolgt er meine Anweisungen. Trotzdem möchte ich nicht, dass ein Unglück geschieht.«

»Pior.« Valentin setzte sich an die Seite seines Freundes. »Ich will dir keine falschen Hoffnungen machen, aber ich verspreche, ich werde alles Mögliche versuchen, um deinen Bruder zu finden. Hörst du?«

Pior nickte. »Du hast bereits mein Leben gerettet. Allein dafür stehe ich ewig in deiner Schuld.«

DIE ZEICHEN DES WOLFSKÖNIGS

Zahllose Baumwipfel bewegten sich so, als seien sie miteinander verwoben. Blätter bekleideten die Äste immer dichter, und es würde nicht mehr lange dauern, bis es hier aussah, als wäre bereits Sommer. Hin und wieder zerrten Windböen an den Bäumen, und es hatte den Anschein, ein blinder Riese böge die Stämme mit seinem Körper aus dem Weg.

Vogelnester erwachten zum Leben. Nur wenige Küken waren geschlüpft und verlangten nach Insekten und Würmern. Die meisten verharrten jedoch unter der Schale. Die ruhelosen Eltern verstärkten währenddessen ihr Zuhause durch Stöcke und Moos.

Sonne gab dem Wald ein Leuchten, das Valentin noch nie so wie heute gesehen hatte. Aber wie sollte er auch? Schließlich gab ihm der Wolfskönig die Sinne eines Wolfes erst in diesem Frühling.

Jemand kam zu ihm. Valentin witterte den Mann zuerst, dann hörte er das Rascheln des Grases unter seinen Füßen. Er brauchte sich nicht umzudrehen, um zu wissen, wer es war. Seinen Geruch und die Art, wie er ging, kannte Valentin zu gut. Er hatte erst vor kurzem bemerkt, dass der Mann leicht humpelte, was man ihm als Wolf nicht anmerkte.

Edgar machte es Valentin gleich, indem er sich an den Abgrund setzte und die Beine hängen ließ. Die alte Eiche warf ihren Schatten auf seinen Rücken. Valentin dagegen wollte, dass die Sonne auf ihn schien. Es erinnerte ihn an die Kindheit, als er und seine Freunde nach dem Einbruch des Frühlings nicht genug von den wärmenden Strahlen bekommen konnten.

Irgendwo aus dem Dorf waren Stimmen bis hierher zu hören. Der Schmied setzte seine Arbeit fort, indem er helle Klänge mit dem Hammer erschallen ließ. Das Kinderlachen wirkte allgegenwärtig.

»Willst du dich nicht ausruhen? Wir sind seit zwei Tagen auf den Beinen.«

»Das hat Zeit«, sagte Valentin. »Außerdem erhole ich mich jetzt schon. Es ist gut zu wissen, dass meine Freunde in Sicherheit sind und keine Gefahr mehr droht. Seitdem mein Wolf erwachte, gab es keinen einzigen Tag, an dem ich hier einfach sitzen und die Aussicht genießen konnte.«

»Das ist wohl wahr.« Edgar strich sich über den Schnauzbart. »Und du hast dir diese Zeit mehr als verdient.«

Sie schwiegen. Eine Gänsehaut lief über Valentins Körper, während die Sonne auf seinen Rücken schien und der Wind über die Haut streifte. Die Luft war gesättigt vom Duft der Blüten.

»Es tut mir leid Junge, dass ich nicht immer an dich geglaubt habe.« Edgars Blick verlor sich in der Ferne. »Egal wie groß und stark ich auch sein mag: Ich bin alt. Es fällt mir nicht leicht, mich von den alten Methoden loszulösen, auch wenn ich oft das Gegenteil behaupte. Wärst du nicht gewesen, hätte ich zwei Freunden von dir beinahe ein Ende bereitet. Ich hätte von Anfang an auf dich hören müssen. Die meisten deiner Überlegungen und Entscheidungen erwiesen sich als richtig. Ich bin nicht besser als Daron; auch mir fällt es schwer, etwas zu verändern, auch ich bevorzuge es zu sterben, anstatt mir von jemandem helfen zu lassen und damit Schwäche zu zeigen. In Wirklichkeit ist es jedoch so, dass niemand von uns an die Stärke von dir herankommt.«

Valentin erwiderte nichts. Auch wenn er sein ganzes Leben lang als der schwächste Welpe galt, sprach Edgar die Wahrheit. Es war Valentin zu verdanken, dass die meisten seiner Freunde lebten, obwohl sie nach den Regeln Windecks längst als Werwölfe hätten sterben müssen.

»Es wären mehr von uns am Leben, hätten wir deine Methoden früher angewandt und den Werwölfen mehr Beachtung geschenkt, als sie bloß zu töten. Ich werde nicht müde zu sagen, dass der Wolfskönig dir eine besondere Rolle zugeteilt hat. Vielleicht will er mir damit auch zeigen, wie sehr ich als Anführer versagt habe.«

»Das hast du nicht.« Valentin atmete tief ein und aus. »Ohne dich wäre ich nicht mehr am Leben. Ohne dich gäbe es dieses Dorf nicht. Ohne dich würden die Werwölfe frei herumlaufen. All die Opfer waren notwendig, um an das Wissen zu gelangen, das der Wolfskönig mir in die Wiege gelegt hat. Er hat einen Plan, und du bist sein Alphawolf für das Dorf Windseck. Wie viele Dörfer kennst du denn, denen es besser geht?«

Jetzt war es an Edgar zu schweigen. Sein Blick verweilte nach wie vor irgendwo in der Ferne.

»Du hast dich bereits auf Veränderungen eingelassen«, fuhr Valentin fort. »Wenn es anders wäre, hättest du wohl kaum einen schwachen Welpen wie mich davor bewahrt, auf der

Erde zerschmettert zu werden, und würdest mich stattdessen dem Diener Päjs überlassen. Der Wolfskönig hat auch dir eine besondere Rolle zugeteilt.«

Zum ersten Mal erkannte Valentin so etwas wie ein Lächeln auf Edgars Gesicht.

»Die Welt verändert sich, ich sehe es nun eindeutig«, sagte Edgar. »Fira hat es bereits vor langer Zeit vorausgesehen, aber ich wusste nichts damit anzufangen. Die jüngsten Ereignisse haben mir die Augen geöffnet. Man ist nicht immer weise, wenn man jahrhundertelang lebt. Oft hält man einfach nur an seinen Überzeugungen fest, wie ein Kind, das sein Spielzeug nicht weggeben will, auch wenn es nichts damit anzufangen weiß. Die Welt braucht dich und deinesgleichen. Besonders dich, der seinen Wolf auf eine Art bezwingen konnte, die niemand von uns so richtig versteht.«

Valentin dachte an den Kampf mit Robin in der letzten Nacht. Er hielt in Gedanken inne, als er sich daran erinnerte, was mit ihm geschehen war. Bei so vielen Ereignissen hatte er es verdrängt, sodass er jetzt nicht mehr sicher war, ob es wirklich stattgefunden hatte. Er hatte sich für einige Momente nicht unter Kontrolle. Der Wolf schien sich erneut seines Körpers bemächtigt zu haben, nur rettete er Valentin damit das Leben. Valentin wünschte, es wäre so, aber der Wolf könnte es getan haben, weil auch er sonst sterben würde. Jetzt, da Valentins Freunde in Sicherheit waren, hätte er die Gelegenheit, seinen Wolf zu ergründen. Er spürte ihn jetzt kaum noch, so als würde der Wolf tief schlummern, oder er spielte ihm etwas vor. Edgar sagte schließlich einmal, dass man sich seinem Wolf immer aufs Neue stellen müsste. Valentin beschloss, Edgar erst einmal nichts von dem Vorfall zu erzählen.

»Die wenigen Tage, in denen ich die Wahrheit über unsere Art und unser wahres Leben erfahren habe, haben ausgereicht, um mir bewusst werden zu lassen, dass ich in einer Welt wie dieser nicht leben möchte«, sagte Valentin. »Wir töten einander, wir töten einfache Menschen und ihre Kinder, um zu überleben. Wenn ich daran denke, dass unseretwegen ein ganzes Dorf ausgelöscht wurde, nur damit keiner von unserer Existenz erfährt, wird mir übel. Ich will nicht in einer solchen Welt leben, und ich will mich nicht verstecken. Und wenn es stimmt, dass der Wolfskönig mir eine besondere Rolle zugedacht hat, werde ich meinem Verstand folgen und alles daransetzen, damit niemand mehr sterben muss. Kein Mensch, kein Wolf, kein Werwolf. Ich glaube an die Geschichte deines Großvaters, dass es früher keine Werwölfe gab. Zumindest will ich es glauben. Etwas musste vor langer Zeit geschehen sein.«

Edgar schloss die Augen. Valentin sah nun deutlich, dass er lächelte. Selbst sein Riesenschnauzbart konnte es nicht verstecken.

»Das ist gut«, sagte er nach einer Weile. »Ich freue mich, dass du frischen Wind in unser Leben bringst. Du erinnerst mich an mich selbst, als ich meine Höhle im Grauen Wald verließ. Auch ich wollte nicht in der Welt von damals leben.«

Für eine Weile waren wieder nur Vogelgezwitscher und Insektenlaute zu hören. Der Wind schaukelte die Baumwipfel.

»Was soll als nächstes geschehen?«, fragte Valentin.

Edgar sah ihn an. »Ich wusste, du würdest diese Frage stellen. Und ich habe auch schon eine Antwort darauf.« Er kreuzte die Arme. »Unsere Arbeit fängt gerade erst an. Du hast deine Freunde zwar retten können, aber wir müssen dafür Sorge tragen, dass so wenige wie möglich im nächsten Frühling als Werwölfe enden.«

»Ich will, dass niemand als Werwolf endet!«, fuhr Valentin auf. Er dachte an Jeri, und daran, dass er ihn auf gar keinen Fall dem Wolf überlassen würde. »Ich werde das Licht der Wölfe erforschen, bis ich einen Weg gefunden habe.«

»Gut. Und das wirst du auch auf Reisen machen können.«

»Wie meinst du das?«

»Du kannst das Licht während der Reise erforschen, die ich vorhabe mit dir anzutreten. Wir haben ein Jahr Zeit, um uns selbst und unsere Art besser kennenzulernen, bevor der nächste Frühling kommt. Ich möchte auf die Suche nach anderen Wölfen gehen. Ich will in Erfahrung bringen, ob noch jemand außer uns lebt, und ich will herausfinden, ob die richtigen Menschen überhaupt noch wissen, wer die Wölfe sind, oder ob sie in uns nicht mehr als Märchengestalten sehen. Es wird Zeit, dass wir uns endlich in die Welt hinauswagen.«

Valentin starrte ihn an. »Meinst du das ernst?«

»Das tue ich, auch wenn ich noch nicht weiß, wo wir anfangen sollen.« Er sah Valentin an. »Diese Einstellung habe ich ganz sicher dir zu verdanken. Und ich bin froh darüber.«

Valentins Augen begannen zu leuchten. Einen Einfall wie diesen hätte er von Edgar nicht erwartet.

»Aber *ich* weiß, wo wir anfangen werden.«

Er sah, wie Edgar die Stirn runzelte, sie jedoch sofort glättete.

»Natürlich weißt du es. Sag es mir.«

»Wir werden deine alte Heimat aufsuchen. Du sagtest schließlich selbst: Jemand könnte noch immer dort geblieben sein.« Valentin traute seinen eigenen Worten nicht. Es kam ihm unwirklich vor, dass sie zum Ort reisen würden, der in Valentins Kopf bloß als ein Ort aus Märchenerzählungen existierte.

Edgar schloss die Augen. Seine Arme legten sich überkreuzt auf die Schultern.

»Wolfskönig Päj, ich habe deinen Ruf vernommen. Ich und der Junge, wir werden den Weg gehen, den du uns gewiesen hast. Ich werde deine Lehren befolgen, aber auch nicht davor zurückschrecken, neue Möglichkeiten zu ergründen. Ich habe verstanden, dass das ebenso zu deinem Willen gehört, den du mir durch den Jungen offenbarst. Hilf ihm, seine Fähigkeiten besser zu ergründen, damit er dir dienen kann und seiner eigenen Art. Gib mir die Weisheit, ihn zu lehren und einen würdigen Wolf aus ihm zu machen, obwohl er bereits zu deinen Auserwählten gehört. Verlass dich auf mich, so wie ich mich auf dich verlasse. Glaube an mich, so wie ich an dich glaube. Beschütze den Jungen, so wie du mich immer beschützt hast.«

Edgar schwieg. Nur seine Lippen bewegten sich, während er in Gedanken das Gebet weitersprach.

Der Schatten der toten Eiche wanderte ein wenig in Valentins Richtung. Etwas bewegte sich an ihm und ließ Valentin einen genaueren Blick auf den Baum werfen. Er hob die Hand, um von der Sonne nicht geblendet zu werden.

Auf dem Ast, den die Eiche wie einen Arm über dem Abgrund ausstreckte, flatterte etwas. Valentin glaubte, es seien zwei Schmetterlinge, die viel zu früh geschlüpft waren und die er noch nie zuvor gesehen hatte. Grüne Schmetterlinge kamen ihm noch nie unter die Augen. Beim genauen Hinsehen stellten sie sich als Blätter heraus, die trotz der Gesetze der Natur aus dem toten Holz sprossen.

HOFFNUNGSTRÄGER

Das Licht verströmte ein gleichmäßiges, schwarzes Leuchten. Valentin umrundete es, in der Hoffnung etwas zu erkennen, das nach einem Eingang aussah. Er spürte seinen Wolf, der sich dahinter verbarg. Das Tier schlief nicht, es schien Valentin zu beobachten. Valentin konnte nicht mit Sicherheit sagen, welche Gefühle den Wolf gerade umgaben, doch er nahm weder Hass noch Angst wahr. Der Wolf schien neugierig auf das zu sein, was der Mensch tat und warum er sich zum Licht begeben hatte. Ob er es war, der Valentin daran hinderte, ins Licht hineinzusehen? Immerhin hatte Valentin ihm alle Freiheiten in der Welt der Wolfsmenschen genommen. Vielleicht war es gar unmöglich, ins Licht zu gelangen, doch Fira sagte, es war ihr bereits ein paar Mal gelungen. Ebenso Valentins Mutter.

Vielleicht brauchte er mehr Geduld. Es war noch keine zehn Tage her, seitdem er seinen Wolf gezähmt hatte. Fira brauchte über hundert Jahre, um überhaupt herauszufinden, dass man in das Licht sehen konnte.

Valentin wüsste zu gerne, was in den Gedanken seines Wolfes vorging. War der Wolf ein Lebewesen, mit eigenen Gedanken und Entscheidungen? Oder war er bloß ein wildes Tier, das von Instinkten gelenkt wurde? Oder gab es den Wolf gar nicht, und das Tier, das man in seinem Inneren zu haben glaubte, war der Mensch selbst und die Spiegelung seiner Gedanken?

Valentin nahm Geräusche wahr, die in der Nähe seines menschlichen Körpers erklangen. Er umrundete das Licht ein letztes Mal, bevor er sich zurückzog.

Seine Mutter war bereits dabei, das Zimmer leise zu verlassen.

»Was gibt es, Mutter?«

Alberta hielt inne. Dampf stieg von der Tasse auf, die sie auf den Handteller stellte und am Henkel festhielt.

»Entschuldige, Valentin. Ich habe nicht gewusst, dass du beschäftigt bist. Betest du zum Wolfskönig? Ich habe einen Tee für dich, bevor wir zum Mittag essen. Wärm dich auf.« Sie sah sein Hemd an, die dünne Hose und die nackten Füße. »Ach, ich kann mich noch immer nicht daran gewöhnen, dass du jetzt ein richtiger Wolf bist.« Sie schüttelte sich. »Es ist aber noch immer kalt, und dein Magen arbeitet besser, wenn du ihn aufwärmst.«

»Ich schaffe es nicht, das Licht zu durchdringen«, sagte Valentin. »Seit Tagen versuche ich es, aber es gibt nicht den kleinsten Fortschritt.« Er seufzte. »Irgendetwas mache ich falsch. Wie hast du es eigentlich damals geschafft?«

»Oh, das ist lange her. Dennoch weiß ich es, als wäre es gestern gewesen.« Verträumt sah sie Valentin an, wurde dann wieder ernst. »Aber vergiss nicht, was ich gesagt habe. Meine Wölfin wurde erst rebellisch, weil ich das Licht durchdrang. Das war der Grund, warum ich sie töten musste. Diese Fähigkeit ist gefährlich.«

Valentin nickte und sah seine Mutter erwartungsvoll an. Alberta seufzte.

»Eigentlich habe ich mich nicht besonders angestrengt. Ich wusste kaum etwas über das Licht. Ich habe es einfach beobachtet, weil es auf mich anziehend wirkte und ich es sehen wollte. Ich habe gespürt, dass die Wölfin mich beobachtete, und ich ließ es zu. Streng dich nicht zu sehr an und lass es geschehen. Vielleicht ist es der Wolf in dir, der dir den Einlass gewährt. Manchmal braucht es einfach Zeit.« Sie zuckte die Schultern. »Doch denk immer daran, dass es gefährlich werden könnte. Es wäre klug, Fira um Rat zu bitten. Es ist besser, wenn du mit dieser Frage zu ihr gehst. Mit dieser Frage - und mit allen anderen Fragen. Sie ist die klügste von uns und wird dir bessere Ratschläge erteilen als ich. Sie hat es nämlich geschafft, ins Licht zu blicken, ohne dass ihre Wölfin rebellierte.« Sie nickte Valentin zu. »Komm, wir unterhalten uns in der Küche weiter, sonst brennen mir noch die Zwiebeln an.« Sie drückte ihm die Teetasse in die Hand.

Damian richtete das Besteck. Er arbeitete von morgens an auf dem Feld und kam zum Mittagsessen nach Hause, was ungewöhnlich war. Valentin hatte sich noch immer nicht dran gewöhnt, wie sehr sich die Eltern verändert hatten. Ihnen war anzusehen, wie erleichtert sie waren, ihrem Welpen nichts mehr vorzuenthalten und nicht mehr flüstern zu müssen, wenn sie über etwas sprachen und ihr Sohn in der Nähe war.

»Valentin!« Damian sah aus, als wollte er seinen Sohn umarmen. »Ich kann mich vor der Neugier der Dorfbewohner kaum noch retten. Auf dem Feld spricht man von nichts anderem als von dir.«

»Tun sie das wirklich?«

»Du bist nicht nur der Wolfsmensch, der seinen Wolf gezähmt hatte, alle sehen in dir einen Hoffnungsträger für ihre Welpen. Versteh das nicht falsch, aber es heißt, dass wenn einer wie du es schaffen konnte, dann sollte es auch bei den anderen klappen.«

»Und das stimmt auch«, sagte Valentin.

Alberta und Damian sahen einander an.

»Bist du dir sicher?« Damian zog die Augenbrauen hoch.

»Ich bin mir sicher.«

Damian nickte. »Ich habe mir selbst verboten, jemals Zweifel an dir zu haben und an dem, was du tust, aber was macht dich da so sicher?«

»Robin, Pior, Laura.«

Stille kehrte für einen Augenblick ein, die nur vom Zischen in der Pfanne unterbrochen wurde. Der Geruch von Schafsfett, gebratenen Zwiebeln und Bohnen hing in der Luft.

»Das waren deine Freunde, richtig?«

»Das *sind* meine Freunde.«

Die Eltern sahen einander abermals an.

»Oh, Wolfskönig …« Albertas Augen schimmerten.

»Mein Sohn. Die Legenden von dir machen bereits die Runden. Und sie scheinen alle wahr zu sein. Deine Freunde sind am Leben, nicht wahr? Und sie sind keine Werwölfe?«

Valentin nickte.

»Hast du ihnen geholfen, den Wolf zu zähmen?«, fragte Alberta.

Valentin atmete tief ein und aus. »Ich weiß es nicht genau, ob es mir zu verdanken war, aber was ich ganz sicher weiß, dass sie meinetwegen nicht getötet wurden. Nur Samuel und … Mehr darf ich noch nicht sagen.«

Alberta schniefte. »Setz dich, ich bringe dir das Essen.« Sie strich sich die Feuchte von den Augen.

Eine Zeit lang sagte niemand etwas. Nur das Klimpern des Bestecks brach die Stille.

Es tat gut, Gemüse zu essen. Valentin glaubte, es half ihm, den Wolf im Zaum zu halten, denn der Wolf wollte nur Fleisch.

»Ich und Edgar, wir werden für eine Weile von hier weggehen«, sagte Valentin.

»Ihr geht zusammen auf die Jagd?« Damian hob die Augenbrauen.

»Nein, wir verlassen unser Revier für längere Zeit und werden sogar aus dem Wald gehen.«

Alberta ging in ein Flüstern über. »Aber die Gesetze des Wolfskönigs sind selbst für Edgar bindend.«

»Edgar sagte, er wisse nicht, welche Gesetze vom Wolfskönig selbst stammen«, sagte Valentin. »Wir könnten uns im Laufe von Jahrhunderten diese Gesetze zur Pflicht gemacht haben, ohne zu wissen, wofür sie ursprünglich dienten.«

»Edgar wird schon wissen, was er tut«, sagte Damian. »Aber wohin geht es denn?«

»Wir wollen herausfinden, ob in Edgars alter Heimat noch jemand lebt.«

Alberta machte Anstalten, etwas zu sagen, brachte jedoch keinen Ton aus sich heraus.

»Aber … Die gibt es doch nicht wirklich«, sagte Damian. »Ich meine, die gibt es schon, nur war das nicht wirklich ein Ort zum Leben, und alle haben ihn verlassen. Ich war zwar niemals dort, aber es heißt, dass niemand mehr dort lebt.«

»Und das wollen wir in Erfahrung bringen. Wir wollen herausfinden, ob es noch Wölfe außer uns auf der Welt gibt.«

»Das wäre schön«, sagte Alberta. »Aber diese Unternehmung ist gefährlich, und Edgar sollte das am besten wissen. Die richtigen Menschen haben sich auf der ganzen Welt ausgebreitet.«

»Wir müssen uns der Gefahr aussetzen, um herauszufinden, wie man den Wolf bezwingen kann. Der Wolfskönig hat mir nicht umsonst meine Fähigkeit verliehen. Ich möchte sie einsetzen, damit niemand mehr als Werwolf enden muss.«

»Das ist sehr edel von dir.« Damian legte Valentin die Hand auf die Schulter. »Mir fällt es zwar noch immer schwer zu glauben, dass deine Freunde am Leben sind, aber wenn das die Wahrheit ist, will ich nicht derjenige sein, der dich zurückhält. Wenn ich an all die jungen Gesichter zurückdenke, die von heute auf morgen nicht mehr da waren, freue ich mich sehr, dass sich in Windseck endlich etwas ändert. Niemand von uns ist jemals auf die Idee gekommen, dass es einen Weg geben könnte, diesem schrecklichen Lauf der Dinge ein Ende zu setzen.«

»Wenn es euch gelingen sollte, dann …« Alberta blinzelte, um den Schimmer aus den Augen zu vertreiben. »Dann wären wir endlich von diesem Leid erlöst.«

»Wir werden den Weg finden. Das verspreche ich.«

»Und ich verspreche dir, jeden Tag für dich zu beten und auf dich zu warten.« Alberta legte sich die Hände überkreuzt auf die Schultern und schloss die Augen. Ihre Lippen sprachen stumm ein Gebet. Damian und Valentin taten es ihr gleich.

»Ich bin stolz darauf, dass mein Sohn mit Edgar auf Reisen geht«, sagte Damian. »Ich habe noch niemals erlebt, dass unser Dorfvorsteher sich jemandem persönlich angenommen hat. Auch wenn die Reise gefährlich sein wird: Mit Edgar an deiner Seite sehe ich dich in guten Händen. Du kannst viel von ihm lernen. Mein Vater hatte sich ihm damals als erster angeschlossen, um eine neue Heimat zu finden. Und das hat er nie bereut. Er sagte immer wieder, dass wir ohne ihn längst nicht mehr am Leben wären. Alles, was er in die Hände nimmt, wächst und gedeiht. Jetzt hat er sich deiner angenommen, und schon erfreut sich unser Dorf einem Zuwachs von ganzen vier Wölfen! Das haben wir uns nie zu träumen gewagt.«

»Das stimmt«, bestätigte Alberta. »Mit Edgar bist du in guten Händen. Dennoch darfst du dich nicht allein auf ihn verlassen. Ich weiß nicht, wie er in seinem Alter noch so viel Kraft besitzt, aber er hat die meisten Winter von uns gesehen, und das Alter zieht auch an den Wölfen nicht vorbei. Hast du inzwischen erfahren, wie alt er wirklich ist? - Schade«, sagte sie, nachdem Valentin den Kopf schüttelte.

»Auch mir fällt es noch immer schwer zu glauben, dass jemand wie ich mit einem wie Edgar auf Reisen gehen wird. Ich habe mich an das Leben des Wolfes noch nicht gewöhnt, und schon muss ich meine Heimat verlassen. Es ist dennoch notwendig, und daran führt wohl kein Weg vorbei. Mit Edgar an meiner Seite werden wir es schaffen. Macht euch keine Sorgen, wir passen aufeinander auf. Wir wollen spätestens zum nächsten Winter zurück sein, und ich habe nicht vor, mit leeren Händen zurückzukehren.«

Alberta lächelte ihn an. Sie legte sich erneut die Hände überkreuzt auf die Schultern und schloss die Augen.

»Wolfskönig, ich danke dir für das Geschenk, das du uns gemacht hast. Gib auf meinen Jungen Acht und begleite ihn auf seinen Reisen. Verleih ihm Kraft und Weisheit, mehr als du ihm bereits verliehen hast. Lass ihn dein Werk vervollkommnen und unsere Welpen retten. Wolfskönig Päj, wache über meinen Jungen.«

TEIL DES PLANS

»Wolfskönig ist mit dir«, sagte Valentin, als er das Haus betrat.

Der Geruch von Kerzenfett hing in der Luft, so als hätte Valentin den Schrein Päjs betreten. Wärme umfloss ihn, die sich angenehm anfühlte, obwohl er nicht fror. Holz knisterte im Ofen. Die Vorhänge waren aufgezogen, sodass die Sonnenstrahlen auf den Tisch fielen.

Fira hantierte mit dem Kräuterstampfer und pustete sich die schwarzen Strähnen von der Stirn.

»Ah, Valentin! Wolfskönig ist mit dir. Bereitest du dich auf die Reise vor?«

Valentin zuckte die Schultern. »Da gibt es eigentlich nichts vorzubereiten. Nur ein paar Vorräte.«

»Das wird Edgar gefallen, oh, du Geschenk des Wolfskönigs«, sagte Fira. »Er mag unkomplizierte Sachen. Reichst du mir das Salz?«

»Kannst du mir etwas über das Licht erzählen? Ich hatte kein einziges Mal Erfolg, wenn ich in sein Inneres hineinzusehen versuchte, geschweige denn hineinzugelangen.«

Fira nahm den Salzstreuer entgegen.

»Wie oft hast du es denn versucht?«

»Sieben Mal. Spielt es eine Rolle?«

»Dann kann ich dir ja verraten, dass es dir im Schrein des Wolfskönigs besser gelingen könnte.«

Valentin runzelte die Stirn. »Warum das?«

»In einem Schrein bist du dem Wolfskönig näher. Dort kann er dir besser helfen auf das Licht einzuwirken als irgendwo sonst. Wenn du von dort zu ihm sprichst, kann er deine Worte besser empfangen.«

»Und das sagst du mir erst jetzt?«

»Richtig.« Fira zwinkerte ihm zu.

»Aber warum erst jetzt?«

»Weil du deine Fähigkeiten zuerst allein erproben solltest, darum, oh, Sohn der Ungeduld. Inzwischen solltest du gelernt haben, wie du dich um das Licht herumbewegen kannst, nicht wahr?«

»Das ist … wahr.« Valentin rieb sich den Hinterkopf. »Jetzt fällt mir wieder ein, dass Edgar dasselbe zu mir sagte, was meinen Wolfskörper anbelangt.«

»Richtig. Am Anfang solltest du allein lernen, mit den neuen Fähigkeiten und dem Wolfskörper umzugehen. Das Scheitern gehört zum Lernen dazu.«

»Ich verstehe.« Valentin nickte. »Und was genau soll ich tun, wenn ich wieder beim Licht bin?«

Fira dachte einen Moment lang nach. »Zuerst solltest du das Licht einmal auf dich einwirken lassen. Habe Geduld. Ich selbst verstehe das Licht nur zum Bruchteil, aber scheinbar ist es der Ort, wo das Tier haust. Es ist sein Zuhause. Dränge nicht zu sehr, um ins Licht hineinzusehen. Es könnte sein, dass der Wolf letztendlich über dein Eintreten entscheidet. Zwar hast du ihn gezähmt, dennoch behält er einen Teil seiner Eigenständigkeit bei, und das solltest du nicht unterschätzen. Wenn du es aber schaffst, ins Licht hineinzugelangen, könntest du deine Fähigkeiten besser ergründen und eventuell neue Fähigkeiten entdecken.« Sie zwinkerte ihm zu. »Richtig gehört, ich habe die Fähigkeit der Weissagung erst entdeckt, nachdem ich das Licht durchdrungen habe. Wenn ich dort bin, wage ich mich nicht zu weit hinaus, und eigentlich hatte ich mich vom Eingang kaum wegbewegt. Die Welt des Lichtes ist riesig, und das macht mich stutzig. Ich habe die Befürchtung, mich dort zu verirren und den Eingang nicht wiederfinden zu können. Leider gibt es niemanden, der mir etwas anderes erzählen könnte. Aber eines weiß ich ganz sicher: Die Stimme, die ich vernehme, die mir gelegentlich die Zukunft voraussagt, kommt von dort.«

»Ist das die Stimme des Wolfskönigs?«, fragte Valentin.

»Das hoffe ich sehr.« Fira lächelte. »Sie wirkt wie eine Stimme, die mir zuflüstert, gleichzeitig aber auch nicht.«

»Wie denn das?«

»Es ist eine Stimme, die sich nicht nach einer Stimme anhört. Es ist beinahe eine Vermutung einer Stimme. Sie flößt mir neues Wissen ein. Wenn ich mich aus dem Licht zurückziehe, ist mein Kopf erfüllt von Gedanken, die vorher nicht da waren. In dem Moment muss ich mich beeilen, um sie zu ordnen und sie nicht entgleiten zu lassen. Und in Wahrheit bin ich mir gar nicht so sicher, ob meine Fähigkeit der Wahrsagung tatsächlich eine Fähigkeit ist. Vielleicht habe ich bloß die Gunst des Wolfskönigs erlangt, seine Stimme zu vernehmen. Ich weiß es nicht.« Sie zuckte die Schultern und nahm das Kräuterstampfen wieder auf. »Wie du also sehen kannst, bin ich nicht allwissend. Ich kann dir bloß Ratschläge geben und meine Erfahrung mit dir teilen. Es ist an dir zu entscheiden, was du mit diesem Wissen machst. Ich weiß nicht, wann es dir gelingen wird, das Licht zu durchdringen, und ob überhaupt, aber leider wirst du in dem Moment auf dich alleingestellt sein.«

»Und was ist mit deiner Wölfin? Hatte sie in diesem Moment nicht rebelliert, als du ins Licht eingedrungen bist? Wie bei meiner Mutter.«

»Kluger Junge. Ich weiß nicht, ob es mit meiner Fähigkeit zusammenhängt, aber ich musste mich in meinem ganzen Leben ein einziges Mal meiner Wölfin stellen, während es bei den meisten anderen ein bis zwei Mal im Jahr der Fall ist, selbst bei Edgar.«

»Ich verstehe«, sagte Valentin.

Edgars Worte kamen ihm in den Kopf, dass man sich seinem Wolf immer wieder stellen musste, wenn man sich seiner Kraft bedienen wollte. Bisher hielt sich Valentins Wolf jedoch im Hintergrund, und es gab keine Notwendigkeit, sich ihm zu stellen.

»Fira, es wäre wirklich von Vorteil, wenn du mit uns kommen würdest. Zusammen wären wir erfolgreicher bei der Suche.«

»Deine Worte schmeicheln mir. Dennoch werde ich hierbleiben. Jemand muss auf deine Freunde aufpassen. Wer weiß, welche Hilfe Robin und Laura benötigen werden, wenn sie zu sich kommen.« Sie schüttelte den Kopf. »Nein, ich kann hier nicht weg. Außerdem würde ich euch aufhalten.« Fira wusch sich die Hände. »Bevor ihr euch auf den Weg macht, solltest du bei deinem Freund Pior vorbeischauen. Der Zwilling könnte ein paar Ratschläge für dich haben, was das Licht anbelangt.«

Valentin blieb noch eine Weile auf der ersten Treppenstufe stehen, nachdem er die Tür hinter sich schloss.

Der Frühlingswind hatte keine Anzeichen mehr von Schnee. Die Sonne biss in Valentins Haut. Er fragte sich, wie sie sich im Hochsommer wohl anfühlen würde. Müsste er sich dann vor ihr verstecken? War das der Preis dafür, dass ihm die Kälte nichts mehr ausmachte?

Ein Lärm erklang in seinem Rücken, als er sich dem Rand des Dorfes näherte. Ohne sich umzudrehen, wusste er, dass der Lärm ihm galt. Er lächelte.

»Valentin, Valentin! Du hast es uns versprochen!«, kreischten die Welpen. »Der Wolfskönig wird böse auf dich sein! Bitte, bitte, eine Geschichte!«

Die Kindermeute kam wie eine Welle über ihn. Valentin nahm an, es waren alle Welpen des Dorfes, die ihn umzingelten. Seine Augen zählten dreiundzwanzig Köpfe. Jeri war nicht unter ihnen. Der Junge war aber auch kein Welpe mehr. Er und seine Freunde bewiesen sich bereits bei der Mutprobe.

Die Erwachsenen, die gerade ihren Geschäften nachgingen, sahen aus, als wollten sie sich den Welpen anschließen und auf den Lippen desjenigen hängen, der in ihren Augen das Unmögliche vollbracht hatte.

»Bitte, Valentin! Ich habe deine Geschichte noch nie gehört.« Ein Junge, der gerade Mal vier Winter auf der Welt sein dürfte, rüttelte Valentin am Hosenbein. Die gleichaltrigen schlossen sich ihm an. Die älteren Welpen warteten mit strahlenden Augen darauf, bis Valentin den Anfang machte.

Valentin nahm den Jungen auf den Arm, woraufhin der Junge sich versteifte, seine Augen jedoch zu leuchten begannen. Stille kehrte ein. Die Erwachsenen kamen näher.

»Früher, vor einer sehr langen Zeit, gab es in unserem Wald viel mehr Bären, Sumpfungeheuer und Menschen. Viel mehr als heute. Die Wölfe waren auf Schutz angewiesen und beteten zum Wolfskönig, damit er ihnen mehr Stärke verlieh. Der Wolfskönig hörte sie und schenkte neunzehn Wölfen, die einen ganzen Tag lang gebetet haben, große Kräfte. Sie hielten jeden Tag Wache über das Dorf Windseck, unser Revier und den Wald selbst. Sie haben Gefahren abgewendet und schreckten Horden von Bären und einfachen Menschen ab. Diejenigen, die Böses im Sinn hatten, trauten sich nicht mehr in den

Wald. Die Guten jedoch zog es hierher, um die Geschöpfe kennenzulernen, die dem Wolfskönig dienten.« Valentin streckte den freien Arm aus und fuhr herum. »Die Schöpfung des Wolfskönigs konnte dank ihnen erhalten bleiben, damit wir sie bewundern und in ihr leben können.«

»Sind sie noch immer da?«, ergriff ein Junge das Wort.

»Das sind sie.«

Mit dem Seitenblick konnte Valentin beobachten, wie die Erwachsenen sich versteiften.

»Sie waren ihrer Aufgabe treu, und sie liebten den Wolfskönig. Sie wollten seine Schöpfung beschützen und die Wache am liebsten den ganzen Tag und die Nacht halten, wenn sie es könnten. Der Wolfskönig sah ihren Eifer und erfüllte ihnen auch diesen Wunsch, indem er ihnen die Fähigkeit gewährte, sich in Bäume verwandeln zu können, denn Bäume benötigen keinen Schlaf.« Valentin schmunzelte innerlich, als er in die perplexen Gesichter blickte, die erstarrt zu sein schienen. »Anfangs nahmen sie die Gestalten der Bäume nur dann an, wenn der Schlaf sie zu überkommen drohte. Und immer öfter verweilten sie als Bäume auch tagsüber. Es kam die Zeit, in der sie sich nicht mehr zurückverwandeln wollten und als Bäume weiterlebten, um den Wald für immer beschützen zu können.«

Der Junge auf Valentins Arm tippte mit dem Finger auf seine Schulter, um Aufmerksamkeit zu erlagen.

»Und wo sind sie jetzt?«

»Niemand mehr weiß, an welchen Stellen sie sich zuletzt verwandelt haben. Doch sie leben nach wie vor und wenden das Übel von uns ab.« Valentin stellte den Jungen auf den Boden. »Habt also Respekt vor jedem Baum im Wald, denn sie könnten diejenigen Wölfe sein, die über euch Wache halten und euch gute Träume bescheren, während ihr schlaft.« Er zwinkerte dem Jungen zum Abschied zu. »Wolfskönig Päj, wache über die Welpen.«

Zufrieden ließ Valentin die sonst stürmische Kindermeute zurück, die nicht verstanden zu haben schien, dass er mit der Geschichte fertig war. Er lächelte, als er weit hinter sich die Stimmen der Welpen vernahm, während sie wie aus einem Hals den Wolfskönig baten, über ihn Wache zu halten.

Den Weg zum Schrein des Wolfskönigs überwand er im leichten Lauf. Er genoss das Wetter und den Wind, der angenehm wirkte und seinen Kopf von den Gedanken befreite. Heute wollte er die Gestalt des Wolfes nicht annehmen. Er wollte sich wie früher fühlen, als er noch ein Welpe war. Irgendwie vermisste er sogar die Kälte.

Valentin freute sich auf das Gespräch mit demjenigen, der das Gleiche wie er durchgemacht hatte. Pior war der einzige von seinen Freunden, der wieder er selbst war.

Es knackte unter den Füßen, als Valentin sich dem Schrein näherte. Der vertraute Geruch von Kerzenfett stieg in die Nase, als er den Durchgang betrat. Das Tropfen des Wassers, das den Steintrog füllte, war das einzige Geräusch, das er vernahm. Das gelbe Kerzenlicht umhüllte ihn.

Er entdeckte Garud, der in Menschengestalt an der Wand lehnte und jemanden beobachtete. Er sah zu Valentin, winkte und legte den Zeigefinger an die Lippen.

Swen saß im Schneidersitz vor dem Altar. Seine Arme lagen überkreuzt auf den Schultern. Seine Lippen bewegten sich stumm.

Valentin trat auf Zehenspitzen herein. Swen schien ihn nicht wahrzunehmen. Garud warf den Blick hin und wieder auf die gegenüberliegende Seite des Schreins, wo er Pior und seinen Bruder beobachtete. Luc schlief nach wie vor in Wolfsgestalt auf dem Boden. Die Fesseln aus Trauerweiden hatte man gegen geflochtene Seile ausgetauscht und sie etwas gelockert. Der neue Maulkorb verband sich mit den Seilen an seinen Händen.

Pior döste vor sich hin. Das gelbe Kerzenlicht, das aus den Nischen leuchtete, tanzte auf seinem Gesicht. Das Strohbett, das man nur für ihn eingerichtet hatte, ließ er ungerührt. Sein Blick richtete sich verschlafen zu Valentin. Er wollte aufspringen, doch nun legte Valentin den Finger auf die Lippen.

Garud nickte Valentin zu und deutete zum Ausgang. Piors Augen leuchteten vor Freude auf.

»Bist du hier, um dich zu verabschieden?« Pior sah aus, als hätte er tagelang nicht geschlafen.

»Du weißt davon?«

»Fira hat es mir verraten. Und sie hat mir viele andere Dinge verraten, die mich mehrere Nächte lang schlaflos werden ließen.«

»Ja.« Valentin nickte. »Auch ich habe eine Weile gebraucht, um es zu verarbeiten. Und genau deswegen werden Edgar und ich für eine Weile fortgehen.«

»Glaubst du daran, dass es noch mehr Wölfe wie uns gibt? Nach alldem, was ich erfahren habe, fällt es mir schwer zu glauben, dass jemand am Leben sein könnte.«

»Ich glaube daran«, sagte Valentin. »Auch du solltest es tun.«

»Das werde ich. Und ich werde jeden Tag zum Wolfskönig sprechen, damit ihr Erfolg habt.«

Eine Weile war nur noch das Knacken der Äste unter ihren Füßen zu hören.

»Wie kommst du mit Luc voran?«

Pior seufzte. »Noch habe ich mich nicht getraut, ihn aus dem Schlaf zu holen. Wenn ich wieder bei Kräften bin und etwas mehr Erfahrung habe, werde ich ihn wecken, dann werden wir sehen, was aus ihm geworden ist.«

»Du hast mir deine Geschichte noch nicht erzählt«, sagte Valentin. »Erzählst du mir, wie es dir gelungen ist, deinen Wolf zu bändigen?«

»Es kam so plötzlich, dass ich keine Gelegenheit bekam, Angst zu haben«, sagte Pior, als hätte er nur darauf gewartet, seine Geschichte erzählen zu können. Er sah aus, als wich alle Müdigkeit von ihm. »Die Erkenntnis, dass unsere Wölfe im Begriff waren, meinen Bruder und mich zu übernehmen, kam von einem Moment auf den anderen über mich. Es war, als hätte sich mein Verstand aus den Klauen befreit, um mich wach zu rütteln und mir zu sagen, was eigentlich passierte. Sofort begriff ich die Lage und suchte panisch nach einem Weg, um meinem Wolf etwas entgegenzusetzen. Ich erinnerte mich an die Gräueltaten, die ich in Wolfsgestalt vollbrachte. Ich habe Tiere gerissen und ihnen hinterhergejagt, obwohl ich bereits satt war. Zusammen mit Luc haben wir es irgendwann auf die Bewohner Windecks abgesehen und haben angefangen, ihnen aufzulauern. Als wir auf Jeri stießen, begannen wir, mit ihm wie mit einer Beute zu spielen und ihn zu hetzen. Wir hätten ihn getötet, das weiß ich genau, doch zum Glück tauchten Swen und Garud auf und schlugen uns in die Flucht.« Pior schüttelte den Kopf. »Der kurze Moment, in dem ich ich selbst war und der Wolf erneut dazu ansetzte, die Kontrolle über meinen Wolfskörper und den Verstand zu ergreifen, hat ausgereicht, um mir bewusst zu machen, dass es kein Spiel war, und dass mein Bruder und ich uns zu Ungeheuern verwandelten. Das wollte ich auf keinen Fall werden. Ich habe mir vorgestellt, was wäre, wenn ich den Jungen getötet hätte. Und das wollte ich auf gar keinen Fall. Mein Wolf bemerkte, dass ich wach war und weidete sich an meinem Entsetzen. Er ließ mich mit Absicht Zuschauer dessen werden, was er vorhatte und spottete über die Versuche, die ich anstellte, um mich zu befreien. Tagelang suchte ich nach einer Lösung. Meine Gedanken begannen zu vernebeln und lösten sich mehr und mehr auf. Als der Moment kam, in dem ich meine Gedanken ordnen konnte, sodass ich ein wenig die Kontrolle über den Körper zurückerlangte, schüttelte ich die Klauen des Wolfes ab, der sich in meinem Verstand verbiss, und griff meinen Bruder an, damit er mich tötete. Luc war schon immer stärker als ich, also dachte ich, es würde ihm auch als Wolf gelingen, mich zu besiegen. Ich wollte den Tod, verstehst du?« Pior blieb für einen Moment stehen und ballte die Hände zu Fäusten. Sein hellbraunes Haar flatterte im Wind. Seine Lippen pressten sich aufeinander. »In diesem Moment tat sich etwas in mir. Ich spürte die Angst, die meinen Wolf plötzlich beherrschte. Er löste seine Klauen von mir, damit ich die volle Beherrschung über meinen Körper erhielt und mich gegen Luc verteidigen konnte. Er wollte nicht sterben, und das machte ihn schwach.«

»Wie ist der Kampf ausgegangen?«, fragte Valentin nach einem Moment der Stille.

»Ich dachte mir, wenn ich mich gegen meinen Bruder verteidigen und gegen ihn kämpfen würde, würde ich wieder das tun, was der Wolf wollte, also fällte ich stattdessen die Entscheidung, meinem Bruder zu helfen, gegen seinen Wolf zu bestehen.«

»Und woher wusstest du wie?«

»Ich wusste es nicht. Nur bei einer Sache war ich mir sicher: Der Kampf mit dem Wolf fand in meinem Inneren statt. Also wollte ich ins Innere meines Bruders gelangen. Ich jagte die Krallen in ihn hinein. Swen und Garud beobachteten uns dabei. Sie erzählten mir, dass wir in diesem Moment auf die Erde fielen und uns eine lange Zeit nicht bewegten. Ich war in ihm, ich habe nach seinem Licht gesucht, doch gleich zum Anfang der Suche ist mir klar geworden, dass er nicht da war. Da war diese erdrückende Düsternis, durch die ich wanderte. Irgendwann bin ich zu der Stelle gelangt, wo sein Licht sein sollte, doch da klaffte bloß eine Leere.« Pior schüttelte sich. »Diese Leere war unheimlich. Sie ist es noch immer. Sie zerrte an mir und verwirrte mich. Das, was mir als wenige Minuten vorkam, stellte sich nach Garuds Erzählungen als mehrere Tage heraus.« Pior sog die Luft tief ein. Ihm war die Erleichterung anzusehen, dass er nicht mehr an dem Ort sein musste, von dem er sprach. »Später habe ich begriffen, dass es keine Anzeichen Lucs mehr gab, er war fort.« Pior kaute an der Unterlippe. »Und dann habe ich verstanden, was passierte. Lucs Wolf hatte die Zeit genutzt, solange ich auf der Suche nach meinem Bruder war. Es ist ihm gelungen, meinen Körper zu übernehmen und gleichzeitig die Kontrolle über Lucs Körper zu behalten. Er bediente sich meines Verstandes, um gegen dich und Edgar zu kämpfen. Letztendlich hattet ihr gegen einen einzigen Wolf gekämpft, der die Zügel zweier Körper in der Hand behielt. Den Kampf bekam ich nicht mit, bis du aufgetaucht bist. Du erinnertest mich daran, wer ich war, denn Lucs Wolf verschaffte sich unbemerkt den Zugang zu meinem Licht und war dabei, es zu ersticken. Sofort griff ich in die Leere meines Bruders hinein.« Pior schwieg. Seine Hände vollführten eine Bewegung, als würde er erneut in diese Leere hineingreifen.

»Pior?«

»Entschuldige. Ich habe gerade das Band zu Luc gestärkt.« Pior beendete die Handbewegung. »In der Leere meines Bruders spürte ich seinen Wolf und drückte auf ihn. Ich hatte fürchterliche Schmerzen, so als würde der Wolf mir die Finger abbeißen, aber das war mir egal. Ich wollte ihn töten, denn ich habe verstanden, dass Luc für immer fort war und nicht gefunden werden konnte. Und plötzlich bekam auch Lucs Wolf es mit der Angst zu tun und zog sich zurück. Seitdem halte ich die Zügel über seinen Körper in meiner Hand. Womöglich tut auch der Wolf dasselbe, wenn er das Licht seines Menschen übernimmt und ihn zum Werwolf werden lässt.«

Pior tat Valentin leid. Alles kam so plötzlich über ihn, die Bändigung seines Wolfes, des Wolfes von Luc und der Verlust seines Bruders.

»Ich bewundere dich und deine Taten. Du hast es mit gleich zwei Wölfen aufnehmen müssen, und du hattest Erfolg. Du hast dich allein einem ungleichen Kampf gestellt und hast gewonnen.«

Pior nickte. »Das stimmt vielleicht. Vielleicht aber auch nicht. Was auch immer aus Luc geworden sein mochte, er war doch irgendwie bei mir. Der Wunsch, ihn zu retten, gab mir Kraft. Selbst jetzt habe ich das Verlangen, mich um ihn zu kümmern, mehr als um mich selbst. Du dagegen warst wirklich allein. Ich weiß nicht, ob ich mich getraut hätte, das zu tun, was du getan hast. Selbst jetzt, wenn ich daran denke, werden meine Beine weich.«

Sie traten auf einen Felsvorsprung, von dem sie einige Häuser Windecks sehen konnten. Sonne flutete den Wald. Der Wind ließ Bäume schwanken. Der Gesang der Vögel ließ darauf schließen, dass die Tage langsam aber sicher wärmer wurden.

»Wie kommst du mit deinem Wolf zurecht?«, fragte Valentin. »Fällt es dir leicht, ihn im Zaum zu halten?«

»Ich weiß es nicht genau. Ich spüre manchmal, wie er sich regt, wenn er sich unbeobachtet fühlt, so als versucht er einen Weg zu finden, mich loszuwerden.«

»Was tust du dann gegen ihn?«

»Dasselbe was ich bei Lucs Wolf getan habe: Ich greife nach ihm. Er windet sich in meinem Griff und ist dann für eine Weile still. Das musste ich bisher bloß zwei Mal tun. Dabei weiß ich gar nicht, ob es wirklich notwendig ist. Fira erzählte, dass bei allen Wölfen eine Art Kette vorhanden ist, mit der sie das Tier im Zaum halten. Bei mir gibt es diese Kette nicht, und wenn ich es richtig verstanden habe, bei dir auch nicht. Richtig?« Pior richtete den Blick zu Valentin.

»Das hat mir Edgar auch gesagt.« Valentin nickte. »Meinen Wolf musste ich jedoch kein einziges Mal erneut zähmen.«

Das war nicht die ganze Wahrheit. Valentin dachte an den Moment während des Kampfes mit Robin, als sein Wolf die Kontrolle über ihn ergriff, ihn rettete und sich eigenständig zurückzog. Bisher hatte Valentin mit keinem darüber gesprochen. Er überlegte, es jetzt zu tun, entschied sich im letzten Moment dagegen.

»Ich wünschte, du und Luc, ihr könntet mit uns gehen. Edgar ist ein guter Lehrer, ich habe in der kurzen Zeit viel von ihm gelernt. Und wir könnten das Licht zusammen ergründen. Ich bin sicher, zusammen ginge das schneller.«

»Ich würde gerne mitkommen, aber ich kenne meine Fähigkeiten kaum. Ich weiß nicht, was passieren wird, wenn ich meinem Bruder aufwecke. Ich weiß nicht, wie lange er auf mich hören wird. Außerdem muss ich zu Kräften kommen. Fira sagt, es sei ungewöhnlich, dass ich nach so vielen Tagen noch nicht in Vollbesitz meiner Kräfte bin. Doch ich weiß, woher das kommt. Die Beherrschung von zwei Wölfen auf einmal verlangt vieles von mir ab. Ich kann nicht wirklich ausschlafen. Garud sagt zwar, er würde aufpassen, dass Luc nichts Schlimmes anstellt, aber es fällt mir trotzdem nicht leicht.« Pior schüttelte den Kopf. »Nein. Ich würde euch aufhalten. Geht eures Weges und kommt mit guten Neuigkeiten. Ich hoffe, bis dahin habe ich mehr Erfahrung mit meinem Wolf.«

Valentin nickte. »Ich verspreche, wir werden wie früher …«

Er stockte. Etwas war nicht so, wie es sein sollte. Er richtete den Blick auf Pior, der ihn stirnrunzelnd ansah, dann warf er den Kopf herum, um den Grund für das seltsame Gefühl zu finden. Es war nicht Pior, es war auch nicht sein Wolf. Es war gar kein anderer Wolf in der Nähe.

Valentin setzte seine Wolfssinne ein. Pior tat es ihm gleich. Sie drehten sich gleichzeitig zum Strauch des schwarzen Holunders um, dessen Blätter keinen Blick durchließen. Valentin umging ihn von links, Pior von rechts.

Der Junge hinter dem Strauch saß mit dem Rücken zu ihnen und starrte in die entgegengesetzte Richtung. Er umschlang seine Knie und schien niemanden wahrzunehmen. Sein schwarzes Haar fiel auf die Schultern. Seine abstehenden Ohren waren unverwechselbar.

Valentin wagte es nicht, sich zu regen. Er spürte Piors Blick, wollte ihm jedoch nicht begegnen. Er wollte plötzlich nicht hier sein, weglaufen, damit all das nicht Wirklichkeit war. Der Junge sollte nicht hier sein. Wie kam er hierher, ohne dass Valentin ihn bemerkte? Valentin biss sich auf die Lippe.

Er hatte es versäumt. Er war so auf Piors Erzählung fixiert, dass er nicht mitbekam, wann der Junge sich ihnen genähert hatte. Auch Pior hatte ihn nicht wahrgenommen. Swen und Garud? Sie verließen sich auf die beiden jungen Wölfe, und dass sie selbst imstande wären, jeden in der Nähe zu bemerken und entsprechend zu handeln.

Valentins Kopf glühte. Er versuchte, sich zu beruhigen, indem er tief ein- und ausatmete. Zuerst sollte er in Erfahrung bringen, was der Junge gehört hatte.

»Jeri, was machst du hier?«, fragte Valentin. Er versuchte, seine Stimme ruhig klingen zu lassen.

Jeri drehte den Kopf langsam zu Valentin um. Valentin erwartete, einem schuldbewussten Blick zu begegnen, sah jedoch Leere in Jeris Augen.

»Jeri, wie kommst du hierher?«, wiederholte Valentin. »Bist du schon lange hier?«

»Was bedeutet das alles?« Jeri sah Valentin in die Augen. Er wirkte nicht wie jemand, der sich schuldig fühlte, erwischt worden zu sein.

»Wir haben uns über die alten Märchengeschichten Rudolfs unterhalten … Er hat sie uns irgendwann erzählt …« Valentin sah Pior an. Sein Freund atmete tief ein und aus. »Jeri, was hast du gehört?«

»Was hat das Ganze zu bedeuten Valentin?« Jeri schien seine Knie noch fester umschlungen zu haben.

»Jeri, wir haben bloß …« Valentin sah Pior abermals an. Sein Freund schüttelte den Kopf und seufzte. Valentin tat es ihm gleich. »Es ist die Wahrheit, Jeri.«

Valentin schwieg. Er wollte, dass der Junge von sich aus etwas sagte. Er wollte nicht noch mehr ausplaudern und alles nur noch schlimmer machen. Vielleicht hatte Jeri nicht richtig zugehört und hielt ihre Unterhaltung für etwas, das als Märchen durchgehen könnte. Angst kam über Valentin, als er daran dachte, was passieren würde, wenn Edgar davon erfuhr. Nicht nur er hätte Ärger am Hals, sondern auch der Junge, weil er zu viel wusste.

Jeri starrte auf den Boden. »Enden wir alle als Werwölfe?«

Valentin ging vor ihm in die Hocke.

»Jeri, du hättest nichts davon hören sollen, verstehst du? Aber es ist nun mal geschehen. Du kennst jetzt die Wahrheit. Das Leben ist nicht immer so, wie man es sich vorstellt. Es ist meine Schuld, unachtsam gewesen zu sein, und ich werde die Verantwortung dafür tragen.«

Jeri schüttelte den Kopf. »Es ist nicht deine Schuld.« Er riss sich plötzlich von der Starre. »Ich habe Hasen gejagt, dann seid ihr aufgetaucht. Ich wollte euch nicht stören.«

»Jeri, du …« Valentin wusste nun, dass der Junge genug gehört hatte, um die ganze Wahrheit zu kennen, die er nicht kennen durfte. Noch nicht. Es würde kaum helfen, wenn er jetzt noch weitersprach. Er musste dem Jungen irgendwie beibringen, es für sich zu behalten. Oder …

Ein Einfall kam in Valentin auf. Er sah zu Pior, in Erwartung einer Bestätigung, so als könnte sein Freund Gedanken lesen.

»Nein, du endest nicht als Werwolf. Niemand wird jemals wieder als Werwolf enden. Du bist ein Teil des Plans des Wolfskönigs.«

Valentin sah, wie sich Piors Gesichtszüge glätteten. Sein Freund nickte ihm zu.

JEDES LEBEN

Edgar runzelte die Stirn, als er Valentin durch den Eingang zum Schrein des Wolfskönigs folgte. Auch Fira musste die Anwesenheit von jemandem wahrgenommen haben, der hier nicht sein durfte. Valentin sagte kein Wort. Fira und Edgar dürften seine Anspannung gespürt haben, fragten aber nicht nach. Sie verstanden auf Anhieb, dass etwas passiert sein musste, was sie mit eigenen Augen sehen sollten.

Jeri unterhielt sich mit Garud. Hin und wieder schaute er zu Luc, dessen Wolfsgestalt auf dem Boden lag. Pior lehnte an der Wand auf der gegenüberliegenden Seite. Jeri sprang auf, als Fira, Edgar und Valentin vor ihm auftauchten.

»Ich weiß wer du bist, oh, Kind der außergewöhnlichen Umstände«, sagte Fira. »Diese Ohren können nur von Ivin geerbt sein.« Jeri nickte ihr zu. »Was machst du hier, Junge?« Fira schloss die Augen und seufzte.

Edgar kreuzte die Arme vor der Brust. Die Kerzen warfen einseitig gelbes Licht auf ihn, sodass die andere Gesichtshälfte im Schatten blieb. Er schwieg. Sein Blick nagelte Jeri fest.

»Er kennt die Wahrheit«, sagte Valentin.

Stille kehrte ein, sodass das Tropfen des Wassers laut erklang. Lucs Atem war zu hören. Der Schädel des Wolfstieres auf dem Altar schien die Szene zu beobachten.

»Ich habe nicht aufgepasst. Ich hätte ihn wittern müssen. Er bekam unser Gespräch mit. Es ist meine Schuld.«

Edgar ballte die Hand zur Faust. Sein Riesenschnauzbart schien auf einmal größer geworden zu sein.

»Das ist ein Problem. Wie viel weiß er?«

»Er weiß von den Werwölfen.«

Edgar schnaubte. »Wir hatten bereits einen Fall wie diesen. Ein Junge hatte herumgeschnüffelt und die Wahrheit erfahren. Es hatte lange gedauert, bis wir wussten, wer er war. Letzten Endes mussten wir ihn töten.«

Jeris Gesicht erbleichte. Er drehte den Kopf zu Garud, der ihn mit ausdrucksloser Mine ansah, dann schaute er zu Valentin.

»Ich kann Geheimnisse … für mich behalten …«

»Früher oder Später wird er es ausplaudern. Gerüchte verbreiten sich unter Welpen wie Lauffeuer.« Edgar machte einen Schritt auf Jeri zu. »Junge, ich kann dich nicht ins Dorf zurückkehren lassen.«

Jeri versuchte, etwas zu sagen, bewegte jedoch nur die Lippen. Sein Gesicht verlor den letzten Rest Farbe.

Edgar trat einen weiteren Schritt vor. »Ich bin gezwungen, drastische Maßnahmen zu ergreifen …«

»Edgar!« Firas Stimme erklang ungewöhnlich laut, sodass Valentin zusammenzuckte.

Edgar schloss die Augen. Luft schien eine Unendlichkeit lang in seine Lungen hereinzuströmen, bevor er ausatmete.

»Ich bin ein alter Sturkopf, nicht wahr?«, sagte er.

»Das bist du«, bestätigte Fira.

Valentin zog die Augenbrauen hoch. Er war überrascht, dass jemand so mit dem Dorfvorsteher sprach, auch wenn es sich um Fira handelte. Und er war überrascht von der Wendung. Für einen Moment glaubte er tatsächlich, Edgar würde Jeri auf der Stelle töten.

»Das ist der Wille des Wolfskönigs«, sagte Edgar. »Valentin, ich vergesse immer wieder, wer du bist. Inzwischen kenne ich

200

dich gut genug, um zu wissen, dass du mit dem Jungen bereits etwas vorhast, nicht wahr?«

Jeris Gesichtszüge lockerten sich ein wenig. Ein Funke Hoffnung leuchtete in seinen Augen auf.

»Ich will, dass er mit uns kommt.«

Alle Blicke richteten sich auf Valentin. Selbst Fira hob die Augenbrauen.

»Es ist eine gute Gelegenheit, um zu prüfen, wie sich der Wolf verhält, wenn der Mensch von vornherein die ganze Wahrheit über ihn weiß. Jeri könnte sich auf den Kampf mit dem Wolf vorbereiten. Mit dir als Lehrer werden wir ihn nicht als Werwolf enden lassen. Außerdem hätte er die Wahrheit ohnehin im nächsten Frühling erfahren.«

Edgar wand den Blick von Jeri nicht ab.

»Mein Großvater hat mich in der alten Heimat allein großgezogen. Es ist lange her, aber ich erinnere mich an die Kindheit besser als an jeden anderen Lebensabschnitt. Damals hat jeder von uns von klein auf gewusst, dass man aller Wahrscheinlichkeit nach als Werwolf enden würde. Dieses Wissen hat viele gebrochen, noch bevor sie ihren siebzehnten Frühling erreichten. Einige begingen Selbstmord, und es waren nicht nur die schwachen Welpen. Damals war es nicht ungewöhnlich, wenn man einen leblosen Körper eines Welpen fand. Der Geist wird schwächer, wenn er der ständigen Angst ausgesetzt wird. So wurden viele einfach verrückt. Sie schonten ihr Leben nicht und gingen Wagnisse ein, denn man war ohnehin dazu verdammt, als Ungeheuer zu enden. Einige machte dieses Wissen jedoch stark. Als Welpe sah ich viele Werwölfe, und ich wollte nicht wie sie enden. Die meisten Werwölfe verließen unser Revier. Man hatte keinen von ihnen je wiedergesehen. Wenn sie aber blieben, wollten sie alles töten, was sie sahen: Wölfe, Welpen, Tiere. Dann wurden sie von den erwachsenen Wölfen umgebracht. Es war kein schöner Anblick. Ich wollte auf keinen Fall so enden und habe nach Möglichkeiten gesucht, wie ich stärker werden könnte. Mein Großvater sagte zwar, dass er guter Dinge wäre, dass ich es ohnehin schaffen könnte, dennoch wollte ich nichts dem Zufall überlassen. Er gab mir Ratschläge und sagte, dass, wenn ich mich jeden Tag den Strapazen aussetze, meine Kraft wachsen würde, was mir die Zähmung meines Wolfes leichter machen sollte. Also tat ich es. Ich jagte nur die großen Tiere und war manchmal tage- und nächtelang auf den Beinen. Ich trug Holzstämme zu unserer Höhle von weit entfernt und erklomm die höchsten Bergspitzen. Ich fühlte mich mit jedem Tag stärker, bis ich keine Zweifel daran hatte, dass ich den Wolf in mir bezwingen würde. So kam es auch. Der Kampf zwischen mir und dem Wolf dauerte nicht lange. Als wir das Dorf Windseck gründeten, hatten wir uns dazu entschieden, den Welpen eine glückliche Kindheit zu ermöglichen, mit guten Aussichten auf die Zukunft, wo man nicht ständig an den Tod denken musste. Und es hat sich gelohnt. Es gibt seitdem keine Welpen mehr, die sich das Leben nehmen wollen.«

Stille kehrte ein. Valentin las in den Gesichtern Swens und Garuds, dass diese Geschichte auch für sie neu war.

»Valentin, du bist ein Geschenk des Wolfskönigs«, sagte Fira. »Du bringst Edgar dazu, Sachen preiszugeben, von denen selbst ich nichts wusste. Ach, wie lange ist es schon her Edgar, seitdem du deinen Wolf gezähmt hast?«

»Viel zu lange«, sagte Edgar, woraufhin Fira die Lippen schürzte. »Wie auch immer, ich akzeptiere Valentins Vorschlag. Der Junge würde es früher oder später ausplaudern.« Er wandte sich an Jeri. »Du versteht sicherlich, dass ich dich ab jetzt nicht mehr unter die anderen Welpen lassen kann. Ich werde dich selbst nach Hause bringen und mit deinen Eltern sprechen.« Jeri nickte. »Und du verstehst sicherlich auch, dass dir keine andere Wahl bleibt, als mit uns zu kommen.«

Die Furcht aus Jeris Gesicht verschwand. Seine Augen leuchteten auf. »Ich tue, was du sagst, ich verspreche es.«

»Ist die Geschichte mit dem Jungen wirklich wahr gewesen?«, fragte Valentin, als Edgar dabei war, durch den Eingang zu verschwinden.

»Swen, erzähle es ihnen«, sagte Edgar und trat aus dem Schrein.

Valentin, Pior und Jeri richteten die Blicke zum schweigsamen Mann.

»So wie du war mein Sohn zur falschen Zeit am falschen Ort«, sagte Swen nach einer Weile. »Edgar hat ihn gestellt und verkündete sofort sein Urteil. Edgar ist ein guter Anführer. Er schätzt jedes einzelne Wolfsleben. Ich, meine Frau und mein Sohn mussten daraufhin das Dorf Windseck verlassen. Wir lebten drei Winter lang abgeschieden, bis der eine Frühling kam.« Swen schwieg. Es sah aus, als wäre seine Geschichte zu Ende. »Mein Sohn hat es nicht geschafft.«

DAS GEFLÜSTER

Das Klopfen hallte laut durch die Straße, als Valentin vor der Tür stand. Er witterte Jeris Eltern und den Jungen selbst. Sie waren wach. Anspannung lag in der Luft.

Die Türangel quietschte. Jeris Eltern sprangen auf, als Valentin hereintrat. Ehrfurcht lag in ihren Blicken. Die Geschichte von dem Jungen, der seinen Wolf trotz aller Widersprüche gezähmt hatte, würde noch eine Weile in ihren Köpfen und den Köpfen der Dorfbewohner bleiben, dachte Valentin. Und jetzt war auch ihr Sohn mit ihm verbunden.

Der Duft von Brot und Quark hing in der Luft. Valentin sah einen Rucksack mit Reiseutensilien auf dem Boden. Er selbst hatte versucht, nur das Nötigste einzupacken. Wenn die Reise lange andauern sollte, wären sie ohnehin gezwungen, sich auf dem Weg um das Proviant zu kümmern.

»Wolfskönig ist mit euch.«

Jeris Eltern winkten ihn herein. Der Vater war das Abbild Jeris nach zwanzig Sommern: schwarzes, schulterlanges Haar, Stupsnase und abstehende Ohren. Die Mutter vererbte ihrem Sohn die blauen Augen.

Jeris Mutter warf Kräuter in die Tassen. Dampf stieg auf, als sie das Wasser eingoss. Es war hell, dennoch brannten drei Kerzen auf dem Tisch. Sie waren beinahe heruntergebrannt, sodass es kein festes Fett mehr gab. Eine Flamme flackerte bereits.

»Valentin, hast du von diesem Brauch schon einmal gehört?«, fragte Jeri und deutete auf die Kerzen. »Du auch nicht? Ich erkläre es dir.« Aufregung lag in seiner Stimme. »Bevor man eine Reise antritt, werden drei Kerzen gleichzeitig angezündet. Jede Kerze steht einmal für den Anfang des Weges, für den Weg selbst und für das Ende. Die erste Kerze, die ausgeht, bedeutet, dass dieser Wegabschnitt am schwierigsten sein wird. Man sollte sich das immer vor Augen halten und entsprechend die Kräfte einteilen. In der Regel geht die dritte Kerze immer als erste aus, weil das Ende der Reise meistens schwieriger ist. Dann die zweite, dann die erste.«

»Wenn die Kerzen in dieser Reihenfolge ausgehen und der Abstand der Zeit nicht zu lang ist, dann ist es ein gutes Zeichen dafür, dass die Reise wie geplant verlaufen wird«, fügte Jeris Vater hinzu. »Dieser Brauch ist inzwischen in Vergessenheit geraten und in Wirklichkeit wendet ihn kaum einer an, da in den seltensten Fällen jemand von uns eine Reise antritt. Der letzte, der für eine längere Zeit wegging, war Wikon. Edgar hat ihn losgeschickt, um nach anderen Wölfen zu suchen. Er ist mit leeren Händen zurückgekehrt.«

Die Flamme der mittleren Kerze begann zu tanzen. Es sah aus, als würde sie jeden Augenblick ausgehen, flammte dennoch immer wieder auf. Stattdessen erlosch die erste Kerze.

Jeris Vater runzelte die Stirn. Die Mutter wagte es nicht zu blinzeln. Niemand sagte ein Wort, als auch die mittlere Kerze ausging. Erst nach einer Weile stieg vom letzten Docht der Rauch auf.

»Das ist ungewöhnlich, nicht wahr?«, sagte Jeri und sah seine Eltern an. »Ist das gut oder schlecht?«

»Es ist ungewöhnlich«, bestätigte seine Mutter. »Aber ich sehe nichts Schlechtes darin. Es kann nur bedeuten, dass das Ende eures Weges leicht sein wird. Valentin, willst du noch einen Tee?« Sie schenkte ihm nach, wobei ihre Hand leicht zitterte.

»Mit Edgar an eurer Seite kann die Reise nur ein Erfolg werden«, sagte Ivin. »Es gibt keinen stärkeren Wolf als ihn. Er ist der älteste von ganz Windseck und besitzt die Weisheit von hunderten von Wintern. Mit ihm wird euch nichts geschehen. Davon bin ich überzeugt!« Seine Faust ließ den Tisch erzittern.

»Edgar hat sich also dazu entschieden, selbst auf die Suche zu gehen. Das ist schön«, sagte Jeris Mutter. »Das hätte er schon früher tun sollen. Er lebte schließlich schon einmal an einem anderen Ort als Windseck. Er kennt die Welt besser als jeder von uns.«

»Valentin …« Jeris Vater wirkte auf einmal nachdenklich. »Tut uns leid, wenn wir ein wenig verrückt erscheinen. Die letzten Ereignisse mit dir, der es zu einem Wolf geschafft hat, und jetzt auch noch unser Sohn … Das alles macht uns durcheinander. Es kam so schnell …« Ivins Stimme zitterte. »Dass wir mit Jeri so offen über das wahre Wolfsleben sprechen können, lässt mich glauben, dass er seinen Wolf bereits zähmen konnte. Wenn ich dann daran denke, dass ihm dieser Schritt erst noch bevorsteht und wir ihn verlieren könnten, weiß ich nicht, ob ich mich mit seinem Verlust noch abfinden würde …« Ivins Augen schimmerten.

Jeri sah verwundert seinen Vater an, die Mutter, dann drehte er den Kopf langsam zu Valentin.

Valentin seufzte innerlich. Jeri kannte die Wahrheit noch nicht lange genug, um sich nicht mehr über das fürsorgliche Verhalten seiner Eltern zu wundern. Auch er, Valentin, ging aus Gewohnheit noch immer zum Fenster, wenn er das Haus verlassen wollte.

Jeris Verwunderung erreichte den Höhepunkt, nachdem seine Mutter ihn in die Arme schloss, fest an sich drückte und plötzlich losheulte. Jeri versteifte sich und suchte Valentins Blick. Ivin wischte sich mit dem Ärmel über die Wange.

»Gib auf meinen Jungen Acht, Valentin«, sagte Jeris Mutter, während sie die Tränen von den Wangen wischte. »Ich bin wie mein Gatte. Auch ich werde es nicht über mich bringen, meinen Jungen zu verlieren. Es ist, wie Ivin sagt, so als hätte Jeri seinen Wolf bereits bezwungen, sich ihm dennoch von Neuem stellen muss. Ich flehe dich an: Finde den Weg, um unser Schicksal in eine bessere Richtung zu lenken. Ich glaube an dich. Das ganze Dorf glaubt inzwischen an dich und dass du etwas Besonderes bist. Bitte, finde einen Weg, unserem Elend ein Ende zu bereiten und unsere Welpen nie wieder verlieren zu müssen.«

»Wir werden für euch beten, jeden Tag«, sagte Jeris Vater. »Das ganze Dorf wird für euch beten. Werde deinem Ruf gerecht, rette unsere Welpen.«

Valentin öffnete die Tür für Jeri, schob ihn hinaus und schloss die Tür hinter sich. Jeri schien nicht imstande zu sein, ein Wort zu sagen. Er sah aus, als entdeckte er die Welt um sich herum neu.

»Das ist nicht einfach, ich weiß«, sagte Valentin. »Auch mich traf es wie ein Blitz, als meine Mutter sich plötzlich auf mich warf. Nur hatte ich ein wenig mehr Zeit und bekam eines nach dem anderen mit.« Valentin seufzte. »Ja, die Welt, die wir zu kennen glaubten, ist eine andere. Wir werden dir Stück für Stück alles erzählen. Es waren genug Neuigkeiten für zwei Tage. Gehen wir.«

Jeri schulterte seinen Rucksack auf und setzte langsam einen Fuß vor den anderen. Nach wenigen Schritten drehte er sich zum Haus um. Eine Ewigkeit schien zu vergehen, bis er endlich den Blick abwandte.

»Du hast einiges eingepackt«, sagte Jeri nach einer Weile. Er wirkte noch immer ein wenig verwirrt, schien jedoch langsam wieder zu sich zu kommen und geschwätzig zu werden, so wie Valentin ihn schon immer kannte. »Axt, Wasserschläuche und Proviant verstehe ich, aber wofür die Decke? Ihr friert ja nicht.«

»Sie ist für dich gedacht. Die Nächte sind kalt. Es wird uns nicht immer gelingen, Feuer zu machen, wenn es regnet. Und es ist eine Vorsichtsmaßnahme, falls wir auf Menschen treffen. Es würde verdächtig aussehen, wenn wir keine warme Kleidung und Schlafsäcke dabeihätten, mitten im Wald und zu dieser Jahreszeit. Mir macht die Kälte zwar nichts mehr aus, aber die Menschen sind auf warme Kleidung angewiesen. Wir werden uns für sie ausgeben. Dazu müssen wir wie sie handeln.«

Jeri nickte. »Ich hoffe, dass auch für mich der Tag kommt, an dem ich nicht frieren muss.«

Valentin legte Jeri die Hand auf die Schulter und brachte ihn zum Stehen.

»Das wirst du!«, sagte er ein wenig lauter als beabsichtigt. »Zweifle niemals an dir.«

Jeri räusperte sich. »In Ordnung … Das werde ich nicht.«

Valentin nickte.

Die Blicke der Dorfbewohner begleiteten die beiden. Sie schienen zu rätseln, weshalb Valentin, von dem inzwischen jeder sprach, mit Jeri fortging. Edgar hatte angeordnet, dass niemand den Grund erfahren sollte, solange sie weg waren, bis auf die Wölfe und Jeris Eltern.

Valentin legte einen Schritt zu, als er das Lachen und die Stimmen der Welpen irgendwo aus der Nähe vernahm.

Sie passierten die Häuser am Dorfrand und blieben bei den letzten Gärten stehen. Valentin drehte sich um.

Die Sonne ließ die Baumkronen aufleuchten. Blätter flüsterten im Wind. Das Dorf lag vor Blicken versteckt, dennoch glaubte Valentin, die Bewohner Windecks zu hören und zu wittern. Traurigkeit kam über ihn, als ihm bewusst wurde, was gerade geschah. Es war der Moment, an dem er fortging. Niemand konnte den Zeitpunkt seiner Rückkehr vorhersagen. Ob er Erfolg haben würde …?

Er ohrfeigte sich in Gedanken, als er an die eigenen Worte dachte, die er eben noch an Jeri richtete. Er würde Erfolg haben! Er würde Jeri nicht zum Werwolf werden lassen! Er würde niemanden von den Kindern Windecks als Werwölfe enden lassen!

»Valentin?« Jeri sah ihm ins Gesicht. »Ich glaube, Edgar wartet dort auf uns.«

Valentin riss sich aus den Gedanken. Er versprach sich, nicht mehr nach hinten zu blicken, als er sich in Edgars Richtung aufmachte. Der Dorfvorsteher setzte sich in Bewegung, ohne darauf zu warten, dass die beiden ihn einholten.

Eine Weile hatte es den Anschein, als wären sie nicht zusammen unterwegs. Edgar ging voraus, während Valentin zurückfiel und dem Klang des Waldes lauschte. Jeri versuchte, nicht zu weit hinter Edgar zu bleiben, wollte aber auch Valentin nicht zurücklassen.

Der Tag versprach ein wolkenloses Wetter. Der Wind legte sich ein wenig, sodass die Düfte des Waldes sich entfalten konnten. Trockene Stöcke knackten angenehm unter den Füßen. Valentin kam sich vor wie auf einem Streifzug durch den Wald, den er als Welpe mit seinen Freunden unternahm. Jeder unbekannte Ort war damals ein Ort des Abenteuers. Das Abenteuer holte ihn jetzt wieder ein. Valentin hätte sich mehr darauf gefreut, wären da nicht die Umstände, die ihn zwangen, dieses Abenteuer anzutreten, und wären da nicht die Gedanken an seine Freunde.

Ob er zu schnell mit seiner Entscheidung war, Samuel ein Ende zu setzen? Vielleicht hätte er auch ihn retten können, wenn er ihm doch bloß mehr Zeit gegeben hätte. Vielleicht wäre sein Licht eines Tages aufgeleuchtet. Wie es letztendlich ausgegangen wäre, wusste nur der Wolfskönig.

Valentin stieß erst nach einem halben Tag zu Edgar und Jeri hinzu. Der Junge zeigte nicht die Spur von Müdigkeit und betrachtete die jungen Bäume, die in diesem Waldstück plötzlich auftauchten. Die Sonne fühlte sich hier wärmer an, als wäre bereits Frühsommer. Die ersten Schmetterlinge jagten einander. Hasen huschten zwischen den Bäumen, so als hätten sie die Neuankömmlinge gar nicht bemerkt.

Edgar nickte Valentin zu und entfernte sich ein wenig von ihm und Jeri. Seine Lippen bewegten sich kaum merklich, nachdem er sich setzte und die Hände überkreuzt auf die Schultern legte. Jeri runzelte die Stirn, als auch Valentin sich im Schneidersitz vor einem Baum niederließ.

»Verzeih mir mein Freund, dass ich nicht eher kommen konnte«, sprach Valentin. »Ich vermisse die Tage, an denen wir zusammen durch den Wald streiften und die Welt zu umarmen versuchten. In Windseck hat sich einiges geändert. Du wärst erstaunt, wenn du die Wahrheit über uns wüsstest. Aber das tust du inzwischen sicherlich. Im Reich des Wolfskönigs gibt es keine Geheimnisse.« Valentin legte die Hand auf die Erde des jungen Baums, wo das Gras kaum zu sprießen begann. »Du wirst immer in meinem Licht bleiben. Vergiss auch du mich nicht, dort, wo du gerade verweilst. Es wird der Tag kommen, an dem wir uns wiedersehen. Diene dem Wolfskönig in seinem Reich, so wie ich ihm auf der gegenüberliegenden Seite dienen werde. Wir werden uns alle eines Tages wiedersehen, ich glaube daran. Du wirst erstaunt sein, aber ich, Edgar und Jeri gehen auf Reisen, um nach anderen Wölfen zu suchen. Ich wünschte, du und der Rest unserer Freunde würden uns begleiten. Der Wolfskönig hat uns jedoch ein anderes Schicksal zugedacht. Ich vermisse dich und es tut mir leid, dass ich dir nicht helfen konnte. Manche würden sagen, dass ich damit meine Schwäche zeige, doch ich sehe das anders. Mit dieser Schwäche erhalte ich dich am Leben, und für mich ist es Grund genug, diese Schwäche hinzunehmen. Ich weiß nicht, was wir auf dieser Reise finden werden, doch ich werde niemals aufhören, an dich zu denken. Möge dein Baum gedeihen, damit du immer eine Verbindung zu dieser Welt herstellen kannst. Bete für mich, so wie ich für dich beten werde. Möge der Wolfskönig über dich wachen.«

Valentin schwieg eine Weile, bevor er die Hand von der Erde nahm und sich aufrichtete. Auch Edgar hatte sein Gebet beendet und betrachtete die Bäume. Jeri starrte den Baum an, vor dem Valentin saß.

»Was ist das hier?«, fragte Jeri, ohne die Augen abzuwenden. »Weshalb sprichst du zu diesem Baum?« Er sah zu Edgar, als er keine Antwort bekam, dann wieder zu Valentin.

»Hörst du es nicht?«, fragte Edgar. »Wie die Verstorbenen uns durch das Blätterrauschen zuflüstern? Hör genau hin.«

Valentin nahm seinen Ratschlag an. Seine Lider schlossen sich. Ob die Toten tatsächlich durch das Blätterrauschen zu ihnen sprechen konnten? Er würde so gerne Samuels Stimme hören. Doch scheinbar war es bloß ein Märchen, um den Trauernden Trost zu spenden …

Valentin riss den Kopf herum, als er plötzlich eine Stimme ausmachte, die ganz nah zu sein schien und doch weit entfernt erklang. Er kniff die Augen zusammen, um sie erneut zu öffnen, denn auf einmal war er sich nicht sicher, ob er sich das nicht eingebildet hatte. Eine neue Stimme erreichte ihn, die ganz anders klang als die erste, und auch sie verstand Valentin nicht. Er wagte es nicht zu atmen, als eine weitere auftauchte.

»Wir sind auf einem Friedhof«, sagte Edgar zu Jeri und verscheuchte damit die Stimmen aus Valentins Kopf. »Ich vergaß, dass du noch kein Wolf bist und die Stimmen nicht hören kannst. Valentin müsste sie aber gerade gehört haben. Wir beerdigen unsere Toten unter jungen Bäumen oder pflanzen neue Bäume auf ihren Gräbern. Wir sind ein Teil des Waldes und werden es selbst nach dem Tod. Bäume helfen uns, die Verbindung aus Päjs Reich hierher zu erhalten.«

»Aber die Bäume sind überall!« Jeris Augen weiteten sich, als er um sich blickte.

»Es gibt mehr Bäume, als es jemals Wölfe auf der Welt gab, keine Sorge.«

»Ich höre die Stimmen«, sagte Valentin.

»Natürlich hörst du sie. Du bist ein Wolf. Und das soll dir keine Sorgen bereiten. Wenn du dich auf die Stimmen einlässt, lernst du irgendwann ihre beruhigende Wirkung kennen.«

»Kannst du sie verstehen?«

»Das kann ich nicht. Und das kann selbst Fira nicht. Ich höre ihnen dennoch gerne zu.«

Valentin hielt für einen Moment den Atem an. Er konzentrierte sich auf die Geräusche. Erneut vernahm er ein Flüstern. Es hörte sich an, als sprächen die Stimmen nicht zu ihm, sondern miteinander oder zu jemand anderem, und Valentin bekam es bloß mit. Gänsehaut lief über seinen Rücken.

Als sie Samuel hierher brachten, um ihn den Wurzeln der jungen Linde zu übergeben, hatte Valentin nichts gehört. Edgar sagte zwar, dass noch mehr Wölfe hier ihre Ruhe fanden, aber dass es sich um einen ganzen Friedhof handelte, war auch für ihn neu. Als Welpe hatte er sich nie gefragt, was mit den Körpern derjenigen passierte, die sich ins Reich des Wolfskönigs begaben. Er ging immer davon aus, dass Päjs Diener auch die fleischlichen Überreste mitnahm.

Valentin blickte sich um. Der Ort war durchwachsen von jungen Bäumen. Er dachte an all die Welpen, deren sich der Wolf bemächtigt hatte. Sie taten ihm leid. Er drehte den Kopf zu Edgar, der in dieselbe Richtung blickte und in Gedanken versank. Auch er tat ihm leid. Die meisten Wölfe empfingen das Ende durch seine Hand. Es war sicherlich nicht einfach, so viele Leben auszulöschen. Ob er sich schuldig fühlte?

Edgar warf sich den Rucksack über die Schulter. Wortlos mache er sich auf den Weg. Jeri und Valentin folgten ihm.

UNTER MENSCHEN

Jeri schlummerte im Sitzen. Er ließ es sich bis zum Schluss nicht anmerken, dass der Tag ihn ausgelaugt hatte. Kaum hatten sie Feuer angezündet, fielen ihm die Augen zu.

Valentin hatte vergessen, dass Jeri noch ein Mensch war und vor seinen Augen völlige Finsternis herrschen müsste. Womöglich wollte er nicht schwach erscheinen und folgte den Schritten Valentins und Edgars. Zwar behielt Valentin seine menschliche Gestalt bei, dennoch konnte er sich der Kraft des Wolfes bedienen, was ihm erlaubte, die Finsternis besser zu

212

durchdringen. Sie wanderten seit einer Weile durch die Dunkelheit, bevor Edgar vorschlug, ein Feuer für die Nacht anzuzünden.

Valentin legte eine Decke um Jeris Schultern. Er selbst nahm die Kälte kaum wahr und trug bloß ein Hemd mit Hose. Die Stiefel packte er in den Rucksack ein, für den Fall, dass sie einfachen Menschen begegnen sollten. Seine Füße waren nicht nur warm, die Haut schien fester geworden zu sein, sodass Steine und Stöcke kaum noch etwas ausmachten. Es war ein gutes Gefühl, barfuß durch den Wald zu laufen und die Erde unter den Füßen zu spüren.

Edgar hantierte mit dem Kessel, den er über das Feuer hängte und Wasser eingoss. Valentin roch das getrocknete Gemüse und Pökelfleisch, das Edgar aus dem Stoffsack herausholte. Der Duft ließ Valentin das Wasser im Mund zusammenlaufen, obwohl er nicht wirklich Hunger hatte.

»Wir sollten ihn schlafen lassen«, sagte Edgar, als Valentin Anstalten machte, Jeri wachzurütteln. »Er kann morgen etwas essen.«

»Bist du dir sicher? Er hat den ganzen Tag nichts gegessen.«

»Der Körper eines Menschen ist nicht so zerbrechlich wie es den Anschein hat, vor allem wenn es der Körper eines jungen Menschen ist. Er kann mehrere Tage ohne Nahrung auskommen. Es ist besser, genügend Schlaf zu bekommen anstatt Nahrung.« Er legte Jeri auf die Erde und schob ihm seinen Rucksack unter den Kopf. Der Junge kuschelte sich in die Decke ein. »Außerdem wird ihn in den nächsten Stunden wohl kaum etwas wachbekommen.«

»Dann lassen wir ihn besser schlafen.« Valentin streckte sich. »Ein wenig Schlaf könnte auch ich bald gebrauchen.«

Edgar schaute ihn an. »Wie ich sehe, hast du dich an deinen Wolf und den Körper inzwischen gewöhnt. Das ist gut.«

»Ich habe mich schon lange an ihn gewöhnt.«

»Nicht so lange und vor allem nicht so gut, wie du vielleicht glaubst«, erwiderte Edgar. »Es gibt einen Unterschied zwischen dem, was der Körper kann, und dem, was er braucht. Die meisten neigen dazu, die Körperkraft auszunutzen, ohne sich um sein Wohlbefinden zu kümmern. Das ist richtig, was du sagst: Dein Körper braucht Schlaf, genauso wie dein Geist. Nur so kann er gesund bleiben. Du bist weit davon entfernt, ihn vollkommen zu verstehen, aber du bist auf dem richtigen Weg.« Edgar schöpfte Brühe und reichte Valentin die Tasse.

Die Brühe wirkte Wunder. Zwar spürte Valentin keine Kälte, doch das Gefühl, dass etwas fehlte, war verschwunden.

Das Feuer knisterte vor sich hin, während Edgar und Valentin die Suppe schlürften. Der Halbmond zeigte sich zwischen den Tannenwipfeln und erhellte Jeris Gesicht. Der Junge zuckte im Schlaf. Irgendwo zirpte eine einzelne Grille.

»Kennst du den Weg in deine alte Heimat noch?«, fragte Valentin. »Schließlich ist es dreihundertfünfundzwanzig Winter her, seitdem du sie verlassen hast.«

»Woher weißt du das so genau?«

»Meine Eltern haben mir erzählt, dass das Dorf Windseck seit dreihundertfünfundzwanzig Wintern existiert.«

Edgar ließ die letzten Tropfen Suppe auf die Zunge fallen.

»Das stimmt, was Windseck anbelangt. Aber meine Heimat habe ich vor dreihundertvierzig Wintern verlassen. Vergiss nicht, was ich gesagt habe. Wir mussten erst einmal einen Ausgang aus dem Grauen Wald finden, bevor wir uns etwas Neues suchen konnten. Danach vergingen Jahre, bis wir eine feste Bleibe hatten. Vielleicht wird es uns nicht auf Anhieb möglich sein, meine Heimat zu finden, aber wir schaffen das schon.« Er warf zwei Holzscheite ins Feuer. »Außerdem haben wir dich. Mit dir werden wir uns schon etwas einfallen lassen. Wenn du schlafen möchtest, kannst du das tun.«

»Wirst du wach bleiben?«

»Das werde ich, und ich werde auch schlafen. Vergiss nicht, dass ich alt bin und mir so einige Fähigkeiten angeeignet habe. Ich kann schlafen, während ich gleichzeitig wach bin.«

»Wie kann das funktionieren?«

»Es ist nicht zuletzt der Wolf, der mir dabei hilft. Ich halte ihn fest an der Kette. Und er weiß genau, wann er mich zu wecken hat. Also mach dir keine Sorgen, ich werde Wache schieben. Zwar spüre ich niemanden weit und breit, aber nachts sind viele Räuber auf der Jagd.«

Valentin nickte. Eine Weile wandte er den Blick vom Feuer nicht ab. Es tat gut, über gar nichts nachzudenken und sich von der Müdigkeit davongleiten zu lassen. Die Hitze des Feuers wirkte einschläfernd.

Er öffnete die Augen und wagte es zuerst nicht, sich zu bewegen. Der Sternenhimmel, der von den Silhouetten der Baumwipfel umrandet wurde, erstreckte sich über ihn. Er schien gewandert zu sein, denn das Bild der Schlange war nicht mehr zu sehen. Valentin hörte das leise Knistern der Glut und den regelmäßigen Atem Jeris. Im Bruchteil einer Sekunde wusste er wieder, wo er war. Er blieb eine Weile liegen, damit der Schlaf ihn erneut übermannen konnte, doch wie es schien, würde er keinen mehr benötigen.

Wie lange er wohl geschlafen hatte? Er griff unter den Kopf und ertastete den Leinenstoff. Edgar müsste ihm den Rucksack untergeschoben haben, nachdem Valentin eingeschlafen war. Er erinnerte sich, wie er ins Feuer starrte und Schwierigkeiten hatte, die Augen offen zu halten. Danach müsste Edgar ihn hingelegt haben.

Valentin richtete sich im Sitzen auf.

Jeri lag unverändert auf dem Rücken. Der Tagesmarsch müsste ihn ausgelaugt haben. Edgar saß nach wie vor im Schneidersitz vor dem Feuer, mit dem Unterschied, dass seine Augen geschlossen waren.

»Hast du ausgeschlafen?«, fragte Edgar.

Valentin sah ihn stirnrunzelnd an. Edgar hielt die Augen zwar noch immer geschlossen, aber er redete mit ihm.

»Ich bin nicht mehr müde.«

»Du hast über eine Stunde geschlafen.«

»Das ist seltsam, ich spüre keine Müdigkeit.«

»Das ist nicht ungewöhnlich. Der Wolf hilft dir, dich zu erholen, sodass du manchmal bloß eine kurze Zeit zum Schlafen benötigst. Wir wanderten gestern den ganzen Tag in Menschengestalt, und wir haben die Wolfskraft nicht in Anspruch genommen.«

»Bist du es, Edgar? Oder rede ich gerade mit dem Wolf?«

Edgar öffnete die Augen.

»Ich bin es, und ich habe wie du keinen Schlaf mehr, im Gegensatz zu dem Jungen. Wie es aussieht, wird er noch lange schlafen.«

»Wie lange hast du geschlafen?«

»Ich bin noch etwas länger als du wachgeblieben, dann hat auch mich der Schlaf übermannt.«

»Bedeutet das, dass die einfachen Menschen gar keinen Schlaf benötigen? Denn sie können sich der Kraft des Wolfes nicht bedienen.«

»Die Menschen sind anders als wir. Sie brauchen immer Schlaf. So wie du Schlaf gebraucht hast, als du noch ein Mensch warst. Wenn du die Wolfsgestalt annimmst, wenn du in dich hineingehst oder dich einfach nur verausgabst, so wirst auch du langen Schlaf benötigen.«

»Du sprichst von den Menschen, als würdest du sie kennen. Hattest du dich mit ihnen unterhalten?«

Edgar sah in die Flammen. Seine Augen spiegelten das Feuer wider. Er schien sich an etwas zu erinnern. Als Valentin glaubte, das Gespräch wäre stillschweigend beendet, sprach Edgar.

»Ich habe mehr getan, als mich mit ihnen nur zu unterhalten. Nachdem wir uns das Leben in Windseck aufgebaut hatten, hatte ich das Verlangen, mehr zu tun. Ich bin der erste von uns gewesen, der losgezogen ist, um andere Wölfe zu finden. Eine Zeit lang habe ich es vermieden, mich den richtigen Menschen zu nähern, bis die Neugier Oberhand gewann. Ich habe immer gedacht, sie sind böse und blutrünstig, doch dann habe ich mich mit ihnen unterhalten. Später lebte ich sogar eine Zeit lang unter ihnen.«

»Du hast unter ihnen gelebt!?«, fuhr Valentin laut auf. Seine Augen weiteten sich. Er senkte die Stimme zu einem Flüstern, als er zu Jeri sah. »Du hast unter ihnen gelebt?«

»So ist es. Und ich habe damals viel gelernt. Ich habe gelernt, dass wir uns nicht umsonst von ihnen fernhalten. Der Neid beherrscht viele von ihnen, und sie sind heimtückisch. Wenn das Allgemeinwohl zu Sprache kommt, denkt jeder einzelne dennoch heimlich an sich und an die Vorteile, die er dadurch gewinnen könnte. Ihre Welt beherrscht das Zahlungsmittel, das sie Geld nennen. Jeder ist darauf erpicht, so viel wie möglich davon zu besitzen, nicht zuletzt, weil es notwendig ist, um überhaupt unter ihnen leben zu können. Ihnen stehen ertragreiche Felder zur Verfügung, um Weizen zu säen und Gemüse anzupflanzen, trotzdem bekommen sie nicht genug. Es ist keine Seltenheit, dass derjenige, der sich viele Besitztümer angehäuft hat, neben demjenigen lebt, der ständig hungern muss.«

»Und trotzdem hast du unter ihnen gelebt.«

»Sie sind nicht blutrünstig, sie sind viel schlimmer. Wenn du eine Weile unter ihnen gelebt hast, wirst du irgendwann wie sie. Du wirst Dinge haben wollen, von denen du jetzt nicht weißt, dass es sie gibt. Du wirst wie sie denken und handeln. Das Heimtückischste an ihnen ist jedoch, dass du irgendwann nicht mehr fortgehen willst. Ich habe mich rechtzeitig besinnen können, dass ich die Verantwortung für unser Dorf trug und für unsere Art. Es war nicht zuletzt der Krieg unter Menschen, der mich dazu gebracht hat zurückzukehren. Und Kriege sind für die richtigen Menschen eine Selbstverständlichkeit.«

»Weiß jemand davon, dass du bei den Menschen warst?«

»Rudolf weiß es. Er hat sich während meiner Abwesenheit um Windseck gekümmert. Ich habe niemandem sonst davon erzählt, nicht einmal Fira. Es würde Fragen aufwerfen und einige Wölfe dazu verleiten, dasselbe zu tun. Es ist nicht einfach gewesen, meinen Wolf und die Kräfte vor den Menschen versteckt zu halten. Mit meiner Größe habe ich alle Blicke auf mich gezogen. Es könnte also böse für uns alle ausgehen, wenn man erfahren würde, wer wir sind, und dass es uns gibt. Das ist der Grund, warum wir unseren Welpen ständig einprägen, die Begegnung mit den richtigen Menschen zu meiden.«

»Wir halten uns von den einfachen Menschen fern und verlassen niemals den Wald, um uns selbst und unsere Nächsten zu schützen …«, sprach Valentin den Satz, der sich seit der Kindheit im Kopf eingebrannt hatte.

»Jetzt kennst du den Hintergrund.«

»Es ist euch gelungen, uns vor den Menschen abzuschrecken. Ich dachte bis zuletzt, dass Menschen blutrünstige Ungeheuer sind und dass sie viel stärker sind als wir. Doch dann zeigte mir mein Wolf auf eine schreckliche Art, wie es in Wirklichkeit um sie steht.« Valentin ballte die Hand zur Faust, als er sich die Nacht in Erinnerung rief, in der er den ersten Menschen tötete. »Eines Tages möchte ich mich dennoch mit ihnen unterhalten.«

»Das dachte ich mir. Und ich bin nicht davon begeistert. Dennoch will ich dich nicht davon abhalten. Du wirst das Richtige tun. Ich möchte nur, dass du darauf Acht gibst, was du sagst und dass du das Geheimnis unserer Existenz nicht verrätst. Niemandem. Die Menschen sind tückisch. Heute seid ihr Brüder, doch schon morgen sehen sie ein Ungeheuer in dir. Sie sind wie Kinder, die sich gerne ausplaudern.« Edgar sah zu Jeri, der nach wie vor fest schlummerte. »Auf dem Weg werden wir möglicherweise Menschensiedlungen streifen, aber ich möchte zuerst bei unserem eigentlichen Ziel ankommen.«

»Das will ich auch. Wenn es aber soweit ist, wäre es besser, jemandem einzeln zu begegnen, bevor wir uns zu einer Siedlung aufmachen.«

»Das ist ein kluger Gedanke, denn das letzte Mal habe ich mich vor einer Ewigkeit mit einem Menschen unterhalten. Ich weiß nicht, wie sie sich inzwischen verändert haben und wie es um ihre Ansichten steht.«

»Wie lange hast du denn unter ihnen gelebt?«

Edgar warf ein neues Holzscheit in die Flammen. »Einundzwanzig Winter.«

Valentin weitete die Augen. »Das ist mehr als ich lebe!«

»So ist es. Es war eine lange Zeit.« Edgar legte die Arme überkreuzt auf die Schultern. »Ich werde bis zum Sonnenaufgang zum Wolfskönig beten. Du kannst dich solange um das Feuer kümmern. Der Junge wird sonst frieren. Danach brechen wir auf.«

Jeri hörte nicht auf, den Kopf zu drehen. Seine Augen leuchteten, seitdem Edgar verkündete, dass die Grenze ihres Reviers in der Nähe war. Der Wald lichtete sich und ließ mehr Sonnenstrahlen durch als der Wald Windecks. Das Vogelgezwitscher klang heller. Der Wind wehte kaum noch. Mäuse huschten durch das Gras.

»Schon in ein paar Tagen werden wir so weit hinter der Grenze sein, dass wir hin und wieder den Wald verlassen müssen, um vorwärts zu kommen. Es sind Orte, an denen man sich nicht vor Blicken verstecken kann, weil es dort keine Bäume gibt. Die Wahrscheinlichkeit ist groß, auf Menschen zu treffen. Vergesst nicht: Wir gehen ihnen aus dem Weg. Sie sind gefährlich, selbst wenn sie auf den ersten Blick harmlos erscheinen.«

Valentin dachte an die Geschichte, die Edgar letzte Nacht erzählt hatte. Noch immer erschien sie unwirklich. Von klein auf hatte man den Welpen immer wieder eingeschärft, sich von den Menschen fernzuhalten. Dann stellt sich heraus, dass Edgar sogar unter ihnen gelebt hatte. Edgar würde wohl kaum lügen. Es muss triftigere Gründe gegeben haben als Neugier, dass er sich dazu entschied.

»Wir werden diese Orte so schnell wie möglich durchqueren. Auch nachts, wenn es sein muss. Außerdem bekommt man dort die Beute nicht so schnell zu fassen.«

»Wie erkenne ich die Grenze unseres Reviers?«, fragte Jeri. »Ich weiß zwar von der Grenze im Süden Windecks, aber wir sind hier im Norden.«

Valentin fragte sich das auch. Jeder Welpe wusste von der Grenze im Süden, und Valentin hatte sie sogar überquert, als der Wolf seinen Körper geleitet hatte. Aber er konnte nicht sagen, wo die Grenze im Norden war.

»Das werdet ihr schon sehen.«

Bäume wechselten die Farben. Immer öfter zeigten sich Birken und Linden. Die Luft roch nach trockener Erde und Sand. Kleine Bäche, die kaum sichtbar schimmerten, schlängelten sich durch die Rinnsale.

Valentin tat es Jeri gleich, indem er den Kopf drehte und vergaß nach vorne zu blicken. Es war eine Welt, die sich veränderte, je näher die Grenze heranrückte. Immer weniger Büsche stellten sich in den Weg, und es war nicht mehr notwendig, sie zu umgehen oder über sie zu steigen. Sonne heizte die Luft auf.

Zum wiederholten Mal dachte Valentin daran, dass er die Kälte vermisste. Es war absurd, aber er wäre gern an Jeris Stelle. Er würde gerne die Kälte spüren, wie sie ihm die Finger taub machte und die Zähne klappern ließ. Ob Wölfe überhaupt frieren konnten? Vielleicht konnten sie es nach wie vor, wenn man sie lange genug der Kälte aussetzte.

Verirrte Wolken schwebten über dem Wald. Sie schienen über ihn und alle Lebewesen, die in ihm hausten, Wache zu halten. Ob der Wolfskönig in den Wolken lebte? Es hieß, er lebte in seinem Reich, wohin die verstorbenen Wölfe gingen. Die Überlieferungen verschwiegen jedoch, wo sich dieses Reich befand. Es könnte eine Welt tief unter der Erde sein oder hoch im Himmel. Sie könnte sich jedoch auch auf der Erde befinden, nur an einem entlegenen Ort, umgeben vom Wasser, damit niemand diesen Ort erreichen könnte. Oder er lag im Wald, so tief verborgen, dass nicht einmal Edgar ihn zu finden imstande wäre. Und nur Diener Päjs könnte die Macht besitzen, sich zwischen den Welten zu bewegen.

Valentin fragte sich, was wohl passiert sein könnte, warum der Wolfskönig es zuließ, dass seine Kinder zu Werwölfen wurden. War es gerecht, jemanden für Sünden anderer büßen zu lassen, auch wenn es seine Ahnen waren? Was könnte man schon verbrochen haben, damit eine ganze Art dem Schrecken

Werwolf verfiel? Päj könnte sie auch auf die Probe gestellt haben, um zu prüfen, wie fest der Glaube seiner Kinder an ihn war. Aber war dafür nicht genug Zeit vergangen? Die Wolfstiere verschwanden zur gleichen Zeit, als die Werwölfe auftauchten, also könnten seitdem ganze eintausend Winter vergangen sein.

Valentin hielt für einen Moment den Atem an, als er sich die Zahl der Wölfe ausrechnete, die allein in Windseck während dieser Zeit zum Werwolf wurden. Nein, der Wolfskönig konnte nicht so grausam sein. Er liebte seine Kinder, das ging aus den meisten seiner Lehren hervor. Etwas war geschehen, was niemand erklären konnte. Eine ganze Art konnte nicht einfach zum Sterben verdammt sein.

Valentin löste sich von den Gedanken, als er plötzlich auf feste Erde trat. Der weiche, grasbewachsene Boden blieb zurück. Valentin schaute nach hinten. Es hatte den Anschein, sie verließen einen dunklen Raum, um ins Licht zu treten.

»Du hast es richtig erkannt«, sagte Edgar. »Wir haben die Grenze passiert. Es ist nicht nur eine von uns festgelegte Grenze, es ist der Beginn des letzten inneren Ringes des Windfangwaldes, der unser Dorf umschließt. Richtige Menschen schreckt dieser Ort mit seiner Düsternis ab. Nur wenige trauen sich hinein. Ulf ist in diesem Frühling für die nördliche Grenze zuständig. Er lockt die Menschen von hier fort oder schreckt sie ab. Konntest du ihn wittern?« Valentin schüttelte den Kopf. »Das ist kein Wunder, er kann sich gut verbergen. Selbst ich nehme ihn kaum wahr, weil er es zulässt.«

»Was hat es denn mit den Ringen auf sich?« Jeri sah zu Edgar auf.

»Je näher man an unser Dorf herankommt, umso dichter wachsen die Bäume. Insgesamt gibt es drei Stufen des Bewuchses, bis man Windseck erreicht. Ab hier lichtet sich der Wald.«

Sie stiegen den Hügel hinauf, von dem es wieder bergab ging. Edgar und Jeri taten es Valentin gleich, indem sie stehenblieben und sich umdrehten. Die dunkle Farbe des Windfangwaldes hob sich von den helleren Bäumen ab. Nun sah Valentin die Grenze, die seine Heimat von dem übrigen Wald trennte.

Traurigkeit kam über ihn, als er zum wiederholten Mal daran dachte, dass er dabei war, seine Heimat für lange Zeit zu verlassen. Er vermisste Windseck, seine Freunde, das Elternhaus und die Welpen des Dorfes jetzt schon. Warum musste er unbedingt weggehen? Er konnte das Leben als Wolf weiterführen, so wie man bereits seit Jahrhunderten gelebt hatte. Der Wolfskönig hatte ihn auserwählt, ein Wolf zu sein. Valentin sollte sein neues Leben genießen und dieses Geschenk wertschätzen. Vielleicht wollte Päj, dass die Wölfe genau dieses Leben führten, wo nur die starken überlebten, und das hatte sicherlich alles seinen Zweck …

Valentin schloss die Augen.

Wolfskönig, verzeih mir diese Momente der Schwäche, die mich manchmal heimsuchen. Du hast mir Stärke verliehen, um unser Schicksal zu verändern, und ich werde dich nicht enttäuschen. Ich werde einen Weg finden, um die Werwölfe aus unserem Leben zu verbannen, denn das ist dein Wille. Ich weiß noch nicht wie, aber ich werde es tun. Mit Edgar an meiner Seite wird es ganz sicher gelingen. Ich habe die Gewissheit, dass Jeri ebenso zu deinem Plan gehört, also werde ich auf ihn aufpassen wie auf mich selbst. Und eines Tages wird er eine Hilfe für mich sein, damit ich deine Welt zu einem noch besseren Ort machen kann. Ich weiß, es ziemt sich nicht, sich selbst solch hohe Meinung zuzuschreiben, als hättest du die ganze Aufmerksamkeit nur auf mich gelenkt, dennoch hoffe ich, deine Gunst erlangt zu haben. Leite mich, wie du es bisher getan hast, und ich werde deinem Ruf folgen. Lehre mich meine

Gabe einzusetzen, und ich werde unsere Lichter retten. Beschütze uns, so wie du es durch Edgars Hand bereits tust. Wolfskönig Päj, wache über uns.

MENSCHENSACHEN

»Meinst du nicht, wir sollten den Weg etwas schneller fortsetzen? Wir sind schon seit sieben Tagen unterwegs. Ich kann Jeri tragen, er ist nicht schwer. Er hält uns auf. Natürlich werden wir dadurch mehr Schlaf brauchen, trotzdem hätten wir jetzt schon die zehnfache Strecke hinter uns.«

Edgar stocherte in der Kohle und warf ein Holzscheit hinein. Kleine Flammenzungen leckten über die Rinde. Die Dunkelheit wich ein wenig zurück.

»Ich verstehe deine Sorgen, du willst so schnell wie möglich ans Ziel. Doch manchmal ist der Weg selbst das Ziel, und ich glaube, das trifft auf uns zu.«

Valentin runzelte die Stirn. »Ich verstehe nicht.«

»Wir sind losgezogen, um nach anderen Wölfen in meiner alten Heimat zu suchen. Dennoch können wir uns nicht sicher sein, dass dort noch jemand lebt. Uns bleibt nichts anderes übrig als zu hoffen. Unser Ziel könnte an jedem anderen Ort sein. Halte die Augen offen und lerne die Welt kennen. Du kannst jede Erfahrung gebrauchen. Vielleicht finden wir woanders eine Spur der Wölfe und brauchen meine alte Heimat gar nicht aufzusuchen. Der Wolfskönig hat uns den Jungen nicht umsonst mitgegeben. Er hält uns nicht auf, er gibt dir die Gelegenheit, dein Licht zu ergründen, deinen Wolf besser zu verstehen und auf die Welt zu blicken, wie du sie noch nie gesehen hast.«

Valentin sah Edgar eine Zeit lang an, bevor er nickte. Natürlich war es so, wie Edgar sagte. Er hatte erkannt, dass Jeri ihnen vom Wolfskönig mitgeschickt wurde. Womöglich hat er das bereits im Schrein erkannt und wollte Valentin und dem Jungen bloß eine Lektion erteilen. Und er hatte recht. Was nützte es, wenn sie an einem Ort ankamen, der nicht bewohnt war und wo sie keine Antworten finden konnten? Schließlich war es eine Ewigkeit her, seitdem Edgar diesen Ort verlassen hatte. Der Weg war das Ziel. Vielleicht brauchten sie seine Heimat gar nicht aufzusuchen und würden stattdessen auf ein Dorf wie Windseck stoßen, das von Wölfen bewohnt war.

Valentin sah zu Jeri. Das Licht der Flammen tanzte auf seinem schlafenden Gesicht.

»Glaubst du, dass Jeri es zum Wolf schaffen wird?«

Edgar sah Jeri zwar nicht an, doch Valentin erkannte in seinem Gesicht, dass er prüfte, ob der Junge tatsächlich schlief.

»Noch vor einem Mond hätte ich es nicht für möglich gehalten. Der Junge sticht nicht mit seiner Größe hervor. Zwar entwickelt sich der Körper eines Jungen im letzten Jahr schnell, doch es sieht kaum danach aus, dass der Wolfskönig ihn mit großer Kraft segnen wird. Die jüngsten Ereignisse haben uns jedoch gelehrt, dass sich die Stärke eines Wolfes auch woanders verbergen kann. Um deine Frage also zu beantworten: Ja, ich glaube, dass auch der Junge es schaffen wird, auch wenn der rationale Teil von mir es mir verbietet, so zu denken. Dieser Teil hat bereits zu viele Welpen gesehen, deren sich der Wolf bemächtigt hatte. Erinnere dich an Daron. Er ist keine zweihundert Winter alt, dennoch hat auch er genug Leid gesehen, sodass er entschlossen war, seinen eigenen Sohn zu töten.«

Valentin dachte an den Kampf mit Robin und wie sein Vater ihn beinahe getötet hätte. Es fehlte nicht mehr viel, und Robin wäre von Päjs Diener geholt worden.

Eine Frage lag Valentin plötzlich auf der Zunge. Er brauchte eine Weile, bis er sich entschloss, sie zu stellen.

»Hattest du auch Kinder?«

Soweit Valentin wusste, lebte der Dorfvorsteher Windecks am Rand des Dorfes allein. Er hatte keine Frau, und auch sonst niemand lebte mit ihm. Er war zwar der Inbegriff einer Vaterfigur für die Bewohner Windecks, doch auch er könnte Kinder gehabt haben.

Edgars Gesicht schien zu einer Maske erstarrt zu sein. Nur die Schatten, die das Feuerlicht erzeugte, verliehen ihm Bewegung.

»Ja«, sagte Edgar.

Vergebens wartete Valentin auf die Fortsetzung. Er erkannte einen Anflug von Lächeln auf Edgars Gesicht. Er müsste sein Kind gerngehabt haben, auch wenn er offensichtlich nicht darüber sprechen wollte.

Valentin biss sich auf die Lippe. Schlechtes Gewissen suchte ihn heim. Edgar war der älteste von Windseck. Natürlich hatte er Kinder. Womöglich mehr als die meisten anderen. Folglich bedeutete das, dass er derjenige war, der die meisten Kinder verloren hatte. Valentin verfluchte sich, die Frage gestellt zu haben. Er wollte nicht, dass Traurigkeit über Edgar hereinbrach, denn vielleicht hatte keines seiner Kinder überlebt.

»Ist es schon Morgen?« Die Decken, in die sich Jeri einwickelte, raschelten. Der Junge rieb sich die Augen und schlug die Decken auf. Sofort deckte er sich wieder zu. »Wieso habt ihr mich nicht geweckt?« Er streckte die Nase heraus. »Ist das eine Fischbrühe?«

»Willst du einen Becher?«

Jeri schien die Kälte vergessen zu haben und richtete sich im Sitzen auf. Er griff nach dem Becher, den Valentin ihm entgegenhielt, und nippte daran, mit dem Ergebnis, sich mit der Hand vor dem Mund zu wedeln.

Der Tag schien sich nicht zwischen Regen und Sonne entscheiden zu können. Die Windstille wirkte ungewohnt. Zerrissene Wolken hingen über dem Wald. Schnee gab es hier schon lange nicht mehr. Bienen schwirrten zwischen den Blüten.

Valentin konnte sich an die ebenen Landschaften ohne Bäume nicht gewöhnen. Es gab kaum Verstecke, sollten sie in die Lage geraten, weglaufen zu müssen. Es war das dritte Mal, dass sie den Wald verließen, um irgendwann wieder einen zu erreichen, um dort zu übernachten. Jeri erging es wie Valentin, auch wenn seine Begeisterung alle anderen Gefühle zu überdecken schien. Selbst Edgar, dem solche Orte nicht unbekannt waren, drehte den Kopf herum. Valentin sah keine Tiere, dennoch war die Landschaft erfüllt von Lebewesen, deren Anzahl in nichts zu der Anzahl der Lebewesen im Wald nachstand.

Feste Erde machte das Gehen angenehm. Es gab kaum Hindernisse, sodass man sich nicht ständig vor die Füße schauen musste. Berge zeichneten sich in ihrem Rücken ab.

»Das ist die Gebirgskette, zu der unser Windfangberg gehört und wo unser Dorf liegt«, sagte Edgar, als er bemerkte, dass Valentin rückwärtsging, weil er nicht imstande war, den Blick von der Aussicht zu lösen. »Auch ich bin schon lange nicht mehr so weit weg gewesen. Diesen Ort habe ich anders in Erinnerung. Hier waren mehr Bäume. Und Tierherden habe ich bisher auch noch nicht entdeckt. Dabei gibt es viele Tiere, die grasige Landschaften bevorzugen. Vielleicht hängt es damit zusammen, dass die Menschen immer näher an den Wald heranrücken. Auch sie nutzen das Holz für den Bau ihrer Häuser, zum Heizen und Kochen. Sie werden immer zahlreicher, so steigt auch der Bedarf, sodass der Wald dran glauben muss. Es ist also durchaus möglich, dass wir ihnen demnächst begegnen oder ihre Siedlungen streifen. Vergesst nicht, was ich gesagt habe, dass sie gefährlich sind und dass wir ihnen aus dem Weg gehen müssen.«

»Ich habe noch nie einen richtigen Menschen gesehen«, sagte Jeri. »Sehen sie aus wie wir?«

»Das tun sie«, antwortete Edgar.

Jeri kaute an der Unterlippe. »Aber dann werden sie gar nicht merken, wer wir sind. Nicht wahr?« Er richtete den Blick erwartungsvoll zu Edgar.

»Das werden sie dennoch können. Bei euch, weil ihr anders sprechen werdet als sie. Bei mir, weil ich viel zu groß für ihre Verhältnisse bin.«

»Und warum werden sie dich nicht an der Sprache erkennen?«

»Vielleicht werden sie es doch. Es ist lange her, seitdem ich unter ihnen gelebt habe.«

Valentin runzelte die Stirn, als er sich verhört zu haben glaubte. Edgar sollte doch nicht …

»Du hast unter ihnen gelebt?« Jeri zog eine Winzigkeit zu hastig die Augenbrauen hoch.

»Ja. Und du weißt es. Tu nicht so, als hättest du uns nicht belauscht.«

Jeri wand den Blick langsam von Edgar ab.

»Wir sind nicht hergekommen, um uns den Menschen zu widmen. Noch nicht. Wir suchen nach Antworten auf Fragen, die uns der Werwolf zu genüge beschert hat. Für andere Sachen wird später noch Zeit sein.«

»Schaut, da!«

Valentin zeigte auf zwei Holzstangen auf einer Wiese, die in der Erde zu stecken schienen und zum Himmel aufragten. Weit und breit war niemand zu sehen. Valentin tastete die Umgebung mit den Wolfssinnen ab. Auch Edgar hielt für wenige Momente die Augen geschlossen. Als er sie wieder öffnete, folgte er Valentin und Jeri.

Ein Karren mit zwei Rädern und Zugstangen für Pferde stand herrenlos da. Die Speichen waren ganz und die Räder hatten keinen Schaden davongetragen, weshalb es umso seltsamer erschien, warum jemand dieses Gut hier gelassen haben könnte. Das Stroh, mit dem man die Ladefläche ausgelegt hatte, rutschte nach unten.

»Das ist ein gewöhnlicher Pferdekarren.« Valentin rieb sich den Hinterkopf. »So wie auch wir sie benutzen.«

»Hier scheint erst gestern jemand gewesen zu sein, wenn mich meine Nase nicht täuscht«, sagte Edgar. »Aber derjenige ist längst verschwunden.«

»Sind Menschendörfer hier in der Nähe?« Valentin sah sich um.

»Ich nehme keine Menschenansammlungen wahr, auch wüsste ich nichts von einer Siedlung, die hier gewesen sein könnte. Es sind vielleicht Reisende. Doch es ist mir ein Rätsel, weshalb man einen Karren hier stehenlassen sollte.«

»Vielleicht ist das Pferd abgehauen?«, schlug Jeri vor.

»Unwahrscheinlich«, sagte Valentin. Hier sind keine Spuren vom Zaumzeug oder kaputten Zugstangen, sollte sich das Pferd losgerissen haben.«

»Wir sollten hier weg«, sagte Edgar. »Ich habe es mehrmals erwähnt, dass die Menschen gefährlich sind. Wir werden vielleicht niemals verstehen, weshalb der Karren hier stehengelassen wurde, weil die Menschen anders sind als wir und sie anders als wir denken.«

Jeri ging um den Karren herum, als hätte er so einen Karren zum ersten Mal gesehen. Er wühlte das Stroh auf und griff nach etwas.

»Was ist das?« Er hielt seinen Fund in die Höhe.

»Das sieht aus wie ein Fäustling, nur mit Fingern«, sagte Valentin.

»Das ist ein Lederhandschuh«, sagte Edgar. »Richtige Menschen tragen sie gerne, wenn es kalt ist, sie ihre Finger aber benutzen müssen. Der Mensch, dem dieser Karren gehört, musste ihn vergessen haben mitzunehmen, als er das Pferd losband und auf ihm davonritt. Gibt es noch etwas?«

Jeri wühlte das Stroh zum zweiten Mal auf. »Nichts.«

»Gut, dann gehen wir weiter. Die Menschen sind näher als mir lieb ist. Wenn hier etwas unbeaufsichtigt steht, wird es nicht lange dauern, bis andere Menschen kommen. Lass den Handschuh, wo du ihn gefunden hast.«

Jeri wollte etwas erwidern, schaffte jedoch bloß, den Mund zu öffnen.

»Und mach das Stroh wieder zusammen.«

SCHLANGENZUNGE

»Er schreit eindeutig nach Hilfe«, flüsterte Jeri. »Vielleicht ist der Mann hingefallen und hat sich etwas gebrochen.« Er sah Edgar und Valentin an, während die beiden versuchten, etwas zwischen dem Gestrüpp zu erkennen.

Valentin ertappte sich dabei, ein wenig Abneigung dem Mann gegenüber zu empfinden. Wölfe schrien niemals nach Hilfe. So hatte man es ihnen beigebracht.

»Wir sollten weitergehen«, sagte Edgar und fing Jeris verständnislosen Blick.

»Wir sollen weg? Dem Mann nicht zur Hilfe kommen?« Jeri runzelte die Stirn.

»Ich verstehe, dass ihr helfen wollt, das ist nur natürlich, aber dieser Mensch braucht keine Hilfe.« Edgar atmete tief ein und aus. »Ihr versteht es noch nicht.«

»Eigentlich verstehe ich das sogar sehr gut«, sagte Valentin. Nun erntete er zwei Blicke der Verwunderung. »Ich verstehe, warum du nicht helfen willst. Der Mann braucht keine Hilfe, weil er weder verletzt noch in Not ist. Ich würde mich am liebsten davonmachen, weil hier etwas nicht so ist, wie es zu sein scheint. Er hat etwas vor, aber ich erkenne sein Ziel nicht. Es ist kein Schrei des Mannes, der in Schwierigkeiten steckt. Er will, dass jemand auf ihn aufmerksam wird. Und wenn ich mich nicht täusche, ist er gar nicht allein. Ich nehme den Geruch von anderen Menschen wahr.«

»Du hast es richtig erkannt, Valentin«, sagte Edgar. »Und ihr könnt gar nicht wissen, was sie vorhaben, denn so etwas tun wir Wölfe nicht.«

»Was haben sie denn vor?«, mischte sich Jeri ein.

»Ich gehe davon aus, dass sie unachtsame Wanderer ausrauben wollen. Sie wollen sie bestehlen.«

»Bestehlen?« Jeri sah Edgar an, dann Valentin. »Was bedeutet bestehlen?«

»Spielen sie uns einen Streich?«, fragte Valentin.

»In einer gewissen Weise schon. Bestehlen heißt, dass sie jemandem seine Sachen ohne seine Zustimmung wegnehmen.«

Jeri schüttelte den Kopf. »Warum fragen sie nicht?«

»Weil sie davon ausgehen, dass derjenige ihm die Sachen nicht freiwillig geben wird. Und weil sie erst gar nicht in Betracht ziehen, diese Sachen nicht zu bekommen. Ihr seht: Die Welt der Menschen ist kompliziert. Sie zu verstehen bedarf Jahre.«

»Und wie bist du mit ihnen klargekommen?«, fragte Valentin.

»Wenn man mit ihnen leben will, muss man wie sie sein. Der Wolfskönig duldet nicht nur unter Wölfen keine Schwäche, sondern auch unter Menschen. Wenn man unter Wölfen schwach ist, hat man es schwer. Bei den Menschen muss man um sein Leben fürchten. Schwäche wird bei den Menschen in vielerlei Hinsicht anders definiert.«

»Aber wenn sie von uns etwas haben wollen, warum geben wir es ihnen nicht?« Jeri wollte scheinbar nicht glauben, was er hörte.

»Das ist einer von vielen Gründen, weshalb unsere Welten unterschiedlich sind. Ihm unter diesen Umständen eine Sache zu überlassen, bedeutet, dass er alles von dir haben wollen wird, ohne darauf zu achten, welche Folgen es für dich hat. Wir Wölfe würden niemanden um etwas bitten, was dem anderen letztendlich schaden kann.«

»Und wenn wir heute an ihnen vorbeigehen, machen sie es so lange, bis jemand in ihre Falle tappt«, sagte Valentin. »Früher oder später wird es geschehen, richtig?«

»Es ist bereits geschehen«, sagte Edgar, womit er Jeri und Valentin die Augen weiten ließ. »Mehrere Male. Es ist ihr Tagesgeschäft, das sie seit Langem verrichten. Zumindest gehe ich davon aus. In der Stimme des Mannes ist weder Unsicherheit noch Furcht, was seine Hilfeschreie unglaubwürdig erscheinen lässt. Ich will nicht wissen, wie viele Menschen er und seine Freunde auf diese Weise schon bestohlen haben.«

Valentin wollte aufschreien, senkte die Stimme aber sofort wieder. »Aber dann dürfen wir auf gar keinen Fall von hier weg. Wir müssen das beenden, damit nicht noch mehr Leid geschieht. Edgar, wir müssen etwas gegen sie unternehmen.«

»Das kann ich nicht glauben«, sagte Jeri. »Ich kann nicht glauben, dass die Menschen alle so sind wie diese Menschen. Nehmen sie sich etwa gegenseitig die Sachen weg, bis ein einziger alles hat?«

»Ich glaube, ich habe gerade einen falschen Eindruck von ihnen vermittelt«, sagte Edgar. »Selbstverständlich sind nicht alle so wie diese Menschen, bei weitem nicht. Aber diese Verhaltensweise steckt in jedem von ihnen. Sie ist bei jedem unterschiedlich ausgeprägt und oft bestimmt schlicht der Lebensumstand, wie weit diese Verhaltensweise ans Tageslicht tritt.

Die Menschen dort sind eine Ausnahme. Das ist der Abschaum ihrer Art. Unter ihresgleichen werden sie nicht geduldet. Sie halten sich versteckt und zeigen ihre wahre Natur nicht offen. Solche wie sie werden gejagt. Und wenn sie erwischt werden, zieht man sie zur Rechenschaft, was nicht selten den Tod bedeutet. Keiner will in der Nähe von demjenigen leben, der dir etwas wegnehmen will.«

»Umso wichtiger ist es, dass wir nicht einfach verschwinden«, sagte Valentin. »Ich werde sonst an dem Gedanken ersticken, dass früher oder später jemand durch ihre Hände zu Schaden kommt.«

»Und was gedenkst du, mit ihnen zu tun?«, fragte Edgar. »Willst du sie gleich zur Rechenschaft ziehen?«

Valentin hielt in Gedanken inne. Das war eine gute Frage. Was sollte er mit ihnen tun?

»Ich weiß es nicht«, sagte er. »Ich kann dennoch nicht an ihnen vorbeigehen. Wenn wir sie nicht überreden können, mit ihrem Tun aufzuhören, können wir ihnen wenigstens eine Lektion erteilen.«

Edgar nickte. »Natürlich hast du recht«, sagte er und wandte sich an Jeri. »Junge, der Wolfskönig hat dir und mir eine Gunst erwiesen, mit einem wie Valentin zu reisen. Nimm seine Gedankengänge auf. Das wird dir helfen, gegen deinen Wolf zu bestehen.«

Jeri zog die Augenbrauen hoch. Er sah Edgar an, dann Valentin. Ein Strahlen legte sich auf sein Gesicht, das er erfolglos zu unterdrücken versuchte.

»Natürlich. Das werde ich. Das habe ich schon immer getan«, fügte er mit Stolz hinzu. »Also, gehen wir?«

Der Hilferuf, der sich in Abständen wiederholte, erscholl lauter. Es gab keine Zweifel mehr, dass der Mann keine Hilfe benötigte, sondern allein deswegen schrie, um jemanden anzulocken. Valentin dachte daran, dass, wenn keine Reisenden vorbeigehen würden, müsste der Mann den ganzen Tag seine Stimme strapazieren. Aber scheinbar machte er das nicht zum ersten Mal und war sich seiner Sache sicher.

Valentin ballte die Hände zu Fäusten. Wie viele Menschen wohl schon dran glauben mussten? Nein, er durfte nicht einfach vorbeigehen.

Sie folgten dem Hilferuf, der nun klar und deutlich zu hören war und dessen Falschheit immer deutlicher wurde. Ein ausgefahrener Pfad, der sich durch Bäume schlängelte, kreuzte ihren Weg. Das musste der Pfad sein, den die unwissenden Reisenden benutzten.

Valentin setzte seine Wolfssinne ein, um die anderen Menschen in der Nähe auszumachen, die sich versteckt hielten. Er dachte daran sich zu verwandeln, um diese Menschen ein für alle Mal zum Umdenken zu bewegen. Doch er wusste zu gut, dass Edgar danach gezwungen wäre … drastische Maßnahmen zu ergreifen.

Der umgekippte Pferdekarren erschien auf der Wiese. Er war größer als der Karren, den sie vor ein paar Tagen gesehen hatten. Dieser hatte zwei Achsen. Ein Rad fehlte. Überall lagen Säcke zerstreut, Holzkisten und kleine, grüne Äpfel. Der Mann unter dem Karren schrie nach Hilfe. Es sah aus, als wäre sein Bein eingeklemmt. Hätte Valentin es nicht besser gewusst, würde er an die Echtheit des Unfalls glauben. Das war eine weitere Bestätigung dafür, dass diese Menschen es nicht zum ersten Mal machten. Und das war die Bestätigung dafür, dass Valentin richtig handelte.

Valentin setzte die Wolfssinne erneut ein. Ganz in der Nähe nahm er andere Menschen in ihrem Versteck wahr, jetzt roch er sie auch ein wenig.

»Geht ohne mich«, flüsterte Edgar. »Ich halte mich im Hintergrund und werde beobachten. Ihr seid fast gleich groß und werdet als richtige Menschen durchgehen. Das wird eine gute

Gelegenheit für euch sein, diese Art von Menschen von Angesicht zu Angesicht kennenzulernen. Valentin, zieh deine Stiefel an.«

Valentin nickte. Zwar hatte er sich das erste Gespräch mit Menschen anders vorgestellt, doch die Lage verlangte es so. Und er würde Edgar nicht enttäuschen.

Er wollte nicht, dass Jeri mitkam. Diese Menschen waren gefährlich. Jeri war noch kein Wolf und ein wenig kleiner als Valentin. Valentin wäre gezwungen, auf ihn aufzupassen, sollte es zum Kampf kommen.

Die Sorgen legten sich ein wenig, als er sich daran erinnerte, dass Jeri ihn damals aus dem Wald ins Haus getragen hatte, als Valentin am Anfang seiner Verwandlung stand. Außerdem wollte Edgar, dass Jeri mitkam. Damit würde Valentin lernen, nicht nur auf sich selbst aufzupassen.

»Denk daran, Valentin, wenn du die Kraft des Wolfes einzusetzen beabsichtigst, gibt es kein Zurück. Die Menschen dürfen nicht wissen, dass wir existieren. Verwandele dich nur, wenn es keinen Ausweg gibt, wenn sie ihre Waffen ziehen und euer Leben bedroht wird.«

Valentin trat auf die Lichtung. Der Hilferuf, der gerade erscholl, verstummte, nur damit der Mann sofort losträllern konnte.

»Oh, ich danke Gott dafür, dass er euch diese Pfade wandern ließ. Bitte, Reisende, helft mir! Mein Bein ist eingeklemmt.«

Begeisterung lag in Jeris Gesicht, was kaum verwunderlich war. Es war seine erste Begegnung mit richtigen Menschen. Zu schade, dass es schlechte richtige Menschen waren.

»Mein Pferd hat plötzlich vor etwas gescheut und rannte los. Es schaffte es irgendwie, sich zu befreien, aber ich saß noch auf dem Karren. Der Karren kam vom Weg ab und rollte hierher, bis er auf einen Baum stieß und sich überschlug.« Der

Mann legte sich die Hände aufs Gesicht. »Mein ganzes Zeug ist zerstreut. Ich spüre mein Bein kaum noch.«

Der Mann spielte ihnen etwas vor, Valentin brauchte nicht mit Menschen gelebt zu haben, um das zu sehen. Wenn die anderen Menschen tatsächlich darauf reinfielen, war das Dummheit, oder …

Valentin ballte die Hand zur Faust. Er hatte nun die Gewissheit, dass er durch und durch richtig handelte, diese Menschen nicht davonkommen zu lassen. Sie nutzten die Gutmütigkeit anderer Menschen aus. Er würde sie auf gar keinen Fall davonkommen lassen, selbst wenn er sich verwandeln müsste.

Er nahm die Menschen im Hintergrund deutlicher wahr. Sie flüsterten nicht mehr miteinander und beobachteten Jeri und ihn vom Versteck aus.

»Ich bin so froh, dass ihr hier seid. Es hätte nicht mehr lange gedauert, und ich wäre ohnmächtig. Oh, dieser Schmerz! Mein Bein!«

Der Mann trug einen braunen Kragenmantel und eine enge Hose. Dunkles Hemd lugte unter dem Mantel hervor. Der Hut war von der Sonne ausgeblichen. Falten liefen über seine Stirn, obwohl er nicht wirklich alt wirkte. Für einen Moment zeichnete sich Verwunderung in seinen Augen ab, als er Valentin und Jeri aus der Nähe beobachtete.

»Oh, ihr gutmütigen Wanderer.« Seine Stimme veränderte sich plötzlich. Der Ton der Not war verschwunden. »Was habe ich für ein Glück. Kaum bin ich an der Reihe, unter dem Karren zu liegen, schon kommt ihr. Ich hätte mir sonst meinen Allerwertesten abgefroren.« Er zog sich unter dem Karren hervor und klopfte die Hose ab. Staub sank zu Boden. »Es ist kalt.« Er rieb sich die Hände.

Sein Sprachgebrauch und die Wörter, die er benutzte, hörten sich seltsam an. Manche Wörter kannte Valentin gar nicht. Jeri dürfte es kaum anders ergehen.

Er drehte hastig den Kopf, als von rechts und links drei weitere Männer auftauchten.

»Was seid ihr für welche?«, sagte der Mann, der als einziger anstelle eines Huts ein Tuch um den Kopf gewickelt trug. »He, Schneidezahn, das gilt nicht. Sie haben kaum etwas dabei. Schon wieder arme Schlucker. Du bist das nächste Mal wieder dran.«

Der Mann, der unter dem Karren gelegen hatte, wedelte mit dem Finger. »Regeln sind Regeln. Schaut sie euch genau an. Der da ist ein kräftiger Bursche und kaum zwanzig Jahre alt. Nicht wahr, Großer?«

Valentin verstand erst nicht, dass der Mann von ihm sprach. In Windseck war er der kleinste unter den Gleichaltrigen, sodass er sich inzwischen daran gewöhnte, dass man ihn und das Wort *groß* niemals in einem Satz erwähnte.

Die Gesichter der Männer verrieten, dass sie doppelt so alt wie Valentin sein müssten, trotzdem waren sie ein wenig kleiner. Er kam sich in ihrer Gegenwart sogar riesig vor. Waren etwa alle einfachen Menschen so klein wie diese vier? Oder lag es daran, dass sie zu den schlechten ihrer Art gehörten?

»Ich sage euch, Männer, ich habe einen guten Fang gemacht. Sie haben zwar nichts dabei, aber den Großen können wir für gutes Geld verkaufen. Der kleinere wächst noch. Er kommt als Beigabe hinzu.« Die vier lachten laut.

Ohne hinzusehen, konnte Valentin schwören, dass Jeris Gesicht zu Stein wurde. Das Knacken müsste von seinen Knöcheln gekommen sein.

»Das stimmt wohl. Für die kalten Berge werden Burschen wie er händeringend gesucht«, sagte der Mann mit Kopftuch. »Er hat kaum etwas an, er ist eindeutig für die kalten Berge geschaffen. Ich friere allein bei seinem Anblick.« Er rieb sich die Hände und schaute hoch zu den Wolken, die bereits den ganzen Tag die Sonne verdeckten. »Der Frühling dauert zu lange dieses Jahr.« Er sah wieder zu Valentin. Sein Mund verwandelte sich in ein breites Grinsen. »Freut euch schon Mal auf euer neues Zuhause.«

»Habt ihr die Zungen verschluckt?«, fragte Schneidezahn. »Ein Wort der Freude wäre nicht schlecht.« Die vier lachten böse.

Valentin empfand keinerlei Angst. Früher hätte er es eventuell in Erwägung gezogen wegzulaufen, aber nun gab es bloß Sorge um Jeri, falls der unwahrscheinliche Fall eintreten sollte, dass es den Männern gelingen würde ihn, Valentin, zu überwältigen. Er spürte die Kraft, die plötzlich in ihm wuchs. Er hatte das Gefühl, es mit doppelt so vielen Männern aufnehmen zu können.

Gleichzeitig vernahm Valentin noch etwas in seinem Inneren. Der Wolf regte sich. Er schien empört darüber zu sein, dass man Valentin und somit auch ihn erniedrigte. Und er freute sich auf den bevorstehenden Kampf. Und dass es einen Kampf geben würde, schien unausweichlich.

Valentin ging Möglichkeit für Möglichkeit im Kopf durch, doch es gab wohl nur diesen einen Weg. Die Erinnerungen an die Predigten Rudolfs und Edgars kamen wie eine Warnung in ihm auf, dass man die Begegnung mit den richtigen Menschen stets vermeiden sollte.

»Wehrt euch nicht. Das macht es nur noch schlimmer«, sagte der Mann mit dem Kopftuch. »Sonst werden wir euch den einen oder den anderen Finger brechen müssen, oder den ganzen Arm.« Er trat an Valentin heran. »Deine Hände.« Der säuerliche Atem schlug Valentin entgegen. »Ich sagte: Mach deine Hände zusammen, damit ich sie fesseln kann.« Als ihm auch jetzt niemand Folge leistete, ergriff er Valentins Arme und versuchte, sie zusammenzudrücken, was ihm nicht gelang. Er versuchte es erneut, auch jetzt erfolglos. »Bursche, lass mich nicht handgreiflich werden.«

Valentin fragte sich, ob der Mann ihm seine Schwäche nicht vorspielte. Er hatte sich kaum anstrengen müssen, um dem Druck, den der Mann auf seine Arme ausübte, standzuhalten.

»Ich sage es nicht noch einmal …«

Ein dumpfer Knall ließ Stille einkehren, als der Kopftuchträger Valentin mit dem Handrücken auf die Wange schlug.

Er schüttelte die Hand. Seinem Blick nach zu urteilen, schien er verwirrt zu sein, warum die Hand so wehtat und warum Valentin nicht auf der Erde lag, sondern nach wie vor auf den Beinen stand und den Kopf bloß ein wenig zur Seite gedreht hatte.

Valentin musste sich anstrengen, als sein Wolf plötzlich an ihm zerrte. Er vernahm den Drang, sich auf den Feigling zu werfen und ihm den Kopf abzubeißen. Hitze durchströmte seinen Körper. Einen hinterhältigen Angriff wie diesen hatte er nicht erwartet.

»Er ist in der Tat für die kalten Berge geschaffen«, sagte der Kopftuchträger. »Bursche, du bringst uns einen guten Preis ein. Jetzt her mit den Händen, wenn du nicht noch einmal geschlagen werden willst.«

Valentin ballte die rechte Hand zur Faust. Der Kopftuchträger sah zwar, dass Valentin ausholte, doch die Überraschung hinderte ihn scheinbar daran, sich zu wehren.

Valentin hatte Erfahrung damit, wie man kämpfte. Zwar besaß er nicht so viel Kraft wie die anderen aus Windseck, aber das lehrte ihn, wie er am besten zuschlagen sollte, um mit wenig Kraftaufwand eine große Wirkung zu erzielen. Als der schwächste Welpe war er gezwungen zu lernen, sich zu verteidigen, um gegen die anderen zu bestehen. Er erinnerte sich, wie sehr er sich darüber ärgerte, wenn jemand von seinen Freunden ihn wieder einmal besiegte oder jemand von den älteren Welpen ihm auflauerte. Als die beste Verteidigung hatte sich letzten Endes der Angriff herausgestellt.

Der Mann starrte Valentin mit aufgerissenen Augen an, bevor er einen Schritt rückwärts taumelte. Seine Arme tasteten die Stelle auf der Brust ab, wo Valentin ihn getroffen hatte. Sein Mund öffnete und schloss sich wieder, ohne dass er einen Ton von sich gab.

»Du Schweinesohn!« Schneidezahn riss sich als erster von der Starre. »Ich werde dir Manieren beibringen!« Er warf sich auf Valentin.

Mit der geballten Faust, diesmal der linken Hand, schlug Valentin nach Schneidezahn, woraufhin dieser auf den Boden flog und den Kopftuchträger mit sich riss.

Valentin war sich abermals unsicher, ob die beiden ihm nicht etwas vormachten. In Wut hatte er zwar ein wenig stärker ausgeholt als beabsichtigt, und der Wolf spendete Kraft, ohne dass Valentin seine Gestalt annahm, aber dass er so stark wurde? Oder lag es daran, dass die Menschen tatsächlich schwach waren?

Metallgeräusche erklangen. Die Klingen der beiden anderen Männer blitzten auf. Sie lernten dazu, denn im Gegensatz zu ihren Freunden warfen sie sich nicht sofort auf Valentin, sondern umkreisten ihn. Sie hatten verstanden, dass Valentin kein gewöhnlicher Junge war und dass er nicht bloß wie ein großer, starker Bursche aussah, sondern auch einer war. Valentin fiel es noch immer schwer einzusehen, dass die Bezeichnung *großer Bursche* mit ihm zu tun hatte.

Er schob Jeri hinter sich. Mit den Augen fixierte er einen Ast, der wenige Schritte neben ihm lag. Zwar würde er diese Männer auf dieselbe Art wie die beiden anderen besiegen können, aber sie hatten Klingen, und das machte sie zur Gefahr. Valentin hatte noch nie gegen jemanden gekämpft, der eine kurze Klinge geführt hatte.

Er ergriff den Ast mit beiden Händen. Zu seiner Überraschung machte niemand Anstalten, sich auf ihn zu werfen.

Zwar hatte Valentin damit gerechnet, dass er sie mit seiner neuen Waffe verunsichern konnte, aber dass sie in Starre verfielen, hätte er nicht erwartet.

Die Männer starrten an ihm vorbei. Valentin vernahm das Knacken der Stöcke in seinem Rücken. Er brauchte sich nicht umzudrehen, um zu wissen, wer sich näherte. Edgar müsste die Lage mit den Klingen als gefährlich empfunden haben und beschloss, sich zu zeigen.

Valentin hatte bei den Männern zwar einen bleibenden Eindruck hinterlassen, doch Edgar, der mehr als zwei Köpfe größer war, ließ sie mit seiner Erscheinung rückwärts taumelten.

Der Kopftuchträger hatte sich im Sitzen aufgerichtet und rieb sich die Brust. »Macht ihn fertig!«, krächzte er. »Was steht ihr herum? Hackt ihn in Stücke!« Sein Gesicht war den beiden Männern zugewandt, sodass er die riesige Gestalt Edgars noch nicht sah.

»Legt die Klingen weg«, donnerte Edgars Stimme. Die Männer zuckten zusammen.

Der Kopftuchträger fuhr herum. Der Anblick Edgars schnitt ihm die Luft ab.

»Na los, auf ihn …«, sagte er leise. Sein Finger zitterte, als er auf Edgar zeigte.

Die Männer sahen einander an. Niemand traute sich, als erster gegen den Riesen zu kämpfen, selbst mit der Waffe. Valentin lieferte ihnen bereits eine Kostprobe seiner Stärke. Die Stärke Edgars wollten sie wohl kaum kennenlernen.

»Auf ihn!«

Schneidezahn war auf den Beinen. Er rieb sich die Brust und rotzte auf den Boden. Auch er hielt eine kurze Klinge in der Hand. Im Gegensatz zu seinen Freunden hielt Edgars Anblick ihn nicht davon ab, sich auf Valentin zu werfen.

Die Zeit um Valentin herum verlangsamte sich, als Schneidezahn mit der Waffenhand zum Schlag ausholte. Valentin wollte die Klinge aus der Hand schlagen, traf mit dem Ast jedoch das Handgelenk, woraufhin ein Knacken zu hören war.

Schneidezahn kam zum Stehen. Die Waffe glitt aus seiner Hand, die nun keine Kraft mehr zu haben schien. Er fiel auf die Knie. Den gebrochenen Arm hielt er in die Höhe. Sein Heulen erscholl im weiten Umkreis durch den Wald.

Edgar stürmte an Valentin vorbei. Er holte mit der Rechten aus, sodass der andere Mann, der auf Valentin sprang, hochflog. Die Klinge, die einen weiten Bogen über ihn machte, schien Edgar gar nicht wahrgenommen zu haben. Mit der Linken beförderte er den zweiten Mann auf dieselbe Weise in die Höhe.

»Wir wollen doch nichts überstürzen«, sagte der Kopftuchträger. Er hatte sich wieder im Griff und steckte die Klinge, die er eben noch herausgeholt hatte, zurück in die Scheide. »Ich mache euch einen Vorschlag: Wir tun so, als hätten wir uns nicht getroffen. Ihr geht eures Weges, wir unseres.« Er hob die Hände.

Schneidezahn heulte leise vor sich hin. Die beiden anderen Menschen sahen aus wie Mistkäfer, die nicht imstande waren, sich auf die Bäuche zu drehen.

»Wirf deine Waffe auf den Boden«, sagte Edgar.

»Die nehme ich aber später wieder mit«, sagte der Kopftuchträger. Man sah ihm an, wie ungerne er Edgar Folge leistete.

»Ich habe ihn gesehen«, flüsterte Jeri. »Dort war noch jemand, hinter der Fichte. Ich werde nachsehen.«

Edgar legte ihm die Hand auf die Schulter. »Natürlich ist da noch jemand. Du bleibst hier und hilfst Valentin, wenn dieser Mensch Schwierigkeiten macht.«

Valentin sah Edgars Schatten, als der Dorfvorsteher plötzlich in die Richtung schoss, wo eben noch eine Gestalt zu sehen war. Blätter verschluckten ihn. Ein erstickter Schrei erklang und brach jäh ab. Edgar tauchte nach wenigen Augenblicken wieder auf. Der ohnmächtige Mann in seiner Hand, den er am Kragen festhielt, schleifte mit den Beinen am Boden.

»Junge, befreie die beiden Menschen dort hinten und bringe die Seile hierher.« Edgar warf den ohnmächtigen Mann vor die Füße des Kopftuchträgers.

Jeri brauchte einen Augenblick, um zu verstehen, was Edgar von ihm wollte.

»Ihr macht einen Fehler. Wir können euch Sachen anbieten, die euch reich machen werden.«

»Wie viele habt ihr schon bestohlen?« Valentin hielt den Ast umklammert, jederzeit bereit, ihn einzusetzen.

»Genug, um euch reich zu machen. Ihr könnt bessere Kleidung vertragen.« Er sah Edgar von unten bis oben an. »Und ich kann sie euch besorgen. Ich habe Geld, das könnt ihr mir glauben. Werft diese Gelegenheit nicht weg. Ihr werdet es nicht bereuen.«

»Wie viele habt ihr bestohlen?«, wiederholte Valentin.

»Was spielt das schon für eine Rolle? Ich kann euch reich machen.«

»Antworte dem Jungen«, sagte Edgar.

»Ihr seid nicht von hier, richtig? Ihr habt einen Akzent. Kommt ihr aus dem Norden oder aus dem Süden?« Er wartete vergebens auf eine Antwort. »Deswegen seid ihr so groß. Hört zu, ihr kennt das hiesige Leben nicht. Es ist schwer für jemanden, der sich nicht auskennt, sich hier zurechtzufinden. Ich kann euch helfen. Glaubt mir, Fremde mag hier niemand. Ihr könnt Freunde gebrauchen.«

»Glaubt ihm bloß kein Wort!«, erklang eine raue Stimme.

Ein Mann, der Valentin um einen halben Kopf größer sein dürfte, ging auf sie zu und rieb sich die Handgelenke, wo sich die eingedrückten Linien auf der Haut dunkelrot färbten. Die Enden seines Schnauzbarts sahen seltsam gekräuselt aus. Das

Haar, das nur noch den Hinterkopf und die Schläfen bedeckte, war zerzaust. Dreck und Staub hafteten an seinem schwarzen Mantel. Hinter ihm zeigte sich Jeri. Er stützte jemanden. Seile hingen über seine Schulter.

Die Augen des Kopftuchträgers wanderten zum neuen Mann, zu Edgar, dann zu seiner Klinge. Hastig wandte er die Augen von der Waffe ab, nur um im selben Augenblick zu ihr zu springen.

Der Mann mit dem Kräuselbart war schneller. Er stellte sich auf die Klinge und klemmte damit dem Kopftuchträger die Finger ein. Das Heulen verstummte jäh, als der Mann das Knie ins Gesicht des Kopftuchträgers rammte.

»Ich werde einen ganzen Tag lang damit verbringen müssen, meine Vanessa von deinen dreckigen Fingern zu säubern.«

Er schnallte das Futteral vom Kopftuchträger ab, der keine Anstalten machte, sich zu wehren und damit beschäftigt war, die Hände ans Gesicht zu pressen. Blut quoll zwischen seinen Fingern. Der Mann umfasste die Klinge, die er Vanessa genannt hatte, behutsam am Schaft und steckte sie in die Scheide. Erst dann wandte er sich Edgar und Valentin zu.

»Hauptmann Greg Agnes. Stadtwache von Isengold. Stehe zu Euren Diensten und ewig in Eurer Schuld.« Er wandte sich zum Kopftuchträger. »Und das ist Schlangenzunge mit seiner Bande. Ich hätte nicht gedacht, dass heute so ein wunderbarer Tag werden würde, habe aber nie daran gezweifelt, dass er irgendwann kommen würde.« Er sah zum Himmel. »Abgesehen von den Wolken. Mein lieber Junge, reichst du mir das Seil?«

Es brauchte einen kräftigen Ruck, um die Hände Schlangenzunges von seinem Gesicht zu lösen. Greg wickelte ihm das Seil um das Handgelenk. Aus derselben Bewegung schlug er dem Mann ins Gesicht, als dieser Anstalten machte, mit der anderen Hand etwas aus dem Stiefel zu ziehen. Greg wickelte das Seil um beide Hände. Valentin konnte gar nicht schnell genug beobachten, wie ein Knoten entstand, zwei weitere Wicklungen folgten und ein Doppelknoten die Arbeit vollendete. Greg rieb sich die Handgelenke.

»Dass auch du weißt, wie sich das anfühlt. Schuft.«

Valentin und Edgar fesselten die restlichen Männer.

»Alles in Ordnung … Louis?«, fragte Greg den Jungen, den Jeri gestützt hatte.

Valentin konnte nicht anders, als den Jungen anzustarren. Er hätte nicht gedacht, dass jemand solch helles Haar haben könnte. In Windseck hatten die meisten kastanienbraunes Haar wie Robin, schwarzes wie Valentin oder rotes wie Laura. Das weiße Haar des Jungen hing bis zu den Schultern und war ebenso zerzaust wie das von Greg. Er hatte die Größe Jeris und schien aus Haut und Knochen zu bestehen. Sein Gesicht wirkte ein wenig mädchenhaft. Er trug eine enge Hose, ein Hemd mit langem Kragen und einen dünnen Mantel. Und er fror. Sofort beeilte sich Valentin, Holz zu sammeln. Dankbarkeit zeichnete sich im Gesicht des Jungen ab, als er Valentins Vorhaben erkannte.

Feuerzungen leckten über das Holz. Das Knistern mischte sich zu den Geräuschen von Grillen hinzu, die sich auf den Abend vorbereiteten. Louis hüllte sich in den Umhang von Schlangenzunge und hielt die Hände gegen die Flammen.

»Der Stadtwache wurde gemeldet, jemand hätte Schlangenzunge in der Stadt gesichtet. Wir machten uns also auf die Suche. Leider waren wir nur zu dritt, denn solche Meldungen erreichen uns täglich, und die meisten stellen sich als Gerüchte heraus. Nicht aber diesmal.«

»Wer war das!? Sag es mir!«, meldete sich Schlangenzunge, der von den anderen getrennt am Baum angebunden saß. »Es kann doch nur einer von uns gewesen sein!«

»Verzeiht mir.« Greg erhob sich.

»Ich werde ihn früher oder später finden. Er wird …«

Vergebens versuchte der Mann, den Greg Schlangenzunge nannte, den Stofffetzen herauszuspucken.

»Ich habe ihn erkannt und folgte ihm«, fuhr Greg fort, so als hätte die Unterbrechung nicht stattgefunden. »Leider erkannte auch er die Verfolgung. Es gelang ihm, aus der Stadt zu flüchten, sodass ich gezwungen war, die Suche außerhalb der Mauern fortzusetzen. Zwar haben wir ausgebildete Suchtrupps, aber die Zeit lief mir davon. Er wäre längst weg, hätte ich einen Suchtrupp angefordert. Sie stellten uns eine Falle. Eine unehrenhafte Falle, so wie man es von einem wie Schlangenzunge erwartet. Zehn gegen drei. Meine Männer tun mir leid. Ich wurde als einziger am Leben gelassen. Sie glaubten wohl tatsächlich, dass, wenn sie einen Hauptmann der Stadtwache als Geisel halten, ihnen nichts passieren würde und ein Lösegeld wäre ihnen sicher. Aber mit Banditen wird niemals verhandelt.«

Valentin glaubte, jemand von den Erwachsenen aus Windseck erzählte gerade eine Märchengeschichte, so wie er es tat, wenn die Welpen ihn darum baten. Eine Stadt war ein Ort, der viel größer war als ein Dorf. Valentin stellte sich die vielen Menschen vor, die darin lebten, und wie es dort aussah. Sie hatten sogar eine Wache, um solche wie Schlangenzunge zu stellen. Valentin verstand jedoch nicht die Bedeutung des Lösegeldes und weshalb Schlangenzunge böse war. Wozu hielt er jemanden gefangen? Geisel? Banditen? Jeri schien es kaum anders zu ergehen.

»Der Junge ist aus derselben Stadt wie ich.« Greg nickte Louis zu. »Sie hatten ihn ein paar Tage davor entführt. Wegen ihm waren sie in der Stadt, vermute ich. Seit fünf Tagen schleppen sie uns durch den Wald, während einer von ihnen anscheinend versucht, Lösegeld auszuhandeln. Inzwischen müsste man ihn verhören, oder er baumelt bereits am Galgen. Um die Zeit also nicht unnötig verstreichen zu lassen, nimmt sich Schlangenzunge Wanderer wie euch vor. Ich bin froh, dass es ausgerechnet ihr wart. Jemand anderem würde es wohl kaum gelingen, diese Verbrecher aufzuhalten.« Er schaute zu Valentin. »Ich habe gesehen, wie du mit ihnen fertig wurdest. Alle Achtung. Du bist ein kräftiger Bursche, das sieht man dir sofort an. Hast du gedient?«

Valentin sah Greg stirnrunzelnd an. Wieder einmal hatte er nicht sofort verstanden, dass man den kräftigen Burschen mit ihm in Verbindung brachte. Es wirkte ein wenig unheimlich und aufregend zugleich, dass ein richtiger Mensch mit ihm sprach. Wem soll er gedient haben?

»Er ist jünger als er aussieht«, sagte Edgar. »Er hat nicht gedient.«

Valentin fiel die Neugier auf, mit der Greg den Dorfvorsteher von Windseck musterte. Wenn Valentin bei den Menschen als ein kräftiger Bursche durchging, müsste Edgar ein Riese für sie sein. Valentin erinnerte sich an die Gespräche mit Edgar, dass er es möglichst vermieden hatte, sich wegen seiner Größe unter Menschen zu zeigen, weil seine Größe die Blicke der Menschen anzog und ihn auffällig machte. Alle Menschen, die ihnen bisher begegneten, waren kaum größer als Valentin. Nur Greg überragte ihn um einen halben Kopf.

»Seid ihr aus den Wasserbergen im Norden?«, fragte Greg. Edgar zögerte einen Augenblick, bevor er nickte. »Ich habe von eurem Volk gehört, bin aber noch nie einem von euch begegnet. Die Geschichten sind wahr, was man über eure Größe sagt. Ich werde nicht weiter nachfragen, denn man erzählt sich, dass ihr ungerne von euch sprecht. Und ich werde das respektieren.«

Für eine Weile kehrte Stille ein, während fünf Augenpaare ins Feuer blickten. Louis und Jeri streckten die Hände zu den

Flammen. Greg rieb sich die Handgelenke, wo die eingedrückten Stellen nach wie vor dunkel blieben. Edgar kratzte zum wiederholten Mal unter dem Stiefelkragen.

»Warum nennst du den Mann Schlangenzunge?«, fragte Jeri nach einiger Zeit. »Er heißt doch nicht wirklich so, oder?«

»Ich kenne ihn nur unter diesem Namen«, sagte Greg. »Und er passt am besten zu ihm, wie ich finde. Wenn er spricht, kommen nur Lügen heraus. Er verleitet dich zu Dummheiten, auf die du dich sonst niemals einlassen würdest. Er ist bekannt dafür, Zwiespalt zu säen, selbst unter besten Freunden. Seine Zunge ist die einer Schlange. Es ist deshalb wichtig, dass man ihm keine Aufmerksamkeit schenkt und am besten gar nicht erst zuhört, was er sagt.« Greg richtete den Blick auf den geknebelten Mann, der selbst jetzt noch versuchte, mit verständnislosen Blicken Greg zu manipulieren.

»Was geschieht mit ihm?«, fragte Jeri. »Willst du ihn für immer gefesselt lassen?«

Greg nickte. »Das würde ich am liebsten tun. Er hätte es verdient, den Rest des Lebens in Fesseln zu verbringen, für das viele Leiden, das er den Menschen angetan hat. Ich werde ihn dem Richter überlassen. Er wird entscheiden, was mit ihm geschehen soll. In den meisten Fällen gibt es für solche wie ihn bloß den Galgen.«

Worte Edgars kamen in Valentin auf, dass die Menschen zur Rechenschaft gezogen werden, wenn jemand eine Untat beging. Der Galgen bedeutete dann wohl den Tod.

»Ihr werdet sicherlich Tage brauchen, um die Banditen in die Stadt zu bringen«, sagte Edgar. »Ein schwieriges Unterfangen.«

»Die Schurken waren mit Pferden unterwegs. Die Tiere grasen unweit von hier. Wir werden den Karren benutzen. Schon in ein, zwei Tagen werden wir Isengold erreichen. Ihr solltet unbedingt mitkommen. Es wäre mir eine Ehre, die Bewohner der Wasserberge durch unsere Stadt zu führen. Ihr habt euch das Kopfgeld für die Bande mehr als verdient, ebenso meine Gastfreundschaft. Die Eltern des Jungen würden sicherlich die Retter ihres Sohnes entlohnen wollen.«

Louis nickte bei den Worten bloß.

»Eines Tages nehmen wir das Angebot an«, sagte Valentin. »Aber wir haben es eilig. Wir sind auf dem Weg zu unseren Verwandten und haben uns ein wenig verlaufen. Jetzt kennen wir den Weg.« Er schaute Edgar an. »Wir würden euch jedoch in dieser Nacht gerne helfen und Wache schieben, damit ihr ausschlafen und euch morgen in aller Frühe auf den Weg machen könnt. Vielleicht müsst ihr keine weitere Nacht mehr mit Schlangenzunge verbringen.«

»Das ist sehr zuvorkommend von euch. Das Angebot nehmen wir sehr gerne an. Louis?« Der Junge nickte. »Die Schurken hatten jede Menge zu essen dabei. Ich möchte auf keinen Fall, dass es schlecht wird.«

Der Kessel zischte angenehm in der Stille des Abends. Grillen zirpten und machten den Schlürfgeräuschen Konkurrenz. Das Aroma von gekochtem Rindfleisch hing in der Luft. Das Feuer ließ Schatten tanzen. Irgendwo begann ein Uhu, sein Lied zu sprechen. Ein anderer stimmte in das Lied mit ein.

Greg trank die letzten Tropfen aus der Schale. Er wischte den Mund ab und rollte seine sich kräuselnden Schnauzbartenden zwischen den Fingern stramm.

»Wohin setzt ihr euren Weg morgen fort?«, fragte er. »Vielleicht können wir zumindest in die gleiche Richtung gehen.«

»Nach Norden.« Jeri streckte den Zeigefinger in die Richtung, wo der Himmel am dunkelsten war.

»Das ist Nordosten«, sagte Greg. »Seid ihr euch sicher, dass ihr auf dem richtigen Weg seid?«

Valentin und Jeri drehten die Köpfe zu Edgar.

»Wir müssen dorthin. Das ist der Weg«, sagte Edgar.

»Du bist überrascht. Weißt du etwas über diesen Weg?«, fragte Valentin, nachdem Edgar nichts mehr sagte und sich noch ein wenig Rinderbrühe nachschenkte.

»Ihr könntet durchaus vom Weg abgekommen sein, es sei denn, ihr habt bewusst diese Richtung eingeschlagen. Wenn ihr dieselbe Richtung meint, dann gebe ich euch einen Rat: Macht einen Bogen um den Ort, auf den ihr geradewegs zusteuert.« Er fuhr fort, als sich vier Augenpaare gleichzeitig auf ihn richteten. Louis hörte auf, seine Suppe zu schlürfen. »Dort hinten erstreckt sich der Tote Wald. Niemand hält sich dort auf, abgesehen vielleicht von solchen wie Schlangenzunge.« Er nickte in Richtung der Banditen. »Wobei ich selbst das bezweifele. Niemand, dem sein Leben lieb ist, traut sich dorthin. Ihr seid aber nicht von hier und könnt es nicht wissen. Wir erschrecken nicht nur unsere Kinder mit den Geschichten über diesen Wald. Manche Verurteilten, die sich zwischen dem Toten Wald und dem Strick entscheiden müssen, wählen das zweite. Dort haust das Böse. Ich kannte Abenteurer und Schatzsucher, die ihr Glück versucht hatten, doch nicht einen einzigen habe ich jemals wiedergesehen. Niemand sah sie seitdem wieder. Es gibt Geschichten über diesen Wald, die bereits seit Jahrhunderten, wenn nicht seit tausenden von Jahren erzählt werden. Sie besagen, dass einst Ungeheuer diesen Wald bewohnten. Immer wieder tauchten sie auf und töteten Menschen. Das Böse kam in unsere Städte. Man brauchte Heere, um eines dieser Ungeheuer zu Fall zu bringen. Und diese Ungeheuer waren keine Gespinste, die sich unsere Ahnen in den späten Stunden aus Langeweile ausdachten. Es gab sie wirklich. Davon zeugen Texte und Bilder aus vergangener Zeit. Eines Tages verschwanden die Ungeheuer jedoch. Vielleicht hatte ein Kriegsherr ihr Nest ausgerottet, oder man tötete sie eines nach dem anderen. Man weiß nichts Genaueres, aber sie waren plötzlich weg. Die Angst vor ihnen jedoch ist bis heute geblieben. Viele Menschen halten diese Geschichten zwar für ein Märchen, doch auch sie würden es niemals wagen, den Toten Wald zu betreten.«

»Es waren Kreaturen, denen man weder in der Nacht noch am Tag begegnen wollte«, erklang die Stimme eines Jungen, die ebenso die Stimme eines Mädchens sein könnte. Das Feuer schien Louis' Blick festzuhalten. »Sie hatten Fell überall am Körper, doch es waren keine gewöhnlichen Tiere. Ihre Schnauzen waren langgezogen und mit Zähnen bespickt, deren Anblick bereits ausreichte, um Schrecken zu säen. Der Rest des Körpers kam einem Menschen gleich, mit dem Unterschied, dass lange Krallen ihre Hände zur Waffe machten, ihnen das Fell wuchs und ein Schwanz, und sie doppelt so groß waren wie die Menschen. Etwas Böses trieb sie an, und zwar alle. Die Geschichten erwähnen kein einziges Mal, dass auch friedfertige Wesen unter ihnen weilten.«

»Louis kennt viele Bücher in Isengold«, sagte Greg. »Seine Beschreibung trifft auf die Schädel zu, die in der Kirche des dunklen Schöpfers aufbewahrt werden.«

Valentin und Jeri sahen einander an.

»Es gibt Schädel von diesen … Ungeheuern?«, fragte Valentin.

»In Isengold sind zwei dieser Schädel in der Kirche des dunklen Schöpfers untergebracht«, sagte Greg.

»Und kann man sie auch sehen?«

»Es wird nicht einfach sein, sich Zugang zu ihnen zu verschaffen, doch als Hauptmann der Stadtwache ließe sich da sicherlich was einrichten. Wollt ihr es euch nochmal überlegen, mit uns in die Stadt zu kommen?«

Edgar schüttelte den Kopf. »Wir müssen weiter, und zwar da durch. Es ist eine Abkürzung.«

»Ich erkenne, wenn jemand entschlossen ist und weiß was er tut. Und ihr tut es eindeutig. Und ich erkenne, dass ihr es schaffen werdet, so stark wie ihr seid. Wenn ich euch von diesem Vorhaben schon nicht abbringen kann, geht wenigstens tagsüber und versucht, den Wald noch bei Licht zu durchqueren.« Er schüttelte den Kopf. »Nein, er ist zu groß, um ihn an einem Tag zu durchqueren. Am besten ist es noch immer, ihr macht einen weiten Bogen um ihn.«

»Ich danke dir für die Fürsorge, doch die Umstände verlangen von uns, diesen Weg zu nehmen«, sagte Edgar.

»Ich verstehe. Wenn ich könnte, würde ich euch begleiten. Es wäre mir eine Ehre.«

Greg wühlte in seiner Tasche. Ein paar Handschuhe, die er darin fand, reichte er Louis. Der Junge nickte ihm zu.

»Gehört der vielleicht auch dir?« Jeri sprang auf, um aus seiner Jacke einen Handschuh hervorzuholen. »Den habe ich auf dem Weg hierher gefunden.«

Greg schüttelte den Kopf. »Nein, der ist nicht von mir.«

»Nimm ihn trotzdem. Vielleicht findet sich jemand in deiner Stadt, dem er gehört.«

»Die beiden Burschen sind gut erzogen.« Greg wandte sich an Edgar. »Das wenige, das ich bisher von ihnen gesehen habe, reichte aus, um zu erkennen, wie stark, tapfer und rechtschaffen sie sind. Das kann ich leider nur von wenigen jungen Leuten aus Isengold behaupten. Sind die beiden deine Kinder?«

Edgar sah Jeri eine Weile an, bis der Junge kaum merklich den Kopf einzog. »Ja«, sagte er. »Und der da ist mein ungezogenes Kind.«

LEHRSTUNDEN

Valentin umrundete das schwarze Licht. Es leuchtete hell und schien seit dem letzten Mal, als Valentin in sich hineinging, gewachsen zu sein. Die Tropfen, die von oben und unten aufeinander fielen, gewannen an Kontur. Valentin fiel eine schmale Linie auf, die zwischen ihnen entstand und nach einem Spalt aussah. Aber vielleicht täuschte er sich, und es handelte sich bloß um die Überschneidung beider Konturen.

Der Wolf beobachtete ihn. Er schien sich inzwischen damit abgefunden zu haben, dass nicht er den Menschen leitete, sondern umgekehrt. Und als wäre auch Edgar in Valentins Kopf, um ihn zu schützen, fielen Valentin seine Worte ein, dass man sich immer in Acht vor dem Wolf nehmen musste und sich ihm irgendwann aufs Neue stellen.

Der Versuch, ins Licht zu blicken, scheiterte auch jetzt. Es ließ Valentin nicht an sich heran, so als hätte jemand eine unsichtbare Mauer um das Licht herum errichtet. Valentin spürte die Kraft, die im Inneren des Lichtes brodelte.

Plötzlich glaubte er, etwas verstanden zu haben. Es war das Leuchten, das ihm Stärke verlieh. Es gab ihm bereits in Menschengestalt mehr Kraft, Sinnesschärfe und die Fähigkeit, der Kälte zu trotzen.

Das Gespräch mit Fira kam in ihm auf, dass er nicht drängen sollte. Der Wolf würde selbst entscheiden, ob er ihn reinlassen würde. Wie es aussah, hatte Fira wie immer recht.

Die Leuchtkraft des Lichtes hatte seit dem letzten Mal zugenommen. Valentin hatte inzwischen kaum noch Mühe, es zu finden. Vielleicht gewöhnte sich sein Wolf langsam an ihn, und eines Tages würde er Valentin einen Einblick in seine Welt gewähren.

Als wären diese Gedanken der Schlüssel, vernahm Valentin einen Ruck, der das Licht erzittern ließ. Der Ort um ihn herum verdunkelte sich ein wenig, während das Licht heller zu werden schien. Schwarze, durchsichtige Strahlenlinien durchstachen den Raum. Kraft umfloss Valentin, die durch seinen Körper strömte, obwohl er in seinem Inneren gar keinen Körper besaß. Er nahm den Geruch von glühenden Kohlen wahr, den Duft vom Morgentau, und er glaubte zu hören, wie die Blätter raschelten.

Das Licht zog ihn an. Valentin kam in seine Nähe, indem er die Lichtstrahlen umging, die nun sichtbar wurden. Er glaubte, das Licht berühren zu können, und spürte, wie es pulsierte.

Noch nie war es ihm gelungen, so nah an das Licht heranzutreten wie heute. War das der Zeitpunkt, den Fira meinte? Gewährte ihm der Wolf gerade Einlass?

Zeit verging. Valentin stand zwar vor dem Licht und spürte es deutlicher denn je, dennoch gab es auch jetzt keine Möglichkeit hineinzugelangen. Es fand sich kein Eingang, und das Innere des Lichts blieb undurchdringlich.

Valentin erinnerte sich an Firas Worte: Im Schrein des Wolfskönigs würde es besser gelingen, mit dem Licht umzugehen. Aber wann würde er den Schrein wieder betreten können? Es könnten Monde vergehen, bis sie zurückkehrten.

Valentin straffte sich innerlich. Es war der Wille des Wolfskönigs. Er wollte, dass Valentin es unter schwierigen Bedingungen schaffte. Und wenn er es hier schaffte, würde es im Schrein umso besser gelingen. Er würde geduldig sein. Er würde sein Licht nach und nach ergründen.

Er vernahm eine Stimme. War das die Stimme des Wolfes? Valentin wagte es nicht, sich auf etwas anderes zu konzentrieren und hörte sie erneut. Die Stimme klang abgehackt und schien seinen Namen zu rufen. Valentin fiel auf, dass sie nicht vom Licht kam, sondern von außerhalb. Ob Edgar nach ihm rief?

»Valentin ...«

Er schlug die Lider auf und tauchte in eine Welt ein, beherrscht von dunkelblauen Konturen der Bäume. Der Himmel bildete einen Kontrast, indem er eine rosa Farbe annahm. Valentin sah Edgar wenige Schritte von sich entfernt. Seine Wolfsgestalt wirkte angespannt.

»Valentin«, knurrte Edgar.

Valentin starrte ihn an. Er verstand nicht, weshalb Edgar die Wolfsgestalt angenommen hatte. Er sah aus, als stünde ein Feind vor ihm. Seine Krallenhände zuckten.

»Edgar?«, sagte Valentin und erschrak.

Seine Stimme hörte sich nach seinem Wolf an. Er führte sich die Hand vor Augen und sah sie eine Weile an, bis er verstanden hatte, dass die lederdurchzogene Haut und die Krallen ihm selbst gehörten.

»Edgar, ich bin es«, knurrte Valentin.

»Wie ist ... dein Name?«

»Valentin ...«

Ein Stoß von Innen ließ ihn zusammenzucken. Es prickelte, als er die menschliche Gestalt wieder annahm. Die blauen Konturen der Bäume verdunkelten sich ein wenig. Der Himmel leuchtete nach wie vor rosa.

Valentin drehte den Kopf auf der Suche nach Jeri. Der Junge lugte hinter Edgar heraus. Er reichte dem Riesenwolf gerade so bis zum Bauch. Seine Augen zeugten von Neugier.

Edgar zuckte. Er schüttelte den Kopf und strich sich über den Schnauzbart, als sich seine Rückverwandlung vervollständigte.

Valentin sah sich um. Das Feuer erlosch. Glühende Kohlen ließen die Luft tanzen. Der Wald bereitete sich auf das Aufwachen vor und atmete Feuchtigkeit aus. Jeris Schlafsack sah aus, als wäre er in Eile verlassen worden.

»Was ist passiert?«

»Das wollte ich dich gerade fragen«, sagte Edgar. »Du bist in dich hineingegangen. Eine Weile lief alles wie sonst, bis vor ein paar Minuten. Du hast die Wolfsgestalt angenommen, so wie du hier gesessen warst, ohne dass wir etwas mitbekommen haben. Wir haben weder etwas gesehen noch gehört. Ich habe es bloß gespürt. Dann habe auch ich mich verwandelt. Wir haben dich beobachtet. Ich habe deinen Namen gerufen.«

»Ich habe die Verwandlung nicht ausgelöst.« Valentin runzelte die Stirn. »Aber in meinem Inneren hat sich etwas verändert. Ich sah das Licht, als hätte ich durch die Wolfsaugen geschaut. Das Licht erzeugte sichtbare Strahlen und ich kam näher heran als jemals zuvor, weil ich die Strahlen sah und sie umgehen konnte.«

»Du hast dich also verwandelt, während du in deinem Inneren warst«, sagte Edgar und legte Daumen und Zeigefinger auf das Kinn. »Aber die Verwandlung hast du nicht mit Absicht hervorgerufen. Das ist ungewöhnlich.«

»Hat Fira schon einmal davon gesprochen?«

Edgar schüttelte den Kopf. »Das hat sie nicht. Aber vielleicht hat sie es mir nie erzählt. Sie hat schon lange nicht mehr die Wolfsgestalt angenommen. Ich werde von nun an mehr Acht auf dich geben müssen.«

»Ich glaube kaum, dass mein Wolf rebelliert hat, wenn du darauf anspielst. Nun, nicht so wie du denkst. Ich glaube, er hat es getan, um mir zu helfen. Als ich mich verwandelt hatte, konnte ich das Licht beinahe berühren. Vielleicht schaffe ich es so hineinzugelangen.«

»Und wie fühlst du dich jetzt?«, fragte Jeri. »Na, du musst dich doch schwach fühlen, wenn dein Wolf dich zu übernehmen versucht hätte?«, fügte er hinzu, als zwei Augenpaare ihn gleichzeitig ansahen. »Ich schlafe nicht immer sofort ein, wisst ihr? Manchmal brauche ich Zeit. Ich bleibe liegen und warte, bis der Schlaf mich überkommt. Ich lausche nicht mit Absicht.«

»Ich fühle mich gut, und das ist einer der Gründe, weshalb ich nicht davon ausgehe, dass der Wolf meinen Körper übernehmen wollte. Jeri, es ist früh. Wenn du willst, kannst du dich noch ein wenig schlafen legen.«

»Hast du meinen Herzschlag nicht gehört? Du hast mich erschreckt. Heute werde ich ganz sicher nicht mehr schlafen. Edgar, erzähl uns ein wenig mehr von den Menschen. Wenn Greg und die anderen nicht die letzten Menschen waren, denen wir begegneten, muss ich wissen, wie man mit ihnen spricht.«

»Wir hatten Glück im Unglück, Menschen wie diesen begegnet zu sein«, sagte Edgar. »So konntet ihr zwei Arten von Menschen kennenlernen. Die fünf Räuber waren die schlechteste Sorte ihrer Art, während es bei den anderen beiden das Gegenteil der Fall war. Die Menschen jedoch sind sich bewusst, dass es solche wie Schlangenzunge gibt, und sie haben gelernt, mit ihnen zu leben. Sie gehören in ihre Welt wie das Unkraut in die Gärten. Es ist nur eines von vielen Dingen, die ihr als verwirrend empfinden werdet, was in der Welt der Menschen jedoch als eine Selbstverständlichkeit gilt. Es fiel mir schwer, mich für sie auszugeben, und ich spreche dabei nicht nur von meiner Größe. Auch ich hatte keine Vorstellung davon, wie ihr Leben aussah. Ich lebte damals in einem Dorf, wo es nicht viele Menschen gab. Dennoch habe ich einiges gelernt. Ich habe verstanden, weshalb unsere Ahnen entschieden haben, fern von ihnen zu bleiben. Selbst die guten Menschen werden in unseren Augen als abscheulich erscheinen, weil sie so manche Sachen nicht anders zu handhaben wissen, weil sie es nicht anders gelernt haben. Ich habe Geschichten erzählt bekommen, dass viele Menschen aus den Städten andere Menschen zum Arbeiten zwingen, weil sie in bestimmten Familien geboren worden sind, oder weil die anderen das Pech hatten, in den entlegenen Ecken der Welt aufgewachsen zu sein oder zu der Verliererseite in einem Krieg gehören zu müssen, wo sie nicht mehr als Menschen angesehen werden. Man bezeichnet die letzten als Sklaven und behandelt sie wie Eigentum. Derjenige ist bis zum Tod eine Art Diener für jemand anderen. Und sein Leben gehört ihm nicht mehr.«

»Als Eigentum behandeln?« Jeri schüttelte den Kopf. »Warum sollte jemand einen anderen als Eigentum behandeln wollen? Und warum würde man sich als Eigentum behandeln lassen?«

»Es hat verschiedene Gründe. Es ist die Gier, die Notwendigkeit, aber auch die Aussichtslosigkeit auf beiden Seiten. Es würde mich nicht wundern, wenn auch Greg Sklaven besitzen würde, die sich in seiner Abwesenheit um sein Haus kümmern.«

»Ich kann es mir kaum vorstellen«, sagte Valentin. »Greg sah nicht wie jemand aus, der andere gerne zu etwas zwingt.«

»Wie ich gesagt habe: Ihr werdet es nicht so schnell verstehen können. Manche Menschen sehen es als selbstverständlich an, dass man für sie arbeitet. Auf der anderen Seite ist manch einer froh, für einen wie Greg arbeiten zu dürfen. Einige halten es sogar für einen Privileg. Ich weiß, wie verwirrend es für euch klingen muss.«

Drei Blicke richteten sich auf das Feuer. Flammenzungen leckten das Holz und ließen es knistern.

»Glaubt ihr, dass die Geschichten über den Wald stimmen, die Greg uns erzählt hat?«, fragte Jeri.

»Das hoffe ich«, sagte Edgar. »Das wäre ein Zeichen dafür, dass wir auf dem richtigen Weg sind, weil es in diesem Wald noch immer etwas gibt, das die Menschen fernhält. Wenn es sich um die Werwölfe handeln sollte, dann leben die Wölfe im Grauen Wald nach wie vor. Aber selbst ohne die Werwölfe scheint der Wald die Menschen abzuschrecken. Etwas ist in ihm, das ihnen Angst einjagt. Nicht umsonst haben unsere Ahnen den Grauen Wald ausgesucht, um dort zu leben.«

»Für die Menschen können die Werwölfe nicht bloß Kreaturen aus Legenden sein«, sagte Valentin. »Sie besitzen die Wolfsschädel, also wissen sie von der Existenz der Wölfe. Ich frage mich, ob sie nach uns suchen.«

»Vielleicht suchen sie bloß unsere Geschichte, weil sie uns für ausgestorben halten. In der Stadt könnte es gelehrte Menschen geben, die sich mit unserer Vergangenheit beschäftigen.«

»Und eines Tages will ich diese Menschen treffen«, sagte Valentin.

»Das wirst du eines Tages ganz sicher.« Edgar nickte. »Das ist der Wille des Wolfskönigs.«

DER SUMPF

Die Wolken wirkten zum Greifen nah. Es hatte den Anschein, die Zeit wäre stehengeblieben, nachdem das Morgengrauen anbrach. Die Luft bewegte sich nicht, nur der Dunst stieg kaum merklich vom Boden auf und ließ Nebel entstehen. Die Erde schmatzte mit jedem Schritt. Frösche quakten im Chor.

»Wir haben die Grenze seit einer Weile passiert«, sagte Edgar. Damit brachte er Valentin und Jeri für einen Moment dazu innezuhalten. »Ich war mir anfangs unsicher, aber wir sind im Grauen Wald, das spüre ich. Zwar habe ich ihn anders in Erinnerung, aber er ist es. Den Sumpf gab es hier früher nicht so wie heute. Noch ist der Boden fest, aber ich kenne Sümpfe von früher, sie sind tückisch. Seid vorsichtig, wohin ihr tretet.« Er hob einen Ast auf und befreite ihn mit einem Ruck von den Auswüchsen und Blättern. »Sucht euch Stöcke. Die werden wir bald brauchen.«

»Gibt es hier etwas anderes als Frösche und Mücken?« Jeri schlug sich auf die Wange. »Ich dachte, die Mücken gibt es nur im Sommer, wenn es warm ist.«

»Wir sind nicht in den Windbergen«, sagte Edgar. »Das hier ist der Graue Wald. Die Gesetze der Natur sind hier etwas anders.«

»Deswegen sind wir seit Tagen keinen Tieren mehr begegnet«, sagte Jeri. »Greg hatte recht, dieser Wald ist ein toter Wald. Kein Wunder bei so vielen Mücken.« Er schlug sich zum wiederholten Mal auf die Wange. Ein Blutfleck blieb auf seiner Hose, als er die Hand daran abwischte.

»Hier gibt es durchaus Leben. Nur lebt es auf eine eigene Art. Immerhin haben Wölfe jahrhundertelang an diesem Ort überlebt, vielleicht sogar mehr.«

»Und wie genau habt ihr überlebt?«, fragte Valentin. »Wovon habt ihr euch ernährt?«

»Nicht anders als in Windseck, mit dem Unterschied, dass wir keine Schafe züchteten. Das habe ich später bei den Menschen abgeschaut. Und wir hatten Gemüsegärten. Da sie nicht genug Ertrag lieferten, waren wir zusätzlich auf das angewiesen, was uns der Wald bot: Pilze, Wurzelgemüse, Gräser und Insekten. Ihr habt richtig gehört: Gräser. Die Sümpfe bringen die besten Gräser zum Wachsen, deren Stängel und Wurzeln essbar sind. Und wenn man die richtigen Algen findet, will man irgendwann kein Fleisch mehr. Es war für uns sehr wichtig, denn es war schwer, wilde Tiere zu erlegen, weil es wenige gab. Aber wie ich schon sagte: Die gab es, und die gibt es noch immer. Der Graue Wald und die Nachbarschaft mit den Wölfen hat sie gelehrt, sich zu verstecken, sodass selbst ein Wolf Schwierigkeiten hat, sie zu wittern.«

Valentin fand als letzter einen Stock und befreite ihn von den Blättern.

Der Boden wurde weicher, sodass Valentins Zehen im Moos versanken. Hin und wieder tauchten Lichtungen auf, die sich als Wiesen herausstellten. Mit Moos bedeckt erweckten sie den Eindruck kleiner Seen mit grünem Wasser. Edgar sagte, dass sie es tatsächlich sein könnten, und dass man auf keinen Fall über sie laufen durfte. Es war wichtig, in der Nähe von Bäumen zu bleiben, damit man sich im schlimmsten Fall an den Wurzeln festhielt.

»Seid vorsichtig«, sagte Edgar. »Etwas stimmt hier nicht.«

Sie blieben stehen, um zu lauschen. Edgar sog die Luft ein. Valentin tat es ihm gleich, fand jedoch nichts. Er lauschte, versuchte etwas zwischen den Bäumen zu entdecken, musste sich jedoch eingestehen, dass er überhaupt nichts wahrnahm. Vielleicht sollte er die Wolfsgestalt annehmen. Als Wolf würde es ihm sicherlich gelingen, etwas zu entdecken. Doch wenn es hier etwas gäbe, hätte Edgar es längst entdeckt. Er hatte Erfahrung. Wahrscheinlich brauchte er kein Wolf zu sein, um dessen Sinne im vollen Umfang einzusetzen.

Jeri sah die beiden neugierig an. Das tat er immer, wenn sie gerade etwas witterten. Er war noch kein Wolf und war auf das Urteilsvermögen Valentins und Edgars angewiesen.

»Ich höre nichts«, flüsterte Valentin.

»Genau wie ich«, sagte Edgar, drehe sich trotzdem, so als umzingelten ihn gleich ein Dutzend Werwölfe.

»Das ist es«, flüsterte Valentin. »Ich höre nichts. Die Frösche quaken nicht mehr.«

Jeri rieb sich die Wange an der Stelle, wo die Haut mit kleinen Beulen und Rötungen übersät war.

»Die Mücken sind auch verschwunden«, sagte er stirnrunzelnd.

»Und das in einem Sumpf ...«, sagte Edgar.

Valentin erinnerte sich an das Wetter in Windseck, wenn Stürme aufzogen. Bevor das Unwetter kam, wurde plötzlich alles still. Danach brachen die Luftmassen mit voller Kraft über den Wald herein. Könnte es auch hier stürmisch werden?

Edgars Körper zuckte. Das graue Fell wuchs aus der Haut, bis es den ganzen Körper bedeckte. Der Riesenwolf, zu dem Edgar wurde, ließ die Gelenke knacken. Er schloss die Verwandlung ab, indem er mit dem Kopf herumwirbelte.

Jeri vergaß zu blinzeln. Er starrte auf Edgar und wich einen Schritt zurück. Einen Wolf aus der Nähe zu sehen war eine Seltenheit. Und diesmal handelte es sich um niemand geringeren als Edgar, der selbst Daron um einen halben Kopf überragte.

Valentin tat es Edgar gleich. Ein Kribbeln durchfuhr seinen Körper, bevor die Verwandlung begann. Es schmerzte ein wenig, was daran liegen könnte, dass er seit Anfang der Reise, vor etwas weniger als einem Mond, nur ein einziges Mal die Wolfsgestalt angenommen hatte. Vielleicht brauchte der Körper regelmäßige Verwandlungen, um dem Schmerz vorzubeugen.

Die Wolken nahmen eine bläuliche Tönung an. Der Wald um Valentin herum bestand plötzlich nicht mehr nur aus halbverfaulten Bäumen und der nassen Erde. Winzige Blüten tauchten hier und da auf. Durchsichtige Pilzköpfe bildeten Kolonien. Insekten krabbelten durch das Moos, die Valentin zu hören glaubte. Frösche blähten sich schweigend auf und ab. Der Wald schien zu atmen. Der Dunst erweckte den Eindruck lebendig gewordener Erde. Feuchtigkeit sättigte die Luft und staute sich über den Bäumen. Valentin entging nicht, wie sich die Luft langsam in eine Richtung bewegte, obwohl es keine Anzeichen für Wind gab.

Er konzentrierte sich, um etwas zu erkennen, was ihnen auflauern könnte. Weit und breit gab es nichts, das die Größe eines Frosches übertraf. Ein Bär würde sofort auffallen, doch selbst ein Bär dürfte Valentin keine Probleme bereiten. Dennoch schien etwas da zu sein, das imstande war, sich zu verstecken, selbst vor Edgars Blick.

»Bleib … in Valentins Nähe«, knurrte Edgar. »Etwas ist hier … auch wenn ich es … nicht wahrnehmen kann.«

Er drehte sich im Kreis. Seine Brust hob und senkte sich hastig. Die Ohren stellten sich auf und ab. Seine Krallen zuckten.

Die Luft bewegte sich plötzlich in eine andere Richtung. Edgar sah nach oben. Auch ihm war die seltsame Bewegung nicht entgangen. Und selbst er konnte sich scheinbar nicht erklären, was vor sich ging.

Waren das die Gefahren des Grauen Waldes, vor denen Greg sie gewarnt hatte? Ging die Gefahr möglicherweise gar nicht von den Lebewesen aus, die an diesem Ort ihr Unwesen trieben, sondern von dem Wald selbst, der es auf irgendeine Weise schaffte, den Verstand zu verwirren? Wenn diese Überlegung stimmte, dann fürchteten ihn die Menschen zurecht, weil er sogar Edgar dazu brachte, stutzig zu werden.

»Wir müssen … in Bewegung bleiben. Los. Bleib in Valentins … Nähe.«

Edgar trat einen Schritt vor. Das Moos schmatzte unter seinen Pfoten. Die Luft, der Dunst und alle Geräusche um sie herum schienen erstarrt zu sein, während Edgar die Pfote zum zweiten Schritt erhob. Er wirbelte im letzten Moment herum, um von etwas, das aus dem Boden schoss, nicht aufgespießt zu werden. Die Wucht schleuderte ihn rückwärts. Er überschlug sich und landete auf Pfoten und Krallenhänden.

Ein Baumstamm, der jedoch kein Baumstamm war, sondern etwas Lebendiges, ragte von der Stelle auf, wo Edgar eben noch stand. Es wand sich, als wäre es eine Schlange ohne Kopf. Das dünne Ende schwankte, so als suchte es nach Beute. Weiße Kreise, die den schwarzen Schlangenkörper bedeckten, wirkten wie Astlöcher.

Valentin schob Jeri hinter sich. Er konnte sich nicht entscheiden, ob er den Jungen beschützen, oder sich auf das Ding werfen sollte, das Edgar mehr als zwei Größen überragte.

Die Luft zischte, als die kopflose Schlange der Länge nach neben Edgar Aufschlug. Die Erde und das Moos, wo der Rest des Körpers steckte, schmatzten und ließen Wasser aufsteigen. Fäulnis schlug Valentin in die Nase.

Er vernahm den Drang seines Wolfes. Der Wolf zerrte an ihm. Er wollte die Kontrolle, um sich auf das Schlangenwesen zu werfen. Er versprach zu zeigen, wie er es bezwingen konnte, sonst würde die Kreatur sie verschlingen. Beinahe hätte Valentin dem Wunsch nachgegeben, hielt jedoch im letzten Moment inne.

Nein. Er brauchte den Wolfskörper selbst. Sie hatten es mit einer Kreatur zu tun, die sie nicht kannten. Im schlimmsten Fall würden sie mit roher Gewalt nichts ausrichten können. Außerdem musste er Jeri beschützten. Der Wolf würde wohl kaum auf etwas anderes fixiert sein als auf seinen Gegner und wie er ihn zur Strecke brachte.

Edgar wich dem zweiten Peitschenhieb aus, indem er zur Seite sprang. Aus der Bewegung heraus schoss er auf die Kreatur zu, die ihren Körper nun einsetzte, um Edgar seitwärts von den Beinen zu fegen. Edgar sah die Bewegung voraus. Er sprang hoch genug, um dem Schlag auszuweichen und mit den Krallen das schwarze Leder zu ritzen. Es schien, als prüfe Edgar seine Zähigkeit.

Die Kreatur schwang sich in die andere Richtung. Edgar sprang. Diesmal setzte er beide Krallenhände ein, um die Lederhaut auf ein und derselben Stelle mehrmals zu treffen und sie zu zerfurchen. Die Kreatur zuckte bloß und richtete sich in voller Höhe auf, dabei traf sie Edgar und ließ ihn in der Luft herumwirbeln.

Der Anblick des Kampfes wirkte bizarr, weil niemand ein

Geräusch von sich gab und die Stille nur durch das Schmatzen des Bodens und das Zischen der Luft unterbrochen wurde.

Edgar wirbelte in der Luft herum und drehte sich mit den Pfoten zum Boden. Er nutzte die Wucht, um sich zum Ansatz der Kreatur zu katapultieren. Das Moos gab unter seinen Pfoten nach wie ein Teppich, sodass Edgar beinahe bis zu den Knien in ihm versank.

Valentin war nicht imstande den Blick von dem Kampf zu lösen. Auch Jeri schien den Atem angehalten zu haben, während er dem Kampf zusah.

Die Kreatur war zwei Mal länger als Edgar, und ihren Umfang würde Jeri gerade so mit beiden Händen greifen können, dennoch sah es ganz danach aus, als hätte die Kreatur keine Chance gegen den Wolf, der der Inbegriff der Kraft selbst war. Und wieder einmal wurde Edgar seinem Ruf gerecht, der stärkste Wolf von Windseck zu sein, wenn nicht sogar von der ganzen Welt. Die Kreatur versuchte, ihn zu treffen, doch so schnell sie war, schien sie blind zu sein, sodass Edgar kaum Mühe hatte, den Hieben auszuweichen.

Ein neuer Krallenhieb ließ die Kreatur erzittern. Edgar sprang seitwärts, während die Spitze auf die Stelle heruntersauste, wo er gerade noch stand. Er verharrte, als ein neuer Schlag knapp neben ihm mit einem Schmatzen auf dem Boden aufkam und die Kreatur plötzlich in die entgegengesetzte Richtung schlug.

Valentin begriff Edgars Taktik. Er musste verstanden haben, dass die Kreatur an die Stelle gebunden war, von der sie aus dem Boden aufragte.

Valentin schreckte in Gedanken auf. War das womöglich gar kein Lebewesen, sondern eine lebendig gewordene Baumwurzel? Gab sie deswegen keinen Laut von sich? Was mochte der Graue Wald für Kreaturen hervorgebracht haben? Und wie weit ragte diese Kreatur wohl in die Tiefe?

Edgar schien plötzlich leichter geworden zu sein, so lautlos wie er sich der Kreatur näherte. Peitschenhiebe, die links und rechts heruntersausten, um ihn blindlings zu erwischen, ließen ihn nicht aus der Ruhe kommen. Als er die Kreatur beinahe berühren konnte, schien er sich in einen Wirbelsturm verwandelt zu haben. Krallen blitzten wieder und wieder auf, ohne dass Valentin sie sah. Edgar sprang seitwärts, während die Kreatur mit ihrer Spitze auf ihn zielte, sich jedoch selbst traf.

Im selben Augenblick verschwand der Schlangenkörper im Sumpfboden. Die Mulde, die zurückblieb, füllte sich mit Wasser.

Edgar verharrte. Seine Krallen zuckten. Sein Blick schweifte über den Boden. Mit einer Handbewegung machte er Valentin klar, er und Jeri sollen sich nicht von der Stelle rühren.

Valentin nutzte die Stille, um mit den Wolfssinnen die Kreatur zu wittern. Sie bewegte sich, also musste sie zu finden sein.

Seine Krallenspitzen stachen in den Sumpfboden. Er wunderte sich, dass er nichts wahrnahm. Die Kreatur war ganz in der Nähe, das sahen Edgar, Jeri und er deutlich genug. Er glaubte nicht daran, dass die Kreatur so flink war, um dermaßen schnell die Flucht ergriffen zu haben. Und dass sie nicht die Flucht ergreifen würde, hatte man ihr deutlich angesehen. Sie gab keinen Laut von sich, und Angst schien sie ebenso wenig zu empfinden. Aber weshalb witterte er sie nicht? Hatten die Menschen diesen Wald deshalb als den Toten Wald bezeichnet? War die Kreatur in Wirklichkeit nichts anderes als ein Geschöpf aus dem Ort, wohin der Diener des Wolfskönigs die unwürdigen Wölfe brachte?

Eine Wasserfontäne spritze vor Edgar auf. Eine zweite von rechts ließ ihn herumfahren, wodurch es verräterisch unter seinen Pfoten schmatze. Diesmal durchbohrten zwei Kreaturen den Sumpfboden.

Krallen blitzten auf. Edgar verwandelte sich erneut in einen Wirbelsturm. Valentin war nicht imstande, so schnell zu schauen, wie der Dorfvorsteher den Kreaturen das Leder schlitzte, sich duckte und immer wieder auf dieselben Stellen traf. Sein Fell färbte sich grün. Valentin hielt es zuerst für Moos, verstand nach wenigen Augenblicken jedoch, dass er Blut sah.

Der Schlag auf den Rücken fegte Edgar von den Beinen. Im selben Augenblick streckte er die Krallenhand aus, um die zweite Kreatur zu packen zu bekommen und sich an ihr festzuklammern.

Valentin schüttelte den Kopf. Edgars Anweisungen ließ er ungeachtet, indem er sich dazu entschied, sich in den Kampf einzumischen. Er war ein Wolf. Er besaß die Stärke eines Wolfes, seine Krallen und Zähne. Er durfte Edgar nicht alleinlassen!

Er verharrte. Er spürte einen Luftzug im Rücken und nahm einen Schatten wahr, obwohl die Wolken kaum Helligkeit durchließen. Ohne sich umzusehen, riss er Jeri von den Beinen. Die Spitze der dritten Kreatur bohrte sich in die Stelle, wo der Junge eben noch stand.

»Wie viele von denen gibt es denn noch?«, flüsterte Jeri. Sein Gesicht verlor alle Farben.

Valentin sprang die Kreatur von der Seite an, auf der die weißen Astlöcher nicht zu sehen waren. Wenn er es richtig beobachtet hatte, konnte die Kreatur sich in diese Richtung nicht biegen. Seine Vermutung bestätigte sich. Die Kreatur warf sich herum.

Er krallte sich mit den Pfoten und einer Hand an der Kreatur fest, während er die Krallen seiner anderen Hand benutzte, um Fleischstücke zusammen mit schwarzem Leder Stück für Stück herauszureißen. Grünes Blut spritzte. Der Sumpfboden nahm der Wucht die Wirkung, während die Kreatur Valentin zu zerschmettern versuchte. Seine Krallen gruben sich tief in sie hinein. Er erwartete, zu den Gedärmen vorzustoßen, doch das Fleisch hörte nicht auf. Es fühlte sich an wie Eiseskälte. Kein normales Lebewesen fühlte sich so kalt an.

Die Kreatur sauste herunter. Valentin löste die Umklammerung im letzten Moment. Er spreizte die Beine und Arme, um nicht in der Öffnung zu verschwinden, die sich bereits mit Wasser füllte. Die Erde darunter, mit Moos und Algen schloss sich wie eine Pupille.

Die plötzliche Präsenz eines Lebewesens schreckte Valentin auf. Es war kein Lebewesen, wie Valentin es sonst aus dem Wald kannte. Es schien, es war der Sumpf selbst. Oder es brodelte hier nur so vor Schlangenkreaturen wie diesen.

Als sich die Öffnung schloss, verschwand die Wahrnehmung der Kreatur, so als hätte es sie nie gegeben oder jemand hätte ihr das Leben ausgehaucht. Valentin sprang auf Abstand.

Jeri hielt seinen Stock wie eine Waffe umklammert. Grünes Blut tropfte von seiner Spitze.

Valentin beobachtete in Jeris Hintergrund, wie Edgar sich gegen zwei Kreaturen verteidigte. Er schien einen Weg gefunden zu haben, gegen sie zu kämpfen und setzte ihnen zu, indem er zum Angriff überging. Obwohl er klein neben ihnen wirkte, war er wie immer die Naturgewalt selbst. Jeder schlag fand sein Ziel. Seine Krallenhände und die Brust leuchteten grün.

Valentin traute seinen Augen nicht, als eine weitere Kreatur hinter Edgar auftauchte und sich auf ihn stürzte. Sie umwickelte seinen Körper, um ihn in die Höhe reißen. Eine der beiden anderen Kreaturen wickelte ihre Spitze um Edgars Pfote.

Valentin wollte den Blick abwenden von dem, was gleich passieren würde. Die Kreaturen spannten sich an, um Edgar auseinanderzureißen. Doch anstatt entzwei geteilt zu werden, zog Edgar die Beine an, sodass die Kreatur, die ihn an der Pfote festhielt, nun in seiner Reichweite war. Edgar befreite einen Arm und ließ die Krallen sprechen. Zwei Hiebe reichten aus, um das dünne Ende der Kreatur bis zur Mitte zu durchtrennen. Den Rest bewältigte die Kreatur selbst, indem sie nach wie vor an ihm zog. Die Kraft reichte aus, damit das Fleisch riss. Grünes Blut ergoss sich auf Edgars Schnauze. Die abgetrennte Spitze hielt sein Bein noch immer umwickelt.

»Bleib … weg!«, brüllte Edgar, als Valentin dabei war, ihm zu Hilfe zu eilen.

Er befreite den zweiten Arm und verkrallte sich kopfüber am Körper der Kreatur, um sich nach und nach bis zu ihrem Ansatz nach unten zu ziehen. Die Kreatur wollte sich aufbäumen, doch Edgars Kraft hatte sie nichts entgegenzusetzen.

Wolfszähne blitzten auf, als Edgar sich im Fleisch der Kreatur verbiss. Mit zwei Ansätzen riss er ein kopfgroßes Stück heraus. Das grüne Blut, das sein Maul dabei besudelte, nahm er nicht wahr. Er verbiss sich tiefer ins Fleisch, um ein neues Stück herauszureißen.

Jeri hielt den Stock nach wie vor umklammert. Sein Gesicht war blass. Er hatte dennoch die Entschlossenheit in den Augen, es mit jedem Gegner aufzunehmen. Und er bewies es, indem er herumfuhr, um der Kreatur, die hinter ihm wuchs, den Stock in den Leib zu rammen.

Valentin fing Jeri auf, nachdem der Junge zusammen mit dem Stock hochgerissen wurde und plötzlich abrutschte. Sie rollten auseinander, als die Kreatur der Länge nach auf die Stelle einpeitschte, wo die beiden eben noch standen. Die eingedrückte Mulde füllte sich mit Wasser.

»Ich bin hier!«, schrie Valentin, nachdem er aufsprang und die Kreatur gerade dabei war, zum Schlag auf Jeri auszuholen.

Es funktionierte. Die Kreatur änderte die Richtung.

Bevor die Spitze auf dem Boden aufschlug, raste Valentin zum Ansatz der Kreatur und tat es Edgar gleich, indem er sich ins Fleisch verbiss. Zwar handelte es sich nicht um ein riesiges Fleischstück wie bei Edgar, dafür gelang es Valentin, es mit nur einem Ruck herauszureißen. Ein zweites und drittes Fleischstück folgten.

Begeisterung spiegelte sich in Jeris Gesicht wider. Er ahmte Valentin nach, indem er mit dem Kopf herumwirbelte und die Kiefer auf- und zuklappen ließ, als wäre er es, der mit dem Ungeheuer kämpfte.

Erst jetzt fiel Valentin auf, dass sein Wolf frohlockte. Er hatte zwar nicht die Kontrolle über den Körper, aber allein dem Kampf zuzusehen bereitete ihm Genugtuung. Er wollte herauskommen, um das Fleisch selbst zu spüren, mit Zähnen und Krallen. Valentin war versucht, ihm den Wunsch zu erfüllen, bis der Gedanke plötzlich abbrach.

Ein Grölen, das weit entfernt erklang, dennoch laut zu sein schien, schreckte die Vögel auf. Valentins Krallen, die er ins Fleisch rammte, vernahmen ein Zittern. Hastig ließ er von der Kreatur ab, bevor sie im Sumpfboden verschwand.

Edgar hatte sich bis zur Mitte des Fleisches durchgebissen. Die Kreatur, gegen die er kämpfte, war dabei, den anderen Kreaturen zu folgen, nur dass sie Edgar nach wie vor festhielt. Sie versuchte, ihn von ihrem Ansatz loszureißen, um sich aufzurichten und die Schlaufe zu lösen, in deren Form sie sich selbst zwang, hatte jedoch nicht die Kraft dazu. Niemand kam gegen die Kraft Edgars an, nicht einmal solche Kreaturen.

Sie gab die Bemühungen auf und wollte sich mit einem Ruck zurückziehen, blieb jedoch stecken. Edgars Körper, der Kopfüber im Sumpfboden versank, hinderte die Kreatur daran zu verschwinden. Sein Schwanz schlug wild um sich. Nach einem neuen Ruck waren die beiden weg, begleitet von einem Gluckern und dem Sog, mit dem sich der Sumpfboden schloss.

Valentin war erneut in Versuchung, seinem Wolf die Kontrolle zu überlassen, damit er Edgar helfen konnte. Panik stieg in ihm auf, als er zu der Öffnung sah, die sich zusammenzog, dann zu Jeri.

Wenn er den Jungen jetzt zurückließ, wäre er ungeschützt. Und es könnte mehr von diesen Kreaturen geben. Aber auf der anderen Seite war Edgar mehr denn je auf seine Hilfe angewiesen.

»Hilf ihm«, flüsterte Jeri, als er Valentins Gedanken erkannte. »Ich werde schon allein klarkommen.« Er hob Valentins Stock auf.

Mit wenigen Sprüngen überwand Valentin die Strecke und starrte in die Öffnung. Es würde nur noch Augenblicke dauern, bis sie sich gänzlich verschloss. Luftblasen stiegen an die Oberfläche des Wassers.

Valentin schreckte auf, als er feststellte, dass er Edgar weder mit den Augen noch mit den Wolfssinnen sehen konnte. Er holte tief Luft.

Plötzlich konnte er sich nicht bewegen. Der Wolf hielt ihn fest. Er übernahm zwar nicht die Kontrolle über den Körper, aber er wehrte sich mit aller Kraft gegen Valentins Vorhaben. Und er schien Valentin den Rat zu geben, nicht hineinzuspringen. Er verlangte nicht, dass sein Mensch nichts tat, aber Valentin sollte abwarten.

Valentin schüttelte den Wolf ab. Wenn es eine Heimtücke war, um sich Edgars zu entledigen, dann würde seinem Wolf niemand etwas entgegenstellen, sollte er erneut die Kontrolle über Valentin erlangen.

Er holte zum zweiten Mal Luft. Im selben Moment nahm er die Anwesenheit Edgars wahr. Niemand anderes besaß ein Licht wie dieses. Die Luftblasen wuchsen, so als kochte das Wasser darunter. Das Grölen erklang zum zweiten Mal aus der Tiefe.

Das Wasser teilte sich. Die Krallenhand, dann die Wolfsschnauze Edgars erschienen auf der Oberfläche, beschmiert mit grünem Blut der Kreatur. Algen hingen an seinem Fell, die einen moderigen Geruch verströmten.

Edgar hielt sich mit einer Hand am Rand der Öffnung fest. Der Sumpfboden gab unter seinem Gewicht nach und dem Gewicht von dem, was er in der anderen Hand hielt, die noch immer im Wasser steckte.

Valentin bereitete sich auf den Angriff vor, als sich die Kreatur in Edgars Krallenhand zeigte, die er aus dem Wasser zog. Der einzige Widerstand bestand darin, dass sich die Öffnung schloss. Die Kreatur machte keine Anstalten, zum Angriff anzusetzen. Ein Hohlgeräusch erklang, als Edgar sie auf die Oberfläche beförderte. Die Öffnung zog sich zusammen.

Valentin starrte auf die Trennstelle. Das Fleisch pulsierte. Die Kreatur wand sich. Es gab keine Innereinen und keine Knochen, nur ausgefranstes Fleisch, benetzt mit grünem Blut.

»Du sollst … den Jungen … nicht allein lassen«, schnaubte Edgar.

»Macht euch keine Sorgen um mich, ich passe schon auf mich selber auf.« Jeri hielt den Stock mit beiden Händen umklammert, als er an die Kreatur herantrat und sie musterte. »Ist sie tot?«

»Nicht das Ding … dem sie gehörte. Valentin … pack ihn … wir müssen verschwinden.«

Eine Kreatur wuchs langsam hinter Jeri hoch. Sie schoss auf ihn zu wie eine Schlange. Es sah aus, als wollte sie den Jungen bloß berühren. Jeri schrie auf und verlor den Kontakt zum Boden. Seine Panik, in die Höhe gezerrt zu sein, dauerte nur wenige Augenblicke. Er riss den Stock hoch und rammte ihn ins dunkle Leder hinein.

Moos flog in die Höhe, während Valentin und Edgar zum Ansatz der Kreatur sprangen, als hätten sie sich in Gedanken abgesprochen. Vier Krallenhände hinderten das Schlangenwesen daran, mit der Beute im Sumpf zu verschwinden. Edgar riss mit den Zähnen das Fleisch. Valentin tat es ihm gleich. Ihre Pfoten sanken mit jedem Ruck tiefer in den Sumpf. Jeri schien keine Angst und keine Müdigkeit zu kennen und stach immer wieder ins dunkle Leder.

Die Kreatur wand sich und machte wieder und wieder Anstalten, sich mit der Beute in den Sumpfboden zurückzuziehen. Scheinbar war auch sie imstande, Schmerzen zu empfinden, auch wenn sie lautlos blieb. Sie schleuderte Jeri von sich, um auf Valentin und Edgar einzupeitschen. Den Schlägen fehlte es an Kraft, um etwas auszurichten, denn die Hälfte des Fleisches hatte die Kreatur bereits eingebüßt.

»Wenn sie sich wieder nach oben bewegt, lassen wir sie los!«, brüllte Valentin.

Edgar ließ ein weiteres Fleischstück davonschleudern, das er eben noch herausgerissen hatte. Als hätte er nur auf diesen Vorschlag gewartet, nickte er Valentin zu.

Die Kreatur wälzte sich ein Stück nach oben heraus, um sich daraufhin vom Griff der Wölfe zu befreien und hinunterzusausen. Unvorbereitet, dass plötzlich kein Widerstand mehr sie daran hinderte, glitt sie in die Öffnung, sodass die verletzte Stelle ein Knacken von sich gab, bevor die Kreatur verschwand. Valentin vernahm zum wiederholten Mal ein Grölen aus der Tiefe.

Jeri hielt sich mit einer Hand an Valentins Hals fest. Mit der anderen umfasste er den Stock. Edgar lief voraus, zurück den Weg entlang, den sie hergekommen waren. Er hatte Valentin zu verstehen gegeben, dass er sich möglichst leise bewegen sollte, während Edgar wie ein Eber durch das schmatzende Moos abseits rannte, um die Aufmerksamkeit auf sich zu lenken. Eine Kreatur nach der anderen tauchte vor ihm auf und verschwand wieder, um nach wenigen Augenblicken bei der Stelle aufzutauchen, wo Edgar eben noch lief. Die Verfolgung nahm kein Ende.

»Zurück in die andere Richtung!«, brüllte Valentin. »Wir müssen zurück!«

Edgar richtete seinen Blick auf ihn, ohne langsamer zu werden. Er schüttelte den Kopf und deutete in die entgegengesetzte Richtung.

»In die andere Richtung!« Valentin sprang zur Seite und wäre zusammen mit Jeri beinahe auf dem Rücken gelandet, als eine neue Kreatur vor ihm in die Höhe schoss. »Vertrau mir! Wir müssen in die andere Richtung!« Ohne eine Antwort abzuwarten, rannte er zurück zu dem Ort, wo der Kampf anfing.

Edgar holte ihn ein.

»Ich vertraue … dir.«

Die Kreatur, die Edgar aus dem Sumpfboden herausgezerrt hatte, wand sich wie ein Wurm in Krämpfen und erweckte den Anschein, sie suchte nach einer Bodenöffnung, um zu verschwinden. Grünes Blut quetschte sich aus ihr heraus.

Tausende Gedanken schossen Valentin durch den Kopf. Er und Edgar sahen einander an.

Edgar schien aus Valentins Blick gelesen zu haben und rannte mit ihm zusammen auf die Kreatur zu.

»Auf zwei! - Eins …«

Ihre Pfoten versanken bis zu den Knien im Sumpfboden.

Die Kreatur wand sich in der Luft. Sie schien nicht zu begreifen, weshalb sie plötzlich keinen Kontakt mehr zur Erde hatte.

Valentin und Edgar teilten sich auf. Es schmatzte laut, als die dunkle Masse auf dem Sumpfboden aufschlug. Wasser spritzte. Die Kreatur versank im Moos. Als der Boden sie wieder nach oben herausdrückte, schossen fünf Kreaturen um sie herum an die Oberfläche, um sich auf sie zu werfen, sie tiefer einzudrücken, um mit ihr schließlich im Sumpfboden zu verschwinden und Stille einkehren zu lassen.

»Schnell, weg hier!« brüllte Valentin.

Jeri umklammerte Valentins Hals. Er zog den Kopf ein, um sich vor dem Wind zu verstecken, der immer stärker blies, je schneller Valentin rannte. Edgar glich einem Schatten, der im Zickzack zwischen den Bäumen sprang, um von Valentin und Jeri abzulenken.

Keine einzige Kreatur stellte sich mehr in den Weg. Valentin war sich nun sicher, die richtige Entscheidung getroffen zu haben, in diese Richtung zu laufen.

Ein Grölen, das weit hinter ihnen erklang, jedoch stärker als die vorherigen zu sein schien, ließ den Wald erzittern.

TEIL DES ABENTEUERS

Valentin kam es vor, als rannte er sein ganzes Leben lang. Die Erde verfestigte sich. Zum ersten Mal seit langer Zeit spürte er Müdigkeit in den Beinen.

Edgar verlangsamte den Lauf, bis er stehenblieb und in die spärlichen Baumkronen blickte. Valentin tat es ihm gleich. Jeri war die Erleichterung anzusehen, von Valentins Rücken abspringen zu können.

»Hier ... sind wir sicher«, knurrte Edgar, ohne den Blick von den Baumkronen zu lassen.

Valentin schaute in die Höhe. Er versuchte herauszufinden, was Edgar zu dieser Annahme verleitete, doch etwas sagte auch ihm, dass keine Gefahr mehr bestand. Außerdem hatte Edgar eine bessere Wahrnehmung.

Valentin kam sich lächerlich bei dem Gedanken vor. Wie kam er überhaupt auf die Idee, sich mit Edgar messen zu wollen?

»Die Vögel ... sind zurück«, knurrte Edgar.

Jetzt fiel es Valentin wieder ein, dass die Vögel während des Kampfes verschwanden, nachdem die Kreatur sie mit ihrem Grölen verscheucht hatte. Zwar waren auch jetzt nur wenige von ihnen auf den Bäumen, und es handelte sich ausschließlich um Krähen, aber für den Grauen Wald schien es normal zu sein. Nur eine Krähe gab krächzende Laute von sich, während der Rest das Trio schweigsam beäugte.

Edgar zuckte. Sein Fell lichtete sich und zog sich in die Haut ein. Nur das schulterlange, graue Haar und der Riesenschnauzbart blieben. Das Hemd war zerrissen. Das eingetrocknete Blut der Kreaturen färbte es dunkelgrün. Edgar riss es herunter.

Schmerzen ließen Valentin die Zähne zusammenbeißen, als auch er sich zurückverwandelte. Der Kampf und die Flucht hatten ihn ausgelaugt wie schon lange nicht mehr. Durst schien die Kehle zu zerreißen. Das letzte Mal war er so müde, als er gegen Robin gekämpft hatte.

Im Gegensatz zu Edgars, hatte sein Hemd keine Schäden davongetragen. Mit Blut besudelt war es dennoch. Valentin zog es aus. Er würde es jedoch nicht wie Edgar verbrennen, sondern irgendwo waschen, wenn sie ein Gewässer fanden.

Eine nach der anderen begannen die Krähen laut zu werden. Die Wölfe waren verschwunden, also gab es in ihren Augen keine Gefahr mehr.

Jeri sammelte Holz, ohne dass jemand eine Rast vorschlug. Seine Finger zitterten.

»Wir wollen doch ein Feuer machen, nicht wahr?«, fragte er, als er die Blicke einfing.

»Hier sind wir sicher.« Edgar nickte.

Flammen leckten das trockene Gras und sprang auf die Äste über. Das Holz knisterte. Ein säuerlicher Geruch hing eine Weile in der Luft, nachdem Edgar sein Hemd ins Feuer warf.

Jeri streckte die Arme den Flammen entgegen und rieb sich die Hände. Hier unten war es zwar wesentlich wärmer als in Windseck, der Sommer würde trotzdem noch eine Weile auf sich warten lassen.

»Edgar, was war das für eine Kreatur?«, fragte Valentin. Jeri hob den Kopf und hörte auf, am Trockenbrot zu kauen.

»Ich weiß es nicht. Ich kannte diese Kreatur vorher nicht. Und ich kann mich nicht daran erinnern, dass mein Großvater von ihr erzählte. Sie muss sich dort nach meiner Zeit eingenistet haben.«

»Ich konnte sie nicht wittern«, sagte Valentin. »Eine Kreatur wie diese muss zumindest einen Geruch verströmen. War sie überhaupt lebendig?«

Jeri runzelte die Stirn. »Warum sprecht ihr, als hätten wir gegen nur eine Kreatur gekämpft?«

Valentin sah Edgar an. »Liege ich mit dieser Annahme richtig?«

Funken stoben in die Höhe, als Edgar einen Ast ins Feuer warf.

»Als mich die Kreatur nach unten zog, habe ich es gespürt. Es war ein Lebewesen, ein einziges. Die Kreaturen, gegen die wir kämpften, waren Teile von ihr, so viel ist sicher. Ich konnte nichts sehen und hatte keine Zeit, mich auf das Hören zu konzentrieren, aber ich habe sie von dort unten eindeutig gespürt. Und es war … kalt.«

Erst jetzt fiel Valentin auf, dass Edgar näher zum Feuer saß als sonst.

»Aber wir frieren nicht …«

»Es war eine andere Art von Kälte. Sie war nicht körperlich, sie schien mein Inneres berührt zu haben, so als hätte sie Klauen und würde sie nach mir ausstrecken … Und es war erfrischend.« Edgar nickte Valentin zu. »Zum ersten Mal seit Jahrhunderten habe ich Kälte vernommen. Ich wusste gar nicht mehr, wie sie sich anfühlt. Ich wünschte, das Gefühl würde länger anhalten, aber es schwillt bereits ab.«

»Ich würde gerne mit dir tauschen«, murmelte Jeri. Er schüttelte sich und rutschte näher zum Feuer. »Ach, wie viele Jahrhunderte ist es denn her, seitdem du das letzte Mal Kälte spürtest?«

»Lange genug, sodass ich es vergessen konnte«, sagte Edgar, woraufhin Jeri leise seufzte und das Kauen wieder aufnahm. »Als ich nach oben schwamm, habe ich ein Gebet zum Wolfskönig gesprochen, er solle dich davon abhalten, mich retten zu wollen. Wärst du mir hinterhergesprungen, hätten wir beide ertrinken können. Er hat meine Gebete erhört.«

Valentin wandte den Blick ab. »Es wäre beinahe geschehen«, sagte er. »Ich war bereits dabei, dir hinterherzuspringen. Hättest du es anders gemacht?«

»Ich hätte es nicht anders gemacht, und das war der Grund, weshalb ich ein Gebet an den Wolfskönig richtete.«

Valentin nickte. »Du bist mir damals in den Abgrund gefolgt, als ich von der Klippe sprang. Wie sollte ich dich da zurücklassen?«

»Die Wolfsmenschklippe!?« Jeri weitete die Augen. »Du bist von der Wolfsmenschklippe gesprungen!?«

»Das ist er«, sagte Edgar. »Ich sollte dem Wolfskönig danken, dass er dich zögern ließ.«

Valentin überlegte, eine Weile nichts zu sagen, entschied sich im letzten Moment um. Es wäre besser, wenn Edgar mehr von ihm wusste, um für den schlimmsten Fall vorbereitet zu sein.

»Ich weiß nicht, wie das passieren konnte, aber mein Wolf hat mich zurückgehalten.« Valentin fing Edgars Blick. »Ich hatte das Gefühl, er hielt mich fest, so als hätte er meinen Körper erneut übernommen, aber gleichzeitig auch nicht. Er warnte mich davor, dir hinterherzuspringen. Und als ich mich von der Starre löste und dazu ansetzte, mein Vorhaben auszuführen, hatte er genug Zeit geschunden, damit du auf der Oberfläche auftauchen konntest.«

Edgar strich sich über den Schnauzbart. »Dann sollte ich dem Wolfskönig zwei Mal danken.« Er rutschte weg vom Feuer. »Wie hast du herausgefunden, dass es sich um eine einzige Kreatur handelte? Hat es dir dein Wolf auch verraten?«

Valentin dachte einen Moment lang nach, ob er es tatsächlich seinem Wolf zu verdanken hatte. Wenn dem so wäre, dann rettete sein Wolf ihnen allen zwei Mal in der kurzen Zeit das Leben.

»Während diese Dinger zum ersten Mal auftauchten, kamen sie in einem Winkel aus dem Boden heraus, nicht etwa senkrecht. Als wir die Flucht ergriffen, wurde der Winkel steiler und die Kreaturen wuchsen in die Höhe. Ich rief mir ein Bild in den Kopf, wie so etwas zustande kommen konnte, und das hat mir sofort zu verstehen gegeben, dass die Kreaturen in Wirklichkeit Teile von etwas Großem waren, das im Sumpf auf einer Stelle verharrte und seine Arme nach uns ausstreckte, und wir rannten geradewegs in seine Mitte. Es konnte sich also nur um eine einzige Kreatur gehandelt haben.«

»Das ist unheimlich.« Jeri schüttelte sich. »Wenn diese Kreaturen nur Teile von etwas waren, wie groß muss dieses Etwas dann sein?«

»Deine Aufmerksamkeit ist beneidenswert«, sagte Edgar. »Im ganzen Durcheinander hast du es geschafft, auf solche Dinge zu achten. Und damit hast du uns möglicherweise das Leben gerettet. Du und dein Wolf, ihr scheint auf dem besten Weg zu sein, eine gemeinsame Sprache zu finden.« Er wandte sich an Jeri. »Schau dir seine Fähigkeiten ab, Junge.«

Valentin schämte sich plötzlich, schlecht über seinen Wolf gedacht zu haben und zu denken, er wolle nach wie vor die Kontrolle über ihn erlangen. Selbst wenn das stimmen sollte, so hatte er ihnen heute allen einen großen Dienst erwiesen, ganz gleich mit welcher Absicht er gehandelt haben mochte. Er wollte raus und gegen die Kreaturen kämpfen. Vielleicht hätte Valentin seinem Wunsch nachgeben sollen. Er hatte mehrere Male darüber nachgedacht, dem Wolf wenigstens eine Zeit lang den Körper zu überlassen, damit er die Freiheit genießen konnte. Doch wie hätte Valentin es tun sollen? Er wusste nicht, gegen was sie kämpften, wie stark diese Kreatur war und ob sein Wolf sich nicht letztendlich gegen ihn wenden würde, denn es könnte eine Heimtücke sein. Es wäre unklug, in einer Lage wie dieser die Grenzen des Wolfes auszutesten. Im schlimmsten Fall hätte Edgar gegen einen Feind mehr zu kämpfen und müsste auch noch Jeri beschützen.

Nein, Valentin würde die Angelegenheit ein anderes Mal angehen, wenn Jeri in Sicherheit war und Edgar über seine Absichten Bescheid wusste, um eingreifen zu können. Aber würde sein Wolf ihm nicht etwas vorspielen, wenn er wusste, dass er einem Wolf wie Edgar nichts entgegenzusetzen hatte?

Valentin seufzte innerlich. Er würde einen anderen Weg finden müssen, um herauszufinden, ob er seinem Wolf vertrauen konnte. Noch wusste er nicht wie. Jeden seiner Einfälle könnte sich der Wolf für eine Heimtücke zunutze machen. Doch wie es schien, führte kein Weg daran vorbei. Valentin wollte nicht, dass jemand einen Körper mit ihm teilte, der ihn gleichzeitig zu vernichten wünschte.

Jeris Gesicht zeigte nicht die Spur von Müdigkeit. Feuer spiegelte sich in seinen Augen wider. Es könnte auch das eigene Feuer seiner Augen sein, so hell wie sie leuchteten. Die Furcht, die Valentin in ihm zu spüren glaubte, war verschwunden. Der Junge war sichtlich stolz darauf, zusammen mit ihm und dem Dorfvorsteher persönlich gegen die Kreaturen gekämpft zu haben.

Wenn Jeri nach Windseck zurückkehrte … - Valentin hielt

für einen Moment inne, um seinen Gedankengang zu korrigieren. - Nachdem Jeri nach Windseck zurückkehrte, würde er seinen Freunden viel zu erzählen haben. Er hatte es verdient.

Valentin rief sich das Bild vor Augen, als Jeri mit dem Stock wieder und wieder auf die Kreatur einstach und kein bisschen Angst zu haben schien. Vielleicht ließ er sich von ihm oder von Edgar hinreißen, aber Valentin gönnte ihm die Genugtuung, vor seinen Freunden anzugeben.

Auch an Valentin ging die Genugtuung nicht vorbei. Er und Edgar, es fühlte sich an, als wäre Edgar schon immer ein Lehrer und Valentin sein Schüler. Der Gedanke daran, dass er mit Edgar bereits so viele Kämpfe bestritten hatte, ließ ihn die Brust ein wenig nach vorne strecken. Es war ein Abenteuer, beinahe so, wie er es sich immer vorgestellt hatte, wäre da nicht die Sache mit den Werwölfen.

»Bist du dir sicher, dass uns hier nichts passieren kann?«, fragte Jeri. »Was ist, wenn sich die Kreatur unter der Erde bewegen kann und sie auf dem Weg hierher ist?«

»So wie Valentin es sagte: Die Kreatur scheint auf uns gelauert zu haben. Auch ich habe die Vermutung, dass sie sich nirgendwohin bewegen kann. Zumindest nicht außerhalb des Sumpfes. Ist dir nicht aufgefallen, wie fest die Erde geworden ist?«

Jeri schlug mit dem Fuß auf die Erde. »Sie ist fest.«

»Als ich unten war, war ich nicht bloß im Wasser. Ich war umgeben von Algen, Sumpfgras und Wurzeln. So hatte es sich zumindest angefühlt. Ich glaube, diese Kreatur kann sich dort nur schwer bewegen, geschweige denn außerhalb des Sumpfes. Wir sind lange genug gelaufen und haben den Sumpf seit einer Weile hinter uns gelassen.«

»Das ist gut.« Jeri streckte sich. »Dann kann ich ja heute ruhig schlafen.« Er räusperte sich. »Ich kann die erste Wache übernehmen. Ihr musstet schließlich kämpfen.«

»Auch du hast gekämpft«, sagte Edgar. »Ich hätte nicht erwartet, dass du so mutig sein würdest. Ich habe gesehen, dass du uns geholfen hast. Das sind gute Grundlagen, um eines Tages gegen deinen Wolf zu bestehen.«

Jeri streckte die Brust heraus. »Das ist doch selbstverständlich.«

Er sah nun ganz danach aus, als könnte er nicht nur die erste Wache übernehmen, sondern die ganze Nacht.

Valentin schloss die Lider. Im Gegensatz zu Jeri würde er die ganze Nacht benötigen. Er hatte sich verausgabt wie schon lange nicht mehr. Wie es Edgar wohl erging? Außer dass sein Haar und Schnauzbart ein wenig zerknittert aussahen, wirkte er nicht anders als sonst. Dabei hatte er am meisten zu kämpfen.

Natürlich würde Edgar auch heute die Wache übernehmen. Er brauchte dazu nicht wach zu sein. Valentin wünschte, auch er würde eines Tages diese Fähigkeit erlernen. Edgar sagte, er befahl es seinem Wolf. Valentin wusste nicht, ob er seinem Wolf so etwas befehlen konnte, wie das ging und ob der Wolf ihm tatsächlich Folge leisten würde.

Er hörte die Stimmen der beiden immer weiter entfernt. Edgar erklärte Jeri etwas über dessen Eltern, und der Junge nutzte die ungewöhnliche Redseligkeit des Dorfvorstehers, um ihn über die Wölfe und Menschen auszufragen. Irgendwann gingen sie in ein Flüstern über.

Der Kampf von heute spielte sich in Valentins Kopf als eine ausgedachte Geschichte ab. Sie wirkte nicht mehr unheimlich wie am Anfang, sondern war ein Teil des Abenteuers, in das er das Glück hatte hineinzugeraten.

Seit Tagen ließen die Wolken kaum Sonnenstrahlen hindurch, sodass Valentin manchmal rätselte, in welcher Richtung die Sonne gerade stand. Krähen waren die einzigen Vögel, die ihnen Gesellschaft leisteten und ihnen überallhin folgten. Ob sie darauf warteten, dass die drei Reisenden eines Tages nicht mehr lebten, um an ihnen zu nagen?

Die Erde verfestigte sich, sodass es den Anschein erweckte, sie wanderten auf einem Felsen. Bäume kleideten sich in ein spärliches Blattwerk, obwohl die Wärme zunahm. Den Wind gab es kaum noch. Der Wald, welchen Greg den Toten Wald nannte, wurde seinem Ruf gerecht, indem sich nur selten etwas in ihm bewegte. Nur die Krähen flogen vom Baum zu Baum hinterher, oder sie flogen voraus, um zu warten, bis die drei an ihnen vorbeigingen, um das Spiel fortzusetzen.

»Wir sind nah«, sagte Edgar. »Ich kann es fühlen, es ist die Grenze zum Revier meiner alten Heimat.« Seine Brust weitete sich.

Jeri nieste. »Heißt das, dass wir bald in deinem Dorf ankommen werden?«

»Es gab in meiner alten Heimat kein Dorf.«

»Kein Dorf? Wohin gehen wir dann?« Jeri zog die Augenbrauen zusammen.

»Es gab zu meiner Zeit keine Dörfer, nur den Wald und unser Revier, in dem wir gejagt hatten. Jeder von uns lebte für sich allein. Wir befolgten dennoch einige Regeln, die wir aufgestellt hatten. Auch damals war es verboten, das Revier zu verlassen. Hinter die Grenze gingen nur Werwölfe, sofern sie uns nicht angegriffen haben oder bei der Begegnung mit anderen Werwölfen nicht ihr Leben ließen.«

»Ich dachte, wir sind im Revier deiner alten Heimat längst angekommen.« Valentin runzelte die Stirn.

»Der Graue Wald ist groß. Ist euch nicht aufgefallen, dass wir nicht immer geradeaus gingen? Einmal haben wir die entgegengesetzte Richtung eingeschlagen.«

Valentin und Jeri sahen einander an.

»Ich habe nicht übertrieben, als ich gesagt habe, dass wir es nicht einfach haben werden, den Weg in meine alte Heimat zu finden. Wenn die Sonne wie heute verschwindet, ist es kaum möglich, sich zu orientieren.«

»Dazu brauchen wir keine Sonne!«, fuhr Jeri auf. »Die Bäume können uns verraten, welche Himmelsrichtung in welcher Richtung liegt! Es ist das Moos … und die Rinde …« Er runzelte die Stirn, als er Edgars Blick begegnete, der nicht weit davon entfernt war zu grinsen.

»Dann bestimme die Richtung.«

Misstrauisch trat Jeri an einen Baum. »Also, die Nordseite befindet sich … meistens …« Er umrundete den Baum, tat es dann noch einmal und ein drittes Mal.

»Wie du siehst, ist der Baumstamm auf jeder Seite gleich. An diesem Ort kann man keine Richtung bestimmen, wenn man sich nicht auskennt. Auch ich kenne mich hier inzwischen nicht mehr aus. Ich folge meinem Gefühl und dem Gefühl des Wolfes.«

»Wie können alle Seiten gleich sein?« Jeri umrundete den Baum zum vierten Mal.

»Unsere Ahnen haben sich diesen Ort nicht umsonst ausgesucht, um abgeschieden zu leben und das Geheimnis unserer Existenz zu wahren. Nur selten traute sich ein Mensch hierher und fand wieder heraus. Wenn er nicht verhungerte, von Werwölfen getötet wurde oder in der Nacht aus einer Höhe stürzte, wurde er wahnsinnig, was unausweichlich zum Tod führte. Die Menschen finden sich hier nicht zurecht, weil dieser Ort im Herzen des Grauen Waldes liegt, wo manche Gesetze der Natur nicht existieren. Das Wetter unterscheidet sich vom Wetter bei uns in Windseck. Hier gibt es zum Beispiel kaum Wind.«

Jeri leckte an der Kuppe des Zeigefingers und streckte ihn in die Höhe. »Hier gibt es keinen Wind? Vielleicht ist er gerade jetzt weg?«

»Wir befinden uns in einer Senke. Du wirst sie nicht erkennen. Winde sind hier eine Seltenheit. Ist dir schon aufgefallen, dass du nicht frierst?«

Jeri sah an sich herab. Der Kragen seiner Jacke war geöffnet. Das Hemd hatte er heute nicht in die Hose gestopft. Er lachte.

»Ich friere nicht!«

»Das ist den warmen Quellen zu verdanken, die sich hier bald an einigen Stellen finden lassen.«

»Warme Quellen?« Valentin runzelte die Stirn.

»Die gibt es hier zu genüge, von großen Gewässern bis zu den kleinen Pfützen. Sie werden gespeist aus der Erde. Irgendetwas heizt sie auf. Manche sind so heiß, dass sie kochen. Dampf steigt auf und erwärmt die Luft. Dieser Dampf ist verantwortlich für die vielen Wolken, die über dem Grauen Wald hängen. Nirgendwo anders gibt es Quellen wie diese. Zumindest habe ich sie nirgendwo anders gesehen. Kommt, wir sind in der Nähe. Und wir sind auf dem richtigen Weg. Riechst du das Valentin?«

Der Geruch fiel Valentin schon seit langem auf. Er schenkte ihm jedoch keine Beachtung, weil er ihn auf ihre Kleidung schob, die mit eingetrocknetem Blut der Kreatur besudelt war. Er hatte sich also geirrt. Der Geruch wurde stärker, je weiter sie liefen. Und es roch immer mehr nach faulen Eiern.

»Ich rieche es.«

»Mein Großvater sagte, dass das warme Quellwasser tief unter der Erde steckt. Wenn das Wasser lange ohne Bewegung bleibt, dann fängt es an, streng zu riechen.«

»Ich rieche nichts.« Jeri ließ die Brust weiten.

»Wir sind nah, aber nicht nah genug, damit auch du etwas riechen könntest. Valentin und ich bedienen uns der Kraft des Wolfes und seiner Sinneswahrnehmung.«

»Hat es in deiner Heimat etwa immer so gestunken?« Valentin rümpfte die Nase.

Wenn ja, dann wunderte es ihn nicht, warum es Edgar nicht schwerfiel, seine Heimat zu verlassen. Wenn Valentin den Gestank jetzt schon vernahm, wie würde es wohl mittendrin stinken?

»Nein. Die Quellen riechen nicht alle so. Wenn man lange in ihrer Nähe bleibt, fällt es irgendwann gar nicht mehr auf. Aber mach dir keine Sorgen, diese Quellen sind nicht überall. Sie bilden die Grenze zu meiner alten Heimat und umgeben sie wie ein Ring. Nachdem wir den Ring passieren, werden wir auf keine Quellen mehr stoßen.«

Der Himmel schien tiefer einzusinken, während ein leichter Anstieg begann. Die Erde wurde fest wie Stein, und bald war sich Valentin nicht mehr sicher, ob es nicht tatsächlich Stein war, auf dem sie gingen. Das Gras und Moos schafften es kaum noch zu wachsen. Bäume kleideten sich immer weniger in ihr Blattwerk.

Dann verschwand die Farbe aus dem Großteil der Bäume, so als hätte jemand eine Linie gezogen, hinter der ein Jahreszeitwechsel stattfand. Valentin glaubte, der Winter sei plötzlich eingekehrt, nur spürte er keine Kälte. Bäume, die geisterhaft in die Höhe schossen, besaßen keine Blätter. Die weißen Stämme und Äste wirkten wie gemalt. Hin und wieder tauchten Bäume auf, auf denen noch immer Blätter wuchsen. Sie verliehen diesem seltsamen Waldabschnitt, in dem die weißen Bäume dominierten, eine graue Tönung.

»Was sind das für Bäume?«, flüsterte Jeri.

»Das sind tote Bäume«, sagte Edgar. »Sie sind einer der Gründe, weshalb die Menschen diesen Wald den Toten Wald nennen. Die Bäume wachsen auf dem steinigen Boden. Sie ernähren sich von dem Stein und werden eines Tages Teil von ihm. Es werden mehrere Winter vergehen, bis sie zu Staub zerfallen. Neue Bäume werden in dieser Zeit wachsen, bis auch sie eines Tages dasselbe Schicksal trifft. Dieser Ort ist die Grenze des Reviers meiner alten Heimat. Wir sind auf dem richtigen Weg.«

Das Weiß erstreckte sich vor ihnen, so als hätte es geschneit, obwohl es nicht das geringste Anzeichen für Kälte gab. Valentin kam sich vor wie in einer anderen Welt. Und das war sie auch: eine Welt, die er nicht kannte. Bis heute glaubte er, es gab neben Windbergen nur noch die Welt der Menschen. Doch hier gab es weitaus mehr.

Die Baumwipfel schienen die Wolken aufzuspießen und sie festzuhalten. Es sah aus, als wäre die Zeit eingefroren. Insekten gab es hier nicht. Selbst Krähen schienen sich kaum hierher zu trauen, weil sie sonst auf den weißen Ästen ein gutes Ziel abgeben würden.

Wie um diese Annahme zu widerlegen, nahm der kleine Schwarm schwarzer Vögel einen Baum in Besitz. Einer der Vögel krächzte etwas, um sofort wieder zu schweigen und das Trio zu beobachten.

»Das ist sonderbar.« Valentin berührte den weißen Baum, dessen Form an eine Fichte ohne Nadeln erinnerte. »Er hat nicht nur eine andere Farbe, er hat keine Rinde. Er fühlt sich an wie Stein.« Als Valentin mit dem Fingernagel an ihm kratzte, stellte er fest, dass es dennoch Holz war.

Der Ort erweckte den Eindruck eines Friedhofs, an dem sich die wenigen lebendigen Bäume versammelten, um ihre Toten zu betrauern. Gänsehaut lief Valentin den Rücken herunter, denn weiße Bäume schienen ihre unsichtbaren Blicke allein auf ihn gerichtet zu haben, während die anderen Bäume, die noch immer Nadeln und Blätter trugen, abwesend wirkten.

Ob man auch hier einst tote Wölfe vergraben hatte?

Was war das für ein Ort, an dem Bäume zu Stein wurden? War das den Wolken zu verdanken, weil sie kaum Sonnenschein durchließen, um die Bäume mit Licht zu speisen? Es war ein unwirklicher Ort. Könnte das der Ort sein, an dem Päjs Diener hauste, wenn der Wolfskönig seine Dienste gerade nicht benötigte?

»Bei dem da sieht man die Wurzeln.« Jeri ging neben einem Baum in Hocke, der seine Wurzeln nach oben getrieben hatte, und rüttelte daran. »Sie ist hart, aber sie lässt sich bewegen. Es ist tatsächlich eine Baumwurzel.«

»Alle Bäume, die hier wachsen, werden als Stein enden. Diese Wurzel ist gerade dabei.«

Edgar ging voraus. Er kannte diesen Ort zwar, doch es war lange her, sodass auch seine Kopfbewegungen von jugendlicher Neugier zeugten.

Auf einmal schien es, als würde Valentin ein Haus betreten, dessen Inneres aufgeheizt war, nur dass es hier keine Tür gab und erst recht kein Haus. Die Wärme löste sich jäh auf, mit ihr verschwand der Gestank. Valentin runzelte die Stirn.

»Ihr werdet gleich erfahren, was es damit auf sich hat«, sagte Edgar, ohne sich zu den beiden umzudrehen. »Und ich bin gespannt darauf, ob sich das Bild seit dem letzten Mal verändert hat.«

Etwas schimmerte im Dunst, der plötzlich hinter den Bäumen auftauchte. Der vergorene Gestank war wieder da. Diesmal streckte auch Jeri die Nase in die Höhe.

»Es stinkt nach faulen Eiern!«

Valentin wusste nicht, ob er begeistert sein oder Vorsicht walten lassen sollte. Ein kleiner See, der zwanzig Schritte im Durchmesser maß, lag vor ihnen. Dunst stieg vom Wasser auf. Luftblasen zeigten sich hin und wieder auf der Oberfläche. Valentin traute seinen Augen kaum, dass er bis zum Boden sehen konnte, so klar war das Wasser, obwohl er mehr als zwei Mal dort stehen könnte. Der türkisfarbene Boden schien zu leuchten, so als entzündete jemand ein Feuer unter ihm. Es waren weder Fische noch Wasserpflanzen zu sehen, was umso mehr das Gefühl vermittelte, dass dieser Ort tot war.

Jeri knöpfte die Jacke auf. Er ging auf die Knie und tunkte den Zeigefinger ins Wasser.

»Es ist warm.« Hastig zog er den Finger heraus und schüttelte die Hand. »Es ist heiß!«

»Der beste Lehrer ist die Erfahrung«, sagte Edgar. Er schien genau gesehen zu haben, was Jeri vorhatte. »Nicht alle warmen Quellen sind bloß warm. Viele sind heiß, so wie diese Quelle.«

»Aber der Gestank kommt nicht von hier.« Valentin vernahm bloß einen Hauch des Gestanks dieses Sees. Der größte Teil kam von woanders.

»Das stimmt. Es wird ein anderer See sein.«

»Und sie werden niemals kalt?« Auch Jeri hielt nach Fischen und Seegras Ausschau.

»Ich wüsste nicht, sie jemals kalt erlebt zu haben. Unter der Erde, wo sie gespeist werden, gibt es weder Sommer noch Winter.«

Jeri schaute hoch. »Und gibt es hier auch einen Tag? Mir kommt es vor, es ist Abend. Oder früh am Morgen?«

»Als ich hier lebte, kannte ich die Welt nur so. Sie war düster. Selten hatten wir das Glück, die Sonne sehen zu können. Und manche von uns haben in ihrem Leben kein einziges Mal den Mond erblickt.«

Edgar setzte den Weg fort. Valentin und Jeri beobachteten noch eine Weile die Luftblasen, bevor sie ihm folgten. Krähen tauschten einen toten Baum gegen einen lebendigen. Und als hätte es einen Unterschied gemacht, wurden ihre krächzenden Laute heller.

Weiße Bäume, Seen mit warmem Wasser und die Windstille ließen Valentin an Orte aus den Märchen denken, die er den Welpen so gerne erzählte. Und irgendwie gefiel es ihm. Bevor sein Wolf in ihm erwachte, sehnte er sich nach Orten wie diesen, vor allem im Winter, wenn es kalt war. Die weißen Bäume erweckten den Eindruck, in einer anderen Welt gelandet zu sein, in der die Gesetze der Windberge nicht galten. Trotzdem würde er hier nicht lange leben wollen. Etwas war hier, das das Leben abstieß. Dieser Wald war tot. Nicht umsonst gaben die richtigen Menschen ihm diesen Namen. Selbst die Sonne hatte hier keine Macht. Und ohne die Sonne konnte sich Valentin das Leben nur schwer vorstellen.

Den nächsten See konnte Valentin beim besten Willen nicht als See bezeichnen. Es war mehr eine Pfütze, mit dem Unterschied, dass ihr Grund einen Regenbogen in sich gefangen zu haben schien. Von weitem hielt Valentin ihn zuerst für einen Riesenschmetterling, der sich in der Bodensenke versteckte.

Der Gestank wirkte strenger als beim letzten See. Valentin rümpfte die Nase nicht mehr, was daran liegen könnte, dass er sich an den Gestank bereits gewöhnt hatte. Er und Jeri schienen gleichermaßen den Blick nicht abwenden zu können von den Ringen, die sich mit mehreren Farbschichten vom Grund bis zur Oberfläche zogen. Auch hier stiegen Blasen auf, nur bildete sich kaum Dunst. Jeri hielt zuerst die Fingerkuppe hin, dann tauchte er die ganze Hand hinein. Dabei sah er wieder und wieder zu den Kreisen, so als befürchtete er, sie könnten lebendig werden und ihn beißen. Schließlich hatte Edgar sie gewarnt, dass die Erfahrung der beste Lehrer war.

Auf der Anhöhe angelangt, blickte Valentin zurück. Eine Landschaft, die aus dem Kontrast weißer und dunkler Bäume bestand, lag wie auf der Hand. Der erste See, auf den sie stießen, sah von hier aus wie ein riesiges Auge, der unter dem Dunst türkis schimmerte.

Zwei weitere Seen versteckten sich hinter einem Felsvorsprung, umgeben von weißen Bäumen. Ein Baumstamm ragte aus dem Wasser. Hier und da stieg Dunst auf. Es hatte den Anschein, er verband sich mit den Wolken, die tief über der Erde hingen. Der Schwarm schwarzer Vögel löste sich schwerfällig von einem Baum.

»Wo kommt das ganze Wasser her?«

Jeri ging bei einer feuchten Stelle in die Hocke. Es sah aus, als streute jemand vor langer Zeit Sand hierher, der zu einer harten Masse wurde. Die Stelle müsste vor kurzem großflächig nass gewesen sein und trocknete bereits. Zwischen dem harten Sand bildeten sich Pfützen. Aus dem Spalt im Boden, in den man eine Hand reinstecken könnte, stieg Dampf auf.

Edgar runzelte die Stirn und schien über etwas nachzudenken, während er Jeri beobachtete. Valentin zuckte zusammen und bereitete sich auf die Verwandlung vor, als Edgar plötzlich auf Jeri zuschoss, um ihn zu packen und von der nassen Stelle fortzureißen.

Der Junge schüttelte den Kopf und nahm die Kampfposition ein. Er umklammerte den Holzstab, von dem er sich nicht mehr trennte, mit beiden Händen.

Die Verwandlung zum Wolf zögerte Valentin nur deswegen hinaus, weil Edgar nicht mehr danach aussah, als wäre ein Feind in der Nähe. Er ignorierte Jeris und Valentins Blicke, indem er die Arme kreuzte, so als wäre gerade nichts passiert. Seine Augen waren zu der Stelle gerichtet, an der Jeri vor wenigen Sekunden noch stand.

Valentin nahm das sachte Beben unter der Erde wahr. Erneut war er kurz davor, die Wolfsgestalt anzunehmen. Die Kreatur aus dem Sumpf könnte unter der Erde bis hierher gewandert sein, auch wenn Edgar es ausgeschlossen hatte. Schließlich kannte auch er diese Kreatur vorher nicht. Er erweckte dennoch den Eindruck, als wüsste er ganz genau, was gerade geschah. Das sachte Erdbeben und das Geräusch des rauschenden Wassers, das von einem Moment auf den anderen wuchs, dürften ihm wohl kaum entgangen sein.

Eine Fontäne, die plötzlich aus dem Spalt schoss, ließ Valentin und Jeri zusammenzucken. Das Heulen des Wassers erinnerte an das Gebrüll eines Bären. Krähen stiegen vom Baum auf, um nach wenigen Augenblicken erneut auf ihm zu landen. Wasser bedeckte den Boden und füllte die Steinmulden auf. Dampf stieg auf, wohin das Wasser traf.

Valentin hielt den Atem an, als das Heulen verschwand und der Spalt kein Wasser mehr spuckte. Das restliche Wasser in der Luft wirkte wie eine Erscheinung, bis es mit einem Plätschern zu Boden fiel und Stille einkehren ließ.

Jeris und Valentins Blicke richteten sich zu Edgar.

»Ihr habt gerade einen Geysir zu Gesicht bekommen. Ein seltener Anblick.«

»Ist er ein Ungeheuer?«, flüsterte Jeri.

»Das ist bloß Wasser. Heißes Wasser.«

»Und welches Ungeheuer spuckt es?« Jeri behielt das Flüstern bei.

»Es gab zu meiner Zeit tatsächlich eine Legende von einer Schlange, geboren in Flammen, die unter der Erde im heißen See schwimmt und etwas bewacht. Sie spuckt das Wasser regelmäßig an die Oberfläche, damit niemand es durch die Öffnung nach unten schaffen kann.«

»Und?«, sagte Jeri nach einer Weile. »Ist die Legende wahr?«

»Ich glaube kaum. Ich denke, das Wasser kocht und läuft bloß über.«

»Wie eine Suppe im Topf?«

Edgar nickte. »Niemand hat hier je etwas Lebendiges gesehen oder gespürt. Also nehme ich an, hier gibt es keine Feuerschlange oder andere Ungeheuer. Aber wenn ich ein paar Tage zurückdenke, haben wir die Kreatur im Sumpf auch nicht wittern können. Vielleicht ist an der Geschichte mit der Schlange doch etwas dran.«

»Ein Geysir …«, sagte Valentin nachdenklich.

»Kommt ihm nicht nah, es ist heißes Wasser. Das Risiko ist groß, sich zu verbrühen. Der da ist übrigens ein kleiner Geysir.«

»Was ist das für ein Ort?« Jeri sah sich um, als wäre ihm erst jetzt die Eigenart dieses Ortes aufgefallen. »Wie hast du an einem Ort wie diesem überlebt? Hier lauern an jeder Ecke Gefahren.«

»Man nannte diesen Ort den Feuerring. Er umschließt meine alte Heimat wie ein Kreis. Wir dürften seine Grenze bald hinter uns lassen, sofern er nicht gewachsen ist. Meine Heimat liegt innerhalb des Kreises, tief verborgen.«

»Dann sorgte der Feuerring dafür, dass man euch nicht fand, nicht wahr?«, sagte Valentin. »Er ist nicht nur dafür verantwortlich, dass man keine Richtung bestimmen kann, er schreckt die Menschen ab, sofern sie sich bis hierher durchgeschlagen haben.«

»Du hast es richtig erkannt. Der Feuerring schreckt die Menschen ab. Er ähnelt einem furchterregenden Ort aus ihrer Glaubensgeschichte, den sie als Hölle bezeichnen. Zwar hat sie niemand je gesehen, doch den Überlieferungen nach gelangen die sündigen Menschen dorthin, um Qualen zu erleiden - in Hitze und Atemnot. Selbst bis heute behält der Feuerring seine abschreckende Wirkung bei, soweit ich es Gregs Erzählungen entnehmen konnte. Dem Feuerring ist auch der Nebel zu verdanken, der selbst uns zu verwirren imstande war. Und umgekehrt hatte der Feuerring viele Werwölfe verschlungen, weil sie alles, was sich bewegt, für einen Feind halten, so wie diesen Geysir. Früher war dieser Ort mit Knochen überhäuft.«

»Die Hölle …«, sagte Valentin nachdenklich. »Sie erinnert

mich an die Unterwelt, wohin der Diener Päjs die unwürdigen Wölfe geleitet.«

»Die Menschen unterscheiden sich in dieser Hinsicht kaum von uns. Auch sie haben Legenden und den Glauben an Gottheiten. Auch bei ihnen existieren ein schöner und ein schrecklicher Ort, wohin sie gelangen, wenn sie ihre irdische Hülle verlassen müssen.«

Valentin nahm das Zittern der Erde wahr. Es brodelte und zischte wieder. Das Rauschen raste heran, um den Wasserstrahl mit einem Heulen zum zweiten Mal herauszutreiben. Kaum fiel er in sich zusammen, folgte der nächste Strahl. Der aufsteigende Dunst nährte die Wolken.

DER DUNKLE DIENER

Der Sumpf wollte sie wieder einsaugen. Der steinige Boden hörte so abrupt auf, dass Valentin beinahe gestolpert wäre, weil er bis zu den Knöcheln im Moos versank. Das plötzliche Verschwinden des Gestanks ließ ihn schläfrig werden.

Es bedurfte drei Tage, um den Feuerring zu durchqueren. Sie passierten weitere acht Seen, die genauso heiß wie die vorherigen waren. Einer der Seen köchelte langsam vor sich hin und es schien ein Dauerzustand zu sein, weil das Wasser nicht aufhörte zu gluckern. Umso mehr war es Jeri anzusehen, wie ungerne er diesen Ort verließ, weil er sich nun im kalten Feuchtgebiet des Sumpfes wiederfand.

Der Abstieg machte sich bemerkbar. Die Bäume rückten näher zusammen, ihre Äste kleideten sich erneut in Blätter und Nadeln. Die graue Dunstdecke war eingesunken und kam der

Erde näher. Es hatte den Anschein, dass der Tag gar nicht anbrechen wollte und es bloß ein wenig heller wurde, nachdem die Nacht endete. Der Schwarm schwarzer Vögel war kaum noch zu sehen. Ihre krächzenden Stimmen verrieten jedoch, dass sie nicht vorhatten zu verschwinden.

»Das ist der richtige Weg, ich spüre es.« Edgar blieb stehen. Er schien die Gegend mit den Wolfssinnen abzutasten und drehte den Kopf herum. »Früher hat es hier nicht so ausgesehen, doch das ist der richtige Weg. Der Sumpf hat sich ausgebreitet. Er ist dem Feuerring nah gekommen. Das gab es früher nicht. Bis zu dem Ort, an dem ich gelebt habe, ist es aber noch weit. Ich hoffe, der Sumpf hört bis dahin auf.«

Valentin dachte an die Kreatur, gegen die sie im Sumpf kämpfen mussten. Nun wanderten sie erneut durch einen Sumpf. Es wäre unklug, eine weitere Begegnung auszuschließen. Zwar trennte der steinige Boden die beiden Sümpfe, dennoch konnte niemand wissen, ob es nicht eine unterirdische Verbindung zwischen ihnen gab. Auch wussten sie nicht, ob weitere Kreaturen existierten, die sich inzwischen in jedem Sumpf des Grauen Waldes eingenistet haben könnten. Valentin konnte in den Gesichtern Edgars und Jeris lesen, dass ihnen dieselben Gedanken durch die Köpfe gingen.

»Haltet euch in der Nähe der Bäume auf«, sagte Edgar. »Die Wurzeln dürften der Kreatur Schwierigkeiten bereiten, sollte sie auch hier lauern.«

»Vielleicht stimmt die Geschichte mit der Feuerschlange ja doch«, sagte Jeri. »Vielleicht hatten wir es mit ihr zu tun, nur ist es nicht wirklich eine Schlange, sondern ein anderes Wesen. Schließlich hatte sie niemand je zu Gesicht bekommen.«

»Dafür war es dort unten zu kalt, um eine feuergeborene Schlange zu sein.« Edgar rieb sich wie zufällig die Schultern. »Wir wissen gar nichts über sie, und ich halte die Geschichte nach wie vor für ein Märchen.«

»Das war nur ein Gedanke.« Jeri schüttelte sich. »Ich freue mich schon auf meinen Frühling.« Er knöpfte den Kragen seiner Jacke zu. »Dass auch ich nicht mehr frieren muss und dass auch ich so unermüdlich werde wie ihr.«

Er ächzte, als er seinen Rucksack voller Wasserschläuche auf die andere Schulter warf. Das Wasser darin plätscherte.

Edgar und Valentin schwiegen. Das Schmatzen des Sumpfbodens unter den Füßen schien lauter geworden zu sein.

»Habt ihr einen Ratschlag für mich? Wie kann ich es schaffen, meinen Wolf zu zähmen?«

Edgar tat so, als hätte er nichts gehört. Valentin atmete tief ein und aus.

»Genau deswegen haben wir die Reise angetreten, um das herauszufinden«, sagte Valentin. »Und wir werden es herausfinden.«

Jeri seufzte. »Wenn ich mir diesen Wald ansehe, habe ich meine Zweifel, dass wir überhaupt etwas finden werden. Dieser Wald ist ein verlassener Ort.«

»Lass dich nicht von dem Anblick unterkriegen, Junge. Es ist nicht immer so, wie es zu sein scheint, das kannst du mir glauben. Selbst wenn wir hier nichts finden, haben wir noch immer Valentin, seine Fähigkeiten und seinen Verstand. Er wird sich etwas einfallen lassen. Und er bereitet dich schon seit Anfang der Reise auf deinen Wolf vor. Du staunst? Es war seine Idee, dich unsere Vorräte tragen zu lassen. Ich weiß, wie ungerecht es dir vorkommen müsste. Du würdest es jedoch nie zu Sprache bringen, um nicht schwach zu erscheinen, nicht wahr?«

Jeri öffnete den Mund, um etwas zu sagen, schloss ihn jedoch wieder. Stattdessen blickte er auf Edgars Rucksack, der locker auf seiner Schulter hing, weil alle Wasserschläuche in Jeris Rucksack eingepackt waren.

»Er nutzt das Wissen und die Erfahrung des alten Wolfes,

um dich zu stärken. So wie ich einst, wirst auch du stärker mit jeder Strapaze, welche du über dich ergehen lässt. Es wäre für alle einfacher, wenn wir die Wolfsgestalt annehmen würden, um dich den ganzen Weg lang zu tragen, doch damit hätten wir dir die Möglichkeit genommen, stärker zu werden. Erinnere dich eineinhalb Monde zurück, wie du außer Atem gekommen bist und wie deine Beine jeden Morgen wehtaten. Jetzt verstehst du es« Edgar brauchte den Kopf nicht zu drehen, um zu sehen, wie sich Jeris Mund erneut öffnete, sich wieder schloss und der Junge die Brust herausstreckte. »Jetzt, wo du es weißt, wird es dir sicherlich leichter fallen, damit umzugehen.«

»Ich … ich dachte mir nur …« Jeri seufzte. »Danke, Valentin. Ich habe aber niemals an etwas Böses gedacht, wirklich nicht. Ich wusste, du wirst deine Gründe gehabt haben, denn das passte nicht zu dir. In Windseck hast du auch niemanden geärgert.«

»Mach dir keinen Kopf, Jeri. Ich hätte es dir früher sagen sollen.«

»Dafür weiß er es jetzt umso besser«, sagte Edgar. »Verlass dich auf Valentin. Er hat einen außergewöhnlichen Verstand. Er wird sich auch für dich etwas ausdenken, um dich nicht zum Werwolf werden zu lassen. Schließlich hat er die meisten seiner Freunde retten können.«

»Die meisten?« Jeri runzelte die Stirn. »Meinst du damit Luc, weil er zum Werwolf wurde?«

Stille kehrte ein. Valentin atmete tief ein und aus. Er dachte an seinen Freund, der nicht mehr unter ihnen weilte, weil er ihn eigenhändig töten musste. Hätte er jetzt nochmals die Wahl, würde er den Werwolf am Leben lassen und ihn irgendwo anketten, bis Valentin sicher sein konnte, dass es für seinen Freund keinen Weg mehr zurück gab.

»Es war Samuel. Wir konnten ihn nicht retten.«

»Oh …«

Das Schmatzen des Sumpfbodens unter den Beinen erschien in der Lautlosigkeit wie der Hammerschlag des Schmiedes. Die Stille zog sich in die Länge, sodass der Eindruck entstand, niemand würde heute noch ein Wort sagen.

»Dann war es Samuel, damals auf dem Friedhof …«, sagte Jeri. »Es tut mir leid, ich habe nicht einmal nachgefragt.«

»Mach dir keinen Kopf.«

Jeri schwieg für den Rest des Tages. Womöglich bekam er ein schlechtes Gewissen und wollte Valentin nicht unwissentlich an etwas erinnern, was ihn traurig stimmen könnte. Auch Edgar sagte kein Wort. Er schien den seltenen Moment der Stille zu genießen, an dem ihn Jeri nicht mit Fragen überhäufte.

Dunkelheit kam so plötzlich, dass Valentin erst dachte, sie gerieten unter einen Felsvorsprung, der über ihnen aufragte, um das ohnehin schwache Licht zu verdecken. Er sah zum Himmel in Hoffnung Sterne zu entdecken, doch nur eine graue Decke, die mit jedem Augenblick mehr Dunkelheit in sich aufnahm, hing über ihnen und drohte herabzustürzen.

»Wir sollten uns für die Nacht vorbereiten«, sagte Valentin. »Es sieht ganz danach aus, als könnte es regnen.«

»Es wird regnen«, bestätigte Edgar. »Wir sollten Holz sammeln, solange es trocken ist.« Er sah zu Jeri, der keine Aufforderung brauchte, um sich auf die Suche nach Holz zu machen. Drei Äste lagen bereits auf seinem Arm.

Valentin brauchte nicht lange zu suchen. Überall lagen totes Geäst und abgebrochene Zweige. Der Holzstapel wuchs auf seinem Arm.

»Was hast du, Jeri?«

Valentin richtete sich auf. Der Junge stand mit dem Rücken zu ihm und hielt nach etwas Ausschau. Mit der freien Hand drückte er das Geäst des Holunders zur Seite.

»Au!« Jeri steckte die Fingerkuppe in den Mund.

Valentin entdeckte einen Brombeerstrauch, der sich über den Holunderbaum hergemacht hatte. Mit Daumen und Zeigefinger zog er Ast für Ast des Stachelgewächses zur Seite, sodass ein Durchgang entstand. Den Dorn in seinem Finger hatte er zwar bemerkt, aber der Schmerz dauerte kaum einen Lidschlag lang. Er machte sich nicht die Mühe, sich die Einstichstelle anzusehen, denn er würde sie nicht finden, so schnell wie sie heilte. Den Blutstropfen wischte er an der Hose ab.

Das, was er für große Bäume gehalten hatte, entpuppte sich als Sträucher, die auf einem Hügel wuchsen. Wenn Jeri woanders Holz gesammelt hätte, hätten sie das, was nach einem Eingang einer Höhle aussah, wohl kaum entdeckt. Valentin beugte sich vor und sog die Luft ein, um einen Bären oder ein anderes Raubtier zu wittern, das hier hausen könnte.

»Hier ist niemand«, erklang Edgars Stimme neben ihm. »Wenn hier jemand wäre, würde der Eingang nicht so zugewachsen aussehen. Gehen wir hinein.«

Jeri schritt den beiden hinterher. Das wenige Licht seiner Öllampe reichte aus, damit Valentin die Wände erkennen konnte und wie der Durchgang schmaler wurde. Valentin befürchtete, sie würden in einer Sackgasse ankommen, doch der Durchgang weitete sich allmählich wieder.

Wände verstärkten die Geräusche ihrer Schritte. Steinchen kullerten unter den Füßen. Die Erde schien kein einziges Mal mit Wasser in Berührung gekommen zu sein, obwohl die Luft nach Regen roch. Wurzeln ragten aus der Decke. Edgar musste sich ducken, um sich den Kopf nicht anzustoßen. Der Eingang im Rücken verschwand aus dem Sichtfeld, und es schien nur noch eine Richtung ins Innere zu geben.

Der Durchgang weitete sich, sodass er sich in eine Höhle verwandelte, die auf der gegenüberliegenden Seite auf eine Wand stieß, als hätte jemand sie mit Absicht dorthin gemauert. Die Decke wanderte ein Stück nach unten. Felsblöcke reihten sich an der rechten Seitenwand auf. Sie müssten als Sitze gedient haben, sollte diese Höhle einst bewohnt gewesen sein. Die linke Seitenwand bestand aus Stufen. Sie ragten bis zur Decke und waren breit genug, sodass selbst Edgar Platz auf ihnen finden würde, wenn er sich hinlegte.

Jeris Öllampe reichte aus, um den größten Teil der Höhle zu beleuchten. Valentin und Edgar schauten gleichzeitig die einzige Stelle an, die dunkel blieb. Die aufgereihten Felsblöcke warfen Schatten zwischen sich und die Wand. Jeri trat an sie heran. Er verharrte, als er die Lampe in die Höhe streckte.

Valentin hielt das, was er sah, für Einbildung, die ihm sein Kopf vorspielte, der seit Tagen keinen Sonnenschein mehr gesehen hatte. Im nächsten Augenblick war er versucht, die Wolfsgestalt anzunehmen, um sich der Kreatur zu stellen, die hinter den Felsblöcken lag. Edgar hielt ihn von der Verwandlung ab, indem auch er seine menschliche Gestalt beibehielt.

Eine abgemagerte Kreatur, die mit alter Rinde statt Fell bedeckt zu sein schien, lag auf dem Rücken. Die Beine und Arme hatten sich gekrümmt. Der augenlose Blick richtete sich zur Decke. Valentin glaubte, Kälte zu spüren, die ihm den Rücken herunterlief, als er das langgezogene Gesicht erblickte, schiefe Zähne und Krallen, die glänzten, als hätte man sie eben noch poliert. Das Fell, das Valentin zuerst für Rinde hielt, umspannte die Knochen und war für die gekrümmte Haltung des Wolfes verantwortlich, der seit einer Ewigkeit nicht mehr leben dürfte, so hoffte Valentin. Er wollte nicht, dass der Wolf plötzlich aufstand. Denn wenn er aufstehen würde, würde er sicherlich gegen sie kämpfen, so wie er aussah.

»Ist das ein toter Wolf?«, flüsterte Jeri.

Edgar legte ihm die Hand auf die Schulter, als Jeri Anstalten machte, sich der Leiche zu nähern.

»Ich muss mich davon überzeugen, dass er tot ist«, sagte Edgar und stieg über die Felsblöcke. »Ob er ein Werwolf oder

Wolf war, sehe ich an seinen Zähnen.« Er berührte mit dem Handrücken das vertrocknete Fell.

Valentin beugte sich vor. Dem Wolf, der vor ihnen lag, wohnte schon lange kein Leben mehr inne. Der Köper war trocken, sodass selbst die Insekten ihn für Stein halten müssten und kein Interesse an ihm zeigten. Er sah aus, als wäre er schon immer aus Stein und diese Hülle hätte nie gelebt. Nur die unverwechselbare Schnauze und die Krallen verrieten das Gegenteil.

»Seht euch seine Zähne an.« Edgar deutete auf das Maul des Wolfes. »Er hat keine normalen Zähne. Sie sehen aus wie Tonscherben, ungleichmäßig gewachsen und schief. Und es gibt keine Fangzähne. Das ist der Beweis dafür, dass es sich bei dieser Kreatur um einen Werwolf handelte.«

»Wie kommt er hierher?«, flüsterte Jeri. Er schien nicht überzeugt davon zu sein, dass der Werwolf nicht mehr lebte.

»Ich bin zum ersten Mal in dieser Höhle«, sagte Edgar. »Vielleicht gab es einen Kampf mit anderen Werwölfen und dieser Werwolf wurde verletzt. Dann hat er sich in die Höhle zurückgezogen, um zu genesen. Seine Wunden könnten ihn letztendlich getötet haben. Oder er fand den Ausgang aus dem Wald nicht oder aus dem Feuerring und ist den Hungerstod gestorben, weil er in seinem Wahnsinn keine Beute fangen konnte. Denn selbst bei klarem Verstand ist es schwer, hier eine Beute zu finden. Ich sehe keine Verletzungen, aber der Körper könnte hunderte Winter alt sein, sodass die Zeit die Wunden längst unkenntlich gemacht hat.«

»Wir haben hier den Beweis«, sagte Valentin. »Das ist ein Beweis dafür, dass Wölfe nicht nur in Windseck existieren. Sonst gäbe es diesen Werwolf nicht.« Valentins Herz schlug schneller, als ihm bewusst wurde, dass die mumifizierte Leiche des Werwolfes eigentlich ein Hoffnungsträger war. »Wir haben endlich etwas gefunden!«

»Das haben wir in der Tat«, sagte Edgar. »Leichen wie diese habe ich selten zu Gesicht bekommen. Es kann dennoch keine Verwechselung geben, dass wir auf einen Werwolf gestoßen sind. Und es ist eindeutig ein Beweis.«

»Werden wir alle so enden?« Jeri schüttelte sich, woraufhin das Lampenlicht das Gesicht des Werwolfes für einen Moment zum Leben erweckte. »Mit vertrocknetem Fell und Knochen?«

»Wenn ein toter Körper unter die Erde kommt, kümmert sich die Natur darum, dass er eins mit ihr wird«, erklärte Edgar. »Nach und nach verschwinden die Überreste. Doch der Körper braucht nicht unbedingt unter die Erde zu kommen, um Teil von ihr zu werden. Tiere, Vögel und Insekten des Waldes kümmern sich um ihn. Dieser Werwolf ist jedoch an einem Ort gestorben, der ihn versteckt hielt, und der leichte Windzug hatte seinen Körper über Jahre getrocknet.«

Valentins Blick fiel auf das Lampenfeuer, das kaum merklich zuckte. Erst jetzt fiel ihm auf, dass der moderige Geruch, der den meisten Höhlen innewohnte, nicht da war.

»Wir sollten ihn der Obhut des Wolfskönigs überlassen«, sagte Valentin.

»Das sollten wir. Wer weiß, wie lange sein Licht in der Höhle bereits gefangen ist.« Edgar warf das Feuerholz auf den Boden. »Wir werden das morgen früh erledigen.«

Jeri runzelte die Stirn. »Wir werden hierbleiben? Mit ihm?«

»Das ist eine tote Hülle. In meinem ganzen Leben ist mir kein totes Wesen begegnet, das zum Leben erwachte. Die Märchen, die Valentin euch Welpen gerne vorträgt, sind oftmals bloß das, was sie eben sind, nämlich Märchen.«

Valentin spürte seine Ohren glühen. »Du kennst sie?«

»Wer kennt sie nicht?« Edgars Riesenschnauzer zuckte, was sowohl ein Grinsen als auch Lippenschürzen bedeuten könnte. »Seht ihr die schwarze Stelle auf dem Boden?« Er deutete vor seine Füße. »Diese Höhle war einst bewohnt. Der schwarze

Fleck ist das Überbleibsel des Lagerfeuers, das älter als die Leiche des Werwolfes sein dürfte.«

Valentin warf sein Holz auf den Boden.

»Hast auch du in einer solchen Höhle gelebt?«

»Das habe ich, nur war sie schmaler und mit hoher Decke, sodass ich aufrecht gehen konnte, selbst als Wolf. Derjenige von uns, der eine Höhle bewohnte, konnte sich glücklich schätzen. Die anderen waren gezwungen, die Behausungen in die Erde zu graben oder sich mit Gebüschen zufrieden zu geben.«

Jeri hantierte mit dem Holz. Seine Finger zitterten ein wenig. Er schüttelte sich, während er die Handflächen endlich gegen die Flammen hielt.

»Wieso hattet ihr keine Häuser gebaut?«, fragte Valentin. »Die Menschen haben sich doch ohnehin nicht hierher getraut.«

»Das konnten wir nicht. Wir wussten nicht wirklich, was Häuser waren.«

Jeri grinste. »Du scherzt!« Edgars Schweigen ließ Jeris Grinsen langsam verblassen.

»Wir hörten zwar von den Bauwerken von richtigen Menschen, doch alles was sie taten, war eines Wolfes nicht würdig. Nichts, was von Menschen kam, sollte auch von uns gemacht werden. Wir waren die Bewohner des Grauen Waldes. Mein Großvater hatte die Häuser zwar in seiner Kindheit gesehen, aber auch er wusste nicht, wie man sie baute. Wir lebten also wie die wilden Tiere, jeder für sich, im Wald versteckt und ohne Sonne. Ihr wollt wissen, weshalb das Dorf Windseck dann aus Häusern besteht?« Valentin und Jeri nickten gleichzeitig. »Das war nicht immer so. Bevor wir das Dorf gründeten, haben wir uns beim Schrein des Wolfskönigs niedergelassen. Ja, das war unsere erste Bleibe. Junge Welpen und schwangere Wölfinnen hatten dort eine Unterkunft, während wir um den Schrein herum Löcher in die Erde buddelten oder

Gebüsche benutzten, um einen Schlafplatz zu finden, ganz wie zu den Zeiten im Grauen Wald, nur dass wir diesmal zusammenlebten, Entscheidungen gemeinsam trafen und gemeinsam jagten. Erst nachdem ich bei den Menschen war, habe ich gelernt, Häuser zu bauen. Anfangs begegneten die Wölfe dieser Idee mit Misstrauen, doch bald erkannten sie die Vorteile, vor allem diejenigen, deren Wolf nicht mehr existierte. Wir suchten eine geeignete Stelle für den Bau, mit ebenem Boden und Nähe zum Wasser, und fanden sie an dem Ort, wo unser Dorf jetzt steht.«

»Keine Häuser …« Jeri schüttelte sich. »Es muss schwierig gewesen sein, ohne Häuser zu leben. Wenn ich an die kalte Erde denke und dass man gezwungen war, jede Nacht darauf zu schlafen …« Er schüttelte sich abermals.

»Oft mussten wir ohne Feuer auskommen, weil es tagelang regnete. Es war keine Seltenheit, dass jemand bei Schlechtwetter krank wurde. Manchmal starben Welpen. Erst nachdem wir anfingen Häuser zu bauen, konnten wir jedem Wetter trotzen. Selbst Wölfe, die das Tier gezähmt hatten, leben in Häusern, obwohl wir das nicht nötig haben. Es macht viele Dinge einfacher, sei es auch bloß, um sich das Essen zu bereiten.«

»Als ich Robin nach seiner Verwandlung getroffen hatte, sagte er, er würde nur noch im Wald schlafen«, sagte Valentin. »Er wollte nicht mehr zurück.«

»Das ist verständlich. Der Wald zieht uns an. Ein Teil von uns ist der eines Tieres. Der Wald verlangt von uns, mit ihm eins zu werden, in ihm zu leben, zu jagen, um letztendlich in ihm zu sterben. Das funktioniert eine Zeit lang, doch früher oder später wirst du dich mit einer Wölfin zusammentun. Wenn du oder sie eines Tages das Tier in euch töten müsst, wird derjenige ein Haus beziehen wollen.«

Jeri wandte den Blick zu den Felsblöcken. »Was ist mit ihm? Ist er ein Werwolf oder eine Werwölfin?«

»Es ist ein Werwolf«, sagte Valentin. »Es gibt keine Werwölfinnen, weißt du? Bei den Frauen verhält es sich anders. Entweder werden sie zu Wölfinnen oder sie sterben, wenn sie das Tier nicht zähmen können.«

»Oh …« Jeri wandte den Blick von den Felsblöcken ab. »Ich habe immer mehr das Gefühl, in einer anderen Welt gelebt zu haben.«

»Das wird irgendwann besser.« Valentin nickte ihm zu.

»Was unternehmen wir, wenn wir lebendigen Werwölfen begegnen?«, fragte Jeri. »Vielleicht ist diese Leiche nicht die letzte gewesen, und es gibt ein ganzes Rudel Werwölfe.«

»Ich hoffe doch, dass wir ihnen begegnen«, sagte Valentin. »Wir sind losgezogen, um Wölfe zu finden. Und wenn die anderen Wölfe wie wir sind, wird es auch bei ihnen Werwölfe geben. Mach dir keine Sorgen, mit den Werwölfen werden wir schon fertig.« Valentin sah zum Feuer. »Es gibt übrigens keine Rudel von Werwölfen, weißt du? Werwölfe halten alles, was sich bewegt, für eine Beute. Ihresgleichen eingeschlossen.«

Flammen ließen das Holz knistern. Jeris Blick verfing sich im Feuer, während er am Trockenbrot kaute.

»Das war wohl einer der Gründe, weshalb unsere Ahnen sich diesen Ort ausgesucht hatten«, fuhr Valentin fort. »Nicht nur, um sich vor Menschen versteckt zu halten, sondern auch, um sie zu schützen. Sie wollten, dass der Wald und der Feuerring die Werwölfe töten, damit sie es nicht heraus schafften.«

»Und dennoch hat es nicht ausgereicht, sie aufzuhalten«, sagte Edgar. »Wir glauben zwar, dass die Werwölfe bloß von Instinkten geleitete Tiere sind, dennoch scheinen auch sie auf ihre eigene Art zu denken und ein Ziel zu verfolgen. Es gab noch nie einen Werwolf, der ansässig wurde. Ausnahmslos jeder machte sich auf den Weg, um den Wald zu verlassen.«

»Gregs Erzählungen nach zu urteilen, ist es vielen auch gelungen«, sagte Valentin.

»Dann könnte die Kreatur aus dem Sumpf das Werk Päjs gewesen sein, um sich Werwölfe zu holen, die den Feuerring durchbrachen!« Jeri weitete die Augen, als hätte er verstanden, gerade die Wahrheit herausgefunden zu haben. »Es könnte viel mehr von diesen Kreaturen geben!«

»In diesem Wald hat sich einiges verändert«, sagte Edgar. »Ich kannte diese Kreatur vorher nicht. Vielleicht ist sie in der Tat dafür verantwortlich, dass keine Werwölfe mehr den Grauen Wald verlassen.«

Jeri atmete tief ein und aus. »Ich frage mich, ob der Diener Päjs das Licht dieses Werwolfes trotzdem zum Wolfskönig geleitet hat.«

Valentin schaute zu Edgar. »Geleitet Päjs Diener auch die Lichter von richtigen Menschen zum Wolfskönig?«

Edgar dachte eine Weile nach, bevor er antwortete. »Ich weiß es nicht. Ich kenne keine Überlieferung, die besagt, dass Päjs Diener sich auch um die Lichter von Menschen kümmert.« Er schwieg erneut und schien über etwas nachzudenken. »Es gibt jedoch eine andere Überlieferung, welche den Diener des Wolfskönigs ein wenig anders beschreibt, als wir ihn kennen.« Er fuhr fort, als Valentins und Jeris Blicke ihn zu durchbohren drohten. »Es gibt eine Überlieferung, die besagt, dass der Diener des Wolfskönigs unter Wölfen wütete. Er soll eines Tages losgezogen sein, um die Werwölfe ins Reich Päjs zu befördern. Zu jener Zeit machte er keinen Unterschied zwischen Werwölfen und Wölfen und tötete jeden, der ihm begegnete.« Das Licht des Feuers ließ Schatten auf Edgars Gesicht tanzen. »Doch es kann sich auch bloß um ein Gerücht handeln, denn es ist die einzige Überlieferung dieser Art, die ich kenne.«

»Ich habe mich oft gefragt, weshalb man den Diener des Wolfskönigs auch als den Dunklen Diener bezeichnet.« Valentin runzelte die Stirn. »Das könnte damit zusammenhängen.«

»Du hast wie immer gut aufgepasst. In der Tat wird er

manchmal als der Dunkle Diener bezeichnet. Leider weiß niemand um die Herkunft dieses Beinamens. Die meisten glauben, es sei seiner Aufgabe zu verdanken, die toten Wölfe und ihre Lichter ins Reich Päjs zu geleiten. Er ist derjenige, der zwischen der Welt der Toten und der Welt der Lebenden wandert. Er sucht die sündigen Wölfe auf, wenn sie in den Augen des Wolfskönigs ein schweres Vergehen begangen haben. Er ist derjenige, der tötet. Somit bekleidet er die Rolle eines dunklen Wesens. Natürlich ist es denkbar, dass er seinen Beinamen erhielt, weil die Überlieferung, die ich erzählt habe, gar kein Gerücht war.«

Jeri seufzte. »Ob wir das jemals erfahren werden?«

»Es ist nur eine Frage der Zeit«, sagte Valentin, woraufhin Edgar nickte, ohne den Blick vom Feuer abzulassen. »Früher oder später werden wir erfahren, was wirklich passierte. Inzwischen wissen wir, dass in der Stadt Isengold Wolfsschädel verwahrt werden, also dürfte sich jemand mit unserer Art beschäftigt haben. Und wir haben diese Leiche entdeckt, was beweist, dass weitere Wölfe auf der Welt existieren.«

»Auch ich bin zuversichtlich«, sagte Edgar. »Mit dir werden wir die Wahrheit herausfinden. Am Anfang hatte ich zwar immer wieder Zweifel, doch nun möchte ich nicht mehr zurückblicken. Wir werden die Wölfe finden, und wir werden dafür sorgen, dass keiner unserer Welpen als Werwolf enden muss.«

Valentin nahm seine Wolfsgestalt an, um die Erde unter den Wurzeln der jungen Fichte auszuheben. Er glaubte zu hören, wie der tote Werwolf ihm dankte. Ob er es sich bloß einbildete? Oder flüsterte der Wolf ihm tatsächlich Worte des Dankes zu?

Jeri sprach ein Gebet. Er bat den Wolfskönig, seinen Diener zu schicken, um das Licht des lange verstorbenen Wolfes in sein Reich zu geleiten. Edgar beobachtete mit gekreuzten Armen die Prozedur.

Valentin fragte sich, ob Jeri tatsächlich glaubte, dass er, Valentin, nichts mitbekam, als Jeri eine Kralle des Werwolfes brach, um sie sich heimlich in die Jackentasche zu stecken. Valentin entschied, dies zu übersehen. Früher hätte auch er wohl kaum anders gehandelt. Die Kralle eines Wolfes zu besitzen war ein Reichtum. Der Werwolf würde sie ohnehin nicht mehr brauchen.

Nachdem sie den Werwolf in der Morgendämmerung beerdigten, war es kaum heller geworden. Dunst zog auf und machte die Sonnenposition unkenntlich. Krähen versteckten sich im Nebel, dennoch waren ihre krächzenden Laute zu jeder Zeit in der Nähe.

Edgar schien sich der Richtung zwar sicher zu sein, dennoch sah auch er die Hindernisse nicht voraus. Einmal erreichten sie ein Buschgewächs, in dem selbst eine Maus Schwierigkeiten haben dürfte durchzuschlüpfen. Auch als Wolf würde man Tage brauchen, um sich durch das Stachelgewächs durchzuschlagen, das miteinander verwoben war, sodass es den Anschein erweckte, hier gab es einen einzigen, riesigen Baum. Ein weiterer halber Tag verging, bis sie zurück bei der Stelle ankamen, von der sie loszogen.

Eine Schlucht, die sich bis zu der Welt der Toten zu ziehen schien, ließ sie nach zwei Tagen umkehren. Der Boden an der tiefsten Stelle verwandelte sich in Wasser, auf dessen Oberfläche Lilien und Seegras wuchsen. Ein Durchkommen war unmöglich, es sei denn, man besaß ein Floß. Jeri schlug vor zu schwimmen, doch angesichts der jüngsten Ereignisse mit der Kreatur aus dem Sumpf lehnte Edgar seinen Vorschlag ab.

Zum ersten Mal gelang es Valentin, einen Hasen zu erlegen. Das Fell war so grau, dass Valentin glaubte, der Hase sei alt und wäre ungenießbar. Nachdem sie ihn am Feuer brieten, stellte er sich dennoch als schmackhaft heraus.

Edgar sagte, Valentin sollte sich glücklich schätzen, überhaupt etwas in diesem Wald erlegt zu haben. Die Tiere hatten gelernt, sich zu verstecken, besser als in allen anderen Wäldern, sodass auch die Wolfssinne kaum einen Vorteil ausmachten.

Nebel schloss sich mit jedem Tag dichter um die Bäume.

Es wurde immer deutlicher, weshalb die Werwölfe es schwer hatten, aus dem Grauen Wald herauszufinden.

Die Kreatur aus dem Sumpf bereitete Valentin Sorgen. Es war eine Kreatur, die auch Edgar nicht kannte und die niemand imstande war zu wittern. Wenn eine von diesen Kreaturen im Sumpf lauerte, könnten weitere in der Nähe leben. Und wie es aussah, bestand der Graue Wald zum großen Teil aus Sümpfen.

Jeri wäre beinahe in Valentins Rücken gelaufen, als Valentin plötzlich stehenblieb, weil er seinen Wolf vernahm. Das Tier regte sich und versuchte, etwas mitzuteilen. Er wies ihn in eine bestimmte Richtung, indem er seine Aufmerksamkeit auf eine Felsformation richten ließ, an der sie seit drei Tagen entlanggingen.

Valentin horchte in sich hinein. War das der Zeitpunkt, an dem er sich dem Wolf zum ersten Mal stellen musste? Doch er spürte weder die Berührung des Wolfes noch seine Entschlossenheit, sich des Körpers des Menschen bemächtigen zu wollen.

Valentins Blick schweifte über die Felsformation. Graues Gestein und Bäume im Dunst wirkten allgegenwärtig und inzwischen vertraut. Es roch nach Sumpf und nasser Erde. Kein lebendes Wesen hielt sich hier weit und breit auf.

Jeri sagte kein Wort. Auch Edgar, der den ganzen Tag vorauslief, hielt an, um sich umzublicken. Es musste Valentin anzusehen sein, dass ihn etwas beschäftigte.

Die Felsen ragten wie die Zähne eines Werwolfes gegen den Himmel auf, genauso schief und vom Aussehen gesplitterter Tonscherben. Valentin glaubte, jemand beobachtete ihn aus der Höhe, versteckt zwischen dem Gestein.

Sein Wolf ließ ein wenig von ihm ab. Das war das Zeichen dafür, dass Valentin die richtige Richtung einschlug.

Etwas knackte unter den Füßen. Valentin schenkte dem Geräusch erst dann Beachtung, als es lauter erscholl, je mehr Valentin sich der Felswand näherte. Er schob die Schicht nassen Laubes mit dem Fuß beiseite und runzelte die Stirn, als er glaubte, Knochen zu erkennen, die von kleinen Tieren stammten. Ihrem Aussehen nach zu urteilen, dürften sie hier bereits eine Ewigkeit liegen.

Der Wolf zog an ihm. Er zeigte sich ungeduldig, indem er Valentins Blick auf einen dunklen Spalt wies, der sich hinter den Fichten versteckte und ohne den Wolf unentdeckt geblieben wäre. Eine Brise streifte Valentins Wange, obwohl es in diesem Wald kaum Wind gab.

»Dein Wolf hat es dir gezeigt, nicht wahr?«, sagte Edgar. Er zwängte sich als erster durch den Spalt.

Der Durchgang schien nicht enden zu wollen. Das Licht von Jeris Öllampe reichte aus, um den Weg und die Steine, die in den Gang ragten, zu beleuchten. Bei einer Verzweigung nahm Edgar den Weg, aus dem kein Wind blies. Die Sackgasse, in der sie landeten, war groß genug, um in ihrem Inneren einst einer Wolfsfamilie Platz geboten zu haben. Der Windhauch machte sich bemerkbar, als sie erneut zur Verzweigung zurückkehrten.

Jedes Mal, wenn Valentin glaubte, das Ende der Höhle erreicht zu haben, stellte es sich als eine weitere Verzweigung heraus. Ein Windhauch wehte von einer Seite, von der anderen herrschte Stille und es fand sich erneut eine Sackgasse.

Vielleicht war hier so etwas wie ein Dorf, nur lebten seine Bewohner einst unter der Erde. Das müsste nach Edgars Zeit passiert sein, denn er sagte, dass zu seiner Zeit jeder für sich allein oder in kleinen Familien lebte, aber niemals in einer Gemeinschaft. Aber wo waren sie denn alle geblieben? Hatte sie das Schicksal der Werwölfe allesamt eingeholt?

Etwas Vertrautes wohnte der Luft inne, das die Sorge vor Gefahren kaum entstehen ließ. Valentin sog die Luft tief durch die Nase. Es hatte den Anschein, der Geruch stammte aus längst vergangener Zeit, und die Quelle gab es hier schon lange nicht mehr.

»Kerzenfett …«, flüsterte Valentin.

»Das riecht in der Tat nach Kerzenfett«, bestätigte Edgar. »Doch ich nehme niemanden wahr.«

Plötzlich war sich Valentin sicher, dort angekommen zu sein, wohin sein Wolf ihn führen wollte. Der Geruch von Kerzenfett wurde deutlicher. Das Echo der Schritte erklang zuerst laut, um sich nach wenigen Augenblicken zu verlieren.

Jeri trat zwischen Valentin und Edgar mit der Öllampe vor. Das gelbe Licht erhellte die Wände der Höhle und den einzigen Felsblock in ihrer Mitte.

Valentin konnte das Pfeifen nicht unterdrücken. Es hatte zwar danach ausgesehen, dass sie sich einem Schrein des Wolfskönigs näherten, dennoch hielt er es bis zuletzt für unmöglich, denn einen Schrein des Wolfskönigs gab es bereits in der Nähe von Windseck.

Der Felsblock konnte nichts anderes als ein Altar sein. Valentin schreckte auf, als er Blicke auf sich spürte. Wolfsschädel starrten ihn aus den Wandnischen an. Und obwohl Jeris Öllampe nicht bis zur gegenüberliegenden Wand fiel, schien ein anderes Licht irgendwoher zu kommen. Es reichte aus, um die Wolfsschädel in ein grünes Licht zu tauchen.

Valentin wandte den Blick zur Decke. Dutzende Tropfsteine hingen herab. Das glimmende Licht ging von ihrem Inneren aus. Jeri folgte Valentins Blick und war nicht imstande, den Mund zu schließen. Edgar betrachtete mit ausdrucksloser Mine das seltsame Gebilde.

Einen nach dem anderen schaute Valentin die sechs Schädel in den Nischen an. Sein Blick schweifte entlang der Wände. Spinnweben kleideten die Höhle beinahe vollständig aus. Der Schädel des Wolfstieres war nicht da.

Sein Wolf machte erneut auf sich aufmerksam. Er zog an Valentin, und plötzlich hatte es den Anschein, der Wolf wäre gerade im Begriff, seinen Körper zu übernehmen. Valentin wollte aufschreien, um Edgar zu warnen, doch der Wolf schien bloß an ihm zu ziehen. Er wollte etwas, und das versuchte er Valentin mitzuteilen.

Das Gespräch mit Fira fiel Valentin wieder ein. Sie sagte, im Schrein des Wolfskönigs würde es besser gelingen, mit seinem Licht umzugehen und in es hineinzuschauen. Valentin hatte nie in Erwägung gezogen, dass es einen Schrein auch woanders geben könnte.

»Edgar, ich werde mich jetzt zu meinem Licht begeben. Ich möchte in es hineinschauen. Zumindest will ich es versuchen.« Valentin ließ sich im Schneidersitz vor dem Altar nieder. »Mein Wolf möchte mir etwas mitteilen.«

»Ich weiß, ich kann es spüren.« Edgar nickte. »Dein Wolf ist aufgeregt. Pass dort auf dich auf. Wir werden hier auf dich aufpassen.«

Bilder, die starr wirkten, Bilder, die nichts als Schwärze zeigten, und Bilder, die sich ständig veränderten, erschienen vor Valentin. Er ließ sie zurück, um tiefer vorzustoßen zu dem Ort, der ein Geheimnis barg.

Das Licht in Form von zwei aufeinander fallenden Tropfen manifestierte sich vor ihm. Das schwarze Leuchten pulsierte um ihn herum und ließ die Tropfen lebendig erscheinen.

Valentins Gedanken kamen zum Stehen, als er im Inneren des Lichtes etwas zu erkennen glaubte. Er hielt es zuerst für die verzerrte Spiegelung seines Körpers, erinnerte sich im gleichen Augenblick jedoch daran, wo er war, und dass er hier keinen Körper besaß, nur Gedanken.

Das Geräusch des Windes, der aus dem Licht wehte, gewann an Lautstärke und ließ Windböen heulen. Valentin blickte auf die Erscheinung, die sich im Licht manifestierte, und plötzlich zeichneten sich die Konturen eines Wolfes in ihm ab.

Valentin wagte es nicht, den Blick abzuwenden. Es war das erste Mal, dass er im Licht etwas sah. Pfoten, Krallenhände und Wolfsschädel sahen aus, als wäre es Valentin selbst, wenn er die Gestalt des Wolfes annahm. Und das musste auch sein

Wolf sein, der sich zeigte. Diesmal spürte Valentin ihn nicht bloß, er sah und hörte ihn.

Der Wolf sah ihn an. Die Stelle, wo die Augen sein sollten, war verzerrt, so als hätte der Wolf gar keine Augen. Dennoch war sich Valentin sicher, seinen Blick zu spüren.

Der Wolf knurrte etwas, ohne, dass sich sein Maul bewegte. Eine Windböe riss seinen Körper in Stücke, um ihn sofort wieder zusammenzufügen.

Der Versuch ans Licht heranzutreten, um den Wolf zu verstehen, scheiterte. Der Wolf wollte Valentin etwas mitteilen, so viel war sicher, und er schien zu warten, bis man ihm Antwort gab. Das Knurren des Wolfes ergab keinen Sinn, oder Valentin hörte nicht richtig zu.

Was willst du mir mitteilen?, hörte sich Valentin in Gedanken sprechen.

Der Wolf bewegte sein Maul. Auch er schien nicht zu verstehen, was Valentin von sich gab. Eine Windböe ließ seinen Körper zum zweiten Mal in Stücke reißen, woraufhin sich seine Kontur erneut zusammensetzte.

Plötzlich glaubte Valentin, etwas vernommen zu haben. Sein Kopf füllte sich mit Gedanken, die er jedoch nicht greifen konnte. Etwas war da, aber gleichzeitig auch nicht …

Eine dritte Windböe fegte die zerrissene Kontur des Wolfes davon.

Das Licht verblasste. Ein schwaches Leuchten erschien an seiner Stelle. Das Geräusch des Windes wich einem sachten Rauschen. Es hatte den Anschein, Valentin hätte sich die Wolfsgestalt eingebildet.

Zwei Tropfen, die von unten und oben aufeinander fielen, entfernten sich, bis sie zu einem Punkt schrumpften. Leere stieß Valentin hinaus und ließ ihn die Augen öffnen.

Müdigkeit fiel über seinen Körper her, sodass er für den ersten Moment nicht wusste, ob er nicht imstande war, sich zu bewegen oder es bloß nicht wollte und deswegen sitzenblieb. Er sah aus dem Augenwinkel, wie Jeri und Edgar ihn beobachteten.

»Hast du es geschafft, das Licht zu durchdringen?«, erklang Edgars Stimme.

Es war die Stimme des Menschen, nicht die Stimme des Wolfes mit abgehackten Sätzen, wenn Edgar seine Gestalt annahm. Das ließ darauf schließen, dass auch Valentin sich nicht verwandelt hatte. Fira hatte wie immer recht, im Schrein des Wolfskönigs würde es besser gelingen, mit dem Licht umzugehen.

»Ich konnte ins Licht sehen ...«, sagte Valentin. Der Satz klang unvollendet. Müdigkeit schien selbst über die Zunge und Lippen Besitz ergriffen zu haben. »Ich habe mich selbst darin gesehen, meinen Wolf ...«

Edgars Stimme ließ ihn die Augen öffnen, weil sie ihm während des Sprechens zufielen.

»Was hat er von dir gewollt?«

Die Altaroberfläche reflektierte das Glimmen der Tropfsteine in Valentins Augen. Ringe und Spritzer aus getrocknetem Blut hoben sich hervor.

»Ich weiß es nicht. Er versuchte, mir etwas mitzuteilen. Ich konnte ihn nicht hören.« Valentins Lider flatterten.

»Erstaunlich«, sagte Edgar nach einer Weile und ließ Valentin erneut die Augen aufschlagen. »Es verlangt dir viel Kraft ab, wenn du in dich hineingehst. Wundere dich also nicht, dass dir die Augen zufallen. Ich sagte bereits, dass ich nicht fähig bin, dir auf diesem Gebiet zu helfen, weil eine Fähigkeit wie diese selten ist und ich sie nicht besitze. Aber scheinbar brauchst du keine Hilfe.«

»Ich werde es später noch einmal versuchen, wenn ich bei Kräften bin«, sagte Valentin. »Ich hätte nicht gedacht, wie viel Kraft es mich kosten würde, ins Licht zu sehen.«

Edgar hockte sich neben ihn. »Junge, diesmal liegst du falsch.« Valentins zugefallene Augen öffneten sich widerwillig. »Deinen Wolf konntest du mit Sicherheit hören. Was du nicht konntest, war ihn zu verstehen. Und das ist eine Sache, die du früher oder später erlernen wirst.«

Jeris Atem war in der Stille zu hören, die plötzlich einkehrte. Er dürfte bereits frieren, dennoch hatte er kein Feuer entfacht, um Valentin nicht zu stören.

Valentin verstand nicht, warum Edgar einen Unterschied daraus machte. Oder war es Müdigkeit, die ihn begriffsstutzig werden ließ?

»Ich werde es sicherlich eines Tages erlernen.«

Erneut nahmen Valentins Lider an Gewicht zu.

»Du hast es noch immer nicht verstanden, nicht wahr?«

»Was soll ich nicht verstanden haben?«

»Du hast die Fähigkeit Firas.«

Valentin seufzte leise. »Aber das weiß ich doch.«

»Du hast die Fähigkeit Firas, die Worte des Wolfskönigs zu vernehmen.«

Valentins Blick verfing sich auf den Tropfsteinen. Was sagte Edgar gerade? Fira war imstande, den Lauf der Dinge vorherzusehen. So etwas konnte nur sie.

Er hielt in Gedanken inne, als er sich an Firas Worte erinnerte. Sie vernahm die Stimme des Wolfskönigs, woraufhin neue Gedanken in ihrem Kopf entstanden, aus denen sie die Zukunft ableitete …

»Vielleicht hängt deine und Firas Fähigkeit, die es ermöglicht, bis zum Licht vorzudringen, mit der Fähigkeit zusammen, die Stimme des Wolfskönigs zu vernehmen. Vielleicht kann es dein Freund Pior auch.« Edgar sah zum Altar, so als betrachtete er den Schädel des Wolfstieres, den es hier nicht gab. »Scheinbar brauchst du keine Hilfe, was deine Fähigkeiten anbelangt. Weder von mir noch von Fira.«

Die Müdigkeit schien wie weggeblasen. Nach wie vor spürte Valentin zwar das Ziehen in den Gliedern, doch sein Kopf fühlte sich an, als hätte er ihn gerade aus dem Regenfass mit eisigem Wasser gezogen.

»Folge Firas Ratschlägen und dränge nicht, um deine Fähigkeiten zu entwickeln. Lerne das Licht, den Wolf und die Stimme des Wolfskönigs kennen. Wenn du möchtest, können wir ein wenig länger hier verweilen, denn es dürfte dir schon aufgefallen sein, dass wir uns in einem Schrein des Wolfskönigs befinden. Ein weiterer Beweis dafür, wie richtig deine Gedanken waren, hierherzukommen, und dass es noch immer Wölfe in diesem Wald gibt. Du staunst? Es gibt sie. Schau, da. Zwar hat den Schrein schon lange niemand mehr betreten, aber das Blut dürfte keine zehn Winter alt sein. Es gibt zu wenig Laub im Eingang, also wird hier jemand gelegentlich nach dem Rechten schauen.« Edgar deutete mit dem Kinn zur Wand. »Wundere dich nicht über die Spinnweben. Die Spinnen weben ihre Fäden schneller als du sehen kannst.«

»Er sieht aus wie der Schrein in unserem Wald.« Jeri hob die Öllampe über den Kopf. »Hier fehlen bloß die Kerzen und der kleine Wolfstierschädel.«

»Wir haben unseren Schrein nicht selbst errichtet«, sagte Edgar. »Den gab lange vor uns, zusammen mit den sechs Wolfsschädeln. Wir wissen nicht, wann er entstand. Er könnte in derselben Zeit von derselben Hand errichtet worden sein.«

Valentins Blick schweifte über die Wände der Höhle. Das Licht der Öllampe ließ die Spinnweben glänzen.

»Wenn es einen Schrein gibt, muss auch ein Dorf in der Nähe liegen«, sagte er, woraufhin er sofort den Kopf schüttelte. »Nein, ich vergaß, ihr hattet keine Dörfer.«

»Ein Dorf könnte es hier durchaus gegeben haben«, sagte Edgar. »Und zwar lange vor uns. Dieser Schrein befindet sich in einem Höhlensystem. Die Sackgassen erwecken für mich den Eindruck, jemand lebte einst darin. Vielleicht war hier tatsächlich so etwas wie ein Dorf. Das Höhlensystem könnte weit verzweigt sein.«

»Hast du diesen Schrein vorher nicht gekannt?«

»Ich habe keinen Schrein gekannt, bevor wir nach Windseck kamen. Dieser Schrein scheint zwar vor meiner Geburt existiert zu haben, aber ich kannte ihn in der Tat nicht. Vielleicht wurde er nach meiner Zeit freigelegt.«

»Wie viele Winter ist denn deine Geburt her?«, fragte Jeri beiläufig.

Edgar schüttelte den Kopf. »Nicht lang genug, um diesen Schrein zu kennen.«

»Die Geschichten deines Großvaters werden greifbar«, sagte Valentin. »Die Wölfe hatten auch früher zusammengelebt, so viel ist sicher. Sie mussten sich nicht verstecken und scheinbar errichteten sie Schreine wie diese in allen Wäldern, um den Wolfskönig zu ehren. Hatte dein Großvater nicht erzählt, dass es sogar Städte gab, in denen man Gebäude baute?«

»Das hat er. Er selbst hat in einem Dorf gelebt, als er noch ein Welpe war. Sie waren gezwungen, ihre Heimat plötzlich aufzugeben. Er war keine fünf Winter alt und wusste nicht, weshalb sie wegliefen, nur dass Werwölfe auftauchten und irgendwann Menschen in die Dörfer kamen, um Wölfe zu jagen. Seitdem errichtete niemand mehr Häuser. Die Gemeinschaften zerfielen. Die Wölfe zogen sich ins Reich der Tiere zurück und verweigerten alles, was von Menschenhand stammte.« Edgar atmete tief ein und aus. »Die jungen Welpen wuchsen ohne Häuser auf. Irgendwann geriet das Wissen über die Baukunst in Vergessenheit.«

Valentin erhob sich, als ihm ein Gedanke durch den Kopf ging, den er sofort aussprach. »Wenn dieser Schrein zur gleichen Zeit entstand wie der Schrein bei Windseck, dann müssten auch hier …«

Die Spinnweben bewegten sich im leichten Luftzug, den Valentin erzeugte, während er an die Wand herantrat. Das Geräusch reißenden Stoffes erklang, als er die Finger in die Mitte der Spinnweben steckte und daran zog.

Jeri ließ ein langes Pfeifen erschallen. Das Licht der Öllampe erhellte die Stelle, die Valentin nach und nach von den Spinnweben befreite.

Sechs Wölfe, die ihre Wolfsgestalt angenommen hatten, hoben sich auf dem Bild hervor, so als hätte man sie erst gestern gemalt. Kleinere Gestalten standen neben ihnen. Sie sahen aus wie einfache Menschen oder die Wolfsmenschen, die ihre Wolfsgestalt nicht angenommen hatten. Sie trugen Lanzen in den Händen, und zusammen mit Wölfen verfolgten sie ein gemeinsames Ziel. Die Blicke waren gerichtet auf das Lebewesen, das sie um das Dreifache überragte. Der massige Körper war bedeckt von Haaren. Lange Hauer richteten sich gegen die Wölfe und Menschen. Baumstämme schienen dem Tier als Beine zu dienen. Die Nase glich einem Eberrüssel, den man in die Länge gezogen hatte. Wolfstiere in seinem Rücken wirkten wie Ameisen.

Ringsherum ragten Bäume in die Höhe. Sie glichen den toten Bäumen des Feuerrings, ohne Rinde und Blätter. Dennoch wuchsen Äpfel auf den Ästen und andere Früchte, deren Kontur zu keinen Früchten passte, die Valentin je gesehen hatte.

Das Geräusch reißenden Stoffes erklang lauter, als Jeri mit einem Ruck die Spinnweben bis zum Boden entfernte.

Drei Augenpaare starrten zum Fuß der Darstellung, ohne dass jemand ein Wort sagte.

Der Maler des Bildes stellte die Erde in drei Schichten dar. Unter der letzten Schicht hob sich blaue Farbe hervor, die nichts anderes bedeuten konnte als Wasser.

Valentin zählte zwölf schwarze Schlangenwesen, die sich der Oberfläche entgegenzogen. Weiße Kreise, die aussahen, als wären sie Astlöcher, bedeckten ihre Körper einseitig. Die Schlangenwesen fanden einen gemeinsamen Ursprung an der tiefsten Stelle im Wasser, wo ein Schlund zu sehen war, bespickt mit Zähnen, die an seinem Rand wuchsen. Er glich einem Mund an einem grotesken Kopf ohne Augen, Nase und Ohren. Die Haarsträhnen schienen mit Steinen und dem Wassergewächs verwachsen zu sein. Das haarige Tier, das von Wolfsmenschen gejagt wurde, erschien winzig im Vergleich zu diesem Ungeheuer.

»Kann man diesem Ding überhaupt etwas anhaben?«, flüsterte Jeri. Die Öllampe in seiner Hand zitterte ein wenig.

»So hat es also ausgesehen«, sprach Valentin seine Gedanken laut aus, ohne den Blick abzuwenden, so als beeinflusste ihn das Ungeheuer allein durch seine Darstellung.

Der Wald gab nur noch selten Geräusche von sich. Hier und da knackte ein Ast. Die Luft blieb bewegungslos, so als stünde der Wald umgeben von hohen Wänden, die den Wind hinderten durchzukommen. Blätter auf den Ästen erweckten den Anschein, verwelkt zu sein, so als wäre der Herbst eingekehrt, obwohl der Frühsommer gerade erst angefangen hatte. Ihre dunkelgrüne Farbe und die weißen Adern verliehen ihnen ein graues Aussehen.

Schritte hörten sich trotz Stille seltsam leise an. Der Wald schien den Atem angehalten zu haben und seit vier Tagen nahm Valentin keine Tiere in der Nähe wahr, nicht einmal Mäuse. Der Graue Wald wirkte ausgestorben. Er wurde seinem Namen gerecht, den ihm die Menschen gaben.

Der kleine Schwarm schwarzer Vögel, der sie von Anfang an begleitete, ließ kaum noch von sich wissen. Valentin glaubte, ein fernes Krähen zu hören, doch es könnte sich auch bloß um Einbildung handeln, die ihm sein Kopf vorgaukelte.

Es gab keine Hinweise darauf, dass Wölfe oder Werwölfe an diesem Ort hausten, obwohl Valentin glaubte, sie würden hier überall zu finden sein. Schließlich war Edgars Heimat nicht mehr weit.

Valentin stellte sich vor, wie sich die Präsenz eines Wolfes anfühlen würde, sollten sie tatsächlich auf einen Wolf treffen, der hier lebte. Und plötzlich glaubte er, seine Vorstellungskraft gab ihm eine Kostprobe von diesem Moment. Er roch einen Wolf, der beinahe wie Edgar roch und dasselbe Licht zu besitzen schien. Er spürte seinen Blick, der jeden ihrer Schritte beobachtete …

Mit einem Seitenblick erkannte Valentin die Gestalt des Wolfes, in den sich Edgar plötzlich verwandelte. Die Druckwelle seines Lichtes riss Valentin aus den Gedanken.

Ihm wurde bewusst, dass die Präsenz des Wolfes, die er sich vorgestellt zu haben glaubte, keine Vorstellung war. Er witterte einen Wolf in der Nähe, selbst in Menschengestalt! Und es war nicht das Licht Edgars. Auch Edgar hatte ihn erst jetzt wahrgenommen, obwohl der Wolf zu spüren war, so als stünde er direkt vor ihnen.

Ein Ruck lief über Valentins Arme, Beine und den Rücken. Krallen wuchsen aus den Fingern, und die Beine verwandelten sich zu Pfoten. Wolfsaugen gaben dem Grauen Wald mehr Konturen und füllten ihn mit Farbe.

Jeri umklammerte den Stock, der auf seinem Rücken hing. Seine Augen suchten einen Gegner, den Edgar und Valentin gewittert hatten. Er richtete den Blick zum Boden, um nach Anzeichen von Schlangenkreaturen zu suchen, dann folgte er den Blicken Valentins und Edgars, die sich zu einer Anhöhe richteten.

Die Kontur des Wolfes zeichnete sich hinter den Eichenstämmen kaum ab. Der Wolf beobachtete das Trio und schien sich seines Verstecks sicher zu sein. Auch Jeri nahm den Blick wahr. Die Luft surrte, als er den Stock nach vorne schwang und ihn mit beiden Händen umklammerte.

Äste schwankten. Valentin starrte zu der Stelle, an der der Wolf gerade noch zu sehen war, nun aber verschwand, als wäre er eine Erscheinung. Der Wald verschluckte alle Geräusche und plötzlich verlor Valentin die Witterung, was unmöglich sein durfte, denn der Wolf konnte sich nicht einfach in Luft aufgelöst haben.

Edgars Wolfsgestalt verschmolz mit dem Wald, während er auf die Stelle zuraste, wo die Äste noch immer schwankten. Jeri sprang auf Valentins Rücken, ohne dass sich die beiden verständigten.

Edgar verharrte auf der Anhöhe. Es sah aus, als wäre er der Wolf, der noch vor wenigen Augenblicken dort stand. Die Äste bewegten sich nicht mehr. Valentin glaubte zu spüren, dass Edgar seine Wolfssinne einsetzte, um die Umgebung abzutasten. Valentin tat es ihm gleich. Er vernahm das unverkennbare Leuchten von Edgars Licht und die Herzschläge Jeris.

Außer ihnen war niemand da.

Valentin bohrte die Krallen vor die Pfoten, um aus der Erde etwas zu lesen, was ihm seine Witterung nicht offenbarte. Doch auch die Erde blieb still.

Ein Geruch mischte sich der Luft bei. Er war schwach, sodass Valentin eine Weile brauchte, um zu verstehen, dass es sich um eine Spur handelte. Bevor er den Wolf darin ausmachen konnte, hinterließ Edgar einen Windzug und verschmolz mit dem Wald. Jeri umklammerte Valentins Hals fester.

Die Spur des Wolfes verlor sich, um immer wieder neu aufzutauchen. Es war seltsam, Valentin kam es vor, als sei dieser Geruch ein Geruch aus vergangener Zeit. Jemand schien diesen Weg im letzten Frühling genommen zu haben. Aber das konnte nicht sein. Zum Geruch mischten sich inzwischen augenscheinliche Spuren bei, gebrochene Äste, eingedrücktes Gras und unverkennbare Pfotenabdrücke auf der Erde.

Valentin schätzte, ein halber Tag sei inzwischen vergangen, seitdem sie den Spuren folgten, ohne ein einziges Mal anzuhalten. Die Witterung des Wolfes lag in der Luft. Mal hatte es den Anschein, er wäre hinter dem nächsten Baum, mal schien es, er wäre vor langer Zeit da gewesen und sie liefen der Vergangenheit hinterher, die mehrere Winter zurücklag. Jeris Arme verloren an Kraft, sodass Valentin aufpassen musste, ihn nicht herunterfallen zu lassen. Valentin selbst vernahm die Müdigkeit zwar kaum, doch sein Körper würde heute einen langen Schlaf benötigen.

Die seltsame Begegnung mit dem Wolf und seine Flucht ergaben keinen Sinn. Weshalb lief der Wolf davon? War er ein Werwolf und nicht imstande zu denken? Aber das konnte nicht stimmen, denn Werwölfe liefen niemals davon. Ein Werwolf würde sie angreifen. Er war nah, doch gleichzeitig schien er nicht da zu sein, was Valentin umso mehr dazu verleitete zu glauben, sein Kopf spielte ihm einen Streich. Doch wenn es so wäre, würde Edgar wohl kaum demselben Hirngespinst verfallen. Selbst Jeri hatte den Wolf gesehen. Doch weshalb konnten sie ihn nicht wittern? War das ein Wolf mit den Fähigkeiten Ulfs, dem Wolf, der die nördliche Grenze bewachte? Auch er konnte sich verbergen.

Vielleicht lief der Wolf davon, weil es hier seit Jahrhunderten niemanden gab, der sich in diesen Wald traute. Dass plötzlich andere Wölfe auftauchten, könnte ihn stutzig gemacht haben.

Valentin hielt in Gedanken inne, als er plötzlich Edgars Wolfsrücken vor sich sah. Edgar setzte eine Pfote vor die andere, bis er stehenblieb.

Die Wolfssinne Valentins versuchten erneut, Witterung aufzunehmen. Die Gedanken hatten ihn irgendwann vergessen lassen, sie aufrechtzuerhalten. Er folgte Edgar, ohne sich zu vergewissern, ob die Richtung stimmte.

Die Präsenz des Wolfes war nicht da. Der Wald selbst schien seine Spuren verwischt zu haben. Kein Ast war mehr gebrochen. Die Luft roch nach nasser Erde. Der Boden sah aus, als wären Valentin, Edgar und Jeri die ersten, die hier seit hunderten von Jahren einen Fuß setzten.

Die grauen Wolken müssten von den Baumspitzen aufgespießt worden sein, die sie daran hinderten weiterzuziehen. Valentin erinnerte sich nicht daran, wann er zuletzt die Sonne auf der Haut gespürt hatte. War es, bevor sie auf Greg und die Bande von Schlangenzunge trafen? Inzwischen müsste mehr als ein Mond vergangen sein. Ihm wurde mit jedem Tag deutlicher, weshalb Edgar diesen Ort verlassen hatte.

Nachdem sich die Spur des Wolfes verlor, behielten sie die Richtung drei Tage lang bei. Edgar blieb während der Zeit in der Wolfsgestalt und verwandelte sich auch nachts nicht zurück.

Immer öfter beschlich Valentin das Gefühl, sich den Wolf eingebildet zu haben. Und jedes Mal erinnerte er sich daran, dass er nicht der Einzige war, der ihn gesehen hatte. Ein und dieselbe Einbildung würde ihnen wohl kaum zur gleichen Zeit erscheinen.

Die Sumpflandschaft nahm ein Ende. Valentin hoffte, es würde die letzte Sumpflandschaft sein, die sie durchquerten. Es war beruhigend zu wissen, dass das Ungeheuer aus den Tiefen des Sumpfes durch feste Erde nicht gelangen konnte. Dank der Malerei im Schrein des Wolfskönigs wusste Valentin nun, mit was sie es zu tun hatten, und er wollte dem Ungeheuer nicht noch einmal begegnen. Er sprach Dankesgebete zum Wolfskönig, dass er ihnen die Kraft gab, sich gegen das Ungeheuer zu behaupten.

Edgar sagte zwar, er kannte das Ungeheuer nicht, doch die Malereien zeugten davon, dass es bereits tausende von Wintern existierte und der Graue Wald einst von Menschen, Wolfsmenschen und Wolfstieren bewohnt war, die sogar älter waren als Edgars Großvater. Sie lebten und jagten zusammen, was nicht zu dem Leben passte, das Edgar einst geführt hatte. Ob die Menschen auf der Darstellung richtige Menschen oder Wolfsmenschen waren, konnte man nicht unterscheiden.

Von den großen Tieren, deren mächtige Hauer wie Speere wirkten und die Beine wie Baumstämme, wusste Edgar auch nichts. Das Ungeheuer aus dem Sumpf könnte ebenso ein Überbleibsel aus jener Zeit sein, die längst für seinesgleichen geendet hatte. Vielleicht war es das einzige seiner Art, das noch lebte.

Valentin fiel es schwer, sich vorzustellen, dass dieser Wald jemals Lebewesen beherbergte. Nichts deutete darauf hin, dass er einst zum Leben geeignet war. Hier fehlte die Sonne und die Luft wirkte tot.

Doch vielleicht war das früher nicht so. Sonne könnte den Wald einst geflutet haben. Es gab keinen Dunst, sodass man den blauen Himmel sah, und den Bäumen könnten einst grüne Blätter gewachsen sein wie im Wald von Windseck.

Das Heimatdorf manifestierte sich in Valentins Kopf. Er dachte an Windseck wie an einen Ort aus Märchen, der gar nicht existierte. Er vermisste ihn. Noch nie blieb er so lange weg, sodass er sich wunderte, wie sehr er die einfachen Dinge vermisste. Er vermisste den blauen Himmel, das Blätterrauschen und die Lichtstrahlen, die zwischen die Bäumen fielen und ihn am Morgen weckten, den Wind, der kaum stillstand, und den Geruch vom Morgentau, den es im Grauen Wald gar nicht gab. Vögel sangen von morgens bis abends ihre Lieder, was hier unvorstellbar zu sein schien. Seitdem die Präsenz des Wolfes sie überraschte, vernahm er das Krächzen der Krähen, die ihnen gefolgt waren, gar nicht mehr.

Nieselregen zwang Jeri, sich den Rinderumhang überzustreifen. Es war selten, dass es regnete, obwohl die Wolken zu jeder Zeit schwer und dunkel wirkten. Nässe machte Valentin zwar nichts aus, dennoch erweckten die Tropfen den Anschein, sie würden mit jedem Aufprall versuchen, mit Kälte nach ihm zu stechen, um in sein Inneres einzudringen. Das Rauschen des Regens klang ungewohnt laut, weil es hier sonst Totenstille herrschte.

Jeris Schritte schmatzten sowohl im Gras als auch im inneren der Stiefel. Er nieste und zog die Nase hoch. Valentin befürchtete, der Junge würde heute ohne Feuer auskommen müssen.

Edgars Heimat war zum Greifen nah, dennoch zog sich Tag für Tag in die Länge. Valentins Rucksack fühlte sich unangenehm leicht an. Selbst Jeris Rucksack, der am meisten gefüllt war, hing locker von seinen Schultern, und Edgar hatte seit zwei Tagen nichts mehr zu sich genommen. Bald würden sie auf Insekten angewiesen sein, wenn es hier denn tatsächlich welche gab.

Wenn sich die Reise noch mehr in die Länge zog, wären sie gezwungen, den Weg zurück einzuschlagen, bevor ihnen die Nahrung ausging. Valentin hoffte, sie würden nicht in die Lage kommen, diesen Schritt tun zu müssen. Das Ziel war viel zu nah.

Felsbrocken tauchten immer öfter in der schwarzen Erde auf. Der Anstieg machte sich sofort bemerkbar, nachdem sie seit dem Durchqueren des Feuerrings ausschließlich bergab gingen. Bäume wuchsen enger zusammen. Die Wolkendecke wanderte ein Stück nach oben.

Die Krähen ließen weiterhin nicht von sich hören. Vielleicht erkannten sie die Sinnlosigkeit darin, den Wolfsmenschen zu folgen, weil diese nicht danach aussahen, dass sie bald vor Erschöpfung zusammenbrechen würden. Auch den Krähen könnte die Nahrung ausgegangen sein, weil der Graue Wald in seinem Inneren so gut wie keine Lebewesen beherbergte.

Seitdem der Morgen anbrach, sprach Edgar kein einziges Wort. Er legte einen Schritt zu und ging voraus, während er seinen Blick durch den Wald schweifen ließ, um nach etwas Ausschau zu halten. Etwas bereitete ihm Sorgen oder er hatte jemanden gewittert. Valentin tastete die Umgebung mit den Wolfssinnen ab, um erneut festzustellen, dass niemand weit und breit in der Nähe war.

Jeri und Valentin sahen einander an, als sie Edgar einholten und er nach einer Weile gänzlich stehenblieb. Sein Blick verharrte auf einem Punkt vor ihm, bevor er einen Schritt nach dem anderen durch das mannshohe Dickicht trat, das sich am Fuß einer Felswand breitmachte.

Äste knackten. Es sah aus, als würden sie brechen, sobald man sie berührte, doch scheinbar wohnte ihnen mehr Leben inne, als ihr Aussehen glauben ließ. Sie schlossen sich langsam wieder, nachdem Edgar sich durchzwängte. Valentin und Jeri folgten dem freigestampften Weg.

Dornen ritzten Valentin Wunden in die Arme. Die Haut schloss sich sofort wieder. Jeri folgte Valentin auf den Schritt. Hier und da zeigte sich Edgars Blut.

Keiner der beiden sagte ein Wort, als sie hinter Edgar stehenblieben. Der Blick des Dorfvorstehers verharrte auf einem Felsspalt.

»Noch ein Schrein des Wolfskönigs …«, flüsterte Jeri.

»Früher hat es hier anders ausgesehen.« Edgars Blick war nach wie vor auf den Felsspalt gerichtet. »Ich hätte diesen Ort beinahe nicht erkannt.«

Es sah aus, als spräche Edgar mit sich selbst. Er trat einen Schritt bis zur Schwelle vor und verharrte für einen Augenblick. Schwärze verschluckte seinen Körper.

Jeri trat mit der Öllampe in der Hand hinterher.

Edgar brauchte sich nicht zu ducken, um den Spinnweben auszuweichen, die von der Decke und den Wänden hingen. Ohne anzuhalten, nahm er den linken Weg an der Verzweigung, der sich nach nur wenigen Schritten in eine Höhle verwandelte.

Die Öllampe erhellte den vorderen Bereich und reichte bis zu einem Felsbrocken in der Mitte. Edgar wandte den Blick nicht von ihm ab.

Der Felsbrocken sah nicht aus wie ein Altar aus dem Schrein des Wolfskönigs. Er verjüngte sich nach oben hin, sodass sich an seiner Oberfläche kein Platz für eine Opfergabe fand.

Valentin hielt nach einem richtigen Altar Ausschau, doch außer dem Felsbrocken gab es nichts, das mit einem Altar verglichen werden könnte. Vergebens schweifte sein Blick auf der Suche nach Nischen, wo die Wolfsschädel platziert sein sollten. Er strich die wenigen Spinnweben von der Wand, doch auch dort gab es keine Malereien, die auf einen Schrein hindeuteten. Vielleicht fand sich der richtige Schrein auf der rechten Seite vom Abzweig.

Die Wände warfen das Echo Edgars Schritte zurück. Valentin und Jeri sahen einander an, während Edgar sich vor dem Felsbrocken im Schneidersitz niederließ.

»Ich danke dem Wolfskönig, dass diese Behausung im unversehrten Zustand geblieben ist und dass deine letzte Ruhestätte nicht von wilden Tieren geschändet wurde. Es tut mir leid, dass ich so lange weg war, und es tut mir leid, dass ich gar nicht vorhatte zurückzukehren. Dank Valentin, dem jungen Wolf, der mich begleitet, haben wir uns entschieden, den Ort meiner Geburt aufzusuchen, an dem du mich großgezogen hast. Unsere Welt ist nun eine andere und auch sie befindet sich im Wandel. Ich habe dich dennoch niemals vergessen und erinnere mich an deine Worte, als hätten wir erst gestern miteinander gesprochen. Auch jetzt, nach so vielen Wintern, finden sich deine Weisheiten in den Lehren des Wolfskönigs wieder, die ich den Welpen predige. Zusammen mit denjenigen, die mir aus dem Grauen Wald folgten, haben wir uns eine Siedlung aufgebaut, ganz nach dem Vorbild aus deinen Erzählungen. Ich wünschte, du hättest deine letzten Tage mit uns verbracht, so wie du sie damals verbracht hast, in Geborgenheit eines Zuhauses, als dein Leben erst anfing. Bei uns gibt es die Sonne im Überfluss und die Luft steht niemals still. So muss es auch bei dir ausgesehen haben, als du noch ein Welpe warst.« Edgar schwieg für einen Moment. Valentin entging nicht, wie seine Hand zitterte, als er über den Felsbrocken strich. »Du warst ein guter Lehrer, ein Vater und der beste Freund. Dein Licht ging zweifellos ins Reich des Wolfskönigs über. Er wacht über dich und hält sogar die Spinnen von deiner letzten Ruhestätte fern, hier, in der körperlichen Welt. Ich und die beiden Jungen sind hergekommen, um den Werwolf aus unserem Leben zu verbannen, damit wir das Leben führen können, so wie du es mir stets beschrieben hast. Du siehst, die Werwölfe bestimmen unser Schicksal noch immer. Nur haben wir diesmal Valentin. Er vermag unser Schicksal zu ändern. Ich bin mir sicher, dass du keine Erklärungen benötigst, denn im Reich des Wolfskönigs wirst du alles wissen, was in dieser

Welt vor sich geht.« Edgar schloss die Augen. Seine Fingerspitzen berührten den Boden. »Wolfskönig Päj, ich danke dir, dass du meinen Großvater in dein Reich aufgenommen hast. Und ich zweifele nicht daran, dass du ihn aufgenommen hast, denn wenn es anders wäre, wäre niemand auf der Welt würdig, in dein Reich aufgenommen zu werden. Wache über ihn, damit er dir in deiner Welt dienen kann. Er gehört zu deinem Plan, so wie ich zu deinem Plan gehöre, Valentin zu begleiten, damit er seine Bestimmung erfüllen kann, die du für ihn vorgesehen hast. Ich glaube daran, dass unser Weg nicht umsonst sein wird. Leite uns, so wie du es stets getan hast. Gib uns Weisheit, um deine Zeichen zu verstehen, und wir werden dir gute Dienste leisten. Begleite uns in unserem Licht, damit wir gewappnet sind gegen alle Zweifel, die uns heimsuchen. Wolfskönig Päj, wache über uns.«

Eine Ewigkeit der Stille schien zu vergehen. Valentin schüttelte den Kopf, als Jeri zum Sprechen ansetzte. Edgar sah das Grabmal seines Großvaters eine weitere Ewigkeit an.

Valentin nutzte die Zeit, um sich in der Höhle umzusehen. Es fiel ihm schwer zu glauben, dass sie ihr Ziel erreicht hatten. Edgar sagte zwar, dass sie in der Nähe waren, aber dass sie bereits am Ziel angekommen waren, machte Valentin für den ersten Moment sprachlos. Sie standen mitten in der Höhle, in der Edgar seine Kindheit und die Jahre danach verbracht hatte, wie alt auch immer er zu dem Zeitpunkt gewesen sein mochte.

Ein dunkler, verblasster Fleck zeichnete sich auf dem Boden ab, der ganz danach aussah, als wäre er einst eine Feuerstelle gewesen. Links und rechts an den Wänden war Stroh zu sehen, das längst zu Stein geworden sein dürfte. Das Grabmal sah in der Tat ganz danach aus, als sorge der Wolfskönig persönlich für seine Sauberkeit. Aber weshalb hatte Edgar seinen Großvater ausgerechnet hier begraben anstatt unter einem Baum? Und wie war es ihm gelungen, den Stein zu durchdringen?

»Ich wollte ihn nicht dem Wald und den Tieren überlassen«, sagte Edgar, als hätte er Valentins Gedanken gelesen. »Ich dachte, wenn ich ihn hier begrabe, würde sein Körper unversehrt bleiben, und damit wäre er noch immer am Leben.«

Valentin glaubte, ein Seufzen zu vernehmen. Das war das erste Mal, dass er Edgar seufzen hörte.

»Hat es dir denn nichts ausgemacht, ein Grab in deinem Zuhause zu haben, selbst wenn es dein Großvater war?« Jeri traute sich als erster, eine Frage zu stellen.

»Das hat es nicht. Nachdem ich ihn bestattet hatte, verließ ich die Höhle für immer. Ich lebte im Wald unter freiem Himmel. Ich wollte nicht zurück in mein altes Leben. Mit dem Tod meines Großvaters wollte ich nicht einmal im Wald bleiben. Ich wollte die Höhle nicht betreten und kam nicht einmal dann herein, um mich zu verabschieden.«

»Weshalb hast du ihn hier bestattet?«, fragte Valentin. »Anstatt ihn den Wurzeln eines Baumes zu überlassen. Er würde die Verbindung in diese Welt besser aufrechterhalten.«

»Mein Großvater hat seine Behausung geliebt. Er mochte es hier und zog sich oft zurück, bei jedem Wetter. Das war mein letztes Geschenk an ihn. Und was die Bestattung unter Bäumen anbelangt, nun, früher gab es diese Art der Bestattung nicht.«

»Weil es nicht notwendig war …«, sagte Valentin gedankenverloren, nachdem ihm der Grund plötzlich einleuchtete. »Weil die meisten Werwölfe diesen Ort verließen, im Wald starben oder der Feuerring sie verschluckte.«

»Oder sie von Menschen getötet wurden …«, schloss Jeri Valentins Gedankengang ab.

»Das habt ihr richtig erkannt. Die wenigen Wölfe und Welpen, die ihren Tod auf natürliche Weise fanden, haben wir dem Wald überlassen. Der Wald kümmerte sich darum, dass die Überreste wieder Teil von ihm wurden. Erst seitdem wir uns entschieden haben, uns selbst um die Werwölfe zu kümmern, begraben wir die Verstorbenen unter den Bäumen.« Edgar atmete tief ein und aus. »Die Überreste meines Großvaters haben diesen Ort beschützt und die wilden Tiere davon abgehalten, sich hier einzunisten. Selbst die Spinnen scheinen sich kaum an das Grabmal heranzutrauen.«

Edgar streckte den Arm zum Grabmal, um einen kaum sichtbaren Spinnfaden zu entfernen, der sich verirrt zu haben schien.

»Ich habe mich … an dich erinnert … Eadgar …«

Valentin fuhr herum. Sein Körper zuckte. Licht der Öllampe stach in seine Wolfsaugen, als er die Tiergestalt annahm. Der Windhauch hinter ihm zeugte von Edgars Verwandlung. Jeris Kampfstock surrte.

Eine Gestalt ließ das schwache Licht verblassen, das durch den Gang ins Innere der Höhle fiel.

Die Präsenz des Wolfes, dessen Verschwinden vor einigen Tagen genauso plötzlich war wie sein Auftauchen, war wieder da. Es waren inzwischen genug Tage vergangen, damit Valentin kaum noch an ihn dachte. Nun stand er direkt vor ihm, wenige Schritte entfernt, und er erweckte nicht den Anschein, wieder zu verschwinden. Entweder war er so stark, dass er vor zwei Wölfen nicht zurückschreckte, oder er war ein Werwolf, der zu denken nicht imstande war. Und auch diesmal hatten weder Valentin noch Edgar seine Präsenz wahrgenommen. Nicht einmal die Büsche, die den Weg in die Höhle versperrten, hatten den Wolf verraten. Doch das Licht, das nun wie eine Fackel in der Finsternis in ihm leuchtete, dürfte selbst Jeri spüren.

Der Wolf erinnerte Valentin an Edgar, nur dass ihm eine halbe Hauptlänge Edgars fehlte und seine Schultern schmaler wirkten. Das graue Fell kräuselte sich. Gelbe Augen lagen zu weit voneinander entfernt, um die Augen eines Werwolfes zu sein. Zwei kerzengerade obere Fangzähne stachen deutlich hervor.

Hatte der Wolf sie hergelockt? Er versperrte den einzigen Durchgang in die Höhle, sodass es keinen anderen Weg als an ihm vorbei gab. War er sich seiner Stärke so sicher, dass er keine Bedenken hatte, gegen zwei Wölfe zu kämpfen? Vielleicht handelte es sich aber tatsächlich um einen Werwolf, der es nicht schaffte, dem Wald zu entkommen und sich nun auf sein Mahl freute.

Valentin war bereit, den Kampf aufzunehmen. Er erwartete jeden Moment, dass Edgar an ihm vorbeischoss, um sich auf den Wolf zu werfen. Valentin würde nicht zögern, es ihm gleichzutun, wenn Edgar Hilfe benötigen sollte oder der Wolf sich auf Jeri stürzte. Zwar glaubte Valentin kaum, dass Edgar Hilfe benötigen würde, doch dieser Wolf war imstande, sich zu verbergen. Er könnte auch andere Fähigkeiten besitzen, gegen die Edgars Kraft nutzlos wäre.

Stille kehrte ein. Die Zeit kam zum Stehen. Niemand rührte sich. Nur die Flamme der Öllampe tänzelte hinter dem Glas.

»Ich habe mich … an dich erinnert … Eadgar«, knurrte der Wolf.

Die Stimme wirkte verzerrt, dennoch wohnte ihr die Schärfe inne, die nur einem Wolf gehören konnte. Valentin fiel auch hier die Gemeinsamkeit des Wolfes mit Edgar auf, wenn Edgar in Wolfsgestalt mit abgehackten Sätzen sprach.

»Du hast dich richtig … an mich erinnert«, knurrte Edgar. »Aber ich … weiß nicht … wer du bist.«

»Ich habe mich … an dich erinnert«, knurrte der Wolf abermals.

Valentins Krallen zuckten. Er sprach zum Wolfskönig ein Gebet, dass kein Werwolf vor ihnen stand. Edgars Krallenhände gaben ein Knacken von sich. Jeri schluckte, was in der eingekehrten Stille laut erklang.

»Du warst es ... dem die meisten Wölfe ... folgten ... für immer«, knurrte der Wolf. »Es war ... vor einer Ewigkeit. Ich habe ... lange gebraucht ... um mich zu erinnern. Was führt dich zurück ... in deine alte Heimat? Seid ihr ... Rückkehrer? Hat es dort ... nicht geklappt?«

Valentin und Jeri rückten aus dem Weg, um Edgar vorbeizulassen. Seine Krallen zuckten, was bedeutete, dass er misstrauisch war und einen Angriff erwartete.

»Wir haben uns ... eine neue Heimat ... aufgebaut«, knurrte Edgar. »Weit im Süden ... wo die Winde ... niemals stillstehen. Es ist ... ein schöner Ort.«

»Das ist ... gut.« Der Wolf nickte. »Dann ist es dir ... tatsächlich gelungen. Aber wenn ... du zurückgekehrt bist ... dann muss etwas ... passiert sein. Warum seid ihr ... zurück?«

»Es sind die Werwölfe«, knurrte Valentin. »Sie sind nach wie vor in uns. Wir wollen dem ein Ende setzen.«

Der Wolf knurrte etwas Unverständliches, schwieg daraufhin, um nachzudenken.

»Große Absichten ... für einen wie dich.« Er sah Valentin lange an, sodass Valentin das Verlangen überkam, die Augen abzuwenden. »Aber wenn ... ich dich so sehe ... verstehe ich weshalb du ... so überzeugt davon sprichst. Du hast ... deinen Frühling überlebt. Du bist ... ungewöhnlich. Einer wie du ... hatte noch nie ... den Wolf bezwungen.«

»Ich habe es dennoch geschafft«, knurrte Valentin etwas lauter als beabsichtigt.

»Das sehe ich. Früher habe ich ... von Einfällen wie euren ... Abstand genommen. Ich verließ mich ... auf das Bewährte. Deswegen bin ich ... damals mit Eadgar ... nicht mitgegangen. Heute ... bereue ich es. Und deswegen ... glaube ich daran ... dass du recht haben könntest ... dass man den Werwölfen ... ein Ende bereiten kann ... auch wenn sich alles in mir ... dagegen sträubt ... das zu glauben.« Er wandte sich zum Edgar.

»Hattet ihr ... schon Erfolge?« Er knurrte erneut etwas Unverständliches, als er ein Kopfschütteln als Antwort bekam. »Dann gehe ich ... davon aus ... dass ihr auf der Suche ... nach jemandem seid ... der es wissen könnte. Leider habt ihr ihn ... auch heute ... nicht gefunden. Begleitet mich dennoch ... in meine Höhle. Es ist eine Weile her ... dass ich mich mit jemandem ... unterhalten habe. Ich hoffe ... ihr seid keine Einbildung. Mein Name ist Ignaz.«

Valentin schaute zu Edgar. Konnten sie dem Wolf trauen? War das ein Wolf oder ein Werwolf, der mit ihnen sprach? Der Zwischenfall mit dem Jungen, den Edgar von der Klippe stieß, kam Valentin in den Kopf. Der Werwolf sprach zu Edgar wie ein Mensch und er war sogar imstande, die Gestalt des Menschen anzunehmen. Handelte es sich auch jetzt um die Heimtücke eines Werwolfes, nur dass er diesmal seine Wolfsgestalt beibehielt?

Edgar dürften gerade dieselben Gedanken durch den Kopf gehen. Er rührte sich nicht von der Stelle. Auch Jeri hielt seinen Stock nach wie vor fest umklammert.

»Ich habe euch ... hierhergeführt. Ihr hättet sonst ... einen ganzen Mond gebraucht ... um hierher zu gelangen. Als ich dich, Eadgar ... erkannt habe ... wusste ich ... wohin ihr unterwegs wart. Ihr wart ein wenig ... vom Weg abgekommen. Ich habe ... mich mit Absicht ... nicht gezeigt ... um euch zu beobachten. Es ist ... das erste Mal gewesen ... dass jemand hierher kam ... und nicht umgekehrt. Das machte mich ... misstrauisch. Jetzt aber ... bin ich mir sicher. Jetzt habe ich ... Eadgar erkannt.«

»Ich habe Geschichten gehört, in denen der Werwolf andere Wölfe zu täuschen versuchte«, sprach Jeri die Gedanken Valentins aus. Er lockerte die Umklammerung des Stocks, um sie sofort wieder zu festigen.

»Und nun glaubst du ... ich könnte ein Werwolf sein. Das

ist ... sehr vernünftig.« Ignaz bleckte die Zähne. »Ich bin ... kein Werwolf. Ich erkannte Eadgar ... nach hunderten ... von Wintern. Kein Werwolf ... hat so lange überlebt. Die meisten ... finden den Tod ... noch im selben Frühling.«

»Zeig uns deine Menschengestalt«, verlangte Valentin.

Das, was Ignaz von sich gab, hörte sich überzeugend an. Aber was wussten sie schon von Werwölfen? Man hielt sie für blutdürstige Ungeheuer, die von Instinkten geleitet wurden. Doch gleichzeitig waren sie imstande, Menschengestalt anzunehmen, um jemanden zu täuschen. Allein das war Beweis genug, dass man sie unterschätzte.

»Diese Bitte ... kann ich dir nicht ... erfüllen«, knurrte Ignaz.

Edgars Krallen zuckten kaum merklich.

»Gibt es auch einen Grund dazu?« Valentin stellte die rechte Pfote ein wenig vor, um besseren Stand zu bekommen.

»Weil ich es ... nicht kann.« Ignaz sah Valentin eine Weile an, bevor er weitersprach. »Es gab eine Zeit ... in der ich zu lange ... in Wolfsgestalt verweilt hatte. Viel ... zu lange. Tage ... Monde. Ich wollte meine Grenzen ... und die Grenzen des Wolfes ... herausfinden. Ich wusste zwar ... dass man zur Menschengestalt ... stets zurückkehren sollte ... doch wenn man so lange allein lebt ... wie ich ... kümmert man sich irgendwann ... nicht mehr um seine ... Unversehrtheit. Ich habe es ... Tag für Tag ... hinausgezögert. Selbst mein Wolf verlangte von mir ... die Menschengestalt anzunehmen ... weil er die Konsequenz befürchtete. Ich spürte keinen Hunger ... und keinen Durst ... bis ich mir irgendwann ... im Klaren darüber war ... dass meine letzte Mahlzeit ... mehr Tage zurücklag ... als es für einen Menschen ... gut wäre. Ich befürchtete ... dass ich sterben könnte ... sollte ich die Menschengestalt ... wieder annehmen. Und als ich es ... darauf anlegte ... weigerte sich mein Wolf ... mit aller Macht. Das gab mir zu verstehen ...

dass ich die Zeit überschritten hatte. Zwar hat mein Wolf … nicht genug Macht über mich … um mir die Verwandlung … ganz zu verwehren … aber ich weiß … dass er sich nicht umsonst … dagegen stellt. Er würde zusammen … mit mir sterben. Jetzt scheint es … dass der Wolf darauf aufpasst … dass ich nicht mehr … die Menschengestalt annehme.« Ignaz bleckte die Zähne. »Er hütet unseren Körper … anstatt ihn zu übernehmen. Seit mehr als siebzig Wintern … musste ich mich meinem Wolf … kein einziges Mal mehr stellen.«

Ignaz knurrte wieder etwas vor sich hin, das zwar eine Bedeutung zu haben schien, sich jedoch bloß nach einem Knurren des Tieres anhörte. Er schüttelte den Kopf.

»Ich habe schon lange … mit niemandem gesprochen … außer mit mir selbst. Meine Stimme versagt … allmählich. Und ich hoffe … mein Kopf spielt mir … keinen Streich. Es ist ungewohnt … jemanden zu sehen … der nicht tot ist.« Er schüttelte den Kopf. »Ich verstehe … euer Misstrauen. Ich wäre an eurer Stelle … auch misstrauisch. Behaltet eure Wolfsgestalten bei … und kommt in mein … Zuhause.« Er wandte sich zum Ausgang. »Hoffentlich seid ihr keine … Einbildung«, gab das Echo seine Worte wider, die er an sich selbst richtete.

WOLFSKÖNIG

Valentin traute seinen Augen kaum, als er einen Zaun erblickte. Zwar handelte es sich um einen kniehohen Zaun, der keine Tiere fernhalten würde, aber es war ein Zaun. Er vermittelte Valentin das Gefühl, in Windseck im Elternhaus angekommen zu sein, wo sein Vater auf Wunsch seiner Mutter einen ähnlichen Zaun hinter dem Haus aufstellte, weil er gut aussah.

Ignaz hatte den Zaun im Halbkreis vor dem Eingang seiner Höhle aufgestellt. Blumen, die ausschließlich im Hofbereich wuchsen, wirkten unnatürlich bunt inmitten des Grauen Waldes. Der Ort strahlte Helligkeit aus, obwohl die Sonne, so wie überall im Grauen Wald, sich auch hier versteckt hielt.

Valentin schaute sich um, um sich zu vergewissern, dass er nicht in Windseck war. Der Duft der Blumen ließ ihn sich erneut an sein Zuhause erinnern.

»Er ist kein Werwolf«, flüsterte Jeri. »Würde ein Werwolf Blumen pflanzen?«

Valentin folgte Edgar durch den Eingang im Felsen, der an einen richtigen Eingang einer Behausung erinnerte. Hier gab es eine Schleuse und ein Vordach, nur fehlte die Tür, die Ignaz jedoch ebenso wenig brauchen dürfte wie den Zaun. Er brauchte keinen Schutz gegen Tiere, die es hier ohnehin kaum gab. Er war ein Wolf. Niemand würde sich hierher trauen.

Boden, Wände und Decke waren in ein grünes Leuchten getaucht. Es hatte den Anschein, Moos hätte sich im Inneren der Höhle ausgebreitet. Acht Stäbe, die für das Licht verantwortlich zu sein schienen, standen links und rechts an den Wänden angelehnt. Das Glimmen, das von ihnen ausging, war selbst für Jeris Menschenaugen hell genug, sodass er die Öllampe erst gar nicht herausholte und den Blick durch die Höhle schweifen ließ.

Die Erinnerung, wo er die Stäbe schon Mal gesehen haben könnte, kam schlagartig in Valentin auf. Es waren keine Stäbe, sondern leuchtende Tropfsteine, die sie auch im Schrein des Wolfskönigs auf dem Weg hierher entdeckt hatten.

Der Tisch mit einem Stuhl ohne Rückenlehne thronte in der Mitte der Höhle. Das Bett im Hintergrund erinnerte an ein Nest, das aus Ästen geflochten war. Zwei Regale füllten sich mit Geschirr, Werkzeugen und Gegenständen, die Valentin nicht mit Namen zu benennen vermochte.

Vom dritten Regal konnte er den Blick nicht abwenden. Bücher, wie er sie noch nie in einer Anzahl wie dieser gesehen hatte, füllten das Regal von unten bis oben. Bücher gab es zwar auch in Windseck, aber die meisten davon besaß Fira.

Zwar legten weder Edgar noch Rudolf viel Wert darauf, dass die Welpen lesen konnten, doch Valentin erinnerte sich an die meisten Buchstaben, wie sie zu schreiben waren und wie sie in richtiger Reihenfolge angeordnet Wörter und Sätze bildeten. Sie lesen zu können, dauerte zwar eine Ewigkeit, doch es war die Mühe wert. Sie konnten Gedanken desjenigen enthalten, der längst im Reich Päjs weilte. Auf diese Weise war er imstande sein Wissen über den Tod hinaus weiterzugeben. Bücher waren Werkzeuge, die der Wolfskönig selbst erfunden haben dürfte.

Ein Buch, das inzwischen vergilbt und gerissen war, diente den Welpen dazu, lesen zu lernen. So würden die Kochkünste, die jemand in diesem Buch niederschrieb, nicht verlorengehen, auch wenn es bloß Welpen waren, die daraus lasen.

Bücher waren das Letzte, woran Valentin dachte, hier zu finden. Er glaubte zwar fest daran, jemandem zu begegnen, der hier noch lebte, doch mit Büchern hatte er nicht gerechnet. Soweit er es wusste, war Fira die einzige Person in Windseck, die sich mit Büchern beschäftigte. Aber selbst ihre Bücher konnte man an den Fingern abzählen.

Wenn Ignaz solche Anzahl an Büchern besaß, dann dürfte er mindestens genauso klug sein wie Fira. Und vielleicht kannte er durch die Bücher einen Weg, wie man den Werwölfen Einhalt gebieten konnte.

Ignaz kreuzte die Arme, während er seine Gäste beobachtete. Eine Andeutung des Lächelns erschien auf seinem Wolfsgesicht. Ob er es ernst meinte, als er sagte, dass die drei eine Einbildung sein könnten? Wie lange war er wohl allein?

Edgar griff nach dem leuchtenden Stab, der in seinen Wolfshänden klein und zerbrechlich wirkte. Das Licht drang in seine Krallen, die Brust und in seine Schnauze ein.

»Valentin!«, schrie Jeri. Er betrachtete etwas, das er vom Regal nahm und gegen das Licht hielt.

»Diese Schnitzerei sieht genauso aus wie die Holzfigur des Wolfskönigs aus der Kapelle!«

»Ich bin mir nicht sicher ... wen genau diese Figur ... darstellen sollte«, knurrte Ignaz. »Wir haben immer angenommen ... dass es sich ... um den Wolfskönig selbst handelt. Und das tut ihr auch ... soweit ich es verstanden habe.«

»Wer sollte das denn sonst sein?« Jeri runzelte die Stirn.

»Es sind zwei ... die noch in Frage kommen. Manch einer hielt die Darstellung ... für den Alphawolf. Diese Annahme ... ist jedoch fragwürdig ... denn der Alphawolf ist immer jemand anderes ... der vom Wolfskönig auserwählt wird. Ich halte es für wahrscheinlicher ... dass es sich um den Diener Päjs ... handeln könnte.«

Valentin sah zu Edgar. In der Wolfsschnauze des Dorfvorstehers zeigte sich keine Regung. Entweder hielt er es für ausgeschlossen, dass es sich bei dieser Figur um den Diener Päjs handeln könnte, oder er hörte nicht zum ersten Mal von dieser Annahme. Valentin kam noch nie auf die Idee, sich zu fragen, ob es sich auch um jemand anderen handeln könnte als den Wolfskönig.

»Warum sollte man in der Kapelle des Wolfskönigs zu seinem Diener beten?«, fragte Valentin.

»Vielleicht weil der Diener … dem Wolfskönig die Gebete überbringt. Oder weil der Wolfskönig … mit anderen Sachen beschäftigt … ist. Er hat schließlich … nicht umsonst einen Diener. Dass ihm die Augen fehlen … könnte bedeuten … dass er die Befehle des Wolfskönigs … blind befolgt.«

»Aber auch … weil er als ein dunkles Geschöpf … des Wolfskönigs gilt«, knurrte Edgar. »Finsternis … ist seine Welt. Er braucht keine Augen … um sich in ihr … zu bewegen.«

Edgar schloss es also auch nicht aus, dass es sich bei der Holzfigur um den Diener Päjs handeln könnte, dachte Valentin. Hinter dieser Geschichte müsste mehr stecken, als es den Anschein erweckte. Warum war der Diener ein dunkles Geschöpf, wo der Wolfskönig doch mit Licht verbunden war, um das Leben hervorzubringen? Er duldete zwar keine Schwäche, dennoch dominierte die Liebe in seinen Lehren.

»Es gab eine Zeit … in der Päjs Diener unter Wölfen … gewütet haben soll«, fuhr Ignaz fort. »Der Grund dafür … wird nicht offenbart … in keinem Schriftstück … in keiner Überlieferung. Diese Zeit scheint es jedoch … tatsächlich gegeben zu haben. Sonst würde diese Überlieferung … nicht existieren. Aber nicht nur unter Wölfen … soll der Diener gewütet haben. Auch die Menschen … hat es getroffen. Auch bei ihnen … gibt es Überlieferungen wie diese … und sie sind nicht nur einmal … überliefert worden.«

Valentins Augen wanderten zum Buchregal. Hatte der Verfasser der Menschen seine Gedanken über den Diener Päjs in diesen Büchern niedergelegt? Das Gespräch mit Fira kam ins Gedächtnis, dass die richtigen Menschen ebenso zu den Kindern Päjs zählen. Sie hatte er zuerst erschaffen. Die Fertigkeit, ihre Gedanken in Büchern niederzulegen, beherrschten sie womöglich besser als die Wolfsmenschen.

»Du schaust … in die richtige Richtung … junger Wolf. Bücher haben mir … ihre Geschichten erzählt. Sie sprechen von einem Wolf … der die Kreatur der Finsternis selbst war. Die Werwölfe dagegen … wirkten beinahe harmlos. Die Menschen … waren durchaus imstande … Werwölfe zu töten. Doch gegen die Kreatur der Finsternis … vermochten sie nichts auszurichten. Ganze Städte … fielen der Kreatur zum Opfer. Sie machte keinen Unterschied … zwischen Menschen und Wolfsmenschen. Auch das … könnte der Grund sein … weshalb auf der Darstellung aus Holz … keine Augen zu finden sind.«

Valentin fiel auf, wie sich Edgars Augen verengten. Diese Geschichte dürfte auch für ihn neu sein.

»Wenn es sich bei der Holzfigur um Päjs Diener handelt, wollte man ihn damals womöglich beschwichtigen, weil man sich sonst nicht zu helfen gewusst hatte«, knurrte Valentin.

»Ein sehr kluger … Gedanke. Darüber habe ich nicht … nachgedacht.« Ignaz nickte. »Wie auch immer es sein mochte … aber diesen Wolf … gibt es nicht mehr. Schon lange … nicht mehr. Genauso wie es die Werwölfe … nicht mehr gibt. Nachdem Eadgar … mit den meisten anderen Wölfen wegging … schien es … als hätte er das Leben selbst … aus dem Wald mitgenommen. Kein einziger Welpe schaffte es seitdem … den Wolf zu zähmen. Kein einziger Welpe … kam seitdem auf die Welt. Diejenigen … die geblieben waren … holte irgendwann der Diener … einen nach dem anderen … ins Reich des Wolfskönigs. Es ist nun über einhundert Winter her … seitdem ich den Grauen Wald … für mich allein habe. Ich habe angenommen … dass Eadgar und alle … die ihm folgten … es nicht geschafft hatten. Und da ich glaubte … dass wir … aus dem Grauen Wald … die einzigen Wölfe waren … ging ich davon aus … dass ich der letzte Welpe des Wolfskönigs … geblieben sein müsste.« Ignaz hielt für einen Moment inne, um über etwas nachzudenken und seine drei Besucher einen nach dem anderen zu mustern. »Vielleicht bin ich es tatsächlich ... und ihr seid bloß ... eine Einbildung.«

»Wir sind keine Einbildung«, sagte Jeri. »Wie kommst du überhaupt darauf? Wir sind hier, wir sprechen mit dir.«

Ignaz bleckte die Zähne. »Ihr seid nicht die ersten ... mit denen ich mich unterhielt ... und die plötzlich verschwanden ... kaum dass ich mich umgedreht hatte.«

Valentin und Jeri sahen einander an, schauten dann zu Edgar. Der Dorfvorsteher verengte bloß ein wenig die Augen.

»Ich war ... viel zu lange allein. Und mein letzter Winter ... wird nicht Ewigkeiten ... auf sich warten lassen. Ich bin mir bewusst ... dass mein Kopf mir gelegentlich ... einen Streich spielt. Selbst die Kräfte des Wolfes ... können dem nicht entgegenwirken. Es waren meistens meine Eltern ... die plötzlich da waren ... und sich mit mir unterhielten ... als wären sie niemals weg ... und wir würden noch immer das Leben ... von damals führen. Ich habe eine Zeit lang gebraucht ... um mich an sie zu erinnern. Bei euch ... ist es anders. Ihr seid mir nicht erschienen. Ich habe ... euch gefunden. Ich beobachtete euch ... tagelang. Ich fühlte eure Lichter. Das tue ich ... auch jetzt. Das ist ein gutes Zeichen. Ich hoffe ... ihr seid keine Einbildung.«

Valentin und Jeri tauschten abermals die Blicke.

»Wie ist es dir gelungen ... unsichtbar ... zu bleiben?«, knurrte Edgar. »Selbst für ... unsere Wolfssinne.«

»Mein Wolf ... hilft mir dabei«, knurrte Ignaz. »Seitdem ich die Menschengastalt ... nicht mehr annehme ... lerne ich meinen Wolfskörper ... und den Wolf neu kennen. In den siebzig Wintern ... habe ich mehr gelernt ... als während meines ganzen Lebens davor. Ich lernte neue Fähigkeiten kennen ... und weiß inzwischen ... wo die Grenzen meines Wolfes ... wo meine Grenzen liegen. Ich kam nicht drum herum ... meinen Körper tiefgründig zu erforschen ... an den ich für immer ...

gebunden blieb. So zeigte mir mein Wolf … eines Tages … wie ich mein Licht verstecken kann. Mit dem Licht … wird auch mein Geruch unterdrückt … sodass ich selbst für Wölfe … nicht mehr bin … als nur ein Baum. Wenn ihr also die Fähigkeiten … die der Wolf euch verleiht … in Gänze nutzen wollt … müsst ihr viel Zeit in seiner Gestalt verbringen … oder euren Menschenkörper … gänzlich aufgeben … was bei mir der Fall war. Ich rate jedoch … davon ab. Heute würde ich zu gerne … wieder in Menschengestalt wandern. Ich bereue es … damals mit dir … nicht mitgekommen zu sein … Eadgar. Ich würde heute … sicherlich noch immer … die Menschengestalt annehmen können.«

Valentin deutete es als ein gutes Zeichen, dass Edgar die Arme kreuzte und sich gegen die Wand lehnte. Die Worte Ignaz' schienen den Dorfvorsteher allmählich zu überzeugen.

»Ich erzähle euch … wie es mir gelingt … mein Licht zu unterdrücken. Doch ich denke nicht … dass auch euch dies gelingen wird … ohne dass ihr so viel Zeit … im Wolfskörper verbracht habt … wie ich. Ich löse meinen Kopf … von allen Gedanken los. Als Mensch ist es nicht einfach … sich von allen Gedanken … loszulösen. Der Wolf verharrt daraufhin … denn er kennt meine Absichten. Er weiß … was ich vorhabe … er hilft mir mein Licht zu verbergen. Ich weiß nicht … ob mir dies früher gelungen wäre … als ich noch die Menschengestalt … annehmen konnte. Denn früher hatte der Wolf … immer wieder versucht … meinen Körper und den Verstand … zu übernehmen. Wenn keine Gedanken … in meinem Kopf mehr schwirren … bin ich selbst für die Sinne eines Wolfes … unsichtbar. Der Kopf und das Licht … sind unzertrennlich miteinander verwoben. Wenn ich jage … entdeckt mich die Beute … erst wenn es zu spät ist. Die Kreatur aus dem Sumpf … hatte mich auf diese Idee gebracht. Ihr dürftet bereits Bekanntschaft … mit ihr gemacht haben.«

Valentin tat es Edgar gleich, indem er sich mit dem Rücken gegen die Wand lehnte und die Arme kreuzte. Jeri hockte sich auf den Boden, ohne Ignaz aus den Augen zu lassen. Den Stock legte er sich vor die Füße.

»Nachdem die meisten Wölfe … den Grauen Wald verließen … und die übriggebliebenen Wölfe … einer nach dem anderen … ins Reich Päjs übergingen … zog der Wald … die dunklen Kreaturen an. So wie er uns Wölfe … zu sich gezogen hatte … denn auch wir sind dunkle Kreaturen … in den Augen der Menschen. Die Menschen trauen sich … nicht hierher. So finden die dunklen Kreaturen … hier ihre Ruhe. Nur diese Gegend … wo einst auch deine Heimat war … Eadgar … meiden sie. Es ist meine Anwesenheit … die sie fernhält. Deswegen hat sich niemand … in deiner Höhle … dem Grab deines Großvaters … eingenistet. Die Kreatur aus dem Sumpf … ist erst nach dir … aufgetaucht. Es gab sie dort … nicht immer … so wie jetzt. Es war das Grölen dieser Kreatur … das ich vernahm. Es machte mich neugierig … was diese Kreatur … diesmal zu fassen bekam … und weshalb sie mehrmals … nacheinander grölte. Habt ihr sie … aufgescheucht?«

»Das haben wir«, knurrte Valentin. »Die Kreatur hat ihre Arme nach uns ausgestreckt, um uns in die Tiefe zu zerren. Wir haben gegen sie gekämpft. Edgar hat ihr einen Arm abgetrennt und die anderen verletzt. Wir entschieden uns dennoch für die Flucht, weil der Kampf kein Ende zu nehmen schien und immer mehr Arme auftauchten. Was weißt du über diese Kreatur?«

Ignaz schob den Stuhl unter dem Tisch heraus. Das Holz knarzte unter seinem Gewicht.

»Ich hatte eine Ewigkeit Zeit … um das Wissen zusammenzutragen … das unsere Ahnen … uns überlieferten. Es hat eine Weile gedauert … bis ich einen Zusammenhang … entdecken konnte. Ich bin zu dem Schluss gekommen … dass es sich um die Feuerschlange ... handeln könnte ... die Kreatur aus Überlieferungen ... die lange vor uns ... hier gelebt hatte. Diese Geschichte dürftest auch du ... Eadgar ... kennen, denn diese Überlieferung ... ist so alt wie die Wölfe. Die Feuerschlange lebte einst ... unter der Erde ... unter dem Feuerring ... im heißen Wasser. Man musste sich nicht ... vor ihr fürchten. Sie hatte es nicht nötig ... zu jagen ... sie holte sich die toten Körper ... von Tieren. Als wir Wölfe ... hier auftauchten ... und mit uns die Werwölfe ... gaben wir ihr mehr Nahrung. Viele Werwölfe fielen dem heißen Wasser ... zum Opfer. Die Feuerschlange ... zog die Leichen daraufhin ... in die Tiefe. Sie nahm das Fleisch. Die Knochen spuckte sie heraus ... und warf sie ans Ufer. Der Feuerring war früher ... mit Knochen überhäuft. Jemand behauptete sogar ... die Feuerschlange gesehen ... zu haben. Er hätte beobachtet ... wie sie sich an den Grund ... des heißen Sees zurückzog ... um dort zu verschwinden. Und ich glaube demjenigen ... wer auch immer die Geschichte ... erzählt haben mochte. Denn von irgendwo ... musste diese Geschichte ... hergekommen sein. Die Kreatur könnte die Werwölfe ... angelockt haben. Somit hätte sie ... für Gleichgewicht gesorgt ... damit nur wenige Werwölfe ... den Grauen Wald verließen ... um zu den Menschen ... zu gelangen. Vielleicht würde es heute ... gar keine Menschen mehr geben ... wenn alle Werwölfe ... den Grauen Wald verlassen könnten. Die Menschen sind schwach. Viele mussten sterben ... bevor sie einen einzigen ... Werwolf ... töteten.«

Und in Windseck hatte Edgar für das Gleichgewicht gesorgt, dachte Valentin. Nur ließ er keinen einzigen Werwolf entkommen.

»Nachdem es keine Werwölfe ... mehr gab ... müsste die Kreatur neue Nahrungsgebiete ... gesucht haben. So nistete sie sich ... außerhalb des Feuerrings ein ... wo sie nach wie vor ... ihr Unwesen treibt. Nur diesmal ... muss man sich vor ihr fürchten ... denn sie hat gelernt ... zu jagen. Schade ... dass ihr sie verschreckt ... habt.«

»Du hast doch nicht etwa Mitleid mit dieser Kreatur?«, knurrte Valentin.

»Die Bücher in diesem Regal ... gehören den Menschen. Es sind Bücher der Wanderer ... die sich hierher getraut hatten. Niemand von ihnen ... war imstande der Kreatur ... zu entkommen. Sie nimmt ... bloß das Fleisch. Den Rest befördert sie ... an die Oberfläche. So bin ich ... an all die Gegenstände von Menschen gelangt. Ich habe die Kreatur ... beobachtet und weiß ... wann sie schläft ... und wo ihr Jagdgebiet liegt. Sie lauert auf die Beute ... ohne ihren Platz zu wechseln. Ihre Arme reichen ... weit in den Wald hinein. Sie ist blind ... aber sie kann hören. Man kommt nur an ihr vorbei ... wenn man sich leise verhält. Dieser Kreatur ... verdanke ich das Wissen aus Büchern ... über die Welt ... über die Menschen ... und auch über die dunkle Wolfskreatur ... die unter den Menschen wütete ... und dass sie viel schlimmer war ... als ein Werwolf.«

Valentin fragte sich, wie Jeri es in diesem Moment schaffte, dass ihm die Augen zufielen. Der Tag neigte sich zwar dem Ende entgegen, doch man bekam nicht oft Geschichten über Sumpfkreaturen und Menschen zu hören, die von einem Wolf erzählt wurden, der seit siebzig Wintern seine Wolfsgestalt nicht mehr ablegte.

»Du kannst ihre Schrift lesen?«, fragte Valentin.

»Sie unterscheidet sich kaum ... von unserer Schrift. Ich hatte bereits als Welpe gelernt ... wie man sie liest. Wir sind alle Kinder ... des Wolfskönigs. Unsere Sprache ist die gleiche ... ebenso die Schrift. Ihre Bücher haben mir verraten ... dass sie uns für ausgestorben halten ... und nun nach unseren Überresten suchen ... und unsere Geschichte. Einige von ihnen ... hofften Reichtümer zu finden ... die wir gehortet haben könnten.«

Valentin nickte. Die Worte von Ignaz entsprachen Gregs Erzählungen.

»Wir haben Menschen getroffen«, knurrte Valentin. »Sie erzählten uns von Wolfsschädeln, die sie aufbewahren.«

»In der Kirche … des dunklen Schöpfers«, knurrte Ignaz. »Ich weiß. Auch das haben mir … die Schriften verraten. Ich war daraufhin der Überzeugung … dass es keine Wölfe mehr … außer mir … auf der Welt gab … und dir … Eadgar … sei es nicht gelungen … einen neuen Ort zum Leben aufzubauen. Habt ihr die Schädel … mit eigenen Augen gesehen? Ich bin trotzdem neidisch … auf euch«, sagte er, nachdem Valentin den Kopf schüttelte. »Ihr habt die Möglichkeit … in die Städte der Menschen zu gelangen … und die Schädel zu sehen. Sagt … ist der Ort … wo ihr nun lebt … ein anderer Ort … als dieser?«

Valentin nickte. »Es ist ein anderer Ort. Unser Wald wird mit Anbruch des Frühlings grün. Im Winter kleidet er sich in den weißen Schnee. Die Luft steht dort niemals still und die Sonne ist imstande, die Haut zu verbrennen. Das Bild des Mondes und der Sterne kann man beinahe jede Nacht beobachten. Die Welpen werden nur dann leise, wenn Edgar und Rudolf eine Predigt halten oder ich ihnen eine Geschichte erzähle. Wenn du dort wärst, würdest du den ganzen Tag lang, von morgens bis abends, ihr Lachen hören.«

Ignaz atmete tief ein und aus.

»Ihr lebt also wie früher … wie unsere Ahnen … einst gelebt haben … als eine Gemeinschaft. Das ist gut. Dann hat sich die Annahme … vieler Wölfe bestätigt … dass du … Eadgar … der Alphawolf bist. Du hast es geschafft … die Wölfe zusammenzubringen … und so zu leben … wie unsere Ahnen es getan hatten … im Rudel … wo sich die Wölfe die Beute teilten. So hätten auch wir … leben müssen. Es ist nicht unsere Natur … getrennt zu sein. Wir gehören zusammen. Nur zusammen …

sind wir stark. Wären wir zusammengeblieben ... müssten wir uns vor den Menschen ... die so viel schwächer sind als wir ... nicht verstecken. Die Wölfe ... die zurückgeblieben sind ... sprachen nach deiner Abreise nur noch davon ... dass du der Alphawolf warst. Sie bereuten es ... die Zeichen des Wolfskönigs ... nicht erkannt zu haben ... und nicht mit dir ... mitgegangen zu sein. So machten auch sie sich ... nach einigen Frühlingen auf den Weg ... um dir zu folgen ... um in der Obhut ... eines Alphawolfes zu leben. Sag ... kamen sie jemals an?«

Die kleine Holzfigur hielt Edgars Blick fest.

»Das taten sie ... nicht.«

Ignaz atmete lange ein und aus.

»Sag mir ... Eadgar ... wie ist es dir gelungen ... die Welpen dazu zu bringen ... den ganzen Tag zu lachen? Ist auch das dir ... dem Alphawolf ... zu verdanken?«

»So ist es«, antwortete Valentin an Edgars Stelle. »Sie wissen nichts von ihrem Schicksal. Auch ich habe von den Werwölfen erst vor wenigen Monden erfahren.«

»Ich verstehe.« Ignaz nickte. »Und das zeigt eindeutig ... wie richtig diese Entscheidung war. Die Entscheidung ... des Alphawolfes. Wenn ich mir dich Valentin ... ansehe ... sehe ich die Früchte ... dieser Entscheidung ... dass die Welpen seitdem ... stärker geworden sind. Einen Wolf wie dich ... sehe ich zum ersten Mal.«

»Valentin ist der Grund ... weshalb wir meine alte Heimat ... aufsuchen«, knurrte Edgar. »Einen Wolf wie ihn ... gab es nicht vorher. Er hat die Fähigkeit ... bis zum Licht durchzudringen ... zu seinem Licht ... und zum Licht der anderen. Hat auch dir dein Wolf ... diese Fähigkeit verliehen?«

»Ich hätte gehofft ... das würde er«, knurrte Ignaz. Seine Augen musterten Valentin. »Doch scheinbar bleibt diese Fähigkeit ... nur dem Wolfskönig selbst ... und seinen Auserwählten ... vorbehalten.«

»Mit dieser Fähigkeit werden wir den Werwölfen ein Ende setzen«, knurrte Valentin. »Deswegen sind wir da. Wir hofften, hier etwas zu finden, um das Geheimnis der Werwölfe zu lüften, um zu verstehen, was sie sind. Du, Ignaz, bist wie kein anderer mit deinem Wolf verbunden. Was weißt du über die Werwölfe? Hilf uns, sie zu begreifen.«

»Früher war mein Wolf ... darauf bestrebt ... meinen Körper zu leiten ... und meinen Verstand. Selbst nachdem ich ihn ... gezähmt hatte. Er wollte meinen Körper für sich ... er wollte zum Werwolf werden. Eine seiner Begierden war es ... richtige Menschen zu töten. Er hat es auf sie ... abgesehen. Nachdem wir eins wurden ... verschwand sein Verlangen ... nach Menschenblut. Es schien ... er hätte sich von etwas losgelöst. Er ist in meinem Verstand ... und er macht einen Teil ... von mir aus. Ich muss ihn ... nicht erneut zähmen. Seit einer Ewigkeit nicht mehr. Er offenbart mir jedoch nicht ... was ihn damals angetrieben hatte ... die Menschen zu töten. Es scheint ... er wisse es selbst nicht ... oder er kann sich nicht daran erinnern. Ich bin also leider ... keine Hilfe für euch ... was das angeht. Und ich hatte seit langer Zeit ... keine Gelegenheit mehr ... einen lebenden Werwolf zu beobachten ... um ihn zu studieren. Nachdem Eadgar wegging ... dauerte es siebzehn Winter ... bis der letzte Werwolf ... diesen Ort verließ. Es wurden keine Welpen mehr geboren. Werwölfe sind Tiere ... die wir in uns tragen. Sie folgen den Instinkten ... eines Tieres. Ich glaube also kaum ... dass sie sich das Menschenblut allein ... zum Ziel gesetzt haben. Es muss mehr dahinterstecken ... als reine Mordlust. Sag ... Eadgar ... was passiert mit den Werwölfen ... aus eurem Dorf?«

Valentin schloss die Augen. Die Luft strömte lange durch seine Nase ein und genauso lange wieder aus, bevor Edgars Knurren erklang.

»Wir lassen ... keinen Werwolf entkommen.«

Ignaz nickte. »Ich verstehe. Es bedarf eines Alphawolfes ... um eine Entscheidung wie diese ... zu fällen. Wir Wölfe brauchen immer ... einen Alphawolf. Es war falsch ... von unseren Ahnen ... sich in diesem Wald niederzulassen ... und auf den Alphawolf zu verzichten ... weil plötzlich Werwölfe auftauchten. Wir hätten ihn ... zu dem Zeitpunkt ... mehr denn je gebraucht. Ohne den Alphawolf ... gibt es keine Zukunft für die Wölfe. Dieser Ort ... hat es deutlich gezeigt. Einen Alphawolf ... gab es bereits in den Anfängen ... von Päjs Schöpfung. Davon zeugen die Malereien ... im Schrein des Wolfskönigs.«

»Von welchem Schrein ... sprichst du?«, knurrte Edgar.

»Ich habe den Schrein ... hier in der Nähe freigelegt ... nachdem ich die Karte ... in den Händen hielt. Die Kreatur aus dem Sumpf ... hatte diese Karte zusammen ... mit dem Rucksack und den Knochen ... eines Menschenwanderers ausgespuckt. Der Wanderer hatte ... diesen Schrein gesucht. Diesen Schrein ... und die anderen Schreine ... welche auf der Karte verzeichnet sind. Hier Valentin. Ich sehe ... du kannst es kaum erwarten.« Ignaz griff zum Regal.

Valentin fing den Zylinder mit einer Hand auf. Er ließ ein hohles Geräusch erklingen, nachdem er einen Deckel fand. Das Papier raschelte, als Valentin die vergilbte Karte auseinanderrollte. Die Ecken waren gerissen und es sah aus, als wäre das Papier von Mäusen angenagt.

Edgar rührte sich nicht von der Stelle. Er hielt die Arme nach wie vor überkreuzt und richtete den Blick auf Ignaz. Jeri hatte Schwierigkeiten, die Augen offen zu halten, sodass die Müdigkeit seine Neugier zu unterdrücken schien. Er gähnte.

»Ich schaue sie mir später an«, sagte er und warf sich die zweite Schafsfelljacke um die Schultern.

Valentin erkannte sofort, um was es sich bei dem Ring in der oberen rechten Hälfte der Karte handelte: Es war der Feuerring, wenn man ihn aus der Sicht eines Vogels betrachten würde. Tote Bäume hoben die Form des Ringes hervor. Dem Zeichner war es gelungen, den Dunst des Quellwassers darzustellen. Außerhalb des Ringes und in seinem Inneren wuchsen lebende Bäume. Hier und da erhoben sich Hügel und Senken.

Valentins Blick wanderte ins Innere des Ringes. Die beiden hervorgehobenen Dreiecke konnten wohl kaum etwas anderes bedeuten als die Schreine des Wolfskönigs. Auf der unteren Kartenseite waren zwei weitere Dreiecke dargestellt, die außerhalb des Feuerrings und des Waldes lagen. Valentin vermutete, dass es sich um einen Teil der Karte handelte, und das, was er in der Hand hielt, war bloß ein Bruchstück des Ganzen.

»Diesen Schrein haben wir auf dem Weg hierher gefunden.« Valentin deutete mit der Kralle auf einen Schrein im Inneren des Feuerrings, der näher zu den toten Bäumen lag.

»Auch diesen Schrein … habe ich freigelegt … nachdem die Karte … in meine Hände kam. Niemand von uns wusste … von der Existenz dieser Schreine. Die beiden Schreine … im Inneren des Feuerrings … waren hier lange vor meiner … und Eadgars Geburt.«

»Wie lange ist es denn her? Seit euren Geburten«, nuschelte Jeri im Halbschlaf. Seinen Augen fehlte eine Winzigkeit, um sich zu schließen.

»Vor vierhundertneunzig Wintern … wurde ich in dieser Höhle … geboren.« Ignaz sah gedankenverloren auf den Boden. »Ich schreibe mir mein Alter … jeden Frühling auf … damit ich es nicht vergesse. Ich lebe bereits … eine lange Zeit. Doch Eadgar war zwölf Winter … vor mir auf der Welt.«

Jeri riss die Augen auf. Es hatte den Anschein, er sei zu Stein geworden. Erst nach einer Weile schloss er sie nach und nach wieder.

Valentin brauchte mehrere Ansätze, um sich Edgars Alter begreiflich zu machen. Ihm war bewusst, dass Edgars Leben Jahrhunderte zählte. Aber ein halbes Jahrtausend?

»Ich habe versucht … andere Schreine zu finden … die auf der Karte … außerhalb des Waldes verzeichnet sind. Ich ging auf die Suche … wenn die Nacht kam … denn die Menschen haben sich … dort in der Nähe niedergelassen. Tagsüber … versteckte ich mich. Dort gibt es … keine Bäume. Nur grasige Landschaft und … beißende Sonne. Ich hatte das Gefühl … erblinden zu können … wenn ich noch länger dort bliebe. Nach drei Monden … ließ ich die Suche sein … und kehrte zurück. Ich habe nichts entdeckt. Nicht eine Spur … die auf einen Schrein hindeutete. Vielleicht habe ich die Karte … falsch gelesen. Auch beim zweiten Schrein … der auf dieser Karte dargestellt ist … war ich erfolglos. Dennoch existiert … diese Karte. Und der Wanderer … dem sie gehörte … hatte eindeutig nach dem Schrein gesucht. Die Menschen besitzen Karten … wie diese … was darauf hindeutet … dass sie nach uns suchen … oder von unserer Existenz wissen … auch wenn es sich bloß … um Sucher handelt … die losgezogen sind … um Schätze in den Schreinen zu finden.«

Valentin betrachtete die Karte, um sich die Positionen der Schreine einzuprägen.

»Stammen die Schriften, die du aufbewahrst, allesamt von Menschen?« Valentin deutete auf das Bücherregal. »Sie könnten Hinweise enthalten, was es mit den Werwölfen auf sich hat.«

»Leider finden sich … in meiner Höhle keine Hinweise … auf das Geheimnis der Werwölfe«, knurrte Ignaz. »Die Schriften … offenbaren nichts darüber … was die Werwölfe sind. Sie werden zwar erwähnt … zusammen mit dem Wolf … von dem ich glaube … es sei der Diener Päjs … doch leider ist das die einzige Erwähnung … dieser Art. Unser Volk … wird als ein grausames Volk beschrieben … gleichzeitig als ein geheimnisvolles Volk … das den Gesetzen der Tiere folgte. Die meisten anderen Schriften … beinhalten die Lehren der Gottheit der

Menschen. Aus ihrer Sicht ... ist er der einzig wahre Gott ... der sie erschaffen hatte. Es finden sich aber auch ... Erwähnungen von anderen ... niederen Göttern. Darunter von Göttern der Lüfte ... des Wassers ... oder dem dunklen Schöpfer. Andere Schriften ... geben die Lebensweise der Menschen wieder ... ihre Errungenschaften oder Sünden. Doch leider nichts ... über die Werwölfe.« Ignaz schüttelte den Kopf. »Päj allein weiß ... was mit uns geschah.«

»Ich verstehe.« Valentin atmete tief ein und aus. »Wir sind unserem Ziel dennoch ein Stück weit nähergekommen. Dank dir, Ignaz, haben wir einen neuen Anhaltspunkt. Wir werden die Schreine finden, die du gesucht hast. Vielleicht liegen sie mitten in den Siedlungen der Menschen verborgen, oder sie werden von ihnen bewohnt oder für andere Zwecke benutzt. Ich hoffe, wir werden sie in diesem Fall dennoch erkennen können. Vielleicht gelingt es uns, sie zu finden, wenn wir mit den Menschen ins Gespräch kommen. Es ist uns schon einmal gelungen, uns mit ihnen zu unterhalten, ohne Misstrauen zu erwecken.«

»Nehmt den Hinweis an ... den ich euch gerade gegeben habe.« Ignaz sah Valentin fest in die Augen. »Päj allein weiß ... was mit uns geschah ...«

Valentin hielt dem Blick Ignaz' Stand. »Was bedeutet das?«, knurrte er nach einer Weile. »Ich spreche bereits jeden Tag zum Wolfskönig.«

Ignaz bleckte die Zähne. »Ich habe lange genug ... zu ihm gesprochen. Mehr als du dir ... vorstellen kannst. Ich habe jedoch nie ... eine Antwort erhalten. Nicht einmal ... einen Hinweis einer Antwort ... auf meine Gebete. Dennoch bin ich der Überzeugung ... dass es ihn gibt ... und er über uns wacht. Etwas musste passiert sein ... sodass er meine Worte ... nicht empfängt.« Ignaz schwieg und bleckte die Zähne. »Findet den Wolfskönig ... denn er allein weiß ... was mit uns geschah.«

Valentin starrte auf das Gesicht des grauen Wolfes, der scheinbar den Verstand verloren hatte. Was sagte er eben? Welchen Wolf sollte Valentin finden? Er konnte nicht ernsthaft den Wolfskönig gemeint haben. Es gab ihn zwar, doch er verweilte in einer anderen Welt, wohin kein Wolfsmensch imstande war zu gelangen. Der Gedanke ließ Valentin erschaudern. Ignaz konnte sicherlich nicht den Wolfskönig gemeint haben …

Valentins Blick ging plötzlich durch den grauen Wolf hindurch. Er durchdrang die Steinwände und die Finsternis der Nacht, die sich inzwischen über den Grauen Wald gelegt hatte. Er durchquerte den Feuerring, den Wald und die baumlose Landschaft, deren Oberfläche von klarem Mondlicht erhellt war. Das Dorf der Menschen zeigte sich mit seinen Lichtern, die in den Häusern brannten. Im nächsten Moment näherte sich Valentin seinem Heimatdorf Windseck. Der Ort, an dem er zum Stehen kam, wirkte leer, dennoch war er erfüllt vom Leben. Der augenlose Blick der riesigen Holzfigur richtete sich auf ihn. Auch der Schädel des Wolfstieres schien ihn zu mustern. Das Fell bewegte sich, so als sei es gar kein Holz, sondern das Fell eines lebenden Wesens. Licht drang aus dem Inneren der Holzfigur durch den Riss, der sich von der Pfote bis hinauf zur Brust zog.

Valentin blinzelte. Erneut sah er Ignaz vor sich, das Regal mit Büchern und die glimmenden Stäbe, die an den Wänden der Höhle aufgestellt waren.

»Findet … den Wolfskönig«, wiederholte Ignaz. Ihm schien gar nicht aufgefallen zu sein, dass Valentin eben woanders war.

Valentin hatte sich also nicht verhört. Ignaz riet ihnen, nach dem Wolfskönig zu suchen.

»Dann weißt du sicherlich … wo wir ihn finden … können«, knurrte Edgar.

»Ich weiß es nicht.« Ignaz schüttelte den Kopf. »Doch ich glaube zu wissen ... wer seinen Aufenthaltsort kennt.« Er bleckte die Zähne. »In Schriften von Menschen ... ist die Rede von einem dunklen Wesen ... das unter den Menschen ... gewütet hatte ... und von dem ich denke ... es handelte sich um den Diener des Wolfskönigs. Das ist die einzige Figur aus den Schriften ... die ich mit dem Wolfskönig ... in Verbindung bringe ... die man tatsächlich gesehen hatte. Woher sollten die Geschichten ... denn sonst stammen? Sucht nach ihm. Er wird wissen ... wo sich der Wolfskönig aufhält. Sucht nach dem Diener Päjs. Sucht nach ihm ... bei den Menschen. Ich bin mir sicher ... sie werden euch helfen. Die kleine Holzfigur des Wolfskönigs ... oder von seinem Diener ... hatte der Wanderer dabei ... der auch die Karte mit sich trug.«

Ignaz Schwieg, um die drei nacheinander anzusehen. Er bleckte abermals die Zähne.

»Es ist gefährlich ... sich zu den Menschen zu begeben. Doch daran ... führt kein Weg vorbei. Ich würde euch zu gerne begleiten ... doch leider bin ich nicht imstande ... die Menschengestalt anzunehmen. Die Menschen führen Chroniken ... über die vergangene Zeit. Geschichten und Überlieferungen ... bewahren sie in Schriften auf. Das ... was ihr in diesem Regal seht ... ist ein Bruchteil dessen ... was die Menschen besitzen. Ich wünschte ... ich könnte mehr aus ihrem Wissen schöpfen. Sucht auch nach Wölfen ... unter den Menschen. Die Wölfe ... die Eadgar später folgten ... könnten sich unter Menschen ... gemischt haben.«

»Ich möchte den anderen Schrein des Wolfskönigs sehen«, knurrte Valentin. »Bring uns dorthin.«

Leises Schnarchen ließ drei Wolfsköpfe zu der Stelle schauen, an der Jeri in die Schafsfelljacken versank. Seine Lider bewegten sich sacht. Die Mundwinkel zuckten. Das Kinn fiel auf die Brust.

»Ihr seid wegen ihm … und solchen wie ihm gekommen.«
Ignaz atmete tief ein und aus. »Ihm bleibt nur noch … bis zum
nächsten Frühling Zeit … nicht wahr? Ihr wollt einen Weg finden … und das macht eine Gemeinschaft aus … die ihr Schicksal dem Alphawolf anvertraut.« Ignaz schaute zu Valentin.
»Ihr seid … auf dem richtigen Weg. Ich bringe euch morgen …
zum Schrein des Wolfskönigs. Bleibt hier … heute Nacht. Lasst
den Jungen ausschlafen. Ich werde weggehen … damit auch
ihr Ruhe findet. Ich an eurer Stelle … würde ebenso misstrauen.« Der Stuhl knarzte, als das Gewicht Ignaz' nicht mehr
auf ihm lastete. »Vielleicht seid ihr doch … keine Einbildung.«

»Es ist in Ordnung«, sagte Edgar, diesmal mit der Menschenstimme. »Erzähle uns mehr darüber, was in den letzten
Jahrhunderten hier passierte, nachdem ich wegging.«

Es tat gut, wieder die Menschengestalt anzunehmen. Das
Licht, das die Höhle in eine grüne Farbe tauchte, verblasste,
sodass Valentin für den ersten Moment nur noch die Konturen
des grauen Wolfes sah. Müdigkeit machte Valentins Lider
schwer, obwohl er sich heute kaum verausgabt hatte. Es
könnte der Tatsache geschuldet sein, dass es zu viele Neuigkeiten für einen Tag gab. Vielleicht verausgabte sich sein
Wolfskörper, weil der Kopf die Neuigkeiten noch immer nicht
einzuordnen vermochte. Dass sie sich auf die Suche nach dem
Wolfskönig begeben sollten, klang wie eine von Valentins er-
fundenen Geschichten, die er gerne den Welpen erzählte.

Die beiden Stimmen entfernten sich mit jedem Wort immer
weiter weg. Die alten Wölfe sprachen über das Leben von früher. Vom Frost, der plötzlich kam und genauso plötzlich ging.
Vom Regen, der manchmal im Winter fiel und den Schnee
schmolz. Vom Himmel, der heute tiefer zu hängen schien als
damals. Und von den Giftschlangen, die es hier schon lange
nicht mehr gab und vor deren Bissen man sich nur dann retten
konnte, wenn man die Wolfsgestalt annahm.

Dunkelheit löste die Gedanken auf. Bewegungslosigkeit und Stille wirkten vollkommen und kamen einem Traum gleich. Valentin hatte dennoch das Gefühl, hier und jetzt zu sein, zu existieren, umgeben von Finsternis und dem Nichts.

Dieser Traum war seltsam. Man hatte Bilder vor Augen, wenn man träumte, begleitet von Geräuschen und Gefühlen. Hier gab es nichts. Valentin schien zu schlafen, so wie man ohne Träume schlief. Dennoch war er irgendwie wach.

Eine Ewigkeit verging, oder bloß ein Augenblick. An dem Ort, wo er war, schien selbst die Zeit nicht zu existieren. Es löste weder Angst noch Geborgenheit in Valentin aus, weder Verlangen noch Abneigung diesem Ort gegenüber. Traurigkeit oder Freude gab es hier nicht.

Etwas schien dennoch da zu sein. Valentin fiel nicht ein, was es sein könnte, das ihm dieses Gefühl bescherte, doch etwas erregte seine Aufmerksamkeit.

Ein Licht von der Größe eines Sandkorns zog seinen Blick an. In einer anderen Umgebung wäre es ihm nicht aufgefallen, so klein wie es war, doch die Dunkelheit hob das grüne Licht hervor. Etwas sagte Valentin, dass er sich auf das Licht zubewegte, nicht das Licht auf ihn. Womöglich war er die ganze Zeit in Bewegung, nur ließ es die Dunkelheit nicht erkennen, weil es nichts gab, um sich zu orientieren.

Das Licht wuchs. Konturen bildeten sich heraus. Valentin umkreiste das Licht, ohne es zu beabsichtigen, so als würde ihn ein Strudel in seine Mitte einsaugen. Lautlosigkeit beherrschte den Ort der Dunkelheit nach wie vor.

Die Kreisbewegungen hörten auf. Jetzt, wo das Licht in der Nähe war und Valentin sich auf der Geraden darauf zubewegte, zeichneten sich die Umrisse eines Menschen ab, der mit dem Rücken zu Valentin an eine unsichtbare Wand gelehnt saß. Hose und Hemd bedeckten seinen Körper. Die Füße blieben nackt.

Neugier war das erste Gefühl, das Valentin verspürte. Er wollte plötzlich wissen, was der Mensch hier tat, weshalb er sich ausgerechnet in diesem Traum zeigte und wessen Gesicht Valentin sehen würde, wenn er den Menschen von vorne anblickte. Kaum hatte er den Gedanken beendet, änderte sich Valentins Bewegung von selbst, sodass er den Menschen nun umkreiste, um sein Gesicht sehen zu können.

Der Mensch, der sich als Junge herausstellte, schien zu schlafen. Seine Augen waren geschlossen. Die Hände ruhten im Schoß. Die Brust bewegte sich sacht hoch und runter.

Valentin kannte den Jungen. Seine Hände, Füße und die Bekleidung wirkten viel zu vertraut. Dieser Junge galt für die Verhältnisse Windecks als zu klein und zu schmächtig, um eines Tages ein richtiger Wolf zu werden. Dennoch war es ihm gelungen. Derselbe Junge blickte Valentin jedes Mal aus dem Regenfass an oder aus dem Fluss, wenn er sich das Gesicht wusch …

Die Lider des Jungen flatterten. Es gelang ihm, sie zu öffnen. Sein Blick richtete sich auf seinen Beobachter und sog ihn in sich hinein.

Valentin verstand erst nach wenigen Momenten, dass er nun durch die Augen des Jungen sah. Durch seine eigenen Augen. Sein Blick richtete sich zu der Stelle, von der er eben noch sich selbst beobachtet hatte.

Ein Wolf stand vor ihm, dessen Größe sogar Edgar in den Schatten stellen würde. Seine Brust hob und senkte sich. Das Fell wirkte wie der erste Schnee. Er schien Valentin zu mustern, obwohl es unmöglich war.

An der Stelle, wo die Augen sein sollten, klaffte Dunkelheit.